NARRAT

873

Daniela Raimondi

IL PRIMO SOLE DELL'ESTATE

Romanzo

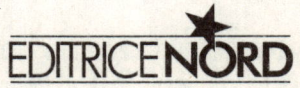

ISBN 978-88-429-3541-4

Per essere informato sulle novità
del Gruppo editoriale Mauri Spagnol visita:
www.illibraio.it

In copertina: *Alone Now*,
di Alex Russell Flint © 2022 by Alex Russell Flint
(www.alexrussellflint.com)
Art director: Giacomo Callo
Graphic designer: Davide Nasta

© 2023 Casa Editrice Nord s.u.r.l.
Gruppo editoriale Mauri Spagnol

IL PRIMO SOLE
DELL'ESTATE

*A mia madre Bianca,
ad Alfa, che c'è sempre*

«Ci sono cose, cose magiche, che devono restare intere.»

> ROBERT JAMES WALLER,
> *I ponti di Madison County*

«Mi chiesi se quello fosse il modo in cui sboccia il perdono, non con le fanfare di una epifania, ma con il dolore che, nel cuore della notte, fa i bagagli e si allontana senza nemmeno avvisare.»

> KHALED HOSSEINI, *Il cacciatore di aquiloni*

Sono nata in un giorno di neve, con le grondaie bianche e gli uccelli fermi sui rami. Mia madre aveva partorito in casa, come usava a quei tempi. Sua cognata Zena aiutava, portando alla levatrice asciugamani puliti e aggiungendo legna nella stufa. Sono nata nel giorno più freddo dell'inverno, una lastra di gelo attaccata ai vetri e la galaverna sui prati. Il freddo era tale che «nemmeno in Russia», assicurava la Zena, come se lei, in Russia, ci fosse mai stata.

La neve aveva iniziato a cadere a metà mattina e in un paio d'ore aveva fatto sparire le crepe dagli orti, poi i campi e le strade. Per l'ora di pranzo i cespugli parevano di zucchero filato e i rami degli abeti cedevano sotto il peso di quella straordinaria nevicata.

I bambini del palás cavalcavano gli slittini in picchiata lungo la sponda dell'argine e il cane della Zena li inseguiva abbaiando. Le grida di eccitazione dei piccoli giungevano fin nella stanza di mia madre, mescolandosi alle grida del parto.

Alle tre del pomeriggio, lei aveva iniziato a spingere.

«Pinta, Elsa, at g'ha da pintar!» la esortava l'ostetrica.

E lei spingeva, le guance rosse, i capelli bagnati di sudore.

Anche la Zena la incitava. «Strícam la man e pinta!»

E mia madre le aveva stretto la mano sino a conficcarle le unghie nella carne.

Io avanzavo con fatica, affamata d'ossigeno, cercando il momento per cadere come una cometa dentro la luce. Mi hanno detto che sono nata violacea, floscia come una bambola di pezza, che la leva-

trice mi aveva afferrato per i piedi e aveva iniziato a darmi piccoli colpi sulla schiena, ma rimanevo inerte.

« È morta... » *aveva sussurrato mia madre.*

La levatrice aveva iniziato a battermi la schiena con più vigore finché io, ciondolando a testa in giù come un pollo da mettere in pentola, non avevo spalancato la bocca ed ero scoppiata a piangere. Aveva pianto pure l'ostetrica, ma di sollievo: in tanti anni di lavoro, non le era morto nemmeno un bambino, e non intendeva cominciare con me.

Zena era corsa di sotto per dare la notizia a mio padre. « 'Na fémna, Guido, sana e bèla c'me l'sol! »

Papà era salito a vedermi facendo due scalini per volta. Dai miei capelli chiari e dai tratti delicati, si era subito accorto che avevo preso dal lato dei sognatori della famiglia. L'altra metà invece era formata da indovini e nasceva con i tratti scuri dell'antenata gitana che, due secoli prima, aveva « imbastardito » *la nostra razza.*

Papà aveva baciato la mamma e aveva detto che il maschio sarebbe venuto la prossima volta. Poi era uscito di casa.

Il mondo là fuori era coperto da una spanna di neve intatta. Papà saliva il sentiero che portava in cima all'argine, quando una lepre gli aveva tagliato la strada ed era sparita dentro un cespuglio. Lui aveva pensato che forse la lepre era un buon segno: doveva chiedere a sua madre, che lei sì era un po' zingara, e di quelle cose sapeva. Non appena il tempo migliorava, c'era da andare a Stellata ad avvisarla della mia nascita.

◆

Il mattino dopo, una striscia celeste si profilava lungo l'orizzonte incolore. Papà aveva percorso in bicicletta i dieci chilometri sullo stradone in cima all'argine che lo separavano dal paesino dei suoi.

Sua madre Neve aveva accolto la novità con esclamazioni di gioia. Con il trascorrere degli anni però, e dopo l'arrivo di molti nipoti, avrebbe confuso le date, finendo per convincersi che il mio compleanno non cadesse in febbraio, ma alla fine di ottobre: insisteva nel dire che ricordava benissimo l'odore di mosto e di caldarroste che c'era nell'aria il giorno in cui suo figlio era andato a dirle che ero nata!

La nonna era la memoria storica della famiglia, ma aveva anche molta fantasia. Nel tempo, arricchì quell'episodio con così tanti aneddoti e particolari, che metà dei parenti finì per credere che io fossi davvero nata in autunno, e non nel pieno dell'inverno. Alla fine di ottobre, mi arrivava sempre un suo biglietto di Buon Compleanno, e persino io, talvolta, iniziai a dubitare sulla vera data della mia nascita, e forse del mio destino: il tepore morbido dell'autunno, o il gelo scintillante dell'inverno?

Dopo aver dato la bella notizia ai genitori, Guido si era fermato da suo nonno Anselmo, il quale, saputo della mia nascita, aveva suggerito di scegliere anche per me un nome operistico, come avevano sempre fatto in famiglia.

« Chiamatela Aida. L'è pran bèl e in gir an g'là nisún. È così bello e in giro non ce l'ha nessuno. »

« Prima devo chiedere a mia moglie, nonno. »

Mamma però era stata irremovibile: lei voleva un nome moderno, oppure di qualche attrice famosa: Alida, come la Valli, oppure Lana, come la Turner.

« Perché non Pecora, tanto che ci siamo? » aveva replicato papà, ridendo.

Dopo una lunga discussione, lei aveva suggerito Norma. « È il nome di mia madre e anche quello di un'opera. Che ne dici? »

« Perfetto! Almeno faremo contenti tutti. »

Si era avvicinato alla culla e mi aveva preso la manina. « Ciao, Norma. Visto che bel nome ti abbiamo dato? Ti porterà fortuna. »

PARTE PRIMA

1947

E se non riesco a volerle bene? si disse Elsa non appena le misero la figlia tra le braccia, vergognandosi subito di quel pensiero. Più che renderla orgogliosa, la nascita della bambina la riportò di colpo alle amarezze della sua infanzia quando, mentre le amiche saltavano la corda e giocavano a Campana nei cortili, lei andava in giro con il fratellino di turno appoggiato sull'anca, o strofinava pezze sporche di cacca sulla riva del Po. Ogni volta che sua madre partoriva, lei sperava che sarebbe stata l'ultima, ma ogni anno qualche vicina, con un sorrisino malizioso sulle labbra, le diceva: « *O sentì che to' mama l'ha t'ha scurtà ancora al vestidín!* Ho sentito che tua mamma ti ha accorciato di nuovo il vestito! » Che, da quelle parti, era una frase comune per indicare una gravidanza. Elsa, che vivendo in campagna vedeva accoppiare gli animali, aveva smesso in fretta di credere alla cicogna, e quando le dicevano così, diventava rossa e scappava nella golena a piangere di sconforto e di vergogna. Sì, di vergogna, che ai suoi occhi la mamma era vecchia e certe cose alla sua età non le doveva fare.

Non appena aveva compiuto vent'anni, anche la Elsa si era ritrovata incinta, non solo allo stesso tempo di sua madre, ma quando era ancora signorina. La vergogna adesso era doppia, ché ai suoi tempi aspettare un bambino senza la fede al dito era uno scandalo.

Era successo una sera di giugno. Lei e Guido erano andati a ballare e dopo si erano fermati in un campo accanto al fiume. L'aria era tiepida e c'era una luna bassa e rotonda. Guido le aveva chiesto se era un giorno sicuro e lei, tra un sospiro e l'altro, gli aveva risposto di sì.

Quando era nato l'ultimo fratellino, la ragazza aveva sentito il dottore che spiegava alla madre: «Tieni bene i conti, e la settimana a metà del ciclo dici a tuo marito di girarsi dall'altra parte». Elsa aveva capito subito a cosa si riferisse, e si era assicurata di seguire il suo consiglio. Però quella sera di giugno, confusa dai baci e dalle carezze, aveva fatto male i calcoli. Una volta rientrata, aveva dato un'occhiata al calendario. Era rimasta a fissarlo, smarrita, accorgendosi subito dell'errore, e già quella sera le era sembrato di sentire una presenza dentro di sé: come un gorgoglio, una piccola capriola nel buio della carne. Aveva trattenuto il respiro e, piena di trepidazione e di paura, tutte e due le cose insieme, aveva ascoltato quel silenzio appena più lungo

fra un *tum*,
e l'altro *tum*,
del suo cuore.

Quella notte Elsa aveva sognato una foresta blu, una distesa di lucciole, il volo di un colibrì.

———— ◆ ————

Il mese dopo, aveva rivelato a Guido di essere incinta. Lui era sembrato contento, nonostante avessero entrambi solo vent'anni, o forse proprio per quello.

Si erano sposati il 27 settembre 1946. Elsa, in tailleur grigio perla e cappellino con la veletta, baciava gli invitati, ridendo e piangendo di gioia, ma il sogno era durato poco.

Una volta diventata madre, le era sembrato di trovarsi tra le mani l'ennesimo fratellino da accudire. E questa volta era peggio, perché la bambina doveva anche allattarla, e con i capezzoli ulcerati era un tormento. In più, di notte Norma aveva le coliche e piangeva per ore. Una volta che il seno si era abituato al massacro dell'allattamento e i mal di pancia della figlia erano cessati, erano spuntati i dentini e, quando Norma aveva iniziato a camminare, apriva i cassetti, tirava la tovaglia apparecchiata, saliva a gattoni le scale. Un incubo! A volte Elsa era talmente esausta che la lasciava fare. Si limitava a osservarla, sconsolata. Più la guardava, più la sentiva estranea, e si chiedeva se quella creatura fosse davvero cresciuta nella sua pancia.

Quello non era il matrimonio che aveva sognato. Lei desiderava un po' di libertà, vivere accanto a Guido come due sposini, ma non ce n'era stato il tempo. Dopo il matrimonio, la coppia era andata a vivere a Caposotto di Sermide, nel basso Mantovano. Avevano preso in affitto due stanze in via San Giovanni, in un vecchio edificio che cadeva a pezzi, ma che in paese chiamavano pomposamente *al palás*, «il palazzo», per via delle notevoli dimensioni. La casa era malandata, ma il gelsomino che si arrampicava intorno alla porta d'entrata riempiva l'intero cortile con il suo profumo.

La Zena, amica di Elsa fin dall'infanzia, viveva con il marito Dolfo due case più in là. Dolfo era il gemello di Guido, anche se i due non si somigliavano per niente: il primo era robusto e dal carattere spavaldo; l'altro magro e dall'indole timida. Mentre il primo parlava per tre, Guido era un tipo silenzioso. Sua madre Neve raccontava che fino a tre anni quel figlio non aveva detto una parola. Non che non ne fosse capace; semplicemente lasciava che il fratello parlasse anche per lui.

I due gemelli avevano conosciuto Elsa e la Zena la stessa

sera, a un ballo. Un anno dopo, entrambe le coppie si erano sposate e così le due amiche erano diventate anche parenti. Erano ragazzi giovani e innamorati, ma la guerra era finita da poco e la vita a quei tempi non era facile. Guido e Dolfo lavoravano in campagna e, se erano fortunati, venivano assunti come stagionali nello zuccherificio di Sermide, ma per metà dell'anno soldi in casa non se ne vedevano.

Fin da ragazzine, Elsa e la Zena andavano a fare la stagione della monda in Piemonte: un mese e mezzo di duro lavoro, ma un chilo di riso per ogni giornata portata a termine e un bel gruzzolo di soldi nascosti nel reggipetto quando tornavano a casa. Una volta sposate, le due amiche erano diventate madri a pochi mesi di distanza e pensavano di essersi lasciate quel lavoraccio alle spalle. Però i soldi mancavano sempre, e non appena le bambine furono svezzate, si videro costrette a ripartire per la risaia.

◆

Era la primavera del 1949 e alla Zena si spezzava il cuore a dover lasciare alla madre la bambina «*tonda e ciara cme un ninín*», tonda e chiara come un porcellino. Elsa invece vedeva la partenza per il Piemonte quasi come una vacanza: il lavoro era sì faticoso, ma almeno la notte avrebbe potuto dormire otto ore filate, e lei, quello, nemmeno si ricordava come fosse.

Le due partirono l'ultima domenica di maggio prima del sorgere del sole. Guido e Dolfo le accompagnarono alla stazione in bicicletta. Le donne, sedute di traverso sulla canna, se ne stavano in silenzio, il fiato dei mariti come un'onda tiepida sulle loro nuche. Il cielo era nero, l'aria frizzante. I fratelli pedalavano uno davanti all'altro, la strada illuminata dalla luce rotonda dei fanali. Le sole finestre illuminate erano quelle delle stalle in mezzo alla campagna. Là i contadini avevano già rimosso la paglia sporca e si apprestavano a iniziare la prima mungitura.

Arrivati alla stazione di Sermide, Guido e Dolfo baciarono le mogli, ma solo sulla guancia, ché in giro c'era gente.

«Metti il cappellino alla bambina, e non lasciarla mai al sole», si raccomandava la Elsa.

«Tu però scrivimi, Dolfo. Ricordati che voglio almeno una lettera ogni due giorni», ripeteva la Zena con il magone.

«Andate, che il treno non aspetta», le interruppe Guido.

Elsa si incamminò, ma la Zena trascinò via Dolfo, e i due iniziarono a baciarsi in un angolo.

«Zena, muoviti che è tardi!» la rimproverò a voce bassa la cognata.

Lei però si fece attendere, tanto che poi dovettero correre per non perdere il treno.

Quando le due salirono, il vagone era già pieno. Chiamarlo treno, era troppo. Si trattava di un convoglio più adatto a trasportare bestie che persone. Non c'erano sedili e le donne sedevano per terra o sulle valigie. Le cognate trovarono un angolo libero solo accanto al gabinetto.

«Diomio che puzza!» si lamentava la Zena ogni volta che qualcuno apriva la porta.

«Così impari a perdere il tempo a sbaciucchiarti con tuo marito!» la rimproverò la Elsa.

Lasciata la stazione, alcune donne si misero a cantare.

Si lasciava il moroso, lo sposo, un saluto un bacio un sorriso
per riportare a casa pochi soldi e un sacco di riso...

«Mi sembra di essere tornate ragazze!» esclamò la Elsa.

«Sl'era par mi, a staa a ca' méa. Fosse stato per me, avrei preferito starmene a casa», rispose la Zena, ma dopo un po' anche lei fu contagiata dall'atmosfera di cameratismo e si unì al coro.

Nella risaia, quando il sole bruciava la pelle
cantavan le mondine le canzoni d'amore più belle
e poi di sera, alla fine del duro lavoro
cantavan tutte in coro « Finalmente si va a riposar »

———————◆———————

Davanti alla stazione di Vercelli trovarono ad attenderle i camion e i carri dei padroni. Individuato il loro autista, Elsa e la Zena salirono sul carretto e furono portate insieme ad altre sei donne in una grande cascina in mezzo alla pianura.

Dietro la costruzione correva un piccolo fiume. «Potete rinfrescarvi lì. La cena alle sette in punto», annunciò il padrone.

Mangiarono zuppa di fagioli e pane, e subito dopo andarono tutte nel dormitorio. Era uno stanzone al secondo piano con mura scrostate e soffitti che arrivavano fino alle travi del tetto. Le lucertole correvano sul muro e grosse ragnatele si tendevano lungo gli angoli più alti. Ci stavano parecchie file di letti là dentro. Zena ne contò quaranta. I materassi erano di crine e dopo anni di uso, le donne sprofondavano nell'orma che tante altre mondine si erano lasciate dietro.

Elsa si gettò sulla branda con un sospiro. Zena invece si accorse che un uccello aveva lasciato un regalo sul suo cuscino. «Devono esserci dei nidi sulle travi, ma dicono che la merda di uccello porti bene», sospirò.

Tolse la federa e coprì il cuscino con una camicia. Poi scivolò sotto le lenzuola e aggiunse: «Pensa che bello: domattina ci sveglieremo al canto degli uccellini».

«Sì, il canto degli uccellini!... *Dormi, va' là, c'lè mèi*», farfugliò la cognata piena di sonno.

───────◆───────

Furono svegliate alle quattro e mezza, quando fuori era buio e gli uccellini dormivano ancora. Scesero per una tazza di caffellatte e una fetta di pane. Poi si incamminarono in fila indiana fino a raggiungere le *quadre*, così chiamavano i campi allagati.

La Elsa si spalmò un pesante strato di Pomata Biancardi sul viso e passò il barattolo alla Zena. «Se no ti rovini la pelle», le raccomandò. Sudavano molto sotto quell'impiastro, ma almeno non sarebbero tornate a casa con la carnagione scura e inspessita dal sole.

Tutte le mondine portavano grandi cappelli di paglia. Le più giovani indossavano calzoni corti, le maritate invece arrotolavano le sottane fissandole intorno ai fianchi. Davanti a loro, c'erano sei settimane di lavoro durissimo, con la schiena piegata in due da mattina a sera, il sole a picco sulla testa e i piedi nell'acqua salmastra.

Le donne iniziarono la monda, cantando tutte insieme per scandire il ritmo.

Al lato delle *quadre*, i caporali controllavano che il lavoro venisse portato avanti rapidamente. «Fate andare le mani, donne, non la bocca! Dateci dentro, qui non si dorme!»

«Come se sopportare il caldo e le zanzare non fosse abbastanza», sospirò la Elsa, passandosi una mano sulla fronte. Più che le zanzare o le battute dei caporali, lei non sopportava le bisce. Quando ne sentiva una guizzarle tra le gambe, lanciava urla di ribrezzo. Zena allora afferrava la biscia e la faceva roteare due o tre volte nell'aria, per poi buttarla ai lati della *quadra* senza batter ciglio. A volte, finiva giusto addosso al caporale. «Scusa, Alfonso, non ti avevo visto», gli diceva lei, e intanto faceva l'occhiolino alla Elsa.

Otto, dieci ore *a cul indré*, rinculando tutte in fila nell'acqua salmastra. Non si fermavano nemmeno per fare pipì, perché era proibito lasciare le *quadre* anche solo un minuto. Al momento del bisogno si spostavano di lato, si liberavano, poi riprendevano a mondare.

Tornavano alla cascina a metà pomeriggio. Prima di salire nei dormitori, si lavavano nel fiumiciattolo che ci passava accanto, sfregandosi le gambe col sapone e le spighe di riso per tirar via il verderame accumulato nell'acqua stagnante. Poi andavano a riposare in attesa della cena.

———— ◆ ————

Era passata una settimana e le ragazze si erano abituate a quei turni massacranti. Tornate nei dormitori, Elsa e la Zena si stesero sui letti in sottoveste, ché ai primi di giugno il caldo già era soffocante. Alcune donne fumavano affacciate alla finestra, altre canticchiavano le canzoni della radio che una di Codigoro si era portata dietro. C'era chi leggeva un fotoromanzo, chi stendeva la biancheria sui fili, chi si depilava le gambe con la fiammella di una candela.

Due ragazze iniziarono a ballare un tango: *Mare perché, questa notte m'inviti a sognar mentre soffro e non so più scordar il mio perduto amor...* Terminarono con un teatrale casquè, e tutte applaudirono.

Spenta la sigaretta, Elsa iniziò a sfogliare l'ultimo numero di *Grand Hotel*: c'era un articolo di due pagine sul matrimonio di Rita Hayworth e Alì Khan. Accanto alla foto con la torta nuziale, quella di un altro celebre matrimonio dell'anno: Tyrone Power e Linda Christian. L'articolo metteva a confronto gli abiti delle spose.

«Che taglio di classe il vestito della Rita! Però Linda Christian per me è ancor più bella. Guardala qui: sembra una regina!» commentava Elsa.

Zena di tanto in tanto le lanciava un'occhiata, ma stava finendo di scrivere una lettera a Dolfo e non le prestava molta attenzione. Alla fine del foglio, la donna aggiunse una filastrocca che era solita recitare a Donata.

Povero grillo ch'l'era tanto bèl
quand al portaa la piùma in s'al capèl!
Na scùciaràda ad calsìna e al s'è fat la so caslìna,
con cal pòch ch'a gh'è restà al s'è fat al so porslìn.
Con 'na foia d'erba spagna al s'è fat la so gabana.*

Accompagnò la filastrocca con un disegno del grillo e dietro ci mise la casina con tanto di finestre e il comignolo. Alla fine, si passò il rossetto e impresse due baci sul foglio, poi ci scrisse sotto:

Caro Dolfo,
   uno è per te e l'altro per Donata.
   Dille che la mamma le vuole bene e torna presto.

«Speriamo capisca che il disegno viene da me, e anche i baci», sospirò.

Elsa non le rispose. In un modo o nell'altro, la Zena riusciva sempre a farla sentire in colpa, perché lei a Norma pensava raramente. *Con mia madre la bambina starà benissimo*, concluse, e girò la pagina della rivista.

---

* Povero grillo che era tanto bello / quando portava la piuma sul cappello! / Una cucchiaiata di calcina s'è fatto la sua casina, / con quel poco che gli è restato, si è fatto il porcile. / Con una foglia d'erba spagna, si è fatto la gabbana. (*N.d.A.*)

Più in là, un gruppo di mondine chiacchierava sottovoce e ogni tanto qualcuna scoppiava a ridere. Incuriosita, Zena infilò la lettera per Dolfo nella busta e le raggiunse.

«Com'è fare l'amore?» stava chiedendo una giovane a quelle che già avevano marito.

«Sì, come se tu già non lo sapessi!» esclamò la Zena con ironia.

«Mica sono scema a farmi mettere incinta prima di avere la fede al dito.»

«Non dirmi che non ne hai mai visto uno!» esclamò una veneta dal viso rosso e rotondo.

«Certo che l'ho visto... e anche di più, se proprio ci tieni a saperlo. Ma per il resto, io gliel'ho detto chiaro e tondo: prima mi deve sposare.»

«Scema che sei, non sai quello che ti perdi!» esclamò un'altra due letti più in là, e tutte scoppiarono in una risata.

«Avanti, ragazze, usciamo, che qui dentro si diventa vecchie!» le incitò una battendo le mani.

Le giovani si infilarono il vestito buono e i sandali con il tacco. Si spazzolarono i capelli e per finire applicarono un velo di cipria e il rossetto sulle labbra. La Zena si truccò anche gli occhi, ma era una delle poche ad avere quell'abitudine. Le altre pensavano che lo facevano solo le artiste del cinema e le puttane, che poi erano la stessa cosa.

Elsa stava chiudendo l'ultimo bottone della camicetta.

«Tienila un po' aperta, che mi sembri una suora», scherzò la Zena.

«Poi si vede il seno.»

«Le cose belle bisogna pur mostrarle», le rispose l'altra finendo di incipriarsi.

La Zena era sempre stata la più libera e la più impudente delle due. Elsa invidiava quel suo fare sempre di testa sua, fregandosene dell'opinione della gente. Si guardò allo specchio: sembrava davvero una suora, e faceva un gran caldo. Aprì i primi bottoni della camicetta, ma all'ultimo momento ci ripensò, e richiuse fino all'ultima asola.

Il gruppo scese le scale ridendo e schiamazzando, e si avviò verso il paese.

Arrivate in piazza, comprarono chi una gazzosa, chi un gelato, e si sedettero ai tavolini di fronte al bar: spalle dritte, petto in fuori e le caviglie a mezz'aria, in attesa. I giovanotti non tardavano mai ad arrivare. Appoggiate le biciclette al muro, iniziavano a scherzare con questa e con quell'altra. Le sposate a volte facevano finta che a casa un marito non l'avevano. C'era persino chi, prima di scendere in paese, si toglieva la fede dal dito, poi, quando faceva buio, spariva nei giardini pubblici insieme a un uomo.

Anche la Zena si divertiva a stuzzicare i ragazzi. Leccava il gelato e lo faceva scivolare in bocca fissando il malcapitato di turno senza batter ciglio. Però per lei era solo un gioco e non passava giorno che non scrivesse lunghe lettere a Dolfo. Questo finché una sera in piazza non spuntò un tipo nuovo, e tutto cambiò.

◆

Lui si chiamava Pericle, e Zena notò subito che era diverso dagli altri ragazzi del bar: aveva già qualche filo bianco tra i capelli, ed era anche il più elegante: camicia sempre stirata e scarpe lucide. Teneva i ricci lisciati all'indietro con la brillantina ed esibiva due baffetti ben curati.

« Ma è sputato Clark Gable! » osservò Zena, la prima volta che lo vide, mentre parcheggiava la Vespa davanti al bar.

Anche Pericle si accorse subito di lei, bella com'era: alta, sinuosa, e con i capelli color rame che le arrivavano fino a metà schiena. Si sedette al suo tavolino e iniziò a chiacchierare in un italiano sciolto, senza inflessione dialettale. Ben presto si rivolse solo alla Zena, ignorando completamente la Elsa.

Pericle era geometra e parlava di libri e cinema, usando termini e nomi che la Zena non aveva mai sentito, come «neorealismo» e «Rossellini». Disse che aveva appena finito di leggere *Ladri di biciclette*, che l'anno prima era stato portato sullo schermo da Vittorio De Sica. «È una delle poche volte che ho trovato il film migliore del libro», commentò.

«Il cinema mi piace, ma con la bambina piccola per i romanzi non ho più il tempo», rispose Zena in tono di scusa. In realtà, i romanzi lei non li leggeva nemmeno prima.

Dopo quell'incontro, Pericle non mancò mai di arrivare in piazza. Ogni sera, si sedeva accanto alla Zena e le parlava a voce bassa, usando un tono un po' presuntuoso che la intimidiva ma, allo stesso tempo, lo rendeva ancor più affascinante. Lei lo trattava con rispetto, persino con un po' di riverenza. I due chiacchieravano fitto, le teste sempre più vicine, finché le voci si trasformavano in un sussurro.

Che avranno poi da dirsi? pensava Elsa. E una sera, tornando verso la cascina, finì per dare un consiglio all'amica: «Ti stai spingendo troppo in là».

«Parlare non sarà mica peccato», ribatté l'altra, risentita.

Il giorno dopo, lavorando in risaia, la Zena era più seria del solito. Non cantava né scherzava con le altre mondine come era solita fare. Non lanciò nemmeno una delle sue frasi taglienti al caporale.

«Ti sei alzata con la luna di traverso?» chiese la Elsa.

La Zena non rispose. Continuò a lavorare in silenzio, la testa bassa, strappando con rabbia le erbacce intorno alle piantine di riso.

Quella sera, sedute al solito bar, Elsa sentì che Pericle chiedeva alla Zena: «Ci hai pensato per sabato? A Pagliate c'è un'orchestra fantastica. Pensa che hanno suonato anche alla radio ».

« Ti ho già detto che a casa ho marito. »

« E allora? Anch'io ho moglie. Andiamo a sgranchire le gambe, non c'è niente di male. »

La Zena abbassò lo sguardo. Elsa non l'aveva mai vista farlo con nessuno, nemmeno i primi tempi con Dolfo.

Una volta rientrate, Zena si stese sul letto senza rileggere l'ultima lettera del marito, cosa che era solita fare. Nel buio, Elsa la sentì rigirarsi senza sosta fra le lenzuola.

« Faccio male se vado a ballare con Pericle? » chiese dopo un po'.

« Non penso che Dolfo ne sarebbe contento. »

« Ma se vieni anche tu... »

« Zena! Sai bene che a me non lo ha chiesto. »

———◆———

La sera dopo, le due tornarono al bar della piazza. Quel pomeriggio, Zena aveva passato ore a prepararsi e si era persino messa i bigodini. Seduta al tavolino, un vestito a fiori attillato e i capelli rossi che le cadevano a onde sulle spalle, guardava con fare nervoso in fondo alla strada. Quando spuntò la Vespa di Pericle, lei lo salutò con un gesto vistoso della mano, che infastidì la Elsa.

Seduti uno accanto all'altra, Pericle e la Zena iniziarono a parlare come al solito, gli sguardi incollati, le voci sempre più basse. Dopo un po' si alzarono.

« Vado via cinque minuti », disse Zena all'orecchio della cognata.

Elsa le afferrò un braccio. « Non fare la scema! »

Lei si liberò con uno strattone e seguì Pericle nei giardini.

L'altra rimase seduta. Si sentiva agitata, risentita, lasciata da parte. Cosa fare? Forse doveva scrivere a Guido, avvertirlo di quello che stava succedendo... L'idea però la fece vergognare: lei non era una spia, e men che meno lo sarebbe stata con la sua migliore amica. Quel pensiero, invece di calmarla, la fece arrabbiare di più.

Dieci minuti dopo, ecco rispuntare la Zena dai giardini, sola. Corse verso il bar, spettinata, senza più rossetto sulle labbra. «Andiamo. Su, muoviti!» incitò la cognata.

Sulla via del ritorno, quasi correva.

«Aspetta, che con questi tacchi non riesco a starti dietro!» protestò la Elsa, ma l'altra tirò dritto.

Solo più tardi, stese sulle brande, Zena le disse: «Sabato a ballare con Pericle non ci vado».

«Sono cose tue.»

«Guarda che non è successo niente, solo dei baci. Quando ha provato ad andare più in là, ho avuto vergogna e sono scappata via.»

Elsa si sedette di scatto sul letto. «Solo dei baci... Ma ti senti? A casa hai un marito e una figlia!»

L'altra non reagì, ma nel buio, a Elsa parve di sentirla piangere. Pochi minuti dopo, di nuovo la sua voce. «È l'ultima volta che vengo in risaia. Preferisco fare la miseria che fare la puttana.»

Elsa rimase in silenzio.

Zena dopo un po' aggiunse: «Dolfo vuole cercarsi un lavoro vicino alla Svizzera. Meglio andare a vivere da un'altra parte, ma uniti».

———— ◆ ————

Il 1949 fu davvero l'ultimo anno di risaia per la Zena. L'anno dopo si rifiutò di partire, e quello dopo si rifiutò di nuovo. A quel punto, Dolfo spedì una lettera a un compaesano che viveva a Viggiù, un paesino sul confine con la Svizzera. Gli chiese ospitalità per qualche giorno, e lui rispose che non c'erano problemi, ma lo avvertì che, per cercarsi un lavoro da quelle parti, doveva procurarsi una moto, ché in montagna le biciclette servivano a poco.

Dolfo andò a comprarsi l'ultimo modello della Gilera, una Saturno rosso fiammante. Come anticipo, diede i soldi che aveva messo da parte lavorando nello zuccherificio di Sermide. Per il rimanente firmò delle cambiali. La Zena non voleva, ché di debiti già ne avevano abbastanza, ma lui insisteva che a Viggiù la moto gli serviva e alla fine lei capitolò.

A ottobre del 1951, Dolfo Martiroli attese un giorno di sole e fece il viaggio da Caposotto a Viggiù sulla moto appena acquistata, i fogli di giornale pressati sotto il giubbotto e in testa un berretto di lana rosso fatto dalla madre, con tanto di pompon.

Due giorni dopo il suo arrivo, già aveva trovato lavoro come manovale in un cantiere in Svizzera. Tempo una settimana, Dolfo aveva anche firmato il contratto per due stanze in affitto in una vecchia casa di ringhiera.

Agli inizi di novembre, la Zena lasciò Sermide per raggiungerlo assieme alla bambina.

Il viaggio fu lungo e dovettero cambiare treno tre volte, ma la donna era eccitata all'idea di conoscere il nuovo paese e nemmeno sentì la stanchezza.

Lasciata Milano alle spalle, Zena scorse in lontananza la catena delle Alpi, con il monte Rosa che svettava sopra le altre cime innevate.

Prima di arrivare, scoppiò un temporale che in pochi minuti coprì di nero il mondo.

Madre e figlia scesero alla stazione di Bisuschio riparandosi alla meglio con un giornale. La corriera per Viggiù già attendeva nella piazzuola e le due salirono di corsa, grondanti di pioggia.

Dolfo le aspettava alla fermata dei Giardini. «Venite, andiamo a casa», disse, baciando di fretta moglie e figlia sotto il diluvio.

Era già buio. L'acqua batteva sui sassi delle case, scrosciava sulla ruggine delle vecchie ringhiere. La Zena camminava veloce, trascinandosi dietro la bambina. Dolfo con una mano reggeva l'ombrello, e con l'altra, la valigia della moglie.

Percorsero stradine anguste che si snodavano tra vecchi edifici di pietra. Zena si guardava intorno, smarrita: quello non era il bel villaggio sui colli che Dolfo le aveva descritto, ma un paese cupo, un luogo di vento, di piogge improvvise e di pareti umide.

Non appena entrati in casa, Zena si guardò intorno, inzuppata e tremando dal freddo. Passò in rassegna la cucina spoglia, i muri sporchi, il vecchio tavolo con le sedie scompagnate. In un angolo, un lavello di pietra. Sopra un ripiano costruito con due cassette della frutta, il fornello da campeggio con un unico fuoco. Nell'altra stanza, muri stinti, un brutto letto di metallo con sopra un'immagine altrettanto brutta di una Madonna con Bambino, e di lato una stufetta elettrica.

Dolfo taceva, mortificato. «Appena prendo paga, facciamo portar su i nostri mobili e ne compriamo anche di nuovi», disse dopo un po'.

«Non è così male. C'è solo bisogno di una donna qui dentro», rispose la Zena arruffandogli i capelli.

2015

◆

Sulla strada per Stellata, gennaio

«Quei campi allagati mi ricordano le risaie.»
«È che ha piovuto molto, mamma.»
«Bei tempi, quelli...»
«Credevo fosse un lavoro massacrante.»
«Da giovani la fatica non si sente, e poi, quando in risaia veniva anche la Zena, ci divertivamo. Quanto manca per arrivare?»
«Un'oretta. Sei stanca?»
«Un po'. Pensare che un tempo tornare a Stellata era sempre una festa... Ti ricordi i viaggi sulla Millecento di zio Dolfo? Quanto ci faceva ridere quel matto!»
Di colpo si rabbuia.
«Mamma, che c'è, non stai bene?»
«Ma no, sono stanca. È l'età.»
So che non è vero. Lo sappiamo tutte e due, e adesso non riusciamo più a far finta di niente.
Inserisco un CD e la voce di mia figlia riempie l'abitacolo.
«È Federica, mamma.»
«Lo so. Una voce così mica ce l'hanno in tante. L'ha presa da suo nonno Guido.»
«Vero. Io invece sono stonata come una campana. Chissà perché dicono così: sono stonate le campane?» cerco di scherzare.
Arriviamo a Stellata prima del tramonto e ci dirigiamo subito a

casa di zia Leonora. È la sorella più piccola di mio padre e, come a tanti altri Martiroli, pure a lei è toccato in sorte un nome operistico: Leonora, dal Trovatore. Quando abbiamo deciso che io e mamma saremmo tornate a Stellata, ho chiamato lei per chiederle se poteva cercarci un appartamento.

« Se ti accontenti, ci sarebbe quello dove stavo prima di fare la casa nuova. È chiuso da più di un anno, ma è ancora arredato. »

« Andrà benissimo. Quanto vuoi? »

« Ma che dici, ci mancherebbe! In un momento simile... »

Quando la zia apre l'appartamento, ci accoglie un profumo di pulito e di Pronto al limone. È una casa modesta, dalle stanze piccole e buie, però zia Leonora ha messo i centrini sui mobili pseudoantichi e ha inamidato le tendine delle finestre. Sul letto dove dormirà mia madre, una coperta di ciniglia con le rose e una bambola con i boccoli, il vestito con il pizzo, e quello sguardo inquietante che hanno le bambole di porcellana.

« Ho acceso il riscaldamento. Nel frigo c'è del brodo e un po' di spesa. »

« Grazie, zia, hai fatto fin troppo. »

« Stasera comunque venite a mangiare da me. »

Mamma mi lancia un'occhiata implorante.

« Magari un'altra volta, zia. Siamo molto stanche. »

« Sì, certo. Per qualsiasi cosa, chiamami. »

« Grazie, Leonora », aggiunge mia madre.

E lei se ne va.

Scaldo il brodo e metto sul tavolo il pane e la crescenza che ho trovato nel frigo.

Sediamo una davanti all'altra. Ceniamo in silenzio. L'unico rumore è quello dei cucchiai.

« Ho portato l'album delle fotografie, mamma. È tanto che non lo guardiamo insieme. »

« Ormai sono tutti morti. »

« La gente non muore finché la ricordiamo. »

« Sono stanca, Norma. Meglio se vado a letto. »

Sparecchio e mi ritiro anch'io nella mia stanza.

Apparteneva a mia cugina Sandra e tutto è rimasto come quando ci viveva lei. Sulle pareti, carta a fiorellini rosa. Sopra gli scaffali, i suoi libri di scuola: quello di matematica, e i volumi dell'Odissea e dell'Iliade. Appesi ai muri, i poster di Antonio Cabrini e di Mal dei Primitives.

Mi spoglio e mi infilo sotto le lenzuola. Domani avrò un mucchio di cose da sbrigare: dovrò andare in Comune a Bondeno per la residenza, e bisogna che cerchi un medico. Poi mamma vorrà sicuramente che la porti sulla tomba di papà.

Continuo a rigirarmi nel letto. C'è troppo silenzio qui intorno. L'unico bar del paese è chiuso da anni e alle otto di sera in giro non c'è più nessuno. Risistemo per l'ennesima volta il cuscino, ma non c'è niente da fare. Non è per il troppo silenzio che non riesco a dormire. Mia madre sta morendo. Devo ripeterlo per convincermi di questa verità. Mia madre sta morendo...

Quando il cancro è tornato, lei si è rifiutata di riprendere la terapia.

« No. Basta torture! »

« Mamma, devi. »

« Non insistere. Voglio vivere in pace il tempo che mi resta. »

Inutile oppormi a quella decisione, era stata irremovibile. Finita la discussione, mi aveva fissato. « Mi piacerebbe farmi seppellire accanto a tuo padre, non qui a Viggiù, tra le montagne. »

« Come si fa, mamma? Dovremmo trasferirci a Stellata, e là non abbiamo più la casa. »

« Qualcosa troveremo. Se non vuoi venire, potrei prendere qualcuno. Un'infermiera, o una badante... »

« No. Se proprio hai deciso, vengo io, ma sarebbe meglio restare vicino a Milano, per le cure. »

« *Basta ospedali, Norma. Portami vicino a tuo padre. È l'unica cosa che voglio.* »

———◆———

Dopo la morte di papà, ho lasciato Londra e sono venuta in Italia per starti vicino. Viggiù ci era sembrato il posto migliore per tornare a vivere insieme: la casa c'era ancora, e ci avevamo vissuto entrambe per molti anni. Mi sentivo contenta di tornarci, anche se da ragazza ero fuggita via, senza capire che non era tanto il paese che non andava, quanto la mia vita. Vivendoci di nuovo, dopo tanti anni, mi sono accorta di amarlo, quel paesino.

A Viggiù la convivenza si era dimostrata più facile del previsto. Ci eravamo ritagliate i nostri spazi: io avevo la piscina, le passeggiate in montagna, la pittura. Tu al mattino facevi la spesa, o lavoravi a maglia davanti alla TV, e nel pomeriggio andavi al Centro Anziani a giocare a carte. Per oltre due anni ci siamo evitate con cura, senza confessarcelo. Finché non abbiamo scoperto il tuo tumore.

C'è stata la chemioterapia. Sembrava che il cancro fosse stato sconfitto, poi sono arrivati i risultati degli ultimi esami, e la sentenza: « *Tre, quattro mesi di vita* ». *E poi, la nostra decisione di tornare a Stellata.*

L'idea di passare i prossimi mesi in una vicinanza così asfissiante mi angoscia. Qui non sarà più possibile ignorarci. Dovrò affrontare al tuo fianco l'aggravarsi della malattia e la tua morte. Sarebbe stato più facile ricoverarti in qualche centro per i malati terminali, farti assistere da personale specializzato, come mia figlia mi aveva suggerito, ma non ne ho avuto il coraggio. La mia non è stata generosità, mamma. Solo mancanza di coraggio. Ha semplicemente prevalso il senso del dovere. Quindi, non aspettarti di più.

Due cani abbaiano in fondo alla strada. Mi sa che ne avranno per un po'. Accendo la luce: le due e mezza. Mi verso un bicchiere d'acqua e lo sguardo mi cade sulla valigia. Vado a prendere l'album delle fotografie che mi sono portata dietro. Torno a letto e inizio a sfogliarlo.

Mi soffermo su un'immagine in bianco e nero. Siamo io e te sulla spiaggia del Po. Devo avere quattro, forse cinque anni. Sono in mutande, la paletta in mano e un grande fiocco sui capelli. Niente costume, ché a quei tempi soldi per comprarlo a una bambina non ce n'erano. Tu, mamma, indossi un prendisole con la scollatura quadrata. Sei così graziosa... Sfioro la foto: non è solo per te che sono venuta. Questa è l'ultima opportunità per sistemare le cose tra noi.

Quando ha iniziato ad andare tutto storto, mamma? Forse avevi scoperto fin da subito che crescere una figlia era diverso da come lo mostravano nei film americani o nelle pubblicità dei biscotti Plasmon. Avevi confezionato con le tue mani le cuffie e i guantini, ma l'illusione deve essere finita presto. I bambini hanno occhi grandi e ti guardano come se tu fossi Dio, ma appena nati ti si attaccano al seno e ti svuotano di forza, ti svuotano di vita. I tuoi giorni si erano trasformati in una serie infinita di pannolini sporchi, pappe da preparare e mortificanti incontri con le amiche, dove paragonavi il tuo sconforto con i visi radiosi delle altre madri. E ti sarai chiesta: come si fa a sorridere, diomio, come si fa a essere felici quando hai il ventre coperto di smagliature, di notte non dormi e di giorno ti ritrovi ad affrontare pianti interminabili, la tosse che non passa, vomito di latte sulla maglia nuova, e poi le vaccinazioni, i mal di pancia... Tu ci hai provato, lo so, ma la tenerezza e l'amore erano solo per papà. Non sei stata una mamma prodiga di baci e di carezze. Per le coccole avevo lui, papà, e la nonna. Nonna Neve davanti alla porta della casa sull'argine che annaffiava le peonie; lei che profumava quand'era felice, che quando venivo qui a Stellata, in vacanza, per colazione mi preparava il caffellatte con dentro piccoli pezzi di pane. E baci, quanti baci! Adoravo sentirla recitare le sue filastrocche in dialetto. Me ne stavo seduta sulle sue ginocchia, *la testa appoggiata al suo petto magro, e sentivo il cuore che le batteva forte, e c'era una vena là, sulla gola, che si gonfiava mentre lei declamava:*

> Sdassa sdassa la farina par la siora Meneghina,
> sdasla ben, sdasla mal, sdasla prima ad Nadal;
> lava, lava li scudèli, lavli ben, lavli mal,
> buta l'acqua in dal canal,
> al canal al s'è sfundà... ma nisùn a s'è angà!*

Sdassa sdassa la farina par la siora Meneghina... *Non riesco a togliermi dalla mente quella cantilena. Mia madre sta morendo, e io me ne sto qui a ripetere quelle parole insulse...*
Tossisci. Trattengo il fiato.
Tossisci di nuovo. Ora mi alzo e vengo da te... ma poi tutto tace. Ti sarai riaddormentata.
Chiudo l'album di fotografie e spengo la luce.
Quanto tempo è che non tornavamo a Stellata, mamma? Tornarci per un po', intendo, non una scappata veloce come abbiamo sempre fatto negli ultimi anni. Essere di nuovo qui, in questo posto così ricco di memorie, forse mi farà bene. Farà bene a tutte e due.
Qual è il mio primo ricordo? Non è di te, mamma. È di un viaggio in bicicletta con papà: lui che pedala cantando sullo stradone dell'argine, io seduta nel seggiolino davanti. Avrò avuto cinque anni, e quel giorno faceva molto caldo...

---

* Passa passa nel setaccio la farina per la signora Meneghina, / passala bene, passala male, passala prima di Natale; / lava lava le scodelle, lavale bene, lavale male, / butta l'acqua nel canale / il canale è sfondato... ma nessuno s'è annegato. (N.d.A.)

1952

fine maggio

I vestiti di cotone della bambina, la biancheria di sotto, tre paia di pantaloncini e le magliette. Non mancava niente. Elsa richiuse la valigia con un *clic* e scese in cucina. «Meglio se porti Norma da tua madre adesso, se no farai tardi allo zuccherificio», disse al marito.

Cinque minuti dopo, tutti e tre erano sull'argine.

«Norma, fai la brava e non far dannare i nonni», si raccomandò la donna.

Guido sistemò la bambina sul seggiolino. «Tieni le mani strette al manubrio, altrimenti con la ghiaia rischiamo di cadere. Avanti, saluta la mamma.»

Norma fece ciao con la manina. Guido diede la prima pedalata e si allontanò sullo stradone. Elsa rimase a fissarli sull'argine, il cuore pesante. Il giorno dopo sarebbe partita di nuovo per la risaia. Erano tre anni che in Piemonte aveva dovuto tornarci da sola. *Questa non è vita*, sospirò, osservando la bicicletta del marito mentre si allontanava.

Il sole iniziava a scendere e i suoi raggi cadevano obliqui tra le file di pioppi nella golena. Il cielo era di un blu intenso e l'aria profumava d'erba tagliata. Elsa ridiscese il sentiero e rientrò in casa.

Guido pedalava tranquillo e cantava:

> *Non dimenticar che t'ho voluto tanto bene.*
> *T'ho saputo amar, non dimenticar...*
> *Se ci separò, se ci allontanò l'ala del destino,*
> *non ne ho colpa, no, e ti sentirò sempre a me vicinoooo...*

« Il destino è un uccello? » chiese la bambina.

« Un uccello? »

« Hai detto 'l'ala del destino'. »

Lui rise. « È un modo di dire. »

« Cos'è il destino? »

« È... come ti giochi la vita. »

Lei però ne sapeva quanto prima. « E la vita cos'è? »

« Quello che fai ogni giorno: quando ti alzi, ti vesti e bevi il latte... tutto è vita. Anche adesso che andiamo in bicicletta a casa di tua nonna, è vita. »

I due si lasciarono alle spalle Felonica, il borgo di Quatrelle, e raggiunsero la fila di case addossate all'argine destro del Po che segnava l'inizio di Stellata.

« Quando mi riporti a casa? » chiese la bambina.

« Non appena la mamma torna dalla risaia. »

« Perché non posso stare con te? »

« Perché lavoro, e la nonna di Sermide è malata, non può tenerti. Non sei contenta di stare con nonna Neve? »

« Sì, ma stare con te era un destino più bello. »

Si fermarono davanti alla fila di vecchie abitazioni che costeggiavano l'argine del fiume. Ancor prima di scendere, Guido scorse il padre che, in cima a una lunga scala a pioli, imbiancava il piano superiore della casa.

Sua madre teneva ferma la scala, preoccupata perché un incidente di gioventù aveva reso zoppo il marito.

«*Radames, vegn zo, che con c'la gamba sifulina at finirè par cupárat!*» gridava la Neve.

«Con la gamba che si ritrova, finirà davvero per ammazzarsi!» mormorò Guido.

Aiutò la bambina a scendere dal seggiolino, slegò dal portapacchi la valigia, e scesero le scalette che, dalla cima dell'argine, conducevano alla porta d'ingresso.

«Però! Che cambiamento con una mano di bianco!» esclamò una volta sotto.

«Ah, Guido, eccoti! Neve, *tegn sodi c'a vegni zo*! Tieni ferma la scala che vengo giù!» avvertì Radames.

«Prima o poi ti romperai l'osso del collo, ma almeno avrò finito di tribolare», brontolò la Neve, però tenne salda la scala mentre il marito iniziava a scendere. «Entra, che ti ho fatto il pollo con i peperoni che ti piace tanto», aggiunse, rivolgendosi al figlio.

«Non posso, mamma. Devo scappare se no faccio tardi allo zuccherificio.» Diede un bacio alla bambina. «Tu fai la brava, che sabato vengo a trovarti.»

«Vai, che tua figlia da noi starà benissimo», lo rassicurò Radames, i piedi già per terra.

Risalito sull'argine, Guido si girò per un ultimo saluto. Fermi davanti alla porta, i suoi genitori gli sembrarono due vecchi, anche se in verità avevano poco più di quarant'anni.

Il padre era alto, con il corpo asciutto e i capelli a spazzola. Aveva un viso delicato, a eccezione del naso, che era lungo e con una piccola gobba. Sua madre Neve, invece, era un donnino tutta nervi ed energia. I capelli non li teneva raccolti in una crocchia come le sue coetanee, ma li portava tagliati sotto le orecchie. Raccontava che, a sedici anni, aveva eliminato le trecce a colpi di forbici perché voleva assomigliare alle attrici americane. Neve non era mai stata bella come le sue sorelle, e non possedeva certo il fascino di Adele, la figlia maggiore dei Casadio. Quella zia, Guido la conosceva solo di fama, perché era andata a sposarsi in Brasile quando lui nemmeno era nato, ma tutti dicevano che, tra le figlie femmine di Beppe Casadio, era lei la più bella. Neve però aveva nei lineamenti qualcosa di esotico che incuriosiva: la pelle era ambrata, i capelli folti e neri come la pece, ma erano soprattutto gli occhi che attiravano l'attenzione della gente: brillavano come perle e quando lei ti guardava, parevano leggerti dentro.

Dalla cima dell'argine, Guido notò che i suoi, come al solito, avevano iniziato a beccarsi.

«Le scarpe sporche di pittura in casa mia non entrano!» gli intimò la Neve.

«Se non ti vado bene, stasera mangio in trattoria», sbottò Radames ma, mentre parlava, già si era tolto le scarpe e stava entrando in cucina con la nipote per mano.

«Neve, perdio! Vieni che la bambina ha fame!» gridò subito dopo, sporgendosi dalla finestra.

«*Un po' ad pasiensa!*» gli rispose lei, indispettita, e sparì dietro la porta.

In quella casa non era cambiato niente, pensò Guido. Lui con quei battibecchi c'era cresciuto, ma adesso era un uomo, e capiva che la vera ragione di quell'attrito non erano certo le scarpe sporche di suo padre.

Stanca delle troppe gravidanze, alla nascita del decimo figlio la Neve aveva obbligato Radames a dormire nella stanza dei figli maschi e, da allora, ogni sera si era assicurata di chiudere a chiave la porta della sua camera.

Lui si era vendicato prendendo come amante la Rosa, una vedova che viveva sulla strada per Bondeno. In giro lo sapevano tutti, e al bar non si facevano sfuggire l'opportunità di fargli battute a doppio senso.

« Radames, ma che sapone adoperi, che oggi profumi come una *rosa*? » gli chiedeva il suo amico Erminio con un sorriso sornione.

« Non v'è *rosa* senza spine », commentava il postino giocando a briscola, quando si imbatteva nelle carte sbagliate.

I genitori entrambi in casa, Guido diede la prima pedalata e riprese la via del ritorno. Mezz'ora e sarebbe arrivato allo zuccherificio, giusto in tempo per iniziare il suo turno.

———◆———

Norma aveva la passione dei colori e a casa della nonna passava il tempo disegnando fate, alberi, galline e fiori giganti che arrivavano al tetto delle case. Quando si stancava, Neve la prendeva sulle ginocchia e le cantava qualche canzone che aveva imparato ascoltando la radio, oppure le raccontava storie della sua giovinezza. Come quella di quando, da piccola, rimasta paralitica a causa di una forte febbre, era poi guarita per grazia ricevuta. « I dottori dicevano che solo un miracolo poteva farmi camminare di nuovo, così mia mamma mi ha portato dalla mummia di santa Caterina de' Vigri, a Bologna. A forza di recitare rosari, si era addormentata e a quel punto la Santa mi ha chiesto di andare da lei. Io mi sono alzata e ho camminato da sola, così, senza nessuna fatica. Non solo mi ha guarita, ma da quel giorno ogni volta che sono contenta profumo come un giardino! »

Quello era vero: quando Neve rideva, spargeva intorno un profumo talmente dolce che le api arrivavano a frotte. A lei comunque non facevano paura perché, in tutti quegli anni, non l'avevano mai punta.

Una piccola nube di api la seguiva anche il giorno in cui Neve andò con la nipote nell'unico negozio del paese, a comprare l'olio.

Le visite alla bottega di Luciana per la bambina erano sempre una festa. Sul bancone c'erano i vasi di vetro con le spirali di liquirizia e i savoiardi e, davanti alla porta, c'era una macchinetta magica, che infilandoci dentro una moneta sputava fuori un pugno di noccioline. Appesi dietro il banco, prosciutti, culatelli e salami con l'aglio. Su un lato del negozio, le casse di birra Peroni e quelle rosse della Coca-Cola; sull'altro, gli scaffali con pile di ciabatte, bottiglie di vermouth, pennini, quaderni a righe e a quadretti; e poi le bambole nel cellophane, i camion dei pompieri e altre meraviglie.

Mentre Neve pagava l'olio, nel negozio entrò una signora che teneva per mano un bambino. Norma fissò la donna piena di ammirazione: il viso era bello, con la pelle chiara e gli occhi grandi; teneva i capelli biondi raccolti in uno chignon alto, e nel suo abito verde smeraldo, con la borsetta bianca e le scarpe pure bianche, a punta, sembrava un'attrice, o una fata.

Il bambino era magro, con le ginocchia appuntite, i capelli rasati quasi a zero, e gli occhi nocciola con dentro tante pagliuzze d'oro. Era alto quanto lei, ma Norma pensò che doveva avere più anni perché sembrava già capace di leggere. Scorreva con il dito i nomi dei prodotti e sillabava: «Liù, più si la-va e più ri-splen-de... Nien-te al mon-do la-va meglio di OMO...»

«Ma che bravo! Chi ti ha insegnato?» lo complimentò la Luciana.

«Mio papà.» Solo allora il bambino sembrò accorgersi di Norma. «Come ti chiami?» le chiese, l'indice su per il naso.

«Elia, togli quel dito!» lo rimproverò la madre. Poi si rivolse a Neve. «Chi è questa bella bambina?»

Norma si nascose velocissima dietro la gonna della nonna.

«La figlia di Guido, il mio maggiore. Avanti, di' alla

Ghelfa come ti chiami!» la incoraggiò Neve, ma Norma rimase con la faccia sprofondata nel vestito.

«*L'è malmustosa!*» strillò Elia, e scoppiò a ridere con un'aria da prendi in giro.

Norma fece un passo avanti e gli tirò un calcio sopra lo stinco. Lui si fiondò su di lei e la prese per i capelli.

«*Adès basta!*» ordinò la Ghelfa, sollevando di peso il figlio.

«Avanti, chiedi scusa a Elia», incitava la Neve, ma non ci fu verso di convincere né Norma, né il bambino.

«*Admán pórtla a cà mea*, così faranno pace», suggerì la Ghelfa. Si abbassò verso Norma e aggiunse: «Ci vieni a casa mia domani? Ho i tacchini che fanno la ruota e ti faccio vedere i pesci rossi che Elia ha vinto alla fiera».

La bambina fece subito sì con la testa. Elia era antipatico, ma ai pesci rossi mica poteva rinunciare.

———◆———

Il giorno dopo, la mano nella mano della nonna, Norma camminava sulla strada che portava alla casa della Ghelfa. Passarono davanti al cinematografo e alla Casa del Sale, presero un sentiero, poi superarono un campo di erba medica e uno più grande di frumento. Alla fine arrivarono davanti a un edificio basso e squadrato in mezzo alla campagna, con finestre piccole e le persiane verdi. Su un lato, il fienile; sull'altro, una rimessa stipata con telai di motociclette e motori arrugginiti. Un edificio modesto, dove però spiccava un'imponente porta di legno massiccio, intarsiata e vecchia di secoli.

Dove l'avranno mai recuperata! pensò la Neve, senza sapere che i nonni della Ghelfa, quando avevano costruito la casa, avevano rubato quella porta dalla Rocca Possente, il forte estense eretto accanto al fiume che da secoli giaceva abbandonato. A colpirla quel giorno fu comunque il giardino. Da anni nessuno lo curava, ma quella primavera il cielo doveva avergli regalato la giusta dose di sole e di pioggia e le piante erano cresciute a dismisura e con uno sfoggio di colori straordinario. Le rose spingevano contro l'inferriata; gli iris si accavallavano alle dalie, ai gerani, ai rovi di ribes e di more; e c'erano i non ti scordar di me, l'aglio selvatico e le ortensie.

« Vengo a prendere la bambina prima di cena », disse la Neve, congedandosi dalla Ghelfa, e si avviò di nuovo verso casa.

« Avanti, Norma, va' a vedere i pesci rossi! » la incoraggiò la Ghelfa.

La stanza era in penombra e dentro si respirava profumo di pulito e di cera per i pavimenti. Un vecchio orologio a pendolo scandiva i secondi. Nel centro della cucina, un tavolo di legno sul quale troneggiava la boccia di vetro con dentro i pesci conquistati alla fiera. Elia ci stava di fronte.

Norma gli si mise accanto e batté piano un dito sul vetro. « Come si chiamano? »

Il bambino la fissò, gli occhi grandi come quelli della madre, con dentro tante pagliuzze d'oro. « Lui Uno, lui Due, e lui Tre », si inventò sul momento. Poi mise una mano dentro. L'acqua schizzò, lui afferrò un pesciolino e glielo porse. « Te lo regalo. »

Norma fissava quel piccolo pugno pieno di vita trattenendo il respiro.

Il pesce guizzava. « Prendilo! » insisteva lui.

« Elia, no! » La Ghelfa corse dal figlio, gli allargò le dita e rimise in acqua il pesciolino. Un fremito, e Tre risalì a galla, la bocca spalancata e l'occhio fisso.

La donna lo ripescò in fretta e se lo mise in tasca. « Fa niente, ne hai ancora due. »

Molti anni dopo, con i capelli bianchi e i dolori alle ginocchia, Norma avrebbe ricordato il pesciolino rosso che Elia voleva darle come offerta di pace, ma che invece aveva fatto morire. Quel giorno imparò che se si rompe qualcosa, non sempre si può riparare, e che ciò che abbiamo rovinato può finire per sempre.

———— ◆ ————

Passarono il pomeriggio correndo sotto l'ombra dei filari e giocando a nascondino.

Norma attendeva dietro il pagliaio trattenendo il respiro, il cuore che le batteva forte.

Elia le spuntò davanti con un salto.

«Non vale, mi hai spiato!» protestò lei.

«Non è vero! Ho i poteri magici come Mandrake!» rispose Elia, spavaldo, una gamba piegata in avanti e le braccia alzate.

«Bambini, venite a bere che si muore dal caldo!» li chiamò la Ghelfa.

Sul tavolo c'era la bottiglia d'acqua con l'Idrolitina e, quando la mandarono giù, le bollicine gli salirono su per il naso. Dopo aver bevuto, uscirono di nuovo e questa volta Elia corse verso il fienile.

«Vieni», la incoraggiò, mentre saliva la scala a pioli, e lei lo seguì.

Giunti in cima, lui tirò fuori dalla tasca le figurine dei calciatori. Conosceva tutti i nomi, e iniziò a spostarle avanti e indietro, imitando la radiocronaca della partita Italia-Inghilterra che lui e il padre avevano ascoltato qualche giorno prima. «Ecco Pandolfini che passa la palla a Piola. Amadei tira... palo! Boniperti ci riprova, niente. Piola passa la palla ad

Amadei e... gol!! » esclamò alla fine, buttandosi di schiena sulla montagna di paglia.

Lei gli si stese accanto. Faceva così caldo, lassù. C'era odore di fieno e di acqua di fiume. Soffici raggi di luce entravano dalle aperture rotonde sotto il tetto e un pulviscolo dorato scendeva su di loro.

Il sonno arrivò come un'onda: iniziò dalle dita dei piedi, salì lungo le gambe, continuò a salire finché loro due non si addormentarono, mano nella mano, i corpi vicini.

◆

Non erano in molti a lasciare che i loro figli andassero a casa della Ghelfa. Lei era cresciuta sola, senza neppure un'amica con cui giocare, tutto perché in paese l'accusavano di darsi delle arie.

« *L'è nada con al cul in dal butér.* » È nata con il culo nel burro, diceva qualcuno.

« È colpa dei suoi che l'hanno viziata », faceva eco un altro.

Commercianti di frutta all'ingrosso, i genitori della Ghelfa non avevano bisogno che la figlia lavorasse in campagna. Era una bella ragazza e puntavano su quello per farle fare un buon matrimonio. Sognavano che lei sposasse un farmacista, un professore, o il figlio del medico condotto. Poi, un giorno, tutte le speranze della famiglia furono compromesse.

La Ghelfa si era fermata al bar per comprare il gelato. Appena era entrata, gli uomini avevano smesso di parlare. Lei era abituata a quei silenzi, però, quel giorno, uno aveva detto ad alta voce: «Sento odor di merda».

Subito dopo un altro aveva aggiunto: «Sono meglio quelli che puzzano di merda che quelli con la puzza sotto il naso!»

Lei si era girata di scatto. Aveva fissato quell'uomo, e il bicchiere del poveretto gli si era frantumato nella mano.

Un fenomeno simile era capitato anche durante la messa di Pasqua: quando la Ghelfa aveva starnutito, metà delle lampadine della chiesa erano scoppiate tutte insieme.

Non ci volle molto prima che in paese facessero due più due. Cominciò a girar voce che la ragazza aveva strani poteri, e chissà, forse gettava pure il malocchio.

Per quanto la criticassero sottovoce, la Ghelfa quelle maldicenze le sentiva, e ogni volta fissava il malcapitato di turno con uno sguardo talmente carico di astio, che alla gente le sue occhiate iniziarono a far paura. Quando lei passava in piazza, le donne si facevano il segno della croce, e gli uomini si toccavano le palle.

Per proteggerla da tanta cattiveria, i suoi preferivano tenerla chiusa in casa. In attesa del giusto candidato, le uniche uscite della Ghelfa si limitavano alle visite ai migliori negozi di Ferrara, e alla presenza in chiesa la domenica, occasione in cui sperava di attirare un buon partito. Però i ricchi cercavano una donna istruita, e ai contadini, con tutte quelle storie di bicchieri fracassati e lampadine esplose, la Ghelfa incuteva paura. Per tutte queste ragioni, lei si ritrovò a ventisei anni ancora signorina, in un'epoca in cui, alla sua età, le ragazze erano già sposate e con un paio di figli.

Fu allora che la Ghelfa, temendo di rimanere zitella, iniziò a frequentare Fortunato. Lei insisteva per chiamarlo con il suo vero nome, ma in paese lo conoscevano tutti come «Bicicli» perché fin da bambino aveva mostrato una grande passione per riparare le biciclette.

Una volta cresciuto, Bicicli aveva aperto un'officina dove aggiustava anche le Vespe e le motociclette. Gli era pure capitato di dare un'occhiata alle automobili che giravano in paese. Poche, in verità: un paio di Fiat Topolino, l'Alfa Sport di un industriale di Bondeno e, in tempo di guerra, persino una Mercedes 170s, con un motore che «cantava come un violino», aveva assicurato lui. A Stellata gli volevano tutti bene perché aveva un carattere allegro e faceva prezzi talmente stracciati che la gente gli lasciava sempre la mancia per mettersi a posto la coscienza.

«Te, caro il mio Bicicli, non diventerai mai ricco!» gli ripetevano.

«Ho la salute e un lavoro che mi piace, sono Fortunato di nome e di fatto», rispondeva lui.

Fortunato un fico secco! pensò sua madre quando venne a sapere che lui aveva perso la testa per la Ghelfa. La donna fece di tutto per fargli dimenticare quella smorfiosa rompilampadine. Gli presentò altre ragazze, tutte candidate che lei considerava ideali, ma non servì a nulla: suo figlio voleva solo la Ghelfa, le altre nemmeno le vedeva.

Tanto la corteggiò e tanto promise che lei, sebbene detestasse le sue orecchie a sventola, che davano a Bicicli l'aria un po' da scemo, alla fine accettò di sposarlo.

La gente pensava che, tempo tre mesi, quel matrimonio sarebbe andato alla deriva. Invece, con sorpresa di tutti, anche la Ghelfa si innamorò di lui, nonostante le unghie sporche d'olio di motore e le sue orecchie a sventola. A conquistarla furono la sua delicatezza, un'inesauribile energia nel letto ma, sopra ogni altra cosa, i bizzarri discorsi filosofici con cui il marito la intratteneva. Bicicli le parlava delle stelle, e si chiedeva se era stato il Padre Eterno ad averle fatte, o se loro fossero state là da sempre, ancor prima di Lui. Oppure si domandava se era più importante essere un libero pensatore, o un pensatore libero. Se ne usciva con discorsi talmente profondi, che alla Ghelfa a volte venivano le vertigini.

La domenica i due sposini avevano l'abitudine di sedersi in piazza per un Campari e si fissavano con l'aria innamorata. Gli uomini sedevano ai tavolini: i pantaloni di panno, le camicie della festa stirate a puntino dalle mogli.

«Ma guardateli che due piccioncini!» esclamava qualcuno con aria divertita.

«Si vede che a letto lei lo fa contento», commentava un altro, affrettandosi a finire il suo bianchino prima che il bicchiere gli scoppiasse nella mano.

Che si trattasse di leggenda, o solo di maldicenze paesane, per tutti la Ghelfa rimaneva un tipo strano, troppo elegante e troppo diversa per essere accettata in quel paesino dove il numero di vacche e di maiali superava quello dei cristiani. E contò poco che, dopo il matrimonio, lei finì per sorprendere tutti occupandosi personalmente dei lavori in campagna. Imparò persino a usare le macchine e andava su e giù per i campi seduta sul trattore, coperta dalla testa ai piedi per non far scurire la pelle, ma con lo sguardo fiero.

La Ghelfa rimase incinta subito dopo sposata e, allo scadere dei nove mesi, entrò in travaglio. Quando le si ruppero le acque, Bicicli corse a chiamare la levatrice, talmente agitato che rischiò due volte di ribaltarsi con la Lambretta.

Tornato a casa con l'ostetrica, domandò di poter assistere al parto. «La nascita di un figlio è un miracolo della natura e non intendo perdermelo», spiegò.

Una richiesta del genere, lei non l'aveva mai sentita. «Non voglio uomini tra i piedi», si limitò a rispondergli.

«Io da qui non mi muovo. Mi butti fuori lei, se ne è capace!» si intestardì Bicicli.

Alla fine l'ebbe vinta, ma la levatrice si prese la rivincita. Prima lo mandò in farmacia a comprare del disinfettante e, quando tornò, lo rispedì a Bondeno per prenderle della tintura di iodio. Poi cambiò di nuovo idea e lo rimandò in paese con altre istruzioni. Le richieste non finivano mai: c'era da far bollire un'altra pentola d'acqua, aveva bisogno di asciugamani puliti, le era venuta voglia di un caffè... e per favore, poteva andare a prenderle anche un goccio di latte? Era un andirivieni continuo fra la stanza da letto, di sopra, e la cucina, che stava di sotto: su e giù, su e giù... Ogni scusa era buona pur di toglierselo di torno.

Prima di sera nacque un maschio, sano, forte, di quattro chili e mezzo. Stanca di lottare contro quel ficcanaso di Bicicli, la levatrice lasciò la casa con un sospiro di sollievo.

Moglie e marito rimiravano il figlio sognando il suo futuro: la Ghelfa lo vedeva nell'alta società ferrarese, stimato da tutti per l'eleganza e il portamento; Bicicli invece lo immaginava circondato da motori: il miglior meccanico di tutta la provincia... di tutta l'Emilia... di tutta l'Italia!

« Ancora non abbiamo deciso il nome. Come lo chiamiamo? » chiese la Ghelfa.

« Non ne ho idea. Ce lo farà sapere lui, o la vita. »

Non si erano accorti del fumo che saliva dalla cucina. L'ultima volta in cui era andato a far bollire l'acqua, Bicicli si era scordato di spegnere il fornello. La fiamma aveva raggiunto uno strofinaccio; lo strofinaccio era caduto per terra; il fuoco aveva raggiunto una sedia, poi dalla sedia era passato al tavolo e, in pochi minuti, l'intera cucina era stata avvolta dalle fiamme.

« *Ciapa al putin e scapém!* Prendi il bambino e scappiamo! » urlò Bicicli non appena si accorse dell'incendio. La donna prese in braccio il neonato, Bicicli prese in braccio la Ghelfa, e in qualche modo i tre riuscirono a scendere le scale e a uscire di casa. Però le fiamme erano ormai fuori controllo e, con il fienile lì accanto, dovevano allontanarsi alla svelta.

Bicicli considerò che era troppo rischioso caricare la moglie, ancora così debole, e pure il bambino, sulla Lambretta e percorrere il sentiero, dissestato com'era. Si guardò intorno, e puntò lo sguardo su qualcosa che faceva al caso suo.

«Sarai mica matto?» esclamò la Ghelfa, quando capì cosa gli era passato dalla testa.

«Meglio di niente!» replicò lui.

Qualcuno nel frattempo doveva aver chiamato i vigili del fuoco. Il camion dei pompieri si avvicinava a sirene spiegate quando, a pochi metri dalla casa in fiamme, si imbatté in una visione stravagante: un uomo correva lungo il sentiero spingendo una carriola che traballava precariamente a destra e a sinistra; dentro la carriola, una donna, in camicia da notte coi volant, urlava stringendo tra le braccia un neonato.

Impiegarono due ore a domare il fuoco. La cucina era distrutta, ma per fortuna il piano superiore era rimasto intatto.

«L'avete scampata bella!» disse il comandante dei vigili a Bicicli, il fumo che usciva ancora dalla casa. Poi chiese: «Che nome darete al bambino?»

«Non lo abbiamo ancora deciso.»

«Chiamatelo *Floriano*. È il santo patrono dei pompieri», suggerì lui.

Marito e moglie si scambiarono un'occhiata, escludendolo subito.

La notizia dell'incendio si sparse in paese e rafforzò le dicerie che attribuivano alla Ghelfa poteri inquietanti: prima bicchieri e lampadine che si frantumavano, e adesso pure la casa incendiata! Meglio starle alla larga.

Invece la maestra delle elementari, che in quanto donna di scienza non assecondava i pregiudizi, e il prete, che per professione combatteva le superstizioni, andarono a trovarla.

La prima, appassionata di storia romana, suggerì: «Questo bambino è speciale. È nato dal fuoco e bisogna trovargli un nome altrettanto speciale. Che ne dite di *Servio*?»

«Servio?» avevano ripetuto la Ghelfa e Bicicli all'unisono.

«Come Servio Tullio, il sesto re di Roma! Fin dalla nascita aveva una fiamma ardente sopra la testa. Visto quello che è successo, mi sembra appropriato.»

Il prete invece propose con ispirazione, e disegnando con il dito un grande arco nel cielo: «Perché non *Elia*, il profeta che volò al cielo su un carro di fuoco!»

«Più che su un carro di fuoco, nostro figlio era in una carriola, padre», sottolineò Bicicli che, da buon meccanico, teneva alla precisione.

«Possiamo pur prenderci una licenza poetica!»

«*Elia l'è un gran bel nom*», decise la Ghelfa che, nonostante la sua eleganza, parlava quasi sempre in dialetto.

«Servio è fuori discussione, e Floriano mi ricorda un fertilizzante. Vada per Elia!» concluse Bicicli, e la settimana dopo battezzarono il figlio con quel nome.

Il bambino si dimostrò fin da subito speciale, proprio come aveva immaginato la maestra. Nato in agosto, sotto un segno zodiacale di fuoco, aveva un temperamento appassionato e un carattere indipendente. A sei mesi già mangiava da solo, a nove camminava, a due anni era capace di vestirsi e di allacciarsi le scarpe, e a quattro sapeva leggere e scrivere. Affascinato dalle fiamme, più di una volta la madre lo sorprese ad accendere piccoli roghi nel cortile, o a incendiare il bidone della spazzatura. Diede fuoco persino al suo cappellino preferito, quello con nastri, veletta e piume colorate.

◆

Anche se da sposata conduceva una vita normale, alla Ghelfa era rimasta addosso l'etichetta di essere un po' strega, e pure con la puzza sotto il naso. Nessuno andava a trovarla e i genitori non permettevano ai figli di giocare con Elia. Per quello, quando Neve, che a certe baggianate non dava retta, aveva accettato di portare Norma a casa sua, alla donna erano brillati gli occhi.

Per tutto il mese di giugno, mentre la Elsa lavorava in risaia, la bambina passò i pomeriggi a giocare con Elia.

Non appena ebbe imparato la strada, Neve le permise di andare a casa della Ghelfa da sola. Lei superava il cinematografo e la Casa del Sale, poi prendeva il sentiero lungo il fosso e camminava con la fretta nei piedi e un cappellino in testa. La luce di giugno tremava sulle foglie dei pioppi e frotte di uccellini volavano a raso del fiume. Lei non vedeva l'ora di giocare con Elia e aumentava il ritmo fino a correre, rischiando ogni volta di far volare via il cappellino.

«Ciao», lo salutava appena arrivata, il fiato corto, le guance rosse, e il viso che brillava di sudore.

«Ciao», rispondeva lui, fingendo disinteresse.

«Vieni?»

Elia si alzava con aria svogliata, ma Norma era certa che l'avrebbe subito seguita.

Passavano ore a giocare con le biglie di vetro, ed Elia le insegnò come farle andare più forte o più diritte. A volte tiravano calci al pallone, oppure seguivano la Ghelfa in campagna, seduti con lei sul trattore. Però la cosa che più piaceva a Elia era catturare vermi. Lui e Norma facevano a gara a chi li prendeva più lunghi. Erano grossi e rosati, e si attorcigliavano intorno alle loro dita.

«Che ci fai con tutti questi vermi?» chiese lei un pomeriggio, mentre ne infilava uno enorme nel barattolo di vetro.

«Un po' sono per la pesca di mio papà, e un po' per dar da mangiare all'uccellino», rispose lui.

Tornati a casa, le mostrò una scatola da scarpe con dentro del cotone idrofilo, e in quel piccolo ospedale improvvisato, c'era un passerotto con un'ala spezzata.

«È caduto dal nido. Mia mamma gli dà da bere con il

contagocce e io gli do i pezzettini di vermi da mangiare», spiegò il bambino.

Non era la prima volta che Elia portava a casa qualche uccellino ferito. In genere morivano. La Ghelfa si premurava di rimuoverli subito, poi, quando lui si accorgeva che la scatola era vuota, si fingeva sorpresa. «Stava meglio e sarà volato dalla sua mamma», gli diceva per rassicurarlo.

Ogni giorno, alle quattro del pomeriggio, la Ghelfa preparava la merenda: due grosse fette di pane con sopra il burro e una spolverata di zucchero. Il burro lo faceva lei, con il latte delle sue vacche, e quando Norma le andava vicino, respirava l'odore dolce della mungitura. La donna bolliva il latte, toglieva la panna e la sbatteva con il ghiaccio, il polso fermo e mai stanco di girare. Fatto il burro, metteva il pentolino in fondo al frigorifero marca Ignis, uno dei primi in paese.

«Che bello! Cos'è?» aveva esclamato Norma quando lo aveva visto la prima volta.

«Guarda, dentro c'è sempre l'inverno!» Elia lo aveva aperto, ed erano stati avvolti da una folata di gelo.

Dopo la merenda, i due bambini si arrampicavano in cima al fienile, diventato ormai il loro luogo preferito. Si stendevano sulle montagne di fieno e giocavano al dottore. Elia appoggiava il viso sul petto di Norma e ascoltava il battito del suo cuore, poi le tirava su il vestito e le toccava il mal di pancia.

Un pomeriggio, corsero dalla Ghelfa ed Elia esclamò: «Guarda, mamma, ci baciamo come gli attori dei film!»

Chiusero gli occhi poi unirono le bocche sigillate, le labbra dell'uno premute sulle labbra dell'altra.

La Ghelfa rideva. Un vento caldo arrivava dal fiume e i loro baci sapevano di burro e di zucchero.

1954

I governi si susseguivano uno dopo l'altro e cadevano nel giro di pochi mesi. Uno era durato solo trentadue giorni.

«*O mia patria, sì bella e perduta!*» si lamentava Guido, ricalcando le parole del *Nabucco*.

«Tanto cosa cambia? Quelli della Democrazia Cristiana si passano la palla, ma il gioco rimane lo stesso. Bisognava prendere il potere subito dopo la Liberazione, o nel '48, quando hanno provato ad ammazzare Togliatti. Invece, al momento giusto, il PCI se la fa sotto», diceva Dolfo al fratello, durante una delle loro discussioni quando rientrava a Sermide per le ferie.

Lui amava la Russia e credeva negli ideali della Rivoluzione. Nel marzo 1953, dopo la morte di Stalin, Dolfo Martiroli si era sentito orfano. Era arrivato al punto di erigere un piccolo altare in cucina, con tanto di ritratto incorniciato e candele.

«*A t'sé sensa cugnisión!* Sei fuori di testa!» aveva protestato la Zena, ma lui era stato irremovibile e per anni il ritratto di Stalin rimase esposto nella loro cucina.

A Mosca moriva Stalin; a Sermide, qualche mese dopo, moriva la madre della Elsa. La malattia della suocera era l'ultimo legame che tratteneva Guido nel *palás*. Nell'inverno del '54 lui scrisse a Dolfo e organizzò il trasloco a Viggiù.

Norma era in prima elementare e i suoi decisero di lasciarla da nonna Neve fino a che non si sistemavano, e più avanti, decisero di lasciarla a Stellata fino a giugno, per non farle cambiare troppe scuole.

Portarono Norma dalla nonna un pomeriggio di febbraio, con un sole bianco che accecava senza scaldare l'aria. Presero in prestito la Lambretta da Melampo, il meccanico che viveva nel cortile del *palás*, e ci salirono tutti e tre: Norma davanti, in piedi, poi Guido, e per ultima la Elsa, seduta di traverso con la valigia in bilico sulle ginocchia.

Erano in ritardo per il treno ed ebbero appena il tempo di lasciare Norma con la nonna in cima all'argine. Due baci, qualche raccomandazione, e ripartirono. Una nuvola di polvere coprì lo stradone di ghiaia. Norma stringeva la mano della nonna e sentiva la paura batterle dentro come un secondo cuore. Pensava che i suoi genitori l'avrebbero lasciata là per sempre.

Quando più tardi andò a dormire, il buio le cadde addosso. Lei si coprì con il lenzuolo fin sopra il naso. La tela era ruvida, di quelle di una volta, tessute in casa, e aveva il profumo della cenere che sua nonna metteva nella *bugada grosa*, il bucato stagionale che si faceva in cortile, bollendo montagne di lenzuola su grandi fuochi.

Il mattino dopo, Norma aprì gli occhi e impiegò qualche secondo per ricordarsi dov'era. Fuori pioveva. Lei cacciò indietro le lacrime, e sentì una gran voglia di correre da Elia e di arrampicarsi con lui sul fienile.

«Lo vedrai domani, a scuola. Oggi è domenica e si va a messa», tagliò corto la Neve.

Un'ora dopo, la bambina si ritrovò davanti al prete senza avere idea di quando dovesse alzarsi, sedersi, o inginocchiarsi, perché a casa sua non si usava andare in chiesa.

La gente pregava, ma lei non capiva una parola. «Nonna, cosa dicono?»

«Sstt... È latino», la zittì Neve.

I grandi occhi azzurri della bambina vagarono lungo la navata, soffermandosi sui quadri della Via Crucis, poi sulla statua della Madonna, infine sull'immagine di Gesù con la corona di spine e il cuore che grondava sangue dentro il torace aperto. «Perché gli esce il sangue?» chiese, spaventata.

«Gesù si è fatto uccidere per salvarci dai nostri peccati», mormorò la Neve.

«Si è fatto uccidere?» esclamò Norma.

«Stai buona, poi a casa ti spiego.»

E Norma tacque, frastornata dalle immagini dei santi che grondavano sangue, e sbigottita dal prete che, in tutto quel tormento, cantava e pareva soddisfatto.

Povra putina, povera bambina, venuta su senza sapere nulla della religione, rifletteva la Neve. Del resto, Guido era cresciuto tale e quale il padre: gente senza timore di Dio, peggio dei selvaggi. Lei, invece, dopo le tante disgrazie che le erano capitate nella vita – fame e povertà, un figlio morto in fasce, due gemelli dati in adozione ai cognati per la troppa miseria – si era avvicinata sempre di più alla Chiesa, finendo per affezionarsi a Dio come fosse stato un suo parente. Ogni mattina, andava alla prima messa, poi si fermava a discutere con Lui, lamentandosi dei dolori alle ossa e delle preoccupazioni che suo marito le dava, commettendo atti impuri con la Rosa. Quelle visite erano un sollievo a cui Neve non intendeva rinunciare, nonostante Radames spesso la prendesse in giro.

«È più facile credere a Superman che al tuo Dio!»

«*Ma tasi, c'at fè più bèla figura!*» Ma taci, che fai più bella figura, gli rispondeva lei. Sapeva che il marito, più che essere contrario al suo Dio, ne era semplicemente geloso.

———— ◆ ————

Il lunedì, Norma sperava di trovare Elia in classe, ma nella scuola di Stellata femmine e maschi erano in aule separate e non riuscì a vederlo fino alla ricreazione.

Quando spuntò nel cortile, lei gli andò vicino e gli toccò una spalla. Elia si girò, e tanta fu la sua sorpresa, che restò muto.

«Giochiamo a Campana?» propose Norma, e lui la seguì senza dire una parola.

Finita la ricreazione, Elia corse verso la sua aula: i pantaloni sporchi di terra, la camicia mezza fuori e i capelli ritti in testa. A metà strada si girò. «Sono contento!» le disse impacciato, una finestra tra i denti.

Nei mesi seguenti, divennero inseparabili. Durante la ricreazione, si sedevano su un gradino e si scambiavano la merenda, perché la Ghelfa si ostinava a preparare per Elia i panini col formaggio, e a lui quel formaggio non piaceva. «Sa di pecora, di cacca di pecora», diceva, una smorfia sulla bocca.

Gli altri maschi giocavano a pallone o a rubabandiera, e incitavano Elia a unirsi alla squadra, ma lui preferiva stare con Norma. Le femmine allora arrivavano in piccoli gruppi e li prendevano in giro. «Elia Birba c'ha la morosa, Elia Birba c'ha la morosa!» canticchiavano in coro.

Gli avevano affibbiato quel soprannome perché ne combinava più lui da solo che tutto il resto della classe messa insieme. Se gli assegnavano una punizione, Elia saltava dalla finestra e se ne tornava a casa. Quando le bambine lo stuzzicavano in cortile, acchiappava la prima che gli passava vicino e le tirava i capelli. Se in aula la maestra lo riprendeva, iniziava a dibattere su chi avesse ragione e non c'era verso di farlo tacere. Mani sui fianchi, le diceva, serio: « Maestra: o parlo io, o parla lei. Insieme non si può! »

Spesso Bicicli veniva convocato a scuola. Ascoltava le lamentele dell'insegnante, poi cercava di scusare il figlio. « Deve ammettere che Elia prende sempre voti alti. »

« Anche la disciplina è importante, signor Bombarda. Se non lo raddrizza adesso, cosa farà quando cresce? »

« A quattro anni, mio figlio sapeva già leggere e scrivere. A forza di riempire pagine di aste, si annoia. »

Ma la maestra non voleva sentire scuse e la guerra fra lei ed Elia non accennava a placarsi.

Un giorno, la donna gli ordinò di uscire dalla classe e lui si nascose nello sgabuzzino delle scope. Finì per addormentarsi e rimase là dentro anche dopo la chiusura della scuola. Lo trovarono i carabinieri il mattino seguente, dopo essere stati in giro tutta la notte a perlustrare la campagna e a scandagliare i fossi. Quella volta, anche Bicicli perse la pazienza e lo accolse prima con un abbraccio e molte lacrime, poi con un paio di calci nel sedere.

Neve sapeva che Elia era un po' brigante, ma sapeva anche che a scuola era il più bravo, e per quello lasciava che la nipote andasse a casa sua. « Prima i compiti, poi giocate. Altrimenti da Elia non ci vai più », si raccomandava.

Nei giorni più freddi, i due bambini si sedevano davanti alla grossa stufa a legna della Ghelfa. Norma si portava dietro i pastelli e gli album che la nonna le aveva comprato nel negozio della Luciana, dopo che lei le aveva impiastrato di colori metà delle pareti. Finiti i compiti, disegnavano: lei campi di papaveri, cani grandi come elefanti, case con davanti un cammello, angeli, corriere azzurre... Lui, invece, navi con le vele, pellerossa a cavallo o paracadutisti che scendevano dal cielo. Quando si stancavano di disegnare, sfogliavano i giornaletti di *Tex* e di *Mandrake* e lui glieli leggeva, perché Norma sapeva appena sillabare.

Arrivò la promessa della primavera, l'erba tenera e le viole. Il fango nei cortili iniziò a seccare e gli alberi da frutto si coprirono di fiori. Giunsero anche le rose di maggio poi, a giugno, il fruscio del grano maturo e il volo dei calabroni.

———————◆———————

Un pomeriggio Norma trovò il cortile di Elia vuoto e un grande silenzio intorno. La porta di casa era aperta, ma dentro non c'era nessuno. Poi ricordò che era domenica e che, quel giorno, Elia andava a giocare all'oratorio. Ma la Ghelfa e Bicicli, dov'erano?

Entrò in casa. In cucina c'era profumo di meloni e maraschino. Il vento muoveva le tende della finestra ed entrava nella casa come una musica. Norma amava quella stanza: l'odore di cera per i pavimenti, il frigorifero Ignis con dentro l'inverno ma, più di tutto, le piaceva guardare la Ghelfa e Bicicli che si baciavano. A volte lui sedeva la moglie sulle ginocchia e poi le faceva il solletico, oppure le portava alla bocca piccoli pezzi di pane, e la Ghelfa reclinava la testa come un uccello.

Il tavolo era ancora apparecchiato. Sopra, due bicchieri di vino mezzi pieni e una fetta di melone con l'impronta dei denti. Per terra, una camicia; abbandonato lungo le scale, ecco il vestito a fiori della Ghelfa. Norma salì in punta di piedi fino alla camera da letto. La porta era socchiusa. Lei la aprì piano, senza fare rumore.

Le persiane erano accostate e i suoi occhi dovettero abituarsi alla semioscurità della stanza. Infine li vide: dormivano nudi, vicini vicini, le gambe intrecciate e la mano di Bicicli abbandonata sulle natiche della moglie. La luce dei corpi brillava nella penombra. Lei rimase sulla porta a guardarli, stregata dalla bellezza di quella visione...

Poi, scese di nuovo le scale e si incamminò lungo il sentiero per tornare a casa. Stormi di uccelli volavano sul fiume, e il sole imbiancava il mondo di luce. Norma camminava dando calci a un barattolo vuoto di pelati. Pensava che anche lei, da grande, voleva qualcuno che la tenesse sulle ginocchia, e poi ricevere piccoli pezzi di pane dalle sue dita. Voleva ridere come faceva la Ghelfa quando Bicicli le faceva il solletico, e splendere come lei sulle lenzuola. Sognare cose belle, non uscire mai da quella stanza.

◆

Due giorni dopo, Norma disse a Elia che suo papà era venuto a prenderla e lei stava per andare a Viggiù.

«Dov'è?»

«Boh! Bisogna prendere il treno.»

«Quando torni?»

«Non lo so.»

Stavano seduti in cucina. Lui abbassò lo sguardo e continuò a sfogliare *Il monello* come se la cosa non gli importasse. Dopo un paio di minuti, prese il coperchio di una grossa pentola e corse fuori. «Vieni!»

Lei lo raggiunse nella rimessa di Bicicli. Elia stava estraendo un cassetto da un vecchio mobile. «Dai, aiutami», la incitò.

Trascinarono il grande cassetto in cortile e ci si sedettero dentro: lui davanti, lei dietro. Elia teneva il coperchio tra le mani, lo ruotava e faceva: «Brrrrr...» Si girò verso di lei. «Quando sono grande, compro una macchina rossa, una americana, con i sedili in pelle e la radio. Poi vengo a Viggiù e ti sposo.»

Era il loro ultimo pomeriggio insieme. Il sole scottava e l'estate era ferma sui campi. Lui le giurò che un giorno sarebbe andato a Viggiù e l'avrebbe sposata. Lei gli chiese di nuovo: «Davvero verrai?»

———————◆———————

Il giorno dopo, Norma saliva sul treno insieme al padre. Era un'estate torrida, il caldo durava anche quando faceva buio. Norma sedeva accanto al finestrino, il vestito color crema che Neve aveva stirato quel mattino, già sporco per via dei mirtilli che una signora le aveva regalato.

Ferme a un passaggio a livello, alcune donne in bicicletta sventolavano le braccia in segno di saluto. Poco più avanti, il treno passò davanti a un gruppo di giovani che lavorava nei campi a torso nudo. Due ragazze, le teste fuori dal finestrino, attiravano la loro attenzione con piccole grida felici.

Prima di sera, il monte Rosa apparve dietro i campi di granturco e le colline. Norma non aveva mai visto una montagna, e men che meno una montagna con la neve in piena estate.

«Mezz'ora e siamo arrivati», le disse il papà.

La corriera azzurra, la stessa che tre anni prima avevano preso la Zena e Donata, aspettava i passeggeri davanti alla stazione di Bisuschio. Si arrampicò a fatica lungo una strada tortuosa e, dietro l'ultimo tornante, Norma scorse la fila di case affacciate sulla scarpata che segnava l'ingresso di Viggiù.

Appena scesa, la bambina vide che le strade erano tutte storte e le case erano fatte di pietra, non di mattoni come era abituata a vederle.

La mamma li aspettava nella casa nuova, che di nuovo in verità non aveva niente: due camere buie che si affacciavano su un cortile interno, altrettanto buio e con un pozzo nel centro. La stanza al piano terra fungeva da cucina, e al piano di sopra c'era la camera dei suoi.

« Io dove dormo? » chiese Norma.

Guido spostò i cuscini del divano e spuntò un letto. « L'abbiamo comprato apposta per te. Ti piace? »

Norma non rispose.

« Scaldo l'acqua e ti faccio il bagno », le disse la Elsa. Mise a bollire un pentolone, preparò la tinozza di metallo, poi stese un lenzuolo lungo una corda per dividere la cucina a metà.

Norma si tolse i vestiti ed entrò nella tinozza. Fuori era quasi buio e la sera profumava di salvia e di sapone. La madre lavava la bambina, le passava la spugna sul corpo. Piccoli fiumi le correvano lungo la schiena, e la sera scendeva tranquilla sul mondo.

Finito il bagno, Elsa strofinò la figlia nell'asciugamano, l'aiutò a rivestirsi e per ultimo tolse il lenzuolo steso sopra il filo.

Guido sedeva al tavolo. « Domani ti porto da tua cugina Donata. »

Norma fece finta di niente.

« Che c'è? Non vuoi andare a giocare con lei? »

Lei fece di no con la testa. Subito dopo aggiunse: « Da Donata domani non ci voglio andare ».

Lui allora la prese per mano e la portò in cortile. Afferrò una sedia e fece sedere Norma sulle sue ginocchia. Poi intonò *Casta Diva*, abbassando le note di un'ottava. Era un'aria del suo 33 giri preferito. Norma ascoltava spesso quel disco assieme al papà quando ancora abitavano nel *palás*. Lui le diceva che la cantante si chiamava Maria Callas e il titolo dell'opera era *Norma*.

«Come me?»

«Sì, proprio come te.»

Norma credeva davvero che la Callas cantasse per lei, e che quella musica fosse davvero la sua. Appoggiò la testa contro il petto del papà, gli tirò piano i peli del braccio come faceva quando era più piccola, poi restò in silenzio ad ascoltare quella voce tanto amata. Il canto saliva fino a raggiungere la musica serale degli uccelli. Era come se tutto intorno a loro fosse sospeso, come stare dentro una fabbrica di vetro. Lei respirava appena, con il timore che, con un solo battito di ciglia, il mondo si potesse frantumare.

2015

◆

Stellata, febbraio

«Te lo ricordi il pozzo della casa di Viggiù? » ti chiedo mentre passeggiamo sull'argine.
« Quale pozzo? »
« Quello nel nostro cortile, mamma. »
« Ah, sì, Gesù mio... Ogni mattina andavo a lavorare con la paura che tu ci cadessi dentro. »
« Potevi farlo chiudere. »
« Non era roba mia. E poi non eravamo i soli ad abitare in quel cortile. »
« Ero piccola, e tu eri fuori dalla mattina alla sera. Potevo caderci davvero, in quel pozzo. »
Fissi la strada in un silenzio risentito. Fai sempre così quando tocco argomenti che non ti piacciono.
Il cielo è nuvoloso, l'aria gelida. Dopo le ultime piogge, il livello del fiume si è alzato e la corrente trascina via rami, borse dei supermercati, bottiglie di plastica. C'è anche una sedia rossa con la scritta COCA-COLA che si legge fin da quassù.
« Fa freddo. Meglio tornare a casa », dici dopo un po'.
Sono solo duecento metri, ma devi fermarti tre volte a riprendere fiato.
« Forse è meglio usare la carrozzina, mamma. »
« Finché ci riesco, voglio muovermi con le mie gambe. »
Una volta arrivate, ci sediamo in cucina.

« Preparo il caffè. »

« Dovevo lavorare, Norma. C'erano debiti da pagare, volevamo costruire la casa... » dici dopo un po'.

« Ed eri disposta a rischiare la vita di tua figlia per uno stipendio? »

« Che discorsi! Non eri mica abbandonata. C'era tua cugina con te e a mezzogiorno andavate a mangiare dalla Cesarina. Facevano tutti così. »

« Io mia figlia da piccola non l'ho mai lasciata con una conoscente qualsiasi. Preferivi andare a lavorare piuttosto che rimanere tutto il giorno con me. Era un tuo diritto, ma avresti dovuto accertarti che io fossi al sicuro. »

« Basta, Norma! Erano altri tempi, non c'erano i pericoli di oggi. E in quel pozzo non ci sei mai caduta. »

Mi alzo di scatto e vado a lavare le chicchere.

Anche girandoti le spalle sento lo sforzo che fai per respirare. Ogni giorno è peggio e adesso la notte devi usare l'ossigeno. A che serve farti queste recriminazioni?

« Cosa vuoi per cena? » finisco per chiederti.

« Niente, non ho fame. »

Ti alzi e vai in camera da letto, sbattendo la porta dietro di te.

1957

◆

aprile

L'economia del Paese aveva iniziato a riprendersi. Le Vespe e le Lambrette venivano sostituite dalle automobili e quell'estate la prima Fiat 500 debuttò sul mercato. Fu anche l'anno in cui l'Unione Sovietica lanciava nello spazio lo Sputnik 2 con a bordo la cagnetta Laika, destinata a morire dopo qualche ora di volo. Un'impresa che fece piangere sia Norma sia Donata.

«Chruščëv *al gh'ha 'na ghigna da balòss*. Chruščëv ha una faccia da balordo», sosteneva Guido.

«*Mo tasi, cl'è bon cme 'l pan!* Ma taci, che è buono come il pane», insisteva Dolfo, la cui fede nella Madre Russia continuava a essere incrollabile.

Era un sabato sera e, come sempre, le due famiglie Martiroli si erano riunite per una partita a carte.

«*A gh'ho tre figuri vachi*. Ho tre figure insignificanti», sbottava Guido, senza decidersi sul da farsi.

La Zena, che giocava sempre in coppia con lui, perdeva la pazienza. «*Dai, c'at sé long cme 'na fola!* Dai, che sei lento come la fame!»

Le bambine sedevano sul divano chiacchierando e sfogliando le copie di *Grand Hotel* e *Bolero* delle loro madri. Si divertivano anche a osservare le smorfie di Dolfo e della Elsa. I due giocavano sempre insieme e avevano escogitato una serie di segni segreti per comunicarsi a vicenda le carte. Le bambine li trovavano irresistibili.

Le partite del sabato sera erano contraddistinte da molta allegria e si consumavano grandi quantità di bottiglie di vino, noci, e semi di zucca arrostiti nel forno. Dolfo era quello con la battuta pronta, o la frase scherzosa detta al momento giusto. In caso di vincita, abbracciava la cognata e le scoccava fragorosi baci sulle guance. Guido non si sarebbe mai permesso un comportamento del genere con la Zena, ma suo fratello se ne fregava delle convenzioni. Lui era fatto così.

A volte Dolfo passava a casa della Elsa anche il sabato pomeriggio, per portarle i funghi appena raccolti nei boschi di Rendemuro, o anche solo per un saluto. Lei gli faceva il caffè e si sedevano al tavolo per una chiacchierata. La Elsa si divertiva ad ascoltare le storie rocambolesche di quando lui e Guido erano bambini, come quella della notte in cui erano andati a rubare l'uva. «Sul più bello, mi è uscito uno starnuto che mi avranno sentito fino a Mantova. È stato per quello starnuto traditore che ci hanno scoperto. Siamo scappati come due lepri, ma nella fretta abbiamo dimenticato il sacco con sopra scritto 'Martiroli'. Quante ce ne ha date nostro padre quella volta!»

Lei rideva, e in quei momenti le pareva di essere tornata ragazza. Con Dolfo, Elsa si sentiva più giovane e spensierata.

———— ◆ ————

Le due bambine erano insieme da mattina a sera: a scuola compagne di banco e il pomeriggio lo trascorrevano o a casa di una o dell'altra. Di solito si fermavano a giocare nel cortile di Norma con Salvatore, il figlio del panettiere siciliano, e c'erano Mauro e Marcellino, i fratelli mantovani del piano di sopra. Anche Donata aveva le sue amichette, ma in quegli anni il legame con Norma era diventato il più forte.

Bastava poco per renderle felici: comprare un gelato in via Roma, giocare a moscacieca nel cortile, o anche solo un temporale; correre in piazza in due sotto l'ombrello, oppure restare in casa e guardare il mondo da dietro la finestra. Quando pioveva forte, via Borromeo pareva un fiume in piena, la chiesa della Madonnina sembrava un'arca in mezzo al mare. E c'era l'Angela, della porta accanto, che quando arrivava la bufera, chiamava il cane sulla soglia di casa, il vestito gonfio e il vento nelle tasche. Strillava come una gallina.

Donata era alta e atletica. Quando litigava con i maschi, erano sempre loro a prenderle. Non aveva paura di niente e Norma invidiava il suo coraggio. E poi era bellissima, e quella dote, da sola, richiedeva assoluta devozione. Aveva occhi di un azzurro intenso e la massa di riccioli neri che si ritrovava li faceva risaltare ancor di più. Quando scendevano a Stellata, nonna Neve le ripeteva che i capelli li aveva ereditati da Viollca, l'antenata zingara.

«Zingara?» chiedevano regolarmente le bambine sgranando gli occhi, come se fosse stata la prima volta che sentivano quella storia.

«*Sì, 'na sigagna*. Metà della famiglia ha preso da lei, altrimenti come si spiega la mia pelle scura, da che parte arrivano i capelli neri e lo sguardo forestiero di tanti Casadio?»

Alle bambine piaceva pensare che in loro scorresse sangue zingaro, e non si stancavano mai di ascoltare le storie della nonna.

Delle due cugine, Donata era la più discola e spingeva Norma ad avventure che lei, da sola, non avrebbe mai avuto il coraggio di affrontare. Una volta la convinse persino a esplorare di notte il cimitero vecchio di Viggiù, un luogo abbandonato pieno di misteri e di leggende, come quella del fantasma di Eutilia, una ragazza suicida per amore. Si diceva che di notte, lo spirito di Eutilia si aggirasse tra le tombe alla ricerca del suo amante.

«Sabato sera voglio andare al cimitero vecchio per vedere se il fantasma c'è davvero», se ne uscì Donata.

«Dici sul serio?»

«Se hai paura, vado da sola.»

«Se ci vai tu, ci vengo anch'io», ribatté subito Norma.

Arrivato il sabato, le due famiglie si riunirono per la solita partita a carte a casa di Norma.

«*A go un bel Fasulìn*. Ho un bel jolly», diceva Dolfo soddisfatto.

«*Tasi, che stasira at dàgh na bèla pagàda*. Taci, che stasera ti darò una batosta», lo avvertì Guido.

Alle dieci, i grandi erano completamente presi dal gioco. «*Tri e du sinch, Mariana!* Tre e due cinque, scopa!» esclamò la Zena.

«Adesso...» sussurrò Donata. E sgattaiolarono fuori.

———— ◆ ————

In giro per Viggiù a quell'ora non c'era nessuno. Corsero lungo via Roma, attraversarono piazza Albinola, girarono in via Enrico Butti fino a raggiungere l'incrocio dove, dietro un antico cancello arrugginito, si celava il cimitero vecchio.

Si arrampicarono su per il muro di cinta. Qualche tentativo fallito, e riuscirono a saltare dentro.

«Hai paura?» chiese Donata, spolverandosi le ginocchia.

«Per niente. E tu?»

«Nemmeno io. Accendi la torcia.»

«Meglio di no, altrimenti ci scoprono.»

«Hai ragione, tanto c'è la luna.»

Si presero per mano e si avventurarono lungo il vialetto principale. Intorno a loro, buio, ombre inquietanti, lapidi annerite dal tempo e coperte di muschio. L'edera soffocava croci e statue. Radici di alberi secolari spuntavano dalla terra, aggrovigliandosi intorno alle tombe come le dita di una strega.

Le foglie secche scricchiolavano sotto i loro piedi. «Come la troviamo la tomba di Eutilia?» sussurrò Norma.

«Verrà lei a cercarci.»

«Non dirlo neanche per scherzo!»

«Te la stai facendo sotto?» ridacchiò Donata, però le tremavano le gambe.

Avanzavano con passo incerto, quando Norma inciampò e finì bocconi su una tomba.

Donata accese la torcia e gliela puntò addosso. «Tirati su!»

Norma, distesa sulla tomba, si ritrovò davanti il ritratto di una bambina con i boccoli e il nastro tra i capelli. Rimase ipnotizzata da quell'immagine, senza riuscire a muoversi.

Raffiche di vento iniziarono a fischiare tra gli abeti e di colpo l'aria si fece gelida.

«Alzati!» le intimò di nuovo Donata, ma l'altra non si muoveva, come paralizzata.

Poi, Norma sentì un fruscio avvicinarsi, due mani la afferrarono per la vita... e in un attimo si ritrovò in piedi.

«Grazie», disse alla cugina.

«Di cosa?»

«Grazie per avermi tirato su!»

«Io non ho fatto niente.»

«Donata, smettila! Mi hai appena sollevata da terra...»

«Ti ho detto che non ho mosso un dito!»

Le due si fissarono, poi Norma afferrò la mano di Donata

e la trascinò via correndo. Si arrampicarono su per il muro e saltarono in strada, questa volta riuscendoci al primo tentativo.

Se Donata stesse fingendo, o se fosse vero che lei non l'aveva aiutata a rialzarsi, Norma non lo seppe mai. Ma in quel cimitero non ci misero più piede.

1957

◆

Viggiù, maggio

Nel cortile dell'Oratorio San Carlo, il Gruppo Amatoriale Operistico stava provando l'ultimo atto della *Traviata*.

«Guido, riprendi dall'inizio, con più trasporto stavolta», ordinò Egidio, la bacchetta di direttore d'orchestra a mezz'aria.

Parigi, o cara, noi lasceremo, la vita uniti trascorreremo.
De' corsi affanni compenso avrai, la tua salute rifiorirà...
Sospiro e luce tu mi sarai, tutto il futuro ne arriderà.

«Adesso tu, Flora...»

Parigi, o caro, noi lasceremo, la vita uniti trascorreremo.
De' corsi affanni compenso avrai, la mia salute...

«Stop! Flora, tesoro: qui Violetta non si sta facendo un sonnellino, sta morendo di tisi. Mostralo al pubblico! Violini, da capo.»

Seduta su una panca, Norma faticava a tenere gli occhi aperti. Lei alle prove di papà non ci voleva andare, ma anche quella sera la madre aveva insistito. «Ci vai, eccome! Altrimenti, domenica niente cinema.»

Ultimamente le cose tra i suoi genitori non andavano bene. A tavola non si parlavano e, le poche volte che lo facevano, alzavano la voce poi uscivano in cortile a litigare. Quando rientravano, Norma faceva finta di niente. La madre sparecchiava in un silenzio risentito. Seduto in disparte, suo padre fumava, e pensava a un'altra. A dieci anni, certe cose Norma le capiva. E immaginava anche chi fosse, la persona a cui il papà pensava.

Nel cortile dell'oratorio, Guido e Flora iniziarono di nuovo la romanza, ma questa volta lo sguardo del padre era incollato a quello di lei, e la stringeva, le accarezzava il viso, i capelli... Egidio non gli aveva mica chiesto di farlo, né gli aveva detto di tenerla così stretta.

Il duetto terminò, ma i due non si staccavano. Per qualche secondo, nessuno fece né disse niente.

« Bene, anzi, benissimo! Ecco l'intensità, il sentimento che cercavo! » esclamò Egidio. « Per stasera può bastare. Ci vediamo giovedì. Otto in punto, mi raccomando. »

Cantanti e musicisti uscirono tutti, a eccezione di Guido e della Flora.

« Papà, andiamo a casa », si lagnava Norma.
« Va' tu. Io devo fermarmi a discutere una scena. »
« Lo sai che poi la mamma... »
« Dille che arrivo subito. »
« Ma... »
« Ho detto vai, Norma! »
E lei tornò a casa da sola.

« Tuo padre? » le chiese la Elsa non appena lei mise piede in cucina.

« Doveva parlare con Egidio. »

«C'era solo Egidio?»

«Sì. Ha detto cinque minuti e arriva», mentì di nuovo.

Elsa si accese una sigaretta, ma la spense quasi subito e si infilò il golfino.

«Mamma, dove vai?»

«A parlare con Egidio, ho due cose da dirgli.» E uscì sbattendo la porta.

Arrivato il giovedì, la madre non le chiese di accompagnare il papà alle prove della *Traviata*.

«Ci vado anch'io?» domandò Norma.

«Non serve più.»

Elsa iniziò a preparare la cena come al solito. A un certo punto, smise di tagliuzzare le carote per il soffritto, si accasciò su una sedia e cominciò a piangere.

«Mamma...»

«Adesso passa...» Si asciugò gli occhi e ricominciò a tagliuzzare le carote. Poco dopo aggiunse: «Tuo padre va a vivere da un'altra parte. Preparati, perché d'ora in poi saremo solo noi due».

◆

«Mia mamma e mio papà si separano», disse Norma alla cugina il mattino dopo.

«Lo so.»

«Come fai a saperlo?»

«Ieri l'ho sentito dire a mio papà, e diceva anche che a suo fratello gli ci vorrebbero due sberle.»

«Credi che se gli dà due sberle poi lui resta?»

«Può darsi.»

«Cerca di fare uno dei tuoi sogni...» insisteva Norma.

Donata diceva di essere capace di sognare il futuro, e aveva anche dimostrato di saper prevedere le cose.

L'anno prima, erano a scuola e di colpo aveva sentito un gran dolore alla spalla. «Ahi!» aveva urlato, e si era accasciata per terra.

«Donata, che c'è, ti sei fatta male?» le aveva chiesto la maestra.

«Io niente, ma mio papà si è rotto una spalla.» E, tornata a casa, aveva scoperto che era successo davvero.

Quella volta, però, la cugina né sognò, né riuscì a prevedere nulla. Toccava a Norma fare qualcosa.

Flora aveva la cartoleria in piazza e, quel pomeriggio, lei si presentò nel suo negozio.

Quando la vide entrare, il viso della donna si illuminò. «Ciao, Norma, ma che bel vestito! Il giallo ti sta proprio bene.»

«Una gomma per cancellare», chiese la bambina.

«Ecco.»

«Quant'è?»

«Niente, te la regalo.»

Norma mise caparbiamente una moneta sul banco, poi aggiunse: «Lascia stare mio padre. Lui una moglie ce l'ha già». Girò sui tacchi e uscì.

Corse a casa di Donata e le raccontò quello che aveva fatto.

«Brava, così quella impara!» E aggiunse: «Comunque, ho la formula magica per non far separare i tuoi. Devi portarmi una foto di tuo papà, una di tua mamma e una della Flora. Ah! Mi servono anche degli spilli».

«Dove la trovo una foto della Flora?»

«All'oratorio hanno un mucchio di volantini per la *Traviata*.»

«Ah, è vero... Ma con gli spilli cosa ci devi fare?»

«Tu portali. Nonna Neve dice sempre che assomiglio a Viollca, e tutti gli zingari sanno fare le magie.»

«La nonna come lo sa che somigli a Viollca?»

«L'ha vista in sogno, come faccio io. Mi ha detto che ha i capelli neri come i miei e tante penne di fagiano in testa.»

Norma scoppiò a ridere. «Le penne di fagiano in testa, ma dai!»

Il giorno dopo, Norma si presentò dalla cugina con gli oggetti che lei le aveva chiesto, in parte ispirata da un documentario visto in TV, e in parte ricorrendo alla fantasia.

Donata appoggiò le tre immagini su un foglio bianco, e sfogliò due rose che si era procurata di nascosto nel giardino del vicino. «Metto i petali sulle foto di zio Guido e zia Elsa e intorno a loro disegno un grande cuore. Tu pianta gli spilli negli occhi della Flora.»

Norma ne afferrò uno e l'avvicinò all'immagine della signora bionda con sotto la scritta: *Flora Rizzi nel ruolo di Violetta Valéry*, ma, più avvicinava la mano, più sentiva mancarle il coraggio.

«Gli occhi bucaglieli tu.» E allungò lo spillo a Donata.

«Così non vale. Non sono mica io la figlia in pericolo.»

Norma avvicinò di nuovo lo spillo all'occhio della Flora... *E se poi diventa cieca?* pensò, e finì per spostarsi verso un lobo: *Tanto i buchi nelle orecchie ce li hanno tutte.*

«Non so se così funziona», borbottò Donata.

«Proviamo. Adesso che fai?»

Donata accese tre candele e le mise davanti alle tre fotografie. «È arrivato il momento della formula magica.

'Occhio malocchio, chi ti ha fatto del male deve farti del bene.
Occhio, contr'occhio, schiatta malocchio.
Occhio, contr'occhio, crepa malocchio!' »

«Sei sicura?» chiese Norma.

«Sì. Ho scritto le parole mentre le dicevano nel documentario in TV.»

Terminarono recitando vari abracadabra e chiedendo l'intervento di alcuni santi pescati nel *Libro dei martiri cristiani* che nonna Neve aveva regalato a Donata l'ultimo Natale: san Faustino, san Procopio e santa Crispina.

Aspettavano un segno, qualcosa che confermasse che il sortilegio aveva funzionato, ma non accadde nulla.

«Ci vuole tempo», sospirò Donata.

Soffiarono sulle candele e il volantino di Flora finì accartocciato nella pattumiera assieme ai petali di rosa. Norma tornò a casa con le foto dei genitori, e attese fiduciosa.

◆

Nelle settimane che seguirono, però, la situazione tra i genitori di Norma peggiorò ulteriormente. Guido passava tutte le sere fuori e certe notti nemmeno rientrava. Durante una pausa pranzo in cantiere, Dolfo cercò di convincere il fratello a lasciar perdere i sogni e a rimettere le cose a posto con la moglie.

Stavano seduti accanto a una montagna di sabbia. «Questa storia deve finire, l'hai trascinata avanti troppo.»

«Non posso più vivere senza la Flora.»

«Mi spiace più che altro per la bambina, ma anche per la Elsa. Qui non siamo mica in America. Nessuno fa sul serio con una donna separata e per di più con una figlia da crescere. E poi, quando vi capiterà di incrociarle in piazza, che farete?»

«Stiamo cercando casa fuori, e anche la cartoleria si può aprire da un'altra parte. Pensavamo a Cantello o ad Arcisate.»

«Ah, siamo a questo. Guido, pensaci bene: quello che senti adesso, che ti sembra che senza Flora la vita non ha senso, non dura. Un paio d'anni e la passione finisce. Dovresti saperlo. E allora, vale la pena di disfare una famiglia?»

«Chi ti dice che con la Flora tra due anni sarà diverso?»

Dolfo scattò in piedi. «Ma tu sei proprio scemo! Fa' come vuoi, ma se lasci tua moglie, sarai un uomo solo. Non contare su di me.»

———————◆———————

In quei giorni difficili, Dolfo passava dalla cognata ogni sera dopo il lavoro. Entrava, sollevava Norma per aria e poi se la stringeva contro il petto. «Chi è il tuo zione preferito?»

«Tu! Però lasciami che non riesco a respirare!»

Elsa cercava di sorridere, ma era piena di amarezza. Dolfo le raccontava le sue storielle buffe per intrattenerla, e lei, questo, lo apprezzava. «Come racconti le storie tu, nemmeno gli attori del cinema!» gli disse un sabato pomeriggio in cui lui era passato per un saluto.

«Be', in fondo attore lo sono stato», rispose Dolfo, e le ricordò come, nell'ottobre del '55, fosse sceso a Sermide quando avevano girato alcune scene del film *Guerra e pace* sul Po, a un tiro di schioppo dal *palás*. «Eravamo almeno in trecento e dovevamo attraversare a piedi il ponte con addosso la divisa dello zar. Io pensavo di fare solo la comparsa, però il regista mi ha notato e ha detto che con i miei capelli biondi, sembravo un vero russo. Così mi ha fatto sedere alla guida di un carro e ha pure chiesto che mi facessero un lungo primo piano, tanto ero bello.»

«Sarai presuntuoso!»

«L'hai visto il film, no? Vorrai mica dire che con l'uniforme russa ero brutto...»

«Hai fatto la tua figura, ma solo alle donne è permesso essere vanitose.»

«La bellezza è un dono e va ammirata. Te, per esempio:

quel taglio di capelli ti sta proprio bene... Sei così bella, Elsa...»

Lei si irrigidì. «Ah, sì. Li ho appena tagliati. Guido nemmeno se n'è accorto...» Poi scattò in piedi e gli girò le spalle per nascondergli che era arrossita. «Lo vuoi un altro caffè?» chiese poi, dandogli la schiena.

«No, grazie. Uno basta.»

In quel momento, Guido entrò in cucina. «Ciao, Dolfo. Che ci fai qui?»

«Passavo, e sono entrato per un saluto.»

«Vuoi un caffè?»

«Glielo sto facendo», rispose la Elsa.

Guido fissò le due chicchere sporche sul tavolo, e alzò gli occhi sulla moglie: lei riempiva di nuovo la moka davanti al lavandino, di spalle, le guance ancora in fiamme.

◆

Quasi senza accorgersene, Elsa si era ritrovata ad aspettare l'arrivo del cognato con una trepidazione che adesso la turbava. Del resto, le sue visite erano l'unico momento piacevole nelle sue giornate.

Una domenica di fine giugno, Dolfo si presentò in casa e invitò lei e Norma a pranzo. «Oggi usciamo a mangiare tutti insieme. Offre lo zione più bello del mondo!»

«Dolfo, oggi no. Davvero non me la sento.»

«Cosa sono queste storie? Devi pur mangiare.»

«Mamma, dai!» insisteva Norma.

E alla fine Elsa si convinse.

Andarono alla Ca' Rossa, una taverna sulla strada che portava al colle Sant'Elia. Il cielo era senza una nuvola e la brezza che arrivava dai monti rendeva la giornata perfetta.

Si sedettero a un tavolo all'aperto. Dall'altra parte della

strada c'era il recinto dei cavalli e le bambine non vedevano l'ora di portar loro le carote che la Zena aveva preparato in un sacchetto.

«Prima si mangia», le ammonì Dolfo, e intanto spostava la sedia di Elsa per farla accomodare.

«Bel cavaliere che sei!» rimarcò la Zena, seccata, e si sistemò al tavolo da sola.

«Un po' di pazienza, stavo arrivando anche da te!» si giustificò lui.

Ordinarono un antipasto di salumi misti e ravioli di ricotta fatti in casa. Le bambine mangiarono in fretta, poi afferrarono la borsa di carote e corsero dai cavalli.

Norma di tanto in tanto guardava verso il tavolo dove sedevano la mamma e gli zii. Notò che la madre si asciugava gli occhi, poi vide Dolfo allungare la mano e appoggiarla su quella di lei. A quel gesto, Zena fece uno scatto e si accese una sigaretta. Zio Dolfo parlava, la mano sopra quella di sua mamma, e la zia li fissava, un'espressione cattiva sul viso. Poi Zena disse qualcosa, ma Norma era troppo lontana per decifrarla. La madre spostò di colpo la mano, si alzò e corse in bagno. Dolfo e la Zena iniziarono a discutere. Lui mise un braccio intorno alle spalle della moglie ma lei si scostò bruscamente.

«Torniamo, stanno portando il gelato!» esclamò Donata.

Nell'avvicinarsi, Norma sentì lo zio che diceva: «Lo sai che la Elsa in questo momento ha bisogno di noi».

«Fammi il piacere! Sei tu che hai bisogno di lei», gli rispose seccata la Zena.

———— ◆ ————

Sabato pomeriggio. Elsa stirava in cucina.

«È permesso?»

«Dolfo, ciao. Entra.»

«Norma?»

«Fuori che gioca.»

Lui si sedette al tavolo. Elsa gli fece un caffè, poi riprese a stirare.

Quel pomeriggio, Dolfo la fissava con un'intensità che la rendeva nervosa. «Tutto bene?» gli chiese, e girò la camicia sull'asse da stiro.

«Sì, tutto bene.»

Lei aveva i capelli raccolti sulla nuca, la fronte imperlata di sudore. Una scheggia di luce entrava dalla finestra e le cadeva sull'apertura della camicetta, illuminandole l'inizio del seno.

Dolfo spostò lo sguardo. «Guido ha poi deciso qualcosa?»

«E chi lo vede più? Sarebbe meglio se facesse le valigie e uscisse da quella porta una volta per tutte.»

«Devi aver pazienza.»

«Pazienza? Mentre io sto qui a stirargli le camicie e lui è a letto con quella?» Appoggiò il ferro sull'asse e si passò una mano sulla fronte. «E tu, che ci fai qui? Lo sai che la Zena non vuole che vieni a trovarmi.»

«Oh, pensi quello che le pare. Sei la moglie di mio fratello, cosa dovrei fare? Lasciarti sola anch'io, con quello che Guido ti sta facendo passare?»

«Sono sola lo stesso, anche se sei qui.»

C'era qualcosa di magico in quella stanza: forse la luce che filtrava soffice dalla finestra, forse la goccia di sudore che Dolfo vide scivolare giù, fino a sparire tra i seni della Elsa, forse le note della canzone che salivano dalla radio...

Resta cu' mme, pe' carità, statte cu' mme, nun me lassà, famme penà, famme 'mpazzì, famme dannà, ma dimme sì...

«Mio fratello non capisce la donna che sei», disse lui, la bocca secca.

«E che donna sono?»

«Sei... dolce, spiritosa. Be', ultimamente non tanto, ma io lo so che sotto quel faccino triste c'è una persona speciale...»

«Dolfo, smettila, se no mi fai piangere.»

Lui le andò vicino. «Se Guido vedesse quello che vedo io, Elsa. Se solo ti meritasse...»

Si fissarono. Pochi centimetri separavano le loro bocche. Un ultimo attimo di esitazione, e si ritrovarono l'una nelle braccia dell'altro senza nemmeno capire com'era successo. Dolfo stringeva la Elsa contro il petto, gli occhi chiusi, come dopo una lunga corsa. Le sciolse i capelli e vi passò dentro le dita. Le sue mani scivolarono lungo la schiena di lei, le accarezzarono la vita, e più giù, verso l'inizio delle natiche... Le baciò il viso, le palpebre, le guance, le morsicò la bocca con avidità, quasi volesse mangiarla, ingoiarla, renderla parte di sé...

Poi si fermò di colpo, il respiro corto. «Aspetta... No, Elsa, perdonami... Per un momento mi sono scordato che sei la moglie di mio fratello.»

«Non sono più la moglie di nessuno», bisbigliò lei, stuzzicandogli il lobo con le labbra.

«Elsa, basta, ti prego... Ho detto basta!»

Lei lo fissò: i lineamenti di colpo duri, uno sguardo che Dolfo non le aveva mai visto. «Lo sai quanti mesi sono che Guido non mi tocca?»

«Non me, Elsa. Ti prego, non io...» Lo diceva scuotendo la testa, la voce che tremava.

«Cosa sei venuto a fare, Dolfo?»

«Lo sai che ti desidero, non posso più nascondertelo... ma...»

Lei fece un passo indietro. «Vattene.»

« Elsa, cerca di ragionare. »

« Va' via, Dolfo! »

Lui la fissava senza muoversi, frastornato. Lei riprese a stirare e non alzò più lo sguardo finché non sentì la porta sbattere, i passi di lui allontanarsi nel cortile.

◆

Nei giorni che seguirono, Dolfo non si fece vedere. Elsa cercava di scacciare il ricordo di quel bacio, ma al minimo rumore scattava e si girava verso la porta. *Meglio così*, si ripeteva ogni volta che la sua aspettativa veniva delusa.

Lo incontrò di nuovo solo due settimane dopo, in chiesa, durante la prima comunione di Norma e di Donata. Le bambine avrebbero dovuto ricevere il sacramento l'anno prima, ma Guido e Dolfo si erano opposti, sostenendo che era più giusto far scegliere alle figlie cosa fare una volta che fossero cresciute. C'era voluta tutta l'ostinazione delle mogli e della madre per convincerli del contrario.

« Che male può fare la religione? » chiedeva la Zena.

« Le bambine vogliono essere uguali ai loro compagni », insisteva la Elsa.

Anche la Neve si era schierata con le nuore. Aveva pregato, fatto un voto, e speso una fortuna in ceri da accendere alla Madonna. Davanti a una tale coalizione famigliare, i due fratelli avevano capitolato e l'anno successivo le bambine erano state iscritte per la prima comunione.

Il giorno della cerimonia, però, Guido aveva deciso che lui, in chiesa, non ci avrebbe messo piede.

« Vieni anche tu, papà... » lo pregava Norma nel suo bell'abito bianco e la coroncina di rose sui capelli.

« Ci vediamo dopo, per il pranzo », si limitò a risponderle lui.

Dolfo, invece, in chiesa ci andò. Appena entrato, incrociò lo sguardo della Elsa e la salutò appena. Poi, avvicinandosi alla fila dove era seduta la cognata, lasciò passare prima la moglie, in modo da evitare di starle vicino. Questo la Elsa lo notò e ci rimase male. Durante la cerimonia, Dolfo fissava l'altare e non si girò nemmeno una volta verso di lei.

La chiesa di Santo Stefano era addobbata con gigli e rose bianche. Accompagnato dall'organo, il coro iniziò a cantare

Tantum ergo sacramentum veneremur cernui, et antiquum documentum novo cedat ritui...

Norma e Donata si incamminarono in fila con le altre bambine verso l'altare. La Zena notò che il vestito di Donata, comprato un paio di mesi prima, era già troppo corto. Corrugò la fronte: lei aveva tirato giù l'orlo, ma l'abito bianco non le copriva le caviglie.

La chiesa profumava di incenso, di colla e stoffa nuova. Ogni tanto Norma girava la testa sperando di scorgere il volto del padre, ma ogni volta rimaneva delusa.

Le bambine stavano una accanto all'altra, le mani giunte, la schiena diritta. Il coro ce la metteva tutta.

Kyrie, eleison. Kyrie, eleison. Kyrie, eleison. Christe, eleison. Christe, eleison. Christe, eleison...

Un *din-don* di campane. Venti madonnine con le mani giunte spinsero la lingua in fuori in attesa di Dio.

Norma attendeva il suo turno con il terrore che l'ostia le si appiccicasse al palato. La notte prima aveva avuto un incubo: non riusciva a inghiottire l'ostia e tossiva, tossiva... Per aiutarsi, si era infilata un dito in bocca, e il prete aveva iniziato a urlare contro di lei al microfono. Tutti si erano girati a guardarla.

Adesso l'incubo poteva diventare realtà: se l'ostia si fosse appiccicata al palato, sarebbe riuscita a nasconderlo al prete? E Dio, che avrebbe pensato di lei? Ma non era solo per l'ostia che stava male; Norma sentiva bruciarle dentro una mancanza.

D'un tratto ebbe un'intuizione... Girò la testa e scorse il viso del padre. Stava accanto a sua mamma e le fece un cenno con la testa. Norma si dimenticò dell'ostia, del prete e del giudizio di Dio. Chiuse gli occhi e sorrise. Si sentiva leggera, ma così leggera... ebbe quasi l'impressione di stare levitando. I piedi ormai staccati dal pavimento, saliva verso gli affreschi della volta, come trasportata da tre palloncini stretti nella mano.

———— ◆ ————

Piena estate. Un calabrone ronzava in cerchio nella cucina. Norma era andata a giocare nella piazzetta. I cani dormivano nell'ombra del cortile, la lingua fuori, il respiro corto.

Elsa stava lavando i piatti quando sentì la porta aprirsi.

«È permesso?»

Lei non si girò, ma fece un respiro appena più lungo e chiuse gli occhi. Si sforzò di rimanere calma e andò avanti a insaponare i bicchieri.

Dolfo si fermò dietro di lei. Fissava la sua nuca: c'era un neo appena sotto l'orecchio che non aveva mai visto. Un ultimo tentennamento, poi abbracciò la cognata e con le labbra le sfiorò il collo.

Elsa si asciugò le mani nel grembiule, senza fretta, e si girò. Si alzò in punta di piedi e avvicinò le labbra a quelle di Dolfo. La sua lingua si fece strada nella bocca di lui. Lo baciò con trasporto, con intensità, quasi con violenza. Lo baciò con tutta la solitudine che si teneva dentro da settimane.

Quando si staccarono, lui tremava. Nessuno dei due disse una parola.

Lei raggiunse la porta e girò la chiave nella toppa.

◆

«C'è nessuno? C'è nessuno in casa?» L'uomo batteva alla porta.

«Chi è?» chiese Dolfo sottovoce, recuperando in fretta i pantaloni.

«Non lo so...»

Poi, di nuovo, quella voce d'uomo dall'altra parte della porta. «Sei sicura che è in casa? Come si chiama tua mamma?»

«Elsa.»

«Signora Elsa, mi sente?... Signora Elsa!»

«Un momento, arrivo!» gridò lei mentre si abbottonava la camicetta.

Dolfo rimase nell'ombra mentre Elsa, chiudendo la cerniera lampo della gonna, andava ad aprire.

L'uomo teneva Norma per un braccio. Era pallido, i lineamenti tesi, l'occhio sinistro che gli ballava. «È un miracolo che abbia frenato in tempo e non l'abbia uccisa!» le disse.

«Norma, stai bene? Non pensavo fosse in pericolo. Entri, signore, la prego.»

L'uomo varcò la soglia. Solo allora vide Dolfo. «Lei è il padre?»

«No, un parente.»

L'uomo diede un'occhiata alla camicetta della Elsa senza nemmeno tentare di nascondere il suo sdegno. Nella fretta, lei aveva chiuso i bottoni nelle asole sbagliate.

Stavano tutti in piedi. Nessuno diceva niente.

«Datele almeno un bicchier d'acqua!» esclamò l'uomo, spazientito.

Trovarono solo la bottiglia del vino.

«Un goccio non le farà male», disse Dolfo.

Norma prese il bicchiere di vino, ma tremava tanto che se lo rovesciò sul vestito.

«Dovreste vergognarvi!» esplose l'uomo, e uscì sbattendo la porta.

———————◆———————

Norma si era calmata e dopo un po' tornò a giocare.

«Resta in cortile, non ti salti in mente di andare in strada!» le gridò sua madre.

Rimasti soli, Dolfo e la Elsa non sapevano da che parte cominciare.

«Quell'uomo ha ragione, dovremmo vergognarci», sussurrò lei, gli occhi oltre la finestra.

«Non ci si può vergognare dei propri sentimenti.»

«Cosa dici, quali sentimenti?»

Lui non rispose, e abbassò gli occhi.

«Dolfo, guardami: oggi non è successo niente. Ora tu vai a casa e qui, senza tua moglie, non ci metti più piede.»

«Va bene.»

«Dico sul serio: io e te, da soli, non dobbiamo più vederci.»

«Sì, ho capito.» Si alzò e fece per uscire. Afferrò la maniglia, ma poi si girò di nuovo. «Ti voglio bene, Elsa.»

Lei cercò di sorridere, ma le uscì una smorfia. «Siamo cognati, è normale volersi bene.»

Poco dopo, Elsa lo sentì che scherzava con Norma in cortile. «Su, dai un bacio al tuo zione preferito!»

Immaginò che l'avesse sollevata e la stesse stringendo com'era solito fare. Immaginò anche che lui stesse fissando la sua porta con quello sguardo misto d'amore e di rimorso che gli aveva visto negli occhi poco prima.

Solo allora Elsa pensò alla Zena, e davvero si sentì piena di vergogna. Si accasciò sulla sedia, il viso tra le mani. Non era solo per quello che era appena successo. Le erano tornati in mente vecchi ricordi...

Erano passati molti anni, ma quel pomeriggio d'estate, seduta al tavolo della cucina, Elsa ricordò i tempi della risaia, e con quanta severità aveva giudicato la cognata quando era sparita con Pericle nei giardini, e solo per dei baci. Lei, adesso, aveva fatto molto peggio: aveva perso il controllo, aveva messo se stessa prima della figlia, prima della sua coscienza, prima del suo affetto per la Zena. *Non succederà mai più*, si ripromise.

2015

Stellata, fine febbraio

Stamattina siamo andate al cimitero di Sermide a portare un mazzo di fiori sulla tomba di Dolfo e della Zena. Lui è morto nel 2013, un anno dopo papà; lei ci aveva lasciato molto prima, l'11 settembre del 2001, lo stesso giorno in cui le Torri Gemelle di Manhattan erano crollate, cambiando per sempre la storia del mondo.

La morte della Zena cambiò per sempre il mondo di zio Dolfo. Da un giorno all'altro il suo carattere allegro sparì lasciando posto a un uomo malinconico e taciturno, che trascorse il resto dei suoi giorni allevando colombe e dando da mangiare ai gatti selvatici.

Questa mattina siamo rimaste a lungo davanti alla loro tomba. Forse anche tu, mamma, pensavi a quel pomeriggio d'estate, quando l'uomo aveva gridato quel: «Dovreste vergognarvi!» che fece tremare tutti e tre.

Indossavi una camicetta gialla con i bottoni rivestiti di stoffa. Me la ricordo ancora mentre cercavi di sistemarla dopo aver sbagliato le asole. È stato allora che ho cominciato a odiarti, mamma. Ti ho odiato come si può farlo a dieci anni: con un sentimento forte e confuso che mischiava l'astio all'amore, il rancore alle mie paure di bambina. E ti ho odiato non solo per quello che era successo quel pomeriggio, ma perché tu, dopo quel giorno, cominciasti a sparire di casa.

«Se viene qualcuno, di' che sono andata in bottega», mi raccomandavi sulla soglia, il viso pallido, il rossetto appena steso sulle labbra.

« Dove vai? »

« Torno presto. »

« Ma dove vai, mamma? » insistevo.

Mi fissavi, lo sguardo vuoto, già distante. « Fa' i compiti, Norma. » E chiudevi la porta.

Un paio di volte, Zena venne a cercarti, e un pomeriggio arrivò anche papà. Ogni volta inventavo scuse nuove: eri da un'amica, o appena uscita per comprare qualcosa... A papà, un sabato, dissi che eri andata in chiesa.

« In chiesa? » sottolineò lui, perplesso.

« Una riunione dei genitori, per la mia cresima. »

La velocità con cui avevo trovato una risposta mi aveva sorpreso. Ero diventata una bugiarda esemplare, un'astuta simulatrice capace di ingannare gli adulti. In verità, sentivo il terreno franarmi sotto i piedi e non sapevo come porvi rimedio. Ti incolpavo di tutti i nostri problemi, mamma. Non papà, solo tu. Da piccola non riuscivo a vedere in lui nessun difetto, nessuna colpa. Nemmeno quando un mattino, a scuola, un compagno mi chiese con aria maliziosa: « È vero che tuo papà va a vivere con la Flora? »

« Non dire scemate. »

Il bambino sghignazzò, gli occhi pieni di malizia.

« Chi te lo ha detto? » lo incalzai.

« Mia mamma li ha visti che si baciavano dentro il nostro portone! » concluse in tono trionfante.

Nel viaggio di ritorno dal cimitero, guido in silenzio e penso allo sguardo di rivalsa di quel bambino, a quanto le sue parole mi avessero ferita.

Tu fissi i campi, muta, la testa girata di lato. « Ricordati di fermarti ché abbiamo finito il latte. »

« Perdonami, mamma. »

Mi guardi. « Perdonarti? E di cosa? »

« Di non averti capito, di essere stata troppo dura con te. »
Non rispondi. Il silenzio tra noi si fa più grande.
« Dolfo e la Zena hanno avuto un buon matrimonio », dici infine, e torni a guardare fuori.

Forse vuoi solo cambiare discorso, o forse la tua frase riassume alla perfezione gli eventi a cui oggi tutte e due abbiamo pensato.

Perdonami, mamma. È che i bambini solo prendono, i bambini solo vogliono, senza capire i sentimenti complicati degli adulti. Perdonami, perché allora non sapevo quanto fosse difficile per una donna infelice essere una buona madre. Oggi so che hai fatto del tuo meglio. Hai fatto, semplicemente, quello di cui sei stata capace.

Quel periodo di fughe e di incertezze durò soltanto qualche settimana. Poi tu smettesti di scappare di casa e papà smise di vedere la Flora. La nostra famiglia tornò a condurre una vita tranquilla, ma papà non era più lo stesso uomo. Flora aveva chiuso il negozio e lasciato Viggiù, ma lui continuava ad amarla da lontano. Ero solo una bambina, ma mi era chiaro che la ragione del suo cambiamento era lei, l'assenza di lei. Ora non cantava più, né ascoltava i suoi amati dischi d'opera. Smise di abbracciarti e di baciarti, e smise di abbracciare e di baciare pure me. Non appena finito di mangiare, se ne andava in camera da letto per restare solo.

Per anni, mamma, hai lottato per riconquistare il suo amore. Quando hai saputo che ti restavano pochi mesi da vivere, hai voluto che ti riportassi a Stellata per essere seppellita accanto a lui. Trovarci qui è l'ultimo atto d'amore per tuo marito.

1959

◆

L'anno prima, la legge Merlin aveva abolito le case di tolleranza. Fatto alquanto peculiare in un Paese cattolico, la maggior parte degli uomini non si sentiva in dovere di menzionare quella loro frequentazione nel confessionale. Il Vaticano aveva il suo bel da fare puntando il dito contro i peccatori; nei piccoli paesi, i preti chiudevano un occhio su quell'abitudine.

A Bicicli i conti non tornavano. «Padre, perché per la Chiesa è peccato *desiderare* il sesso, e non è peccato *farlo* con le puttane?»

Il povero sacerdote insisteva che non era vero, che la Chiesa condannava ogni rapporto sessuale al di fuori del sacro vincolo del matrimonio. Allo stesso tempo, sapeva di un prete di Ferrara che frequentava una casa di tolleranza fuori provincia. Se lo faceva un parroco, come poteva, lui, convincere Bicicli che andare con le puttane era peccato?

Mentre i bordelli chiudevano, i costumi degli italiani cambiavano rapidamente: i primi supermercati sostituivano le botteghe, i giovani masticavano gomme americane e indossavano i blue-jeans, i più sofisticati ascoltavano il jazz, il blues, e i primi rock'n'roll.

Elsa e la Zena avevano altri gusti e ascoltavano le canzoni di Alberto Rabagliati e Nilla Pizzi. Quell'anno, Domenico Modugno aveva vinto il Festival di Sanremo con una canzone che diceva: *Come una fiaba, l'amore passa, c'era una volta poi non c'è più...* Le famiglie Martiroli adesso potevano permettersi il lusso di seguire il Festival da casa, senza dover andare al bar o dai vicini. Quell'anno, infatti, Guido e la Elsa avevano comprato la televisione e la sera sedevano in religioso silenzio per assistere ai loro programmi favoriti: *Lascia o Raddoppia* e *Un Due Tre*. Spesso arrivavano anche Dolfo, la Zena e Donata, con vino e pasticcini.

Erano passati più di due anni dalla storia tra Elsa e il cognato. Dopo qualche settimana di incontri segreti, lei aveva capito che il sentimento che provavano l'uno per l'altra non era abbastanza forte per trasformarsi, o per trasformarli, e aveva messo fine alla relazione.

Per qualche tempo, Dolfo aveva continuato a pensare a lei con struggimento, ma sapeva che Elsa amava suo fratello, ed era solo lui che voleva. La sua ossessione scaturiva proprio dall'impossibilità di farla innamorare. A poco a poco se ne era convinto, ed era tornato a essere il marito di sempre.

Ma Guido e la Zena avevano mai sospettato nulla? Elsa sapeva della gelosia della cognata, ma suo marito? Aveva certamente notato alcune occhiate di traverso tra i fratelli, silenzi pesanti, certe battute taglienti... Di sicuro, ognuno di loro aveva avuto dei sospetti, però era chiaro che tutti, a partire dalla Zena, avevano preferito ignorarli. C'era voluto del tempo, ma a poco a poco i rapporti tra le due famiglie erano tornati alla normalità.

◆

Agosto e, come ogni anno, si preparavano per andare in ferie a Stellata. Il giorno prima Elsa e la Zena erano andate al mercato per gli ultimi acquisti. Avevano comprato costumi da bagno, creme solari e scarpe nuove alle figlie: ballerine a Norma, sandali con un accenno di tacco a Donata.

Elsa, a sua figlia, i tacchi non li avrebbe permessi e lo aveva detto chiaro e tondo. «Zena, ha solo dodici anni!»

«Non cadrà il mondo per un centimetro di tacco in più», aveva sbuffato la cognata.

«Mamma, per favore, mi piacciono tanto...» la pregava Donata.

«Va bene, li prendiamo», aveva subito acconsentito Zena.

Puro spirito di contraddizione! aveva concluso tra sé la Elsa. Voleva bene a sua cognata, ma non poteva evitare di provare anche un po' di invidia perché, contrariamente a lei, Zena era una donna felice. Dolfo l'aveva tradita, era vero, però non aveva mai smesso d'amare la moglie e in quei giorni, glielo aveva confessato. «Ci sei rimasta male?» le aveva chiesto.

«No, figurati», gli aveva subito risposto. Però quelle parole l'avevano mortificata: Guido non avrebbe mai detto lo stesso di lei, parlando con la Flora.

Ma tutto quello, ormai, faceva parte del passato.

Le valigie erano pronte ed era giunto l'agognato momento di partire per le vacanze. Guido aveva lasciato Viggiù all'alba sulla Vespa giallo-banana; Elsa e Norma si apprestavano a viaggiare sulla Millecento color crema di Dolfo, nuova di zecca. Prima, però, doveva completare il tagliando. Così, alle sei di mattina, Dolfo era andato a macinare i chilometri necessari sul lago di Varese, calcolando che quattro giri intorno al perimetro sarebbero stati sufficienti.

Era l'una e lui ancora non si vedeva.

«Dove sarà finito?» continuava a chiedere la Zena, pantaloni bianchi fino al polpaccio, alla Capri, e maglietta nera.

«Speriamo torni in fretta, che la strada è lunga», sbuffava Elsa nel suo tubino arancione e fresca di permanente.

Era tutto pronto: le valigie già fuori dalla porta, insieme alla borsa con i panini, l'aranciata e il thermos del caffè. Cibo sufficiente per una trasferta in Africa, figuriamoci per un viaggio di trecento chilometri.

Finalmente, ecco la Millecento spuntare da in fondo alla strada: clacson premuto con baldanza, la testa di Dolfo fuori dal finestrino ad annunciare: «Si parte. Signore, in carrozza!»

In macchina, Zena si faceva aria con un ventaglio comprato il sabato prima alla Festa dell'Unità. Seduta sulla Millecento, sventandosi con il ventaglio giapponese, si sentiva una regina. Sembrava ieri quando lei e Dolfo si erano trasferiti a Viggiù pieni di debiti, e dieci anni dopo, eccoli che tornavano nell'auto nuova, ben vestiti e con i soldi in tasca. La sua prima impressione di Viggiù non era stata affatto buona, ma la Zena adesso amava quel paese: apprezzava le estati fresche, l'assenza di zanzare, gli inverni di sole con i cieli azzurri e le montagne innevate. E mai un giorno di nebbia. Il sabato, poteva permettersi il lusso di andare dal parrucchiere, e poi farsi un giro lungo via Roma, fermarsi per un caffè in piazza a spettegolare con qualche amica. A volte Dolfo sentiva nostalgia di Stellata e del suo fiume; lei, invece, a Viggiù ci stava bene. «Venire qui è stata la miglior scelta della nostra vita», ripeteva al marito. Il suo unico rimpianto era di aver avuto solo una figlia. Lei e Dolfo un altro bambino lo avevano cercato per anni, ma non era venuto.

La Elsa, invece, ad altri figli non ci pensava proprio. Quando ancora vivevano a Sermide, Guido voleva avere un figlio maschio, ma lei insisteva che mettere al mondo un altro bambino, quando nemmeno c'erano i soldi per mangiare, era pura follia. Solo anni dopo, quando le cose con il marito andavano male, si era detta disposta a provarci, ma Guido le aveva risposto: «Adesso è tardi».

◆

Norma in macchina stava sempre male, e anche quel giorno, nel viaggio verso Stellata, sedeva pallida e sofferente accanto alla madre.

«Appena arriviamo, tua nonna ti dà un bel brodo e ti rimetti a posto lo stomaco», l'assicurava la Elsa.

Sul rito del brodo di gallina dopo un viaggio ci si poteva sempre contare. E infatti, non appena entrarono in casa di Neve, scorsero il pentolone sul fornello.

Versarono a Norma un paio di mestoli di brodo con in cima grossi cerchi di grasso.

«Bevi, che poi stai bene!» insisteva la Elsa.

«Bevi, che diventi più grande!» le faceva eco la Neve.

Norma fissava il piatto senza il coraggio di affondarci il cucchiaio. Né lei né Donata sopportavano il brodo di gallina, che però a casa di nonna Neve veniva servito con devozione non solo dopo un viaggio, ma ogni domenica, come l'eucarestia.

Nonostante la loro avversione al brodo, le vacanze a Stellata si rivelavano sempre un successo. Al mattino, oziavano a letto fino a tardi. Nel pomeriggio, le famiglie Martiroli caricavano borse, ombrelloni e sdraio, e partivano in fila indiana verso un'ansa del Po dove la sabbia era color della cenere, ma talmente fine che «nemmeno al mare», sottolineava puntualmente la Elsa. Sistemavano sedie e tavolini pieghevoli, aprivano gli ombrelloni, e trascorrevano le ore fumando, bevendo birra e Coca-Cola, e giocando a carte.

Le bambine sguazzavano nel fiume, ma solo sulla riva, che del Po era meglio non fidarsi. Norma nuotava bene; Donata invece aveva terrore dell'acqua e dentro ci metteva a malapena i piedi. Anche quel pomeriggio Dolfo aveva provato a insegnarle a stare a galla ma, non appena l'acqua aveva superato le caviglie, lei aveva iniziato a gridare che sotto la corrente c'era una donna che l'abbracciava e le rubava i sogni.

«Che stupidate sono queste?» le aveva chiesto la madre.

«Strano, non ha mai paura di niente», si era meravigliato Dolfo.

Nelle mattine trascorse a casa, invece, le bambine passavano il tempo ascoltando le vecchie storie raccontate da nonna Neve. Una delle loro preferite era quella del miracolo che l'aveva guarita dalla paralisi da piccola.

«*E quand 'am son santada in bras a lé, la Santa l'ha cumincià a bacaiár in dialét bulgnés!*»

«Nonna, sei sicura che la mummia ti parlava e in dialetto bolognese?» chiedeva ogni volta Donata.

«Come no! *E la m'ha anca musgà un dida, parché a ficaa li man dapartút!* E mi ha anche morsicato un dito, perché ficcavo le mani dappertutto!»

«Dai, nonna! Le mummie mica mordono!» esclamava Norma.

«Quella morsicava, eccome!»

Norma e Donata amavano ascoltare anche le storie dei patimenti che Neve aveva sofferto da giovane, e lei un giorno, raccontò loro di Vittorio, il neonato morto in fasce. «Vostro nonno lo ha messo in una cassetta e ha inchiodato il coperchio davanti ai miei occhi. A quei tempi si faceva così. Eh, bambine, la vita dà e la vita porta via...»

Norma e Donata tacevano, commosse. Per togliere di dosso la malinconia alle nipoti, Neve prese dal borsellino due monete. «Andate a comprarvi un ghiacciolo, che vi rinfresca.» E loro corsero verso l'unico bar del paese.

L'estate respirava come un leone nella piazza deserta. Il sole bruciava e i ghiaccioli si sciolsero in un attimo, tingendo le mani delle bambine di verde o di rosso, a seconda del gusto.

Le due si ripararono sotto l'ombra dei portici. «Zia Edvige ha detto che oggi ci insegna a cucire i vestiti con la Singer», disse Donata, leccandosi le dita.

Per oltre cinquant'anni, quella zia era stata la sarta del paese. Non si era mai sposata. Vestiva sempre di nero e con abiti del secolo prima. Aveva una criniera di capelli bianchi che teneva sciolti, senza mai curarsi di tagliarli né di spazzolarli. Le davano un'aria selvaggia che a Norma incuteva paura, e quel giorno lei declinò l'invito.

«Io non ci vengo. Cucire non mi piace.»

«Allora andiamo a fare un giro in bicicletta.»

«Vai tu, ho un disegno da finire.»

«Non puoi farlo stasera?»

«No, lo voglio finire oggi.»

«Come vuoi», concluse Donata, infastidita.

Quando sua cugina ebbe girato l'angolo, Norma passò davanti alla Casa del Sale e prese il sentiero lungo il fosso che portava al campo di erba medica, poi a quello grande di frumento, e infine alla casa di Elia.

Ogni volta che scendeva a Stellata, correva da lui, ma di nascosto dalla cugina. Aveva paura che lei la prendesse in giro, e poi Elia era il suo segreto e non intendeva condividerlo con nessuno. Donata si credeva la più disinvolta con i maschi, solo perché non era timida e con loro ci scherzava. Adesso che sua mamma le aveva comprato le scarpe con il tacco, poi, sai le arie che si dava!

Quel pomeriggio Norma ed Elia andarono al fiume. Arrivati a una piccola spiaggia, si spogliarono e si buttarono in acqua, schiamazzando e nuotando con grandi bracciate dentro e fuori dall'acqua. Quando uscirono, si gettarono sugli asciugamani con il fiatone.

Poi lei, nel bel costume turchese che la mamma le aveva preso al mercato, iniziò a spalmarsi la crema solare sul viso e sulle spalle, ché con la sua pelle chiara, si scottava facilmente.

Elia non aveva più i capelli a spazzola ed esibiva un ciuffo alla Elvis Presley. Uscito dall'acqua, si pettinò con attenzione, ché ci teneva a fare bella figura. Si era portato dietro la radio a transistor, regalo del padre per il suo ultimo compleanno. Sistemato i capelli, iniziò a girare la ruotina in cerca di programmi musicali.

A Norma, quell'estate, piaceva *Guarda che luna* di Fred Buscaglione, ma ancor di più *Io sono il vento* di Arturo Testa, perché le faceva immaginare scene drammatiche.

Io sono il vento, sono la furia che passa e che porta con sé,
che nella notte ti chiama e che pace non ha.
Son l'amor che non sente pietà...

Quando ascoltava quella canzone, Norma ripensava al film *I dieci comandamenti* che aveva visto al Cinema Sociale di Viggiù: la scena in cui Mosè fuggiva dall'Egitto e di colpo gli alberi si piegavano sotto le raffiche della bufera, il cielo si faceva scuro, arrivavano nuvoloni minacciosi, e infine le acque del mare si spalancavano per far passare gli ebrei.

«Questa è roba vecchia!» sbuffò Elia mentre girava la manopola per trovare una canzone che gli piacesse di più.

Il tuo bacio è come un rock che ti morde col suo swing
è assai facile al knock-out che ti fulmina sul ring...
Fa l'effetto di uno shock, e perciò canto così
Oh-oh-oh-oh-oh-oh-oh, il tuo bacio è come un rock!

Si alzò e iniziò a muovere i fianchi e a piegare le gambe a zig-zag come Celentano in TV.

Norma lo trovava buffo e, mentre finiva di stendere sul viso la crema solare, scoppiò a ridere.

Lui, offeso, reagì. «Sembri una della tribù dei pellerossa!»

«Sono mica tutti come te, che hai la pelle di un asino!»

Elia finse di arrabbiarsi. Norma scappò e lui la inseguì. Finirono a lottare sull'erba. Norma cercava di liberarsi ed Elia premette il suo corpo sopra di lei.

«Lasciami! Ho detto lasciami!» insisteva Norma, ma rideva.

Elia la teneva ferma. Appoggiò il viso sul collo di lei, chiuse gli occhi e respirò il profumo della sua pelle: sapeva d'estate, d'acqua di fiume e di crema solare.

Norma continuava a ridere e a divincolarsi. Elia la teneva stretta sotto di lui, e d'un tratto fu sommerso da un'emozione nuova, tanto intensa da fargli mancare il fiato.

«Lasciami!» gridava lei, ma Elia non riusciva a staccarsi. Voleva sentire ancora il calore della sua pelle, sentire sulle labbra quel velo di sudore dal gusto dolce e salato insieme... Poi per sbaglio le toccò il seno con la mano: il piccolo, tenero seno che nella lotta era spuntato fuori dal costume turchese. La lasciò andare di colpo, imbarazzato.

Anche Norma, piena di vergogna, si alzò di scatto.

Lui rimase seduto, gli occhi bassi.

Lei corse a buttarsi in acqua senza invitarlo a seguirla.

Da quel giorno, smisero di arrampicarsi in cima al fienile e smisero anche di fare la lotta sull'erba. Durante quelle vacanze Norma decise che lei, da Elia, non ci sarebbe più andata.

1962

◆

Lidi Ferraresi, agosto

Era la loro prima vacanza al mare e la famiglia di Guido Martiroli si sentiva ricca. Avevano affittato un bungalow in un campeggio sull'Adriatico, immerso tra i pini marittimi. Tre settimane di ozio sotto l'ombrellone, dove Elsa sfogliava le riviste femminili, Norma leggeva un romanzo ambientato a Ferrara, *Il giardino dei Finzi-Contini*, e Guido si permetteva il lusso di gustarsi il *Corriere della Sera* in santa pace. Qualche mese prima, il quarto governo Fanfani era subentrato al terzo governo Fanfani, che era subentrato ai governi Tambroni, secondo Segni e al secondo Fanfani. La gente non riusciva a star dietro ai cambiamenti.

«*Iè tuti di cagabali!* Sono tutti dei conta balle!» sbottava Guido di tanto in tanto, e passava alla pagina dello sport.

Giornate trascorse a prendere il sole: la mattina il bagno in mare, e poi un sonnellino nel pomeriggio. Si godevano persino il lusso di annoiarsi. Elsa quei giorni era più allegra del solito. Cantava «... *un tango italiano, un dolce tangooo...*» mentre si cambiava lo smalto delle unghie. Stava spesso scalza: le era sempre piaciuto camminare a piedi nudi, sentire la frescura dell'erba o, in quel caso, il calore della sabbia, la sua arrendevolezza. Per pranzo, preparava qualcosa di veloce: un'insalata di pomodori tonno e cipolle, oppure gli spaghetti. La sera, Guido comprava tre porzioni di lasagne o di calamari nella friggitoria del campeggio. Dopo cena, andavano al bar dietro la reception a prendersi un gelato.

Là c'era un juke-box. Alle nove, spostavano sedie e tavolini e i ragazzi ballavano sotto file di lampadine colorate al ritmo dei successi dell'estate: *Stai lontana da me*, *Quando quando quando* e *St. Tropez Twist*. Era uno spasso osservare i ballerini improvvisati di twist e le massaie sovrappeso che dimenavano il culo a destra e a sinistra senza nessuna grazia.

Mentre Guido passava le ferie ai Lidi Ferraresi, Dolfo aveva preso in affitto un appartamento sulla Riviera Ligure. Era la prima estate che le due famiglie trascorrevano separate, ma Norma e Donata ogni tanto si sentivano.

Anche quel pomeriggio il suo nome era rimbombato dagli altoparlanti fissati ai pini mediterranei di tutto il campeggio. «Norma Martiroli al telefono! Norma Martiroli al telefono!»

Lei era corsa a rispondere, aveva perso una ciabatta ed era tornata indietro a prenderla, sbuffando, impaziente di raccontare alla cugina le ultime novità. «Pronto... Pronto, Donata? Come stai?... Anch'io bene, anzi, benissimo!... Indovina... Sì! Un colpo di fulmine, proprio come nei film!»

Era stato amore a prima vista, assicurava. Come altro spiegare l'agitazione che sentiva quando Claudio le prendeva la mano o le accarezzava i capelli... Le sue amiche di sicuro lo avrebbero snobbato perché era timido, invece a Norma il suo modo di fare, gentile e delicato, piaceva. Almeno non avrebbe insistito per toccarle il seno, o di più, perché lei sapeva che, poi, i maschi volevano sempre di più.

Claudio era di Modena e in campeggio ci era andato in moto. Una sera, Norma era salita sulla sua Guzzi, di nascosto dai suoi. Se ne stava rigida mentre sfrecciavano sulla litoranea, le dita a malapena appoggiate ai fianchi del ragazzo.

«Se non ti attacchi, alla prima accelerata ti perdo per strada», l'aveva avvertita.

Norma allora aveva stretto le braccia intorno a lui, il seno pigiato contro la sua maglietta. La moto filava via, l'aria era fresca e le scompigliava i capelli. Lei teneva la guancia appoggiata alla schiena di Claudio e percepiva i movimenti dei muscoli ogni volta che lui cambiava marcia. Le sembrava persino che il battito del suo cuore si confondesse con quello del ragazzo. Avrebbe voluto che quella corsa in moto non finisse mai!

Si erano fermati a mangiare l'anguria in una delle tante baracche che d'estate spuntavano lungo le strade: cassette di Fanta e di Coca-Cola, panche per sedersi, lampadine appese sopra i tavoli, e montagne d'angurie. Erano rimasti solo un'ora, poi avevano dovuto rientrare perché Norma temeva di essere scoperta.

Sua madre infatti si era accorta di Claudio e le stava addosso. «No, la sera a ballare da sola non ci vai.»

«Mamma, è soltanto un bar, sono qui, in campeggio...»

«Hai quindici anni.»

«Lasciala tranquilla, è in vacanza», borbottava Guido.

Alla fine, Elsa aveva ceduto. «Fino alle undici, non un minuto di più.»

Però ogni mezz'ora passava in perlustrazione davanti al bar.

La sera dopo il giro in moto, Norma aveva ripetuto la fuga. Non appena la madre era passata per uno dei soliti controlli davanti al bar, era corsa via, la mano nella mano di Claudio, e si erano rifugiati in spiaggia.

La sabbia.

Una sera d'agosto.

Lui e lei.

Il silenzio.

Leccavano un gelato al pistacchio. Claudio lo finì per primo, poi prese la chitarra.

«Suoni bene.»

«Ma va', sono due accordi!»

Erano seduti vicini. Norma giocava con la sabbia e, con un dito, disegnò un cerchio, una margherita, due linee simmetriche. Poi afferrò una manciata di sabbia, la lasciò scorrere nella mano e cancellò tutto.

Lei aveva quindici anni, Claudio diciannove, ma non trovava il coraggio di baciarla.

«Facciamo due passi?» le propose, tanto per rompere il silenzio.

Camminarono sulla riva, lasciandosi dietro due lunghe file di orme sul bagnasciuga.

Si fermarono, al limite tra la sabbia e il mare, tra l'acqua e il cielo. Claudio la strinse a sé.

Ecco, sarebbe successo, lui adesso l'avrebbe baciata... Norma chiuse gli occhi. Voleva trattenere ogni particolare di quel momento per poterlo ricordare sempre: il rumore delle onde sulla battigia, il fiato di Claudio, tiepido e dolce, e poi un brivido di freddo, o forse era solo l'eccitazione dell'attesa.

Lui le sollevò il mento e le sfiorò la bocca con le labbra...

Umidità e calore.

Sapore di fumo e del gelato al pistacchio.

Norma in punta di piedi.

Il suo primo bacio.

A dire il vero era il secondo, ma l'altro non contava perché non le era piaciuto.

Era successo a una festa un mese prima. Un tipo insignificante, che nemmeno le piaceva, ma Donata aveva già baciato tre ragazzi e lei ancora nessuno. Per quello, mentre ballavano un lento, non si era tirata indietro.

Le aveva fatto schifo sentire quella lingua dura e grossa agitarsi dentro la sua bocca. Per non parlare della saliva che la impiastrava dappertutto. Non appena si erano staccati, lei si era asciugata con la manica, un gesto veloce per non farsi notare. Il ragazzo però se n'era accorto. «Ma vaffanculo!»

E l'aveva piantata in mezzo alla stanza, tra le coppie che ballavano abbracciate nella penombra.

Quel bacio con Claudio, invece... non riuscivano più a staccarsi.

Dopo, si erano seduti accanto a un moscone, e avevano ripreso a baciarsi.

«Che ore sono?»

«Le undici e mezza.»

Norma era scattata in piedi. «Mi faranno una scenata!»

Si avviarono veloci verso l'uscita del Bagno Maria, attraversarono la provinciale ed entrarono nel campeggio tenendosi per mano.

Elsa era sul viale, ad aspettarla.

Norma lasciò di colpo la mano di Claudio. «Domattina, in spiaggia», gli sussurrò.

La madre le andò vicino e la prese per un braccio. «Sei peggio di una cagna in calore, con un maschio a ogni angolo!» E la trascinò via.

2015

─────◆─────

Stellata, marzo

La notte mi chiami più spesso: la schiena ti fa male, ti manca il respiro, la camicia da notte ti si arrotola sotto la schiena... Fa sempre troppo freddo o troppo caldo; vuoi che riaggiusti i cuscini, non sopporti i tubi dell'ossigeno nel naso e te li strappi via. Ti do un antidolorifico o anche solo un bicchiere d'acqua. Mi siedo accanto a te e aspetto che ti calmi. A volte mi addormento, la testa appoggiata sul tuo letto.

Mi è appena successo. Mi sono svegliata indolenzita, sulla guancia i segni della coperta. Ho sognato Claudio, quel giro sulla moto, il mio primo bacio. Ogni tanto mi capita di sognarlo ancora, a quasi settant'anni. Capiterà anche a loro, agli uomini che abbiamo amato, a quelli che non abbiamo più rivisto, di sognarci, o di pensarci ogni tanto?

Tornata da quella vacanza al campeggio, non vedevo l'ora di raccontare tutto a Donata. Morivo dalla voglia di parlarle di Claudio, di descriverle nei dettagli il senso di stordimento, l'ondata di piacere che sentivo quando lui mi baciava o mi accarezzava la nuca... il calore mi saliva nel corpo come un formicolio, un miscuglio di paura e desiderio che cresceva fino a lasciarmi senza fiato. Volevo dire tutto a Donata, anche di quella tua frase orribile, mamma. Però alla fine mi era mancato il coraggio. Sentivo vergogna. Non per me, ma per te.

Dormi. Pare impossibile, adesso che sei così fragile, che tu abbia *potuto dire quelle parole a una ragazzina di quindici anni. Tua figlia. Il dolore rende cattivi. Il dolore può fare questi danni, è capace di liberare i demoni che teniamo nascosti e far pronunciare parole del genere a una madre. Cosa doveva averti spinto a tanta crudeltà? Forse ti eri accorta che la tua bambina era una donna, come te, solo che io mi aprivo alla vita, stavo scoprendo l'amore. Tu, invece, dall'amore eri rimasta ferita: il tuo matrimonio in frantumi, l'uomo che adoravi innamorato di un'altra. Innamorato ormai di un'ombra, ma non di te. Era quello che pensai quella sera, ancora troppo scossa dalle tue parole per riuscire a prendere sonno.*

Si può essere gelosi di una figlia, della sua giovinezza?

Ti lamenti e il respiro si fa più faticoso. Presto dovremo ricoverarti, ma per il momento tutt'e due preferiamo che tu rimanga a casa. Ci tieni alle tue passeggiate e a visitare la tomba di papà. Anche quando non sei più stata in grado di camminare, nei giorni di sole ho spinto la tua carrozzina fino al cimitero. Poi ti portavo sull'argine, dove abbiamo ricordato insieme le vacanze estive da nonna Neve, i picnic nell'ansa del fiume dove la sabbia era fine come farina... La sera abbiamo sfogliato l'album delle fotografie, rivisto battesimi e morti, i momenti più allegri e più tristi della nostra famiglia.

Da quando sei peggiorata i nostri ruoli si sono capovolti: ti sono diventata madre e tu mi sei diventata figlia.

I pulcini e gli anatroccoli non sanno cosa sia una madre. Il loro istinto li spinge a cercare protezione verso chiunque si prenda cura di loro. Me ne resi conto a sette anni, a casa della nonna quando tu, mamma, avevi seguito papà a Viggiù in cerca di una vita migliore. L'anatra era morta e io ero diventata la madre adottiva della sua nidiata. Davo da mangiare agli anatroccoli, li accarezzavo, parlavo con voce autoritaria se non mi ubbidivano e li rassicuravo quando scoppiava il temporale. Il tuono li faceva disperdere intorno come tanti fiori bianchi. Li raccoglievo a uno a uno e ci mettevamo al riparo. Quando il cielo schiariva, si ripartiva in fila indiana per qualche escursione lungo i canali. Avevo dato un nome a tutti e sei: Pippo, Peppino, Pandemonio, e poi c'erano Messalina, Mafalda e Matilde. Erano praticamente uguali e di sicuro li avrò chiamati con il nome sbagliato. Pippo era l'unico che riconoscevo con certezza perché aveva un modo tutto suo di camminare: sbilanciato, sbandando a destra e a sinistra, un po' come un ubriaco.

« Pippo, vieni dalla mamma! » E lui mi raggiungeva pigolando, con quella sua andatura buffa. Mi seguiva dappertutto, l'avevo sempre appiccicato ai calcagni.

Un giorno c'era alla radio la canzone della Mangano tanto di moda quell'anno e mi misi a ballare imitando le mosse dell'attrice nel film.

Ya viene el negro zumbón, bailando alegre el bajon
repica la zambomba y llama la mujer...

Battevo i piedi e accompagnavo il ritmo con piccoli passi, le braccia in avanti, come faceva Silvana Mangano.

Tengo gana de bailar el nuevo compás,
dicen todos cuando me ven pasar: « ¿Chica, dónde vas? »
« ¡Me voy a bailar, el bajooon! »

Non mi ero accorta che Pippo stava appena dietro di me, lui, sempre così fedele e silenzioso.

Lo calpestai sotto il macigno del mio piede sinistro. Non emise nemmeno un pigolio. Giaceva immobile, la testina piegata di lato.

Lo portai sul mio letto e piansi a lungo, inginocchiata davanti a lui.

Ora non piango più, mamma, però mi sento ugualmente impotente davanti alla tua morte. Posso solo starti vicino, passare la mano sulla tua fronte.

Socchiudi gli occhi e mi chiami, la voce rauca. « Norma... »
« Sono qui, mamma. Tranquilla, sono qui. »

1964

♦

luglio

Era andata al lago con alcuni amici, tra i quali Michele, il suo ragazzo. Definirlo così la faceva sentire a disagio. Vero che da qualche mese uscivano insieme, lei però non voleva attribuirgli un'etichetta: le piaceva, insieme stavano bene, e bastava. Chiamarlo « il mio ragazzo » o, peggio ancora, « il mio fidanzato » la faceva sentire in una gabbia.

Era una giornata chiara, il cielo era di un blu intenso e i monti della Svizzera si specchiavano nel lago.

Si erano fermati in una piccola spiaggia dopo Porto Ceresio. I maschi sonnecchiavano sui teli da bagno con disegnati sopra coralli e delfini; le ragazze fissavano il lago un po' annoiate: la pelle lucida di olio abbronzante e una Marlboro fra le dita.

Michele era l'unico che nuotava. Norma lo fissava, in mano *Lessico famigliare*, il romanzo comprato il giorno prima a Varese. Era ferma da un'ora a pagina sette. Le altre parlavano fitto; si raccontavano come fare per non restare incinte. Le stesse chiacchiere di sempre, e Norma aveva deciso che era meglio far finta di leggere.

« L'uomo deve tirarsi indietro al momento giusto. »

« Sei pazza a fidarti di loro. Meglio un preservativo. »

«Ai ragazzi non piace e poi, se sei d'accordo, pensano male di te.»

«Io ho sentito che le lavande di Coca-Cola funzionano», suggerì una.

«Quella è meglio che la bevi, scema!»

Scoppiarono tutte a ridere.

«A volte aprire le gambe è comodo per farsi sposare», aggiunse poi un'altra.

«Già, come la Tina, che tonta! Ora che ha partorito si ritrova come una botte, tale e quale sua madre!»

Norma ricordò il giorno del matrimonio dell'amica, già incinta di quattro mesi. Era stato l'anno prima, a fine gennaio, e in chiesa il fiato degli invitati formava piccole nuvole nell'aria gelida. All'arrivo della sposa, gli ospiti avevano girato la testa tutti insieme, come soldati. La Tina quel giorno era bella: i capelli cotonati alti, il bouquet di rose, l'abito di tulle, gonfio e leggero, per nascondere la pancia. Era scivolata lungo la navata senza quasi toccare il pavimento, come un'apparizione. Doveva essere il giorno del suo trionfo.

Una messa breve. Scambio degli anelli, benedizione del prete, manciate di riso sulla porta con entusiastici: «Viva gli sposi!» poi tutti al ristorante.

Alle tre i bicchieri erano opachi, i nasi delle signore lucidi, le cravatte dei mariti allentate. Avevano presentato alla sposa un piatto con sopra una carota, due pomodori, un po' di prezzemolo come guarnizione. Erano scoppiati tutti a ridere, compresa la sposa, e avevano alzato i bicchieri.

Alle cinque, avevano bevuto troppo e sentivano la testa pesante. La vecchia che sedeva accanto a Norma diceva che la Tina aveva un'aria strana. Non poteva immaginare che dietro la tovaglia la mano dello sposo saliva sotto l'abito bianco.

Uno zio di lei li aveva trovati poco dopo chiusi dentro il bagno degli uomini. Nonostante la solennità della situazione, lo sposino chiaramente non aveva potuto aspettare. La scoperta era troppo gustosa per poterla tenere segreta, e il pettegolezzo si era propagato in un attimo.

Il peso del silenzio, gli sguardi increduli, il brusio delle lingue e le risate sospese nell'aria.

La madre della Tina era scoppiata a piangere, il viso tra le mani. Norma ricordava le sue mani bianche, come senza sangue e, fuori dalla finestra, la campagna coperta di gelo. Nel salone invece il caldo era soffocante: il vapore colava lungo i vetri e i fiori si erano piegati nei vasi. Norma aveva provato pena per la madre della sposa, pena per quello spettacolo da circo. Quel giorno, le mancava il respiro. Più il tempo passava, più lei si sentiva in trappola.

Era sempre ferma a pagina sette. Michele, ancora in acqua, adesso la chiamava con grandi gesti delle braccia. «Norma, che fai? Vieni! Si sta da Dio!»

«Fra un po' arrivo.»

Lui le sorrideva, i denti bianchi, le spalle larghe, i capelli neri lisciati dall'acqua. *È bello*, si disse Norma, e su tante cose la pensavano allo stesso modo. Perché non riusciva a innamorarsi?

Il pomeriggio trascorse pigro. Lei e Michele nuotarono e presero il sole chiacchierando sulla riva. Al tramonto, furono i primi ad andarsene.

La moto sfrecciava lungo la costa del lago. Le ruote parevano non toccare la strada, l'ombra degli alberi si rifletteva nell'acqua. Norma, la testa appoggiata contro la schiena di Michele, pensò a un altro viaggio in moto, anni prima, al mare.

Si fermarono in un prato per fare l'amore. Più tardi, lei rientrò a casa con l'erba nei capelli, la pelle che scottava. Elsa stava preparando la cena e si mise a chiacchierare con lei. Faceva sempre troppe domande, sua madre. Norma piluccò qualche chicco d'uva senza risponderle, poi si chiuse in camera sua. Mise sul giradischi un LP di Bob Dylan e si stese sul letto.

> *It ain't no use to sit and wonder why, babe*
> *It don't matter, anyhow*
> *An' it ain't no use to sit and wonder why, babe*
> *If you don't know by now*
> *When your rooster crows at the break of dawn*
> *Look out your window and I'll be gone*
> *You're the reason I'm trav'lin' on*
> *Don't think twice, it's all right*

Era la canzone preferita di Michele. Glielo aveva prestato lui, quel disco. «Quando l'alba giungerà, me ne sarò andato. Sei tu la ragione per cui vado via, ma non pensarci troppo, va tutto bene...» Avevano quello in comune; la voglia di andarsene e di lasciarsi tutto alle spalle: i pettegolezzi da osteria, quel piccolo paese chiuso tra le montagne dove la gente sapeva tutto di tutti.

Loro si erano conosciuti alle riunioni nella sede della FGCI, la Federazione dei Giovani Comunisti Italiani. A quegli incontri, i ragazzi parlavano non solo di politica, ma anche di cambiamenti sociali, di emancipazione femminile, e delle nuove idee che avrebbero cambiato il mondo. Donata era fra i più partecipi alle discussioni. Citava il *Secondo Sesso* di Simone de Beauvoir, e Norma assorbiva tutte quelle idee straordinarie. Voleva cambiare vita e faceva progetti per il futuro. Anche Michele aveva grandi sogni e all'inizio lei credeva di amarlo, però non era successo.

Aspirò a fondo il fumo della sigaretta e decise che il giorno dopo gli avrebbe detto che era meglio lasciarsi. Ci sarebbe rimasto male, ma più che altro per il suo orgoglio ferito. In fondo, nemmeno lui era innamorato. Parlava sempre di andare in America: un sacco a pelo, una moto più grande, e girarsela tutta. Le strade senza fine della California, Memphis, i deserti del Nevada, e in mezzo, tutti i colori del mondo.

«Vieni via con me, Norma. Andiamocene da questo paese del cazzo!» le ripeteva.

E chi li trovava i soldi? E poi Michele diceva tanto per dire; sapeva che era minorenne e il passaporto non l'aveva. Lei doveva ancora finire le magistrali. Per lui era diverso, non studiava. Aveva preferito lavorare, mettere via i soldi per andarsene il prima possibile. Diceva che ancora qualche mese ad affettare mortadella nel negozio del padre, e poi, via!

Il disco di Bob Dylan era finito. Lei spense la sigaretta e rimase stesa sul letto.

«La cena è pronta!» urlò Elsa dalla cucina.

«Non ho fame!» gridò lei di rimando.

Restò immobile, gli occhi chiusi. Le vennero in mente i versi di una poesia di Ada Negri.

Ad ogni alba che spunta io dico: «È oggi»
ad ogni giorno che tramonta io dico:
«Sarà domani».

Già, *domani*, concluse Norma, una smorfia sulla bocca. Con la scusa che c'era sempre un domani per fare le cose, una rimaneva fregata. Anche Donata non vedeva l'ora di finire il liceo e trasferirsi a Milano, per l'università. Norma si disse che anche lei prima o poi se ne sarebbe andata. Non con Michele, però.

1965

settembre

Neve era tra i numerosi telespettatori della trasmissione *Non è mai troppo tardi*. Le piaceva seguire il maestro Manzi mentre insegnava a leggere e a scrivere a chi non era potuto andare a scuola. Quel programma le ricordava i giorni in cui, adolescente, si era iscritta ai corsi serali del Fascio per terminare la quinta elementare. Era lì che aveva stretto amicizia con Luciana, la bottegaia, e lì aveva incontrato Radames e si era innamorata. A parte loro tre, in classe erano tutti vecchi, proprio come quelli che adesso scrivevano a fatica il proprio nome davanti alle telecamere della RAI.

A Neve piaceva anche il telegiornale. A volte capiva quello che dicevano, altre volte no. Quando Piero Angela aveva annunciato che la lira era stata premiata dal *Financial Times* come moneta più stabile, non aveva idea di cosa stesse parlando. Cos'era il *fainanscial taim*? E cosa diavolo voleva dire «moneta stabile»? Quello che Neve capiva era che intorno non vedeva più tanta miseria. Ora la carne la si mangiava ogni settimana, non a Pasqua e a Natale come ai suoi tempi. Tutti parlavano del «miracolo italiano» e Neve pensava che, forse, un miracolo c'era stato davvero.

Gli anni '60 stavano portando grandi cambiamenti anche nella politica internazionale. Nel gennaio 1961, John Fitzgerald Kennedy era diventato il presidente americano più giovane della Storia. Nell'agosto dello stesso anno, la costruzione del muro di Berlino aveva esacerbato la frattura tra il mondo occidentale e il blocco comunista. L'espressione «guerra fredda» era sulla bocca di tutti.

Una piccola guerra fredda si era sviluppata anche in seno alle famiglie Martiroli. Già dal 1956, quando l'esercito russo aveva invaso l'Ungheria, Guido aveva perso ogni illusione politica e, da allora, aveva continuato a votare Partito Comunista più per tradizione che per altro. Dolfo, al contrario, negli anni si era dedicato con fervore alle attività del partito, fino a essere eletto segretario della sezione del Partito Comunista di Viggiù. Mentre Guido esaltava il successo di Kennedy nel negoziare la crisi missilistica di Cuba del 1962, Dolfo sosteneva che il merito di fermare lo scoppio della terza guerra mondiale era solo di Chruščëv.

«Il tuo Kennedy gioca a fare il democratico, ma intanto ha provato a rovesciare il governo di Fidel Castro con un colpo di Stato!» proclamava al fratello.

Il momento di maggior tensione politica tra i due era capitato una domenica, giorno in cui Dolfo faceva il giro di Viggiù per distribuire le copie dell'*Unità* ai tesserati.

Si era fermato al bar per un caffè, e ci aveva trovato il fratello che leggeva il *Corriere della Sera*.

«Ti sei proprio rimbecillito!» aveva esclamato davanti a tutti.

La spaccatura ideologica tra i fratelli aveva contribuito a cambiare le abitudini vacanziere delle due famiglie. In agosto, Dolfo continuava ad affittare l'appartamento sulla Riviera Ligure, mentre Guido passava le ferie nel solito campeggio ai Lidi Ferraresi. Ormai tornavano a Stellata raramente: Dolfo a Pasqua e a Natale; mentre Guido si fermava a pranzo dai suoi nel tragitto verso il mare, e poi per qualche ora nel viaggio di ritorno.

Norma e Donata erano cresciute e si erano stancate di andare in vacanza con i genitori. Progettavano viaggi per conto loro in luoghi più esotici dei Lidi Ferraresi o della Riviera Ligure. Pensavano alla Grecia, o magari alla Spagna e al Portogallo.

«L'anno prossimo prendo la maturità, e chi ci ferma più?» l'assicurava Donata. Lei aveva avuto un ragazzo fisso per più di un anno, poi lo aveva lasciato, e una settimana dopo ne aveva già trovato un altro. Del resto era bella e disinvolta. Norma era sicura che sua cugina non avrebbe mai sofferto per amore.

Norma era meno vistosa ma aveva un corpo armonioso e occhi chiarissimi, «come un cielo d'inverno», le aveva detto Claudio qualche anno prima. Eppure con i ragazzi non aveva fortuna. Dopo Michele, aveva avuto un paio di brevi relazioni, ma niente di serio.

«Hai solo paura di innamorarti», le ripeteva sua cugina.

Era l'estate del '65 e Norma aveva appena preso il diploma magistrale. L'esame scritto era stato facile perché Donata aveva sognato le tracce e l'aveva avvertita. «Per letteratura: Foscolo. Altrimenti, scegli quello sulle rivoluzioni sociali del primo Novecento.»

«Sicura?»

«Certo che sì. Però è irritante che io sogni solo cose che servono agli altri!»

«Tu sei un mezzo genio, non hai bisogno di sogni premonitori», le aveva risposto Norma.

Si era preparata sul tema storico e, la mattina dell'esame, ecco la traccia: *Le rivoluzioni sociali del primo Novecento*!

Adesso Norma era in attesa di essere chiamata per un lavoro e, al ritorno dal campeggio, decise che si sarebbe fermata dai nonni almeno fino all'8 settembre, giorno in cui a Stellata c'era la fiera.

Fu in quell'occasione che incontrò la Ghelfa.

«Norma?... Gesù, non ti avevo riconosciuta! *Ma fat védar... i oc ié sémpar quei di Casadio, an ghè gnent da far!* Ma fatti vedere... Gli occhi sono sempre quelli dei Casadio, non c'è niente da fare!» esclamò, abbracciandola.

Era ancora bella ed elegante, la Ghelfa, e a Norma pareva sempre strano che una donna dall'apparenza così sofisticata parlasse in dialetto.

La ragazza raccontò del diploma e delle recenti vacanze al mare. «Come sta Elia?» chiese alla fine.

«Bene. Un peccato che sia appena partito per le vacanze, se no potevate incontrarvi. Tu però devi venire a pranzo da noi. Fortunato sarà contento di rivederti. Hai da fare domani?»

◆

Il giorno dopo, Norma camminava lungo il fosso che portava alla casa della Ghelfa. Passò di nuovo il campo di erba medica, poi quello di frumento, ed ecco spuntare la casa con il fienile su un lato e la rimessa di motori sull'altro.

Trovò Bicicli in cortile che parlava con don Romano. La Ghelfa ascoltava concentrata, perché la discussione si stava facendo difficile.

«Era più facile dimostrare al papa che la Terra si muoveva intorno al Sole che per il papa dimostrare a Galileo che Dio esiste. E se il papa non ha creduto nella scienza, io mi rifiuto di accettare che sia lo Spirito Santo a tenere in piedi tutto l'ambaradan dell'universo!»

«Bicicli, siamo nel XX secolo, non nel Medioevo.»

«Perché allora dovrei credere alle Sacre Scritture, che di anni ne hanno quasi duemila!»

«*Va' là, ch'at sé propria an bèl bagài!* Sei proprio un bel soggetto!» esclamò don Romano, asciugandosi il sudore dalla fronte. Quel matto lo faceva dannare con i suoi ragionamenti senza capo né coda, che passavano dal dibattere sulle frequentazioni dei bordelli al non credere che l'uomo fosse stato creato a immagine di Dio.

«Non è possibile, don Romano. Forse il Padreterno assomiglierà alla Ghelfa, o a Sophia Loren, ma guardi me, *ca' go na facia c'la par tajàda col maràs, o al pustìn, cl'è brut cm'en lógar.* Guardi me, che ho una faccia che sembra tagliata con l'accetta, o il postino, che è brutto come un ramarro.»

«Che c'entra, Bicicli? Siamo tutti belli negli occhi di Dio.»

«*Mi a dig cl'è n'ufesa al Signor credar che mi o al pustín ag sumigliém!* Io dico che è una offesa al Signore credere che io o il postino gli somigliamo!»

Don Romano lo fissò, a corto di parole. «Martin Lutero diceva che la ragione è la puttana del diavolo, e anche se non mi sta affatto simpatico, come dargli torto?»

Norma ascoltava divertita i ragionamenti di Bicicli con il prete, quando la Ghelfa intervenne: «Don Romano, non gli dia retta, che a mio marito piace tirar scema la gente con i suoi ragionamenti! Ho il mangiare pronto sul tavolo, vuol favorire?»

«Grazie, Ghelfa, ma con il mio fegato più che riso bollito e verdure non posso permettermi. Magari un'altra volta.» E a quel punto salì in bicicletta e si allontanò.

Bicicli diede il benvenuto a Norma, poi aggiunse: «Vieni, che mia moglie ha fatto un ragù da far resuscitare Lazzaro!»

La cucina era ancora uguale; i mobili erano gli stessi, si respirava lo stesso odore di cera per i pavimenti, e avevano ancora lo stesso frigorifero Ignis che nascondeva dentro l'inverno.

Norma posò lo sguardo sulla fotografia esposta in una cornice d'argento. «Elia?»

«Sì, quella l'ha fatta il mese scorso.»

Lei prese in mano il ritratto: quel giovane non somigliava affatto al bambino esile, con i capelli a spazzola, la faccia da monello e le efelidi, e nemmeno sembrava il dodicenne con il ciuffo alla Elvis Presley. Nella cornice c'era l'immagine di un ragazzo robusto, con il viso squadrato, un bel sorriso e i capelli lunghi fino alle spalle.

«Non lo avrei mai riconosciuto.»

«Ci credo, con quella zazzera! Ma è grande, ormai non mi ascolta più. Però ci dà un mucchio di soddisfazioni, sai? A giugno è uscito con i voti più alti di tutta la classe.»

«È sempre stato il più bravo.»

«Sì, per fortuna ha preso dal padre.»

«Ghelfa, non dire così.»

«Oh, è la verità: Fortunato si è innamorato di quello che vedeva, io di quello che lui diceva. Tra uomini e donne funziona in questo modo.»

«Non è vero», obiettò Norma.

«Va' là, che sono più vecchia di te. Non sarò andata a scuola, ma so come gira il mondo.»

Mangiarono in allegria, bevendo parecchio vino e parlando dei vecchi tempi.

«Norma, te lo ricordi quando tu ed Elia vi baciavate come gli attori del cinema?» chiese la Ghelfa, un po' brilla.

«Sì. Io mi vergognavo, ma Elia ci teneva a mostrartelo.»

«'La vergogna offusca l'animo.' Lo ha detto Erasmo da Rotterdam, mica il sottoscritto.»

«*Ma tasi, che at'tze andà a scola dal bidel!* Ma taci, che sei andato a scuola dal bidello!» lo riprese la moglie.

Al momento di lasciarsi, Ghelfa e Bicicli si raccomandarono con Norma: «Se passi da Stellata, vienici a trovare. La prossima volta, a Elia lo trovi di sicuro».

Norma promise, ma non lo cercò mai.

Con il trascorrere degli anni, i due finirono per dimenticarsi. Solo raramente le memorie dell'infanzia tornavano a farsi strada nei loro pensieri: immagini di estati polverose e chiare, l'odore del fieno, una voce infantile... Norma ripensava al bambino magro dagli occhi con le pagliuzze d'oro che le leggeva *Il Monello* e *Mandrake* quando lei ancora non ne era capace. Elia invece ricordava il profumo del borotalco Felce Azzurra, la risata di una bambina dagli occhi chiarissimi, il sapore del burro fatto in casa. Ogni volta che tornava a casa dall'università, Elia se lo ritrovava sul tavolo a colazione. Lo spalmava sul pane, lasciava perdere la marmellata e ci spolverava sopra un velo di zucchero. Lo addentava a occhi chiusi, ed era in quei momenti che gli tornava in mente Norma: i suoi baci di bambina avevano quel sapore.

2015

◆

Stellata, marzo

«*Donata!...*»
Mi sveglio nel mezzo della notte gridando il tuo nome.
«*Norma, che c'è?*»
«*Niente, mamma, solo un brutto sogno.*»
Piango, il viso sotto le coperte per non farmi sentire.
Il mio solito incubo: io e zio Dolfo camminiamo lungo il corridoio sotterraneo dell'ospedale di Niguarda, il rumore dei tacchi che ci rimbomba nelle orecchie. Entriamo in una stanza dipinta di verde per il riconoscimento della salma. Non ci sono finestre e l'aria sa di chiuso e di disinfettante. Poi l'infermiere entra spingendo la barella. Sopra, un grande sacco di plastica nasconde un corpo che attende di essere identificato. Il rumore della cerniera che si abbassa e infine il tuo viso, Donata. Ti fisso, e stento a credere che quel volto gonfio, deturpato dalle ore trascorse in acqua, ti appartenga. Eppure sei tu davanti a me, quel poco di te che è rimasto. Di colpo giri la testa, sorridi, e un pesce ti scivola fuori dalla bocca. È sempre a quel punto che mi sveglio, coperta di sudore, il fiato corto.
Ti sei uccisa una notte di giugno del 1973, a Milano, gettandoti nelle acque del Naviglio. Portavi nel ventre un bambino quasi pronto per nascere. Quante volte ho cercato di dare un senso a quel gesto. Le spiegazioni della polizia, la ricostruzione faticosa della vi-

cenda, tutti i ragionamenti che nei giorni successivi avevamo fatto in famiglia, non erano serviti a granché. Avevamo puntato tutti il dito contro la politica. Dopo che ti eri trasferita a Milano per l'università, avevi abbracciato la lotta armata, messo la rivoluzione davanti a tutto: agli studi, al tuo futuro, e a Stefano, il ragazzo che amavi e pensavi di sposare. Poi qualcosa era andato storto: il piano che avevi ideato per un attacco armato era fallito, e Stefano era stato ucciso per errore, per uno stupido imprevisto, per dei calcoli sbagliati.

Devi aver sentito su di te il peso della sua morte. Deve essere stato quello a convincerti che era meglio farla finita.

Perderti è stato come sentir morire una parte di me, come quando, in una gravidanza gemellare, uno dei feti non ce la fa, e quello che sopravvive prova un senso di mancanza che lo segnerà per la vita. L'ho letto in un articolo e mi ci sono riconosciuta, in quella teoria. Noi non eravamo gemelle, ma lo erano i nostri padri, e ci sentivamo legate da un filo che poteva essere spezzato soltanto dalla morte di una delle due. Eri il mio eroe, Donata; eri il mio modello, la mia forza. Quando sei morta, un po' sono morta anch'io.

C'è una foto di noi due che tengo sul comodino: è un vecchio scatto in bianco e nero di quando eravamo bambine. È stato preso sull'argine del Po, a Stellata. Indossiamo pantaloncini corti e sandali. Io ho il broncio; non mi è mai piaciuto farmi fotografare. Tu invece fissi l'obiettivo con aria di sfida: un piede avanti, le mani sui fianchi e la linguaccia al fotografo. Negli occhi, ti brilla quel pizzico di strafottenza che, invece di irritare, faceva sorridere e ti rendeva unica.

A volte mi chiedo se tu avessi presagito che la morte era vicina. In fondo, fin da piccola facevi sogni premonitori. Poi, durante una vacanza da nonna Neve, avevi scoperto un vecchio mazzo di tarocchi nascosto nel suo armadio. Avevi iniziato a giocarci e, crescendo, dicevi che attraverso quelle carte potevi leggere il futuro meglio che attraverso i tuoi sogni. Quando sei entrata a far parte di un gruppo di estrema sinistra, però, avevi smesso di usarli. Sostenevi che erano solo scemate, trucchi per rimbambire la povera gente. Volevi buttar via quelle carte, ma poi avevi cambiato idea e i tarocchi erano finiti in fondo a un cassetto.

Adesso li conservo io. Un amico antiquario mi ha confermato che sono molto antichi: più di due secoli, ha detto. Forse è con quelli che Viollca aveva previsto la tragedia della tua morte.

Ricordo la sera in cui ti vidi usare le carte per l'ultima volta. Mi piaceva un ragazzo e avevo insistito affinché tu mi facessi una lettura.

Dopo aver girato le prime lame, mi avevi rassicurata. « Guarda: Gli Amanti, ed è uscita diritta. Puoi stare tranquilla. Aspetta però... Non sarà lui che sposerai. Strano: qui dice che conosci già tuo marito, e da parecchio... Non capisco, vedo del fuoco... forse un amore ardente? Ehi, tu! Mi stai nascondendo qualcosa? »

« Che dici? Su, va' avanti. »

« Avrai solo un figlio... anzi no, qui dice che sarà una bambina, e l'avrai già avanti negli anni. Diomio, da quanto tempo non consultavo i tarocchi! Ora faccio una lettura anche per me. »

Avevi mischiato il mazzo ed estratto sette lame. Le avevi girate a una a una, lentamente.

« Allora? » ti avevo chiesto, impaziente.

« Aspetta, voglio prima vedere il responso finale. »

Avevi girato altre tre carte. Eri rimasta muta, un'espressione smarrita negli occhi.

« Che faccia! » avevo cercato di sdrammatizzare.

« Qui dice che farò un viaggio. Sarà lunghissimo, il viaggio più lungo. »

« E quando torneresti? »

Girata l'ultima carta, te ne eri uscita con la frase più strana: « Tornerò attraverso l'uomo che amerai, e sarò il tuo dolore più grande ».

Ti avevo fissato senza capire. Tu sembravi sul punto di piangere.

◆

« Norma... sei ancora sveglia? »
   « Che c'è, mamma? »
   « Ho finito l'acqua. »
   Vado a prendere una bottiglia in cucina e ti riempio il bicchiere.
   Bagni solo le labbra, le mani che ti tremano, poi mi fissi: il viso magro, gli occhi di colpo più grandi. « Non riesco a dormire, nemmeno con le gocce. »
   « Prova a rilassarti. »
   « Ho già contato le pecore tre volte. Si sono addormentate prima loro. »
   Di colpo mi afferri un braccio. « Norma... »
   « Che c'è? »
   « Ho paura... »
   « Ti sentiresti più sicura in ospedale? »
   « A che serve? Morirò anche là. »

1974

Quell'anno sarebbe stato ricordato come uno dei più difficili nel momento storico dominato dalla cosiddetta «strategia della tensione»: fu l'anno della bomba di piazza della Loggia a Brescia, che provocò otto morti, e di quella sul treno *Italicus*, che di morti ne fece dodici. Ma il 1974 fu anche l'anno del referendum per l'abrogazione della legge sul divorzio, introdotta quattro anni prima. Vinsero i «no» e la legge Fortuna-Baslini restò in vigore.

Sia dal pulpito sia nel confessionale, don Romano aveva spiegato che era assolutamente necessario votare «sì», cancellando l'obbrobrio che violava il sacro vincolo del matrimonio. «Votate 'sì', altrimenti farete piangere la Madonna!» si raccomandava.

Neve dubitò, pregò molto e cambiò idea più volte, ma arrivato il giorno del voto, prevalse il suo senso pratico e preferì far piangere la Madonna che condannare a vita tante coppie infelici.

Nella famiglia Casadio, l'estate del 1974 sarebbe stata ricordata per il rientro a Stellata di Adele, la sorella di Neve emigrata in Brasile mezzo secolo prima.

Dopo una lunga relazione con un uomo sposato, se n'era andata dal paese a trent'anni per evitare un destino da zitella. Aveva attraversato l'oceano per sposare uno sconosciuto e, qualche anno dopo, si era ritrovata vedova e con una bambina da crescere. Aveva comunque preferito restare in Brasile e nel tempo era diventata un'imprenditrice di successo.

Giunta a ottant'anni, Adele decise che prima di morire voleva rivedere i pochi parenti rimasti in vita. Soprattutto sua sorella Neve, a cui aveva fatto un po' da mamma, e sua zia Edvige, che le aveva organizzato il matrimonio in Brasile ed era ormai centenaria.

Era passato un anno dalla morte di Donata e il rientro in Italia di Adele fu la prima occasione in cui l'intera famiglia Casadio si riuniva per una festa. Mancavano solo Dolfo e la Zena, ma il dolore per la perdita della figlia era ancora forte e non se l'erano sentita di partecipare. Fu una cena memorabile, di quelle dove le bottiglie di vino si svuotano l'una dopo l'altra, i commensali finiscono per dimenticare le cose tristi, e dopo un po' iniziano a intonare cori alpini e canzoni goliardiche. Zia Adele era talmente allegra, ed emozionata, che considerò persino la possibilità di fermarsi a Stellata per il resto dei suoi giorni. Però in Brasile c'era sua figlia Maria Luz e, sebbene il rapporto con lei fosse tutt'altro che facile, alla fine decise che non se la sentiva di lasciarla.

A quella cena, zia Edvige sedeva a capotavola. Aveva ancora la sua nuvola di capelli candidi e arruffati, e la stessa aria selvaggia che a Norma faceva paura quand'era bambina. Quel pomeriggio, Neve si era offerta di raccoglierli in una treccia, ma Edvige era stata irremovibile. «*I cavei am li pètna sol me mama!* I capelli me li pettina solo mia mamma!» aveva sentenziato.

«Tua mamma è morta mezzo secolo fa, zia», aveva cercato di spiegarle Neve.

«Che c'entra? I suoi doveri li fa ancora.»

Da anni, l'anziana donna insisteva nel dire che nella casa della Fossa, dove viveva, non era sola, ma con lei c'erano anche i parenti morti. Neve dopo un po' si era rassegnata a non contrastare quelle stramberie.

La sera della festa, l'aria era rovente. Le donne si facevano aria con i tovaglioli e, dopo un'ora, gli uomini si sfilarono la camicia e mangiarono in canottiera. I bambini correvano senza controllo intorno ai tavoli poi, da un momento all'altro, sparirono tutti. Radames li trovò fuori dalla porta d'entrata che pisciavano in fila sulle peonie di Neve, e li prese a scappellotti uno per uno.

Nonostante le stonature degli adulti, i pianti dei bambini, e le loro corse senza nessun controllo intorno ai tavoli, fu una serata piena di allegria e nessuno voleva saperne di tornare a casa.

« *A gh'ho 'na son ca crodi*. Crollo dal sonno », si lamentava di tanto in tanto Edvige, ma nemmeno lei si decideva ad andare a dormire.

La festa terminò passata mezzanotte, ma faceva ancora un caldo assassino e le persone rimaste decisero di cercare un po' di refrigerio sull'argine. C'erano Neve e Radames, Guido con moglie e figlia, Adele, e persino la centenaria Edvige, che gemendo e sbuffando si arrampicò lungo i gradini che portavano sullo stradone.

Durante quella passeggiata notturna, furono date tre notizie importanti, anche se al momento nessuno ne colse la rilevanza.

Per primo, Adele invitò Norma ad andarla a trovare in Brasile.

Come seconda notizia, Norma informò il padre che a breve si sarebbe trasferita all'estero.

Per ultimo, Neve, gli occhi puntati su una luna bassa e perfettamente rotonda, se ne uscì con la frase più sorprendente: «Il 9 di settembre morirò. L'ho sognato l'altra notte».

◆

Quando il 9 di settembre trovarono Neve morta, da Stellata spedirono a Guido un telegramma.

Tua madre spirata nel sonno la notte scorsa.
Funerali domani pomeriggio.
Avvisate voi Dolfo e la Zena. Vi aspettiamo.
ZIA ADELE

I due fratelli partirono con le famiglie prima dell'alba, stipati nella Millecento di Dolfo.

L'uomo doveva ancora superare la perdita di Donata e adesso faticava ad accettare anche la morte della madre. «Com'è possibile che se ne sia andata così, senza che nessuno sospettasse niente?»

«Chi poteva immaginarlo? Non si è mai lamentata», cercava di rincuorarlo Guido.

La Zena fissava il lato dell'autostrada e pareva indifferente. *Le importa poco della morte di sua suocera*, pensò Elsa, ma come fargliene una colpa? Dalla morte di Donata, la Zena non era più la stessa. Aveva smesso di tingersi i capelli e adesso la si vedeva in giro per Viggiù spettinata e in ciabatte.

Il viaggio a Stellata sembrò a tutti più lungo e faticoso del solito. Faceva ancora un gran caldo e i vetri della Millecento erano abbassati. Ancor prima di arrivare a Quatrelle, l'aria si riempì di un aroma inconfondibile: era lo stesso profumo che Neve emanava quando era felice. Arrivati sull'argine di

Stellata, la gente si copriva naso e bocca con un fazzoletto da quanto era forte.

«Dev'essere molto contenta dove sta adesso», commentò Guido.

Trovarono Radames in cucina. Quando entrarono, lui nemmeno girò la testa. «Vostra mamma ha voluto andarsene prima di me, e questa non gliela perdono!» si limitò a borbottare.

«Non decidiamo noi quando morire, papà», gli disse Dolfo.

«Forse noi no, ma tua madre di sicuro sì. Lei lo aveva detto quando sarebbe morta e non si è sbagliata di un giorno. Vorrei vedere se dov'è adesso è contenta, lei con il suo Dio!»

Lo lasciarono sfogare, perché sapevano che era la sofferenza che lo spingeva a parlare in quel modo, e il mistero della morte non era niente a confronto dell'amore che lui aveva provato per la moglie. Questo nonostante non dormissero più insieme da anni, nonostante la sua storia con la Rosa e nonostante tutte le loro differenze.

«Andiamo a salutarla», suggerì Dolfo.

Salirono nella stanza da letto. Neve giaceva con le braccia incrociate sul seno e il ritratto del bambino morto in fasce tra le dita.

«Non so spiegarmelo ma, ogni volta che la guardo, la sua pelle sembra più giovane e fresca», commentò Adele.

Era vero: più il tempo passava, più Neve sembrava ringiovanire. Era come se la sua vita, invece di terminare, stesse ripercorrendo gli anni a ritroso nel tempo. Le api le volavano intorno, ubriacate dal suo profumo. L'intera casa ne era satura, anche con le finestre spalancate e il vento che entrava sospirando nelle stanze.

Alle tre, arrivarono gli uomini delle pompe funebri. Neve ormai sembrava tornata la ragazzina che a sedici anni si era tagliata le trecce per somigliare alle attrici americane. Guido volle sistemarla lui dentro la cassa. La sollevò e fu come tenere tra le braccia una bambina.

Chiusero il coperchio poi uscirono tutti. Non ci fu bisogno dell'auto, perché la chiesa distava cinque minuti a piedi. La cassa fu caricata a spalle da quattro dei figli maschi della Neve: davanti i primogeniti, Dolfo e Guido, dietro i due più giovani, Vasco e Decimo.

La processione si avviò verso la chiesa dove, negli ultimi anni, Neve aveva passato tante ore a confidarsi e a discutere con Dio, per lei diventato ormai uno di famiglia.

Nelle prime file sedettero i figli e i parenti più stretti, tra cui Adele, arrivata dal Brasile per rivedere un'ultima volta la centenaria Edvige, e che mai avrebbe pensato di dover assistere al funerale della sorella più giovane.

Radames le sedeva accanto. Quel giorno si era messo camicia e cravatta ed era entrato in chiesa senza fare storie. Si guardava intorno, un po' spaesato, ricordando il giorno del suo matrimonio. Si erano sposati proprio lì, davanti a quell'altare. Lui aveva diciotto anni, Neve sedici. Più che una sposa, pareva una collegiale, piccola com'era e con il cappotto blu dai bottoni d'oro. Niente abito bianco: alle ragazze incinte non era permesso, e lei già portava nella pancia i due gemelli: Guido e Dolfo. Radames Martiroli si rivide inginocchiato accanto alla sua futura sposa. Rispondendo alla domanda del prete, se volesse prendere in moglie la lì presente Natalia Casadio, conosciuta come Neve, se n'era uscito con un «Sissignore!» talmente pieno d'impeto, che tutti erano scoppiati a ridere.

A quel ricordo, Radames abbassò la testa e pianse. Contò tutti gli anni che avevano trascorso insieme: erano quarantotto, più sette mesi, più quattordici giorni. La mattina del loro matrimonio nevicava. Erano usciti dalla chiesa come marito e moglie senza sapere niente della vita, o dell'amore. *L'amore non aiuta, distrugge tutto quello che si trova davanti*, pensò, un gusto amaro nella bocca. Lui l'aveva amata sempre, la sua Neve, nonostante la storia con la Rosa. Ma lei? Lo aveva amato o aveva solo finito per sopportare la sua presenza? Radames sentì un groppo in gola. *Ai funerali la gente non piange per quello che ha perduto, ma per tutto quello che non c'è stato*, rimuginò fra sé.

Il prete fece un'omelia, ma breve, preoccupato per lo sciame di api che ronzava intorno alla bara.

«Non fanno niente, padre. Sono solo venute a salutare mia mamma», lo rassicurò Guido.

Lui lo guardò di traverso: le api venute apposta per salutare la povera Neve! Certe baggianate le aveva già sentite, ma in chiesa non si potevano sopportare.

Da ateo convinto qual era, Radames si stava stufando di quella che, a suo modesto parere, non era che una pagliacciata. Quando il prete, recitando in fretta il Padre nostro, disse: «Dacci oggi il nostro pane quotidiano», lui non resistette e borbottò, nemmeno tanto sottovoce: «*Intant cha t'agh sé, zóntag anca do feti ad parsút!* E tanto che ci sei, mettici anche due fette di prosciutto!»

All'uscita dalla chiesa, l'intero paese si raccolse intorno ai Casadio per far loro le condoglianze. Norma, che non aveva mai amato la vita di provincia, in quel momento comprese anche i suoi aspetti positivi: nei paesini come Stellata o Viggiù non si era mai soli, ed era in circostanze dolorose come quella che l'affetto della gente, la loro vicinanza si rivelavano importanti.

Anche Bicicli e la Ghelfa fecero le condoglianze a Radames e ai suoi figli. Norma si avvicinò per scambiare con loro due parole.

«Tua nonna mi mancherà. Mi voleva bene, e io a lei», disse la Ghelfa, gli occhi lucidi.

Poi, saputo che Norma stava per partire per Londra, l'avvertì che pure Elia viveva là. «Studia per un dottorato, qualcosa sulla 'combustione'. Roba di motori, insomma. Aspetta che ti do il suo numero, l'ho qui in borsa... Tieni, è dell'università dove lavora.»

Norma mise in tasca il biglietto, ma in fretta, ché la processione già si stava avviando verso il cimitero.

Percorsero in silenzio l'unica strada che attraversava il borgo. Passarono davanti al negozio che un tempo era stato della Luciana, poi davanti alla casa che secoli prima era stata di Ludovico Ariosto. Giunti alla fontana, girarono l'angolo e presero la via che portava al camposanto.

Deposero il corpo della Neve nella tomba di famiglia, accanto ai resti dei suoi genitori e dei suoi nonni.

Dopo un'ultima preghiera, la gente se ne andò. Restarono solo i parenti stretti. Fissavano la lapide con la scritta CASADIO in lettere d'oro, senza trovare il coraggio di lasciare Neve là, da sola, in mezzo a tante ossa.

Nessuno di loro poteva immaginare che il corpo di Viollca Toska, la zingara che duecento anni prima aveva dato inizio alla loro stirpe, giaceva ancora intatto: le mani ingioiellate a croce sopra il petto, le penne di fagiano a farle da corona tra i capelli.

PARTE SECONDA

1974

◆

ottobre

Partire, finalmente partire! La morte di Donata l'aveva spinta a lasciarsi il passato alle spalle. Avevano sognato di esplorare insieme posti lontani e non ci erano riuscite. Adesso toccava a Norma farlo per entrambe.

Due ore d'aereo, e si trovò catapultata in un mondo nuovo. Londra era un organismo vivo, caotico, smisurato. Una nuova Babilonia brulicante di lingue e culture diverse dove lei poteva perdersi, dimenticare, rinascere.

Si rese conto fin da subito che quell'enorme metropoli accoglieva tutti, ma senza alimentare l'illusione che si potesse davvero farne parte. Però l'anonimato era esattamente ciò che lei desiderava. Si era lasciata dietro una famiglia chiusa nel lutto, una vita provinciale soffocante e un lavoro di maestra elementare che non aveva mai amato. Doveva riscrivere il proprio futuro sopra una pietra bianca e, se c'era un luogo dove poteva farlo, sentiva che quel posto era Londra.

Amò da subito i suoi malinconici giorni di pioggia, i placidi pomeriggi di sole autunnale, con i viali cosparsi di foglie accartocciate e la nebbia che al mattino si stendeva luminosa sul fiume. La sera, le piaceva andare a zonzo per le vie del centro, l'aria fredda che le pungeva il viso. A Soho, si soffermava davanti alle vetrine dei piccoli ristoranti cinesi con le lampade di carta rossa e le oche esposte a testa in giù. Affrettava il passo dinanzi ai club a luci rosse, le frecce lampeggianti che invitavano gli uomini agli strip-tease, ai peep-hole e ad ambigue sessioni di massaggi. Poi si spostava verso il fiume. I ponti brillavano come stelle filanti sull'acqua del Tamigi. Ed ecco il palazzo di Westminster che splendeva nella notte, la sua sagoma riflessa nel fiume. C'era qualcosa di magico in quella confusione di gente, di voci, di luci. Le pareva che a ogni angolo di strada l'attendessero sorprese, nuove possibilità, forse un grande amore.

Aveva trovato casa a Dalston, una zona popolare non lontano dalla City, e si era subito iscritta al corso di inglese più intensivo che aveva trovato: quattro ore al giorno – Monday to Friday – con laboratorio di lingue il pomeriggio. La scuola era accanto a Tottenham Court Road, un edificio polveroso che conservava qualche memoria del suo passato vittoriano: finestre dai vetri colorati, pavimenti di legno scricchiolanti e un imponente camino di marmo nell'aula principale. I banchi però erano consumati e troppo piccoli. Già dalla seconda ora, gli studenti soffrivano di dolori alle ginocchia. In compenso l'insegnante, un uomo pelato sulla sessantina con gli occhiali spessi un dito, era un grande comico. Quando gli allievi non lo capivano, tentava di spiegare il significato attraverso la mimica e le sue lezioni finivano sempre per essere uno spasso.

Norma strinse fin da subito amicizia con Monique, una francese allegra e chiacchierona. L'aveva notata perché si era presentata a scuola con un abito etnico lungo fino ai piedi, una sciarpa di piume colorate, e un'enorme borsa da cui spuntavano ciuffi di carote, sedano e ortaggi vari. Monique era vegetariana, una novità a quei tempi. Raccontò che aveva attraversato il '68 francese, che era stata a Woodstock, al festival dell'isola di Wight e a vari raduni di musica rock per il mondo. Aveva anche passato parecchio tempo in India: prima in un *ashram* del Kerala; poi si era avvicinata al sufismo, il ramo più mistico dell'Islam. Confessò addirittura che, nel periodo in cui aveva vissuto in California, aveva fatto parte di un gruppo religioso convinto che gli alieni li avrebbero scortati nel Regno dei Cieli con delle astronavi.

«E tu ci credevi?» le aveva chiesto Norma, sbalordita da quei resoconti.

«Con tutte le droghe che prendevamo, gli alieni li avresti visti pure tu! Per fortuna è durato poco: qualche settimana e sono scappata via.»

Di quel periodo di sperimentazioni, le era rimasto l'abbigliamento stravagante: abiti indiani coloratissimi, ornati di specchietti che sotto il sole la facevano brillare come una Madonna.

Le due ragazze legarono subito e a mezzogiorno andavano sempre a mangiare insieme. Monique era affettuosa e prese a chiamare Norma *Bonbon*: «*Mais oui, Bonbon...*» «*Of course, Bonbon...*» «*Listen, Bonbon...*»

Il sabato sera, andavano al cinema, oppure a un concerto. Il sabato pomeriggio, invece, Monique aveva classi di meditazione e Norma lo trascorreva da sola. Le piaceva prendere un *double-decker* a caso e attraversare la città seduta al piano superiore. Passava in rassegna le strade con le file di case vittoriane tutte uguali, ma con le porte dipinte a colori sgargianti, l'una diversa dall'altra. E quanti parchi! Piccole oasi di verde che spuntavano ovunque, angoli tranquilli con alberi, uccellini e pure scoiattoli. Quelli lei li aveva visti solo nei cartoni animati.

Il corso d'inglese era interessante, ma faticoso. Al ritorno da scuola, Norma si fermava nel ristorante cinese sotto casa per acquistare una porzione di noodle o di riso con gamberetti per la cena. Rientrava stanca ma soddisfatta. Londra la seduceva. Tutto era così nuovo, così vivo e stimolante... Aveva l'impressione che a ogni angolo ci fosse una sorpresa ad aspettarla, la novità che le avrebbe cambiato la vita.

Dopo tre mesi, però, niente di bello o sorprendente aveva incrociato il suo cammino. Con l'arrivo dell'inverno, Londra aveva perso molto del suo incanto. La città iniziava ad apparirle sporca, gli edifici lugubri e trascurati. Nel *bed-sit* dove viveva, l'elettricità veniva distribuita attraverso un contatore che funzionava con monete da cinquanta penny. Più di una volta, Norma si era ritrovata al buio e senza le monete giuste. Le era capitato mentre cucinava, e una volta persino sotto la doccia.

Fu un disincanto graduale il suo, ma con il passare delle settimane prendeva sempre più spessore. La svolta capitò una sera quando, rientrata a casa, aprì il take away cinese e l'odore di fritto la disgustò. Finì per gettare tutto nell'immondizia.

Appena arrivata, le era parso che quella città avesse il potere di sostenere i sogni, di cambiare vite, di evocare reverenza... Tre mesi dopo, Londra era un altro mondo. Aveva ventisette anni, e si era stancata di vivere come un'adolescente in vacanza. Il fascino della grande metropoli stava svanendo, e i soldi pure. L'aspettava un lungo inverno in una stanza squallida dove, per riscaldarsi e avere la luce, doveva continuamente inserire monete nel contatore. Le mancavano i suoi, la vita in Italia. Le mancava Viggiù.

──────── ◆ ────────

Un pomeriggio di dicembre, Norma passeggiava per Hyde Park riflettendo che forse era arrivato il momento di tornare in Italia. Stava attraversando un prato immersa in questi pensieri, quando sentì una musica che conosceva bene: la *Gymnopédie No.1* di Erik Satie. Lei e Donata la ascoltavano quando erano malinconiche e in vena di confidenze. Seguì la scia delle note, e si ritrovò davanti a un gruppo di gente che, testa all'insù, seguiva le esibizioni di un funambolo. Il ragazzo in equilibrio sulla corda indossava una calzamaglia e una giubba medioevale verde smeraldo con bordature dorate e file di campanellini che tintinnavano a ogni suo movimento. Aveva un corpo esile, il viso dai lineamenti delicati, e capelli lunghi e ricci. Sembrava uscito da un quadro preraffaellita.

Più che camminare sulla fune, dava l'impressione di volare. Sotto di lui, nessuna rete. Gli spettatori lo osservavano trattenendo il fiato. Arrivato al termine della corda, il funambolo fece dietro front e iniziò ad usare la fune come un trapezista. Volteggiava con grazia e leggerezza, quasi che il suo corpo potesse sfidare la legge di gravità.

Mentre stava a testa in giù, il suo sguardo incrociò quello di Norma. «*Hi!*»

«*Hi*», gli rispose lei, colta di sorpresa.

Una capriola e lui rimise i piedi a terra. «Tempo di fare una pausa. Ti posso offrire un caffè?»

Lei pensava che fosse una scusa per attaccar bottone, ma si sbagliava. Si sedettero, lui prese un thermos e versò il caffè in due tazzine di plastica. Una libellula volava sopra la sua testa. Norma pensò fosse strano, in quella stagione, ma sapeva che la vita degli insetti era spesso misteriosa.

«Quando stai lassù non hai paura?» gli chiese.

«No, mai. Quando sali sulla corda, devi fare un lungo respiro e credere che per qualche minuto sarai immortale.»

«Una teoria pericolosa.»

«Si impara con la pratica. È solo questione di trovare un punto di equilibrio. Poi si va avanti a poco a poco, un passo alla volta, come nella vita.»

Lei rise. «Da come lo dici, sembra facile.»

«Lo è. Allo stesso tempo, è un po' come tornare alla nostra condizione di angeli.»

«Di angeli?»

«Stare sospeso nell'aria, a un passo dalla morte, è uno stato di grazia. Ma basta parlare di me. Che ci fai a Londra?»

«Studio inglese. Ero venuta qui con l'intenzione di fermarmi, ma proprio poco fa pensavo che forse è arrivata l'ora di tornare a casa.»

«Niente affatto. Mi sa che a Londra ci passerai moltissimi anni.»

Lei lo fissò, stupita dal suo tono sicuro. «Tu come lo sai?»

«Non farci caso, ogni tanto dico cazzate», aggiunse lui, ridendo.

«La verità è che non so cosa fare nella vita», ammise Norma.

«Lascia che te lo dica lei, la vita. A volte basta poco: perdere un treno e prendere quello subito dopo, un foglio che ti cade davanti... O magari cambi idea all'ultimo momento, senza nessuna ragione. Bisogna solo scorgere il segno che il destino ti mostra.» Poi si alzò. «Riprendo il lavoro. Grazie per la compagnia!» Una piroetta, che fece tintinnare i campanellini del costume, e risalì sulla fune.

Che strano tipo! Chissà perché aveva parlato proprio a lei? E poi, quella libellula, in pieno inverno...

Cominciava a far freddo e decise di tornare a casa. Si incamminò verso la fermata dell'autobus e riuscì a prenderne uno al volo.

Le si avvicinò il controllore. «*Ticket, please.*»

Si girò per pagare, e scorse sul sedile accanto una di quelle pubblicazioni che distribuivano gratis davanti alle stazioni della metropolitana. Era aperta nella pagina degli annunci di lavoro. Qualcuno aveva evidenziato un'inserzione disegnandoci intorno un cerchio. Incuriosita, Norma afferrò la rivista.

Cercasi con urgenza personale bilingue italiano / inglese per interessante lavoro presso l'università di Edimburgo. Posizione di responsabilità, ottima remunerazione.

Seguiva il numero di un'agenzia di collocamento londinese. Norma strappò la pagina e se la infilò nella tasca.

Il mattino dopo telefonò, e la invitarono subito per un colloquio.

Le spiegarono che avrebbe dovuto occuparsi degli scambi accademici fra studenti italiani e scozzesi. «Si tratta di sostituire un'impiegata in maternità per almeno sei mesi, forse di più. Che ne dice?»

Il lavoro era ben remunerato, arrivava al momento giusto e le dava la possibilità di conoscere un posto nuovo. Norma rispose subito di sì.

L'impiegata allora aggiunse: «Vogliono qualcuno il prima possibile, ci sono delle scadenze urgenti. Sarebbe disponibile a iniziare subito, prima di Natale?»

«Ho solo bisogno di qualche giorno per risolvere un paio di faccende, e poi potrei essere a Edimburgo.»

«Bene. Avevano già scelto qualcuno, ma all'ultimo minuto quella ragazza ha cambiato idea. Credo che lei abbia ottime possibilità. Le farò sapere il prima possibile.»

Norma uscì dall'ufficio piena di speranza e si avviò verso la scuola di inglese.

La sera stessa, rientrata a casa, trovò un messaggio nella segreteria telefonica: il posto all'università era suo!

Quel lavoro non avrebbe potuto capitarle in un momento migliore. Tutto sembrava funzionare: Monique stava cercando casa e lei poteva subaffittarle la stanza. Il tempo di fare le valigie, comprare il biglietto del treno, e via! Un nuovo capitolo della sua vita stava per iniziare.

Il giorno dopo, Norma comprò il biglietto. Sarebbe partita il lunedì successivo con il treno di mezzanotte.

Tornata a casa, aprì l'armadio e piena di entusiasmo iniziò a fare le valigie. Infilando la mano nella tasca di una giacca, si ritrovò tra le dita un pezzo di carta con un numero di telefono. Lo fissò, perplessa, poi le venne in mente che glielo aveva dato la Ghelfa, il giorno del funerale di sua nonna. Era il numero di Elia, ed era rimasto in quella tasca per mesi, dimenticato. Fece per riporlo, poi si disse: *Perché no?* Era tanto che non faceva una chiacchierata in italiano. Appoggiò la giacca sul letto e compose il numero.

———— ◆ ————

Elia era alla macchina automatica del caffè. Il telefono aveva squillato proprio quando la schiuma iniziava a cadere nel bicchierino di plastica. *Richiameranno*, si era detto. Però il trillo non cessava, e alla fine corse a rispondere, il caffè traballante nella mano.

«*Hello?*»

«*Can I speak to Elia Bombarda, please...*» chiese una voce dall'accento italiano.

«*Speaking.*»

«Ciao, sai chi sono?»

«... Non ne ho idea.»

« Da piccolo mi volevi sposare. »

« Norma? »

« Proprio io! »

« È che non ho mai sentito la tua voce da adulta. »

« Anche per me è strano sentire la tua. »

Fu una chiacchierata breve, un po' formale ma, quando Elia la invitò a cena a casa sua, lei accettò subito. « Domani sera va benissimo. Dove abiti? »

« A Kensington. »

« Caspita! Un quartiere di ricchi. »

« Solo la zona. Gli appartamenti che l'università concede ai dottorandi sono al limite del fatiscente. »

« Dammi l'indirizzo. »

———— ◆ ————

Il giovedì sera, Norma prese il *double-decker* numero 30 che da Dalston portava direttamente nel quartiere di Elia. Salì al piano superiore e cercò un posto accanto al finestrino. Era già buio e le strade erano addobbate per il Natale: stelle comete, file di decorazioni luminose appese sopra le strade, scritte di auguri a luci intermittenti... un mondo sfavillante e pieno di allegria.

Arrivò a Kensington alle sette. Scese, con lo stradario *A to Z* aperto alla pagina in cui aveva segnato il percorso. Camminò lungo viali fiancheggiati da case georgiane, superando eleganti facciate in stucco bianco, attraversando piazzette illuminate da antichi lampioni. Norma osservava affascinata gli abbaini degli ultimi piani dei palazzi, e le pareva quasi di scorgere Peter Pan che prendeva il volo sui cieli di Kensington, o Mary Poppins, che scendeva con l'ombrello aperto in una mano e la sua magica borsa nell'altra.

Dopo un po' si trovò di fronte a una *mansion* d'epoca: inferriata nera e ingresso incorniciato da due colonne. Dietro le finestre, piccole scene di vita: una donna in abito da sera si osservava allo specchio; più in là, un vecchio fumava la pipa davanti alla TV; affacciato a un'altra finestra, un bimbo la fissava, il naso schiacciato contro il vetro. Norma non si abituava al fatto che a Londra non esistevano né tapparelle né persiane.

Trovò il cognome BOMBARDA sul citofono e premette il bottone. Si sentiva agitata. *Che stupida! Sarà un intellettuale noiosissimo*, pensò per scacciare il nervosismo.

«Sì?»

«Sono io, Norma.»

«Ultimo piano, porta a sinistra.»

Lei infilò le scale, raggiunse l'appartamento con il fiatone, e bussò.

Le aprì il ragazzo del ritratto visto nella cucina della Ghelfa: capelli lunghi fino alle spalle, e in più una voluminosa barba. «Sei sputato Carlo Marx!» esclamò Norma.

«Invece tu sei uguale alla bambina che ricordavo, solo in versione più grande.» E le diede un bacio sulla guancia.

«Per te», disse lei, porgendogli una bottiglia di vino.

«Grazie, questa l'apriamo subito.»

La sala era piccola. C'erano un divano in finta pelle e un tavolo apparecchiato con tanto di *Christmas crackers* nel piatto. Contro una parete, una libreria colma di volumi, raccoglitori, pile di posta e di scartoffie. Contro l'altra, una scrivania e un mobile con la TV. Sulle pareti, tappezzeria a fiori rossi e argento a effetto velluto. Per terra, una moquette malconcia a quadri gialli e marroni.

«Non è male qui», commentò Norma, cercando di essere gentile.

Lui rise. «Per contratto non posso cambiare nulla, lo dico a mia discolpa. Vieni di là, finisco l'insalata ed è pronto.»

La finestra della cucina dava su un cortile interno. Linoleum azzurro sul pavimento; su un lato il fornello, un frigorifero e un lavandino; sulla parete opposta, un grande ripiano di legno con sopra la lattuga spezzettata. Elia la mise nell'insalatiera poi, in tono teatrale, declamò: «E adesso il pezzo forte della casa... Ta-tam!» E sollevò il ripiano scoprendo una vasca vittoriana con rubinetti dorati e piedi a zampa di leone. «Cucina trasformabile istantaneamente in bagno! Il water per fortuna è in un altro stanzino», scherzò.

Norma scoppiò a ridere, e in quel momento Elia rivide davvero la bambina con cui tanti anni prima aveva giocato nel fienile.

La trovava bella, il collo bianco ed esile che gli ricordò i quadri di Modigliani. Lo colpì il pallore del viso: la ricordava con le guance rosse sotto il sole dell'estate. Lo sguardo però era lo stesso: occhi grandi e chiarissimi, un po' malinconici anche quando sorrideva. Niente trucco. I capelli castano chiaro, lisci e lunghi, erano trattenuti da un cerchietto di velluto che la facevano apparire più giovane dei suoi ventisette anni.

«Come va a Londra, ti sei ambientata?» le chiese poco dopo, versandole il vino.

«Ora con l'inglese va meglio, però mi sono stancata di vivere qui. Ho appena trovato un lavoro a Edimburgo.»

«Quando parti?»

«Lunedì prossimo. Tu come ti trovi in Inghilterra?»

«Mi pagano per studiare, tutto funziona, e poi gli inglesi danno grande valore alla libertà personale e per me è importante. Qui a nessuno importa come ti vesti, e soprattutto nessuno ti piomba in casa senza avvisarti almeno una settimana prima.»

«Sono le stesse cose che mi attraevano all'inizio. Io però mi sono stancata, invece mi sa che tu sei diventato più inglese di loro.»

«Non credo. Come straniero, finisci per vivere in una specie di limbo culturale dove non appartieni più a nessun Paese. Gli inglesi sono sì tolleranti, però che ognuno stia a casa propria. Nei due anni che abito a Londra, ho stretto amicizia solo con stranieri, per la maggioranza colleghi iraniani. A proposito: sabato mi hanno invitato a una festa. Ti va di venirci?»

«Volentieri», rispose lei, felice all'idea che lo avrebbe rivisto.

«Sono ottimi cuochi, decisamente migliori del sottoscritto. Stasera comunque ti va bene: il ragù è di mia madre. Il suo segreto è la salvia. Mi piace tutto quello che è cucinato con la salvia. Ti sei fatta qualche amicizia?» le chiese servendole le fettuccine.

«Gente conosciuta al corso d'inglese. Il problema è che, per socializzare a Londra, devi passare ore sui mezzi pubblici.»

«Vero. Siamo come le api di un enorme alveare: vicinissimi, ma ognuno segregato nella propria cella. È facile sentirsi soli in mezzo a tanta gente.»

«Io non mi sento mai sola. Annoiata, demotivata, ma sola mai.»

«Perché sei un'artista. Da piccola non facevi che dipingere e disegnare.»

«Pure adesso.»

«Lo vedi? Scrittori, pittori, musicisti si sentono più soli in mezzo alla gente che con se stessi.»

«E tu come lo sai?»

«Sono un creativo pure io: anche i motori hanno una loro bellezza.»

Elia si rivelò un conversatore brillante, buffo, nient'affatto pretenzioso. Lei invece parlò poco. Le piaceva di più ascoltare. Mentre lui parlava, le sue mani sfioravano il bordo del calice, lo facevano girare sul tavolo come una ballerina di vetro.

Dopo cena, seduti l'uno accanto all'altra sul divano, chiacchierarono come se si fossero lasciati il giorno prima. Di tanto in tanto ridevano, divertiti, specialmente quando si misero a descrivere le loro fobie.

«Se mi imbatto in una sequenza di cifre, mi prende il panico», confessò Norma.

«Con il mio lavoro sarebbe un bel problema. Io invece soffro di omfalofobia, la paura che qualcuno mi tocchi l'ombelico.»

«Ti è andata bene. È più facile imbattersi in sequenze di numeri che trovare qualcuno che insista per toccarti l'ombelico.»

Scoppiarono a ridere, e poi si fissarono, di colpo seri, gli occhi di lei incollati a quelli di lui. Si trattò solo di un momento, ma qualcosa balzò dentro il loro petto: fu come un sussulto, una piccola scossa.

«Peccato tu parta...» sussurrò Elia.

Norma aveva pensato la stessa cosa e nello stesso momento. «Puoi sempre venirmi a trovare a Edimburgo. Dicono sia una città bellissima.»

La tensione era palpabile: ogni nervo era teso, ogni molecola del loro corpo in attesa di un loro contatto.

«Che intendi fare una volta finito il dottorato?» gli chiese lei, per dissipare il silenzio che si era creato.

«Forse tornerò in Italia. Sto lavorando sul sistema di combustione delle auto sportive, e Ferrari, Maserati, Lamborghini sono tutte in Emilia.»

A Norma piaceva ogni cosa di Elia: i capelli lunghi e setosi, gli occhi con dentro tante pagliuzze d'oro, le mani grandi, persino le ginocchia. Ne intravedeva la forma sotto i jeans: erano forti e squadrate, molto maschili.

La sera era calma. Il vino sapeva di botti di quercia e di spezie. Dal giradischi saliva un pezzo di Miles Davis. Avevano entrambi ventisette anni e stavano per innamorarsi.

Lei diede un'occhiata all'orologio e scattò in piedi. «Gesù! Scappo se no rischio di perdere l'ultimo autobus.»

«Aspetta, faccio il caffè. Cinque minuti ed è pronto.»

Quando le porse la tazzina, le loro mani si sfiorarono. Si sedettero di nuovo, questa volta più vicini.

Baciala, fallo adesso. Anche lei lo desidera, si ripeteva Elia.

Sarebbe bastato un piccolo gesto per far cadere l'ultima barriera, ma quella sera nessuno dei due volle farlo. Fu soprattutto Norma a non incoraggiare quel passo: l'intensità del desiderio che sentiva crescere fra loro la spaventò. Temeva di venire trascinata in un luogo da dove non sarebbe più stato possibile tornare indietro, e lei stava per lasciare Londra. Non poteva permettersi di mandare tutto all'aria.

Quando si alzò di nuovo era quasi mezzanotte. «È tardissimo! Grazie, Elia. È stato davvero bello rivederti», disse infilandosi in fretta il cappotto.

«Allora ci vediamo sabato, alla festa iraniana...»

«Sì, ti chiamo domani per i dettagli.» E corse giù per le scale.

«Se perdi l'autobus, torna qui!» le gridò lui dal pianerottolo.

Tornò in cucina e si mise a lavare i piatti canticchiando. Era tanto che non si sentiva così bene. Poi pensò che quei due giorni prima di rivedere Norma sarebbero stati lunghissimi, e dopo lei sarebbe partita.

Suonarono al citofono. Corse a rispondere. « Sì...? »

« Perso l'ultimo 30 per un pelo. »

« Dai, sali », rispose lui e, dal tono che aveva usato, Norma sentì tutta la sua allegria.

◆

Trascorsero il resto della notte a chiacchierare. Aprirono un'altra bottiglia di vino, poi diedero un'occhiata a *Time Out* passando in rassegna le mostre d'arte. Ne scelsero una sugli impressionisti che lui propose di visitare insieme il sabato pomeriggio. Scoprirono di avere molti LP in comune: Jimi Hendrix, Janis Joplin, ma anche Lauzi, De Gregori, la Premiata Forneria Marconi. Finirono poi per parlare di politica.

« Vengo da una famiglia umile, per me è naturale stare dalla parte dei più deboli, ma non ho mai preso la tessera di nessun partito. Mi stanno tutti stretti », disse Elia.

« Da quando mia cugina è morta, la politica mi dà la nausea. »

« Immagino, mia madre mi ha raccontato. Però io quella tua cugina non me la ricordo. »

« Non l'hai mai conosciuta. Ero... gelosa di te. » Si pentì ancor prima di aver terminato la frase.

« Davvero? » rispose lui con un sorriso.

Solo allora si resero conto che era mattina. Il sole entrava dalla finestra facendo brillare i fiori rossi e argento della tappezzeria. Oltre i vetri, un orizzonte di tetti, abbaini, tegole di ardesia e antenne televisive.

« Non credo di farcela ad andare alle lezioni di inglese », disse Norma.

« Anch'io sono stravolto. Vieni, meglio andare a dormire. »

Lei lo fissò senza muoversi.

«Spero di non esserti sembrato inopportuno...»
«Ma no, figurati!»
Si infilarono a letto vestiti. Lui le prese la mano con un gesto naturale, senza malizia. Si addormentarono come avevano fatto tanti anni prima in cima al fienile. A entrambi sembrò di sentire nell'aria l'odore del fieno, il profumo del fiume nei lunghi giorni dell'estate.

———— ◆ ————

Si svegliarono a metà pomeriggio, affamati. Lui la portò in un piccolo caffè dietro l'angolo dove servivano la colazione all'inglese a tutte le ore.

«Che piatti enormi! Ne avremo abbastanza fino a domani», commentò lei, intingendo il toast nel tuorlo dell'uovo. Era venerdì, ed entrambi diedero per scontato che avrebbero passato l'intero fine settimana insieme.

Dopo colazione, andarono a casa di Norma a prendere un cambio di vestiti e qualcosa di adatto per la festa iraniana, poi si recarono alla mostra d'arte.

Il sabato sera, il cibo iraniano si rivelò squisito: riso con pollo, cipolla e buccia d'arancia, stufato con noci e melagrana e il *bademjan*, un piatto con melanzane e pomodori. Ballarono al suono di musica persiana cercando goffamente di imitare gli iraniani. Dopo qualche bicchiere però non fecero più caso ai loro tentativi maldestri e si divertirono.

A quella festa solo una ragazza iraniana portava il velo; le altre indossavano jeans a zampa d'elefante o minigonne. Uomini e donne bevevano alcolici. Chi non toccò una goccia d'alcol fu Bijan. Era un amico di Elia che lavorava alla BBC e spiegò a Norma di essere un musulmano praticante.

«Non so molto dell'Iran, ma apprezzo gli sforzi dello shāh per modernizzare il tuo Paese», gli disse lei.

Dall'espressione di Bijan, capì di aver toccato un tasto sbagliato.

«Reza Pahlavi è un despota, uno dei peggiori. Agli oppositori del regime segano braccia e gambe, li buttano in mare dagli elicotteri.»

«Lo so, è terribile. Però ha fatto anche cose buone. Per esempio, ha concesso il voto alle donne...»

«E ha pure proibito l'uso del velo. Nella nostra religione è un affronto intollerabile.»

Elia intervenne, alzando i toni della discussione. «Cosa proponi? Lo Stato islamico come lo definisce quel tipo in esilio... come si chiama? Komeni? Komenin? Quello che ha detto che la democrazia equivale alla prostituzione?»

«Smettila, Elia! Siamo a una festa», lo ammonì Norma in italiano.

«Si chiama Khomeynī ed è un grande *āyatollāh*! Esattamente quello di cui il mio Paese ha bisogno!» scattò Bijan.

◆

Finita la festa, Norma ed Elia tornarono a casa a piedi e il discorso finì di nuovo su Bijan.

«Non dovrei dargli retta. Parla di vivere in uno Stato islamico, ma è imbevuto di cultura occidentale fino all'osso», concluse Elia.

A metà strada, iniziò a cadere una pioggia sottile.

«Prendiamo un taxi?» propose lui.

«Ma no, è solo nebbia. Questa non bagna.» E continuarono la loro passeggiata notturna.

Elia si fermò per accendersi una sigaretta. «Accidenti, le ho finite. Tu ne hai ancora?»

D'impulso, lei si alzò in punta di piedi e lo baciò con uno slancio che sul primo momento lo fece vacillare. Non appena le loro labbra si unirono, tutte le luci della città si spensero, per riaccendersi solo quando le loro bocche si separarono.

«Mi sa che abbiamo causato un blackout!» scherzò lui, e la sollevò di peso, abbracciandola forte.

Ripresero a camminare, mano nella mano, ma si fermavano ogni cento metri per baciarsi di nuovo.

Una volta rientrati, si spogliarono l'uno davanti all'altra senza alcun imbarazzo. Scivolarono sotto le lenzuola e si accarezzarono a lungo, senza fretta, scoprendo i loro corpi con la stessa meraviglia della loro infanzia.

L'amore nasceva dalle mani, mentre si toccavano. Lui le succhiò piano la bocca, le accarezzò la schiena, sfiorando la spina dorsale, soffermandosi su ogni vertebra, conoscendo il suo corpo palmo a palmo, centimetro dopo centimetro.

Dopo aver fatto l'amore restarono a lungo abbracciati. Elia si addormentò per primo. Norma invece restò sveglia. Come poteva dormire? Un'ora prima lei era un'altra persona: separata da lui, sconosciuta al suo tatto, alle sue mani, e sapeva che non sarebbe più stata la stessa. Era la possibilità di sentirsi così vicina a lui, così assurdamente felice e, allo stesso tempo, vulnerabile, che le aveva fatto paura quando si erano rivisti. Donata le ripeteva che doveva lasciarsi andare, e questa volta lei lo aveva fatto. Però stava per partire per Edimburgo, e sarebbe stato così difficile adesso. Quel pensiero la fece sentire triste, ma decise di scacciare via il malumore: avevano fino a lunedì mattina per stare insieme e non intendeva rovinare un solo momento passato insieme a Elia.

Lui respirava piano, il corpo attaccato al suo. Si mosse di scatto, forse sognando, e quel gesto fece tremare il suo seno. Poi l'abbracciò stretta, facendosi ancor più vicino. Lei restò quieta fra le sue braccia, ma un passero le cantava dentro il petto, batteva le ali pazzo di allegria.

───── ◆ ─────

Il lunedì mattina, lui la accompagnò alla stazione della metropolitana. La baciò davanti all'entrata, incurante della pioggia che scrosciava e della folla che li urtava passandogli accanto. Prima di lasciarla le disse: «Vediamoci stasera. Beviamo qualcosa, poi ti accompagno in macchina alla stazione. Ho un taxi italiano a tua disposizione, con tanto di insegna sul tetto».

«Addirittura!»

«Sul serio: una Fiat 600 Multipla verde bottiglia comprata da un taxista prima di venire in Inghilterra, e l'insegna è ancora al suo posto. A che ora passo a prenderti?»

«Meglio di no. Le partenze sono così tristi... Tanto presto ci vediamo.»

«D'accordo», concluse lui malvolentieri. Un ultimo bacio, e attraversò di corsa la strada.

Giunto sull'altro marciapiede, si girò sperando che Norma fosse ancora lì, e lei c'era. «Appena arrivi a Edimburgo, chiamami!»

«Va bene, ma vai, se no ti inzuppi!»

Lui si girò e corse via sotto la pioggia.

Per un momento, Norma sentì l'impulso di raggiungerlo, di dirgli che non voleva più partire... *Devo essere impazzita!* concluse. Entrò nella stazione, scese di corsa le scale e andò alle lezioni di inglese.

Appena incontrò Monique, le raccontò di Elia e dei giorni che avevano trascorso insieme.

«*Bonbon*, sei sicura di voler andare in Scozia?»

«Certo! È stato bello, ma devo pensare alla mia vita.»

«Comunque, io ti curo le piante e, in qualsiasi momento tu decida di tornare, la stanza è tua.»

Norma rientrò a casa nel tardo pomeriggio. Doveva solo finire di riempire l'ultima valigia, mettere un po' in ordine, ed era pronta per la partenza.

Appena entrata in casa, vide la spia della segreteria telefonica che lampeggiava. Si avvicinò, e schiacciò il bottone facendo partire il nastro della cassetta.

Miss Martiroli, buongiorno. Qui è l'agenzia di collocamento. La chiamo per il posto di lavoro a Edimburgo... Miss Martiroli, sono davvero dispiaciuta, ma l'università stamattina mi ha chiamato per comunicarmi che hanno cambiato idea. Pare che la prima candidata, la ragazza che aveva declinato l'offerta, ci abbia ripensato e la scelta finale è caduta su di lei. Sono chiaramente disponibili a rimborsarle ogni spesa che lei abbia sostenuto in vista del viaggio. Mi chiami, per favore. Sono certa che troverò qualcos'altro di interessante per lei.

2015

◆

Stellata, marzo

«Mi andresti a comprare un pacchetto di sigarette?»

«Mamma! Lo sai che sono un veleno.»

«Che male vuoi che faccia una sigaretta in più?»

Ti fisso contrariata, ma in fondo so che hai ragione ed esco per andartele a comprare.

È una mattina fredda. La affronto a passo veloce mentre ripenso alla mia prima sigaretta. Ero con Donata, avevamo tredici anni e ci eravamo rifugiate ai giardini pubblici con un pacchetto di MS che avevo rubato a papà. Nascoste dietro un cespuglio, tossivamo senza sosta, gli occhi che lacrimavano.

«Che schifo!...» mi lamentavo.

«Dobbiamo abituarci, se no i maschi ci daranno delle santerelline!» insisteva Donata.

Quel giorno, nascoste ai giardini e piene di disgusto, ci eravamo sentite importanti, di colpo grandi.

Un suono di campanellini alle mie spalle. Mi giro: nessuno. Non è la prima volta che succede, e sorrido.

So che sei qui, Donata. Torni da me con uno scampanellio felice, o altri piccoli segnali: spegni di colpo la luce, fai oscillare un bicchiere, oppure la porta sbatte anche se non c'è vento. Quando ti penso, o se parlo di te, ti immagino che ridi e fai capriole, come da bambina. A volte bussi ai miei vetri, piano piano, quando scen-

de la sera. Ma è un attimo: il suono dei campanellini, un soffio sulla guancia, e poi via, rotoli di nuovo nell'abisso.

Eppure, dopo che sei mancata, ho scoperto quanto poco ti conoscevo. Il giorno del riconoscimento della salma, zio Dolfo mi disse una frase che mi sorprese. Cercavamo di dare una spiegazione alla tragedia. Avevo ipotizzato che dovevi esserti trovata davanti a qualcosa di insormontabile, e tu, che non eri mai scesa a compromessi, forse avevi preferito morire anziché uscirne sconfitta.

« *Tutta la vita è un compromesso. Donata lo sapeva e diceva che lei prendeva tutto troppo di petto. Invece ammirava il tuo equilibrio* », *mi aveva risposto lui.*

« *Donata mi ammirava?* »

« *Non te ne sei mai accorta? Fin da quando eravate piccole ogni sua bravata era per farsi apprezzare da te, voleva che tu la stimassi.* »

Scoprire che avevi bisogno della mia ammirazione ti aveva reso fragile, e per questo, ancor più cara.

È la tua morte che mi ha spinto ad andare a vivere in Inghilterra, Donata. Avrei potuto scegliere Parigi, o qualsiasi altra città, ma sapevo quanto tu amassi Londra. C'eri stata per un corso di inglese e dicevi che era il luogo al mondo dove avresti voluto abitare. Così a Londra decisi di andarci io. Dovevo vivere la mia vita e anche la tua, quella che non avevi più.

———— ◆ ————

« Ecco le Marlboro, mamma. »

« Grazie. »

Strappi la carta del pacchetto con dita impazienti e accendi una sigaretta. La mano ti trema. Aspiri a lungo, gli occhi chiusi. E poi tossisci, il corpo scosso dai sussulti. Porti il fazzoletto alla bocca e, quando lo togli, lo nascondi in fretta. Ma ho visto la macchia rossa, mamma. Ho visto la traccia della morte che si sta mangiando pezzi della tua vita.

Faccio finta di niente. « Cosa vuoi per pranzo? »
« Quello che ti pare; non ho fame. »
« Qualcosa devi buttare giù. »
Scrolli le spalle, come a dire: Tanto, a che serve?
« Ti faccio due spaghetti al pomodoro. »
Rimani zitta, gli occhi oltre la finestra. La cenere dalla sigaretta si è allungata troppo e cade sul pavimento.
« Quando sono andata in piazza, ho incontrato zia Leonora. Mi ha detto che vuole venire a trovarti. »
« Non mi piace farmi vedere ridotta così. »
« È tua cognata, ti sta ospitando a casa sua... »
Aspiri di nuovo. L'ultimo tiro, poi spegni il mozzicone.
« Le dico di venire nel pomeriggio? » *insisto.*
« Ma sì, dille quello che vuoi. » *Prendi il pacchetto e ti accendi un'altra sigaretta.*

1974

◆

16 dicembre, sera

Elia lasciò il lavoro prima del solito. Inutile insistere, per tutta la giornata non era riuscito a concentrarsi. Rientrato in casa, si accasciò sul divano. La tappezzeria gli parve più brutta del solito, la moquette a fiori marroni più squallida che mai. Chiuse gli occhi e si concentrò sui momenti più belli passati insieme a Norma. In quei tre giorni, era stato travolto da sentimenti che nemmeno sapeva di poter provare. Ma lei? *Tanto presto ci vediamo*, gli aveva detto. Già, come le promesse delle ferie al mare, che una volta tornati a casa si dimenticano.

Diede un'occhiata all'orologio: le sei. Fu tentato di prendere l'auto e raggiungerla a Dalston, ma a che scopo? La mattina, quando si erano salutati, lei gli aveva detto che aveva da fare. Presentandosi a casa sua rischiava di passare per un pazzo, uno che non sa quando fermarsi.

Andò in cucina e si preparò due uova. Mangiò di malavoglia, poi si buttò sul letto.

Si accese una sigaretta. Avevano passato insieme solo tre giorni, però quei tre giorni gli erano bastati per convincerlo che valeva la pena provarci. Ma provarci davvero, non un weekend a Edimburgo, o una semplice vacanza. Lui era pronto a farlo. *Lei chiaramente*, *no*, concluse.

Eppure... non poteva essersi sbagliato, anche Norma aveva provato le sue stesse emozioni. Ricordò l'ultima notte insieme: abbracciati nel letto, mentre la teneva stretta, lei tremava.

Spense la sigaretta, si infilò il giaccone, e corse giù dalle scale.

———◆———

La prima tentazione di Norma, dopo aver ascoltato il messaggio sulla segreteria telefonica, era stata di chiamare Elia. Ma era tardi per telefonargli; a quell'ora lui doveva già aver lasciato l'università. Meglio aspettare il mattino dopo. Doveva prima riordinare le idee, assorbire il cambiamento repentino di piani.

Alle otto di sera suonarono alla porta. Pensò fosse Monique e si precipitò giù dalle scale.

«Servizio taxi, signorina Martiroli!» Elia stava sulla soglia: la neve sui capelli, gli occhi che brillavano. «Non potevo farti partire senza un ultimo saluto», proseguì, facendosi più serio.

«Non è che non volessi vederti. Forse stamattina non ho trovato le parole giuste.»

«Be', sono qui. Puoi dirmi tutto quello che vuoi... sempre che tu mi faccia entrare.»

«Ah, scusa. Vieni.»

Salirono nella stanza di lei.

«Elia, a Edimburgo...»

Lui le prese le mani. «Non andarci, Norma. Resta con me.»

«È quello che stavo per dirti: per quel lavoro all'università, hanno scelto un'altra ragazza.»

«... Sul serio?»

Lei annuì.

Elia l'attirò sul letto, l'abbracciò, le scompigliò i capelli.
«Non ci credo! Davvero resti?»

«Pare di sì...»

«La stanza non l'avevi promessa alla tua amica?»

«Sì, ma posso sempre...»

«Perché non ti trasferisci da me?»

«Stai scherzando? Ci conosciamo appena.»

«Ci conosciamo fin da quando eravamo piccoli.»

«Non c'è bisogno che io venga a vivere a casa tua, potremo vederci tutte le volte che vogliamo.»

«Cosa proponi? Di incontrarci il martedì, il giovedì e il sabato sera? Un periodo tranquillo seguito dal fidanzamento ufficiale, io che mi inginocchio e ti regalo l'anello prima di portarti all'altare?»

«Non scherzare. È stato tutto così intenso... Voglio solo prendere le cose come vengono, senza fretta.»

«Non chiedermi questo, Norma! Quello che sento è più forte del tuo buon senso, se ne frega delle giuste misure! A volte la vita ti offre una sola possibilità, a tanti questa possibilità non è mai data. Se hai la fortuna che ti capiti, non puoi fartela sfuggire. Devi afferrarla, buttartici dentro a capofitto.» La strinse contro il petto. «Io ho bisogno di stare con te sempre, giorno e notte. Non chiedermi di accontentarmi di qualcosa di tiepido, di ordinario. Io, dentro, ho il fuoco. Lo so che può far male ma, se ci lasciamo frenare dalle paure, se rinunciamo per dar retta al buon senso, quel fuoco morirà.»

«Mi stai dando un ultimatum?»

«Ti chiedo solo di provarci, ma provarci veramente, senza limiti o condizioni.» Le accarezzò il viso. «Lascia che la tua amica prenda la stanza. Mica puoi darle questo dispiacere...» scherzò.

Lei pensò alle parole del funambulo di Hyde Park; e pensò al lavoro perso all'ultimo momento, a tutti i piani capovolti in un attimo.

Trascorsero insieme il Natale, poi il Capodanno. Norma rimase a casa di Elia, e non tornò più indietro.

1975

febbraio

Era rimasto il bambino ribelle cha aveva conosciuto a Stellata, lo stesso che saltava dalla finestra se a scuola lo mettevano in castigo e che si ribellava a ogni regola o divieto. Non sopportava di sentirsi dire: «È sabato, bisogna fare la spesa», oppure: «È il giorno delle pulizie». Nel disordine, lui ci stava bene. Nella sua pila di scartoffie, c'era un'organizzazione precisa, un'armonia segreta. Il fatto più sorprendente era che, se aveva bisogno di recuperare qualcosa, Elia sapeva esattamente dove trovarla.

A infastidire Norma era soprattutto il fatto che lui non pulisse la vasca dopo aver fatto il bagno e che girasse per casa con indosso solo orribili mutande bianche, di quelle che usavano i vecchi, con la finestra davanti. Non si infilava i pantaloni nemmeno se bussavano alla porta e Norma lo aveva visto aprire a un vicino così, senza il minimo imbarazzo.

Elia invece rimproverava a Norma di essere una maniaca dell'ordine e ossessionata dalla pulizia, preoccupazioni che lui non sopportava. Non gli piaceva nemmeno che lei avesse deciso il giorno per fare la spesa, quello per cambiare le lenzuola, e quello per il bucato...

Erano piccoli fastidi, frizioni inevitabili tra due persone che dovevano conoscersi e conciliare le proprie abitudini. Litigavano per niente, ma poi scoppiavano a ridere, consapevoli che i loro erano battibecchi futili e non lasciavano traccia.

Conducevano una vita tranquilla: un film la domenica, il ristorante indiano di tanto in tanto, qualche giro al parco... Il sabato oziavano a letto fino a tardi, poi andavano a far colazione in una pasticceria francese ad Hampstead Heath, dove si rimpinzavano di croissant caldi e si litigavano le pagine del giornale.

Uno di quei sabati mattina, leggendo un articolo su Sartre e Simone de Beauvoir, Elia commentò: «Vivono un rapporto libero senza precludersi la possibilità di altre esperienze. Mi pare giusto: l'uomo non è un animale monogamo e prima o poi tutti tradiscono. Tanto vale essere onesti, accettare che anche in un rapporto stabile, ci si può sentire attratti da altre persone».

«In teoria va tutto bene, ma poi è inevitabile che subentri la gelosia.»

«È un sentimento negativo e bisogna imparare a sopprimerla.»

«C'è sempre il rischio che un'avventura si trasformi in qualcosa di profondo e finisca per minacciare la stabilità della coppia.»

«In tutte le relazioni c'è un rischio, la monogamia non è una garanzia», insisteva lui.

Norma non ne era convinta. Pensava ai suoi, al tradimento del padre, a quanto era costato rimettere insieme i cocci delle loro vite. «Quando si ama qualcuno, si ha bisogno di credere nell'esclusività del rapporto. È normale sia così», ribatteva.

«Cos'è la normalità? È normale quello che ci fa felici, quello che noi riteniamo giusto.»

«Mi stai dicendo che anche tu sceglierai di avere altre amanti?»

«Non lo so, ma non posso giurarti che ti sarò fedele *fino alla morte*. Spero che invecchieremo insieme e che sarai tu a mettermi una moneta sotto la lingua per pagare il mio passaggio a Caronte. Non ti pare abbastanza?»

Elia ha ragione, si ripeteva Norma. Ma una parte di lei aveva bisogno di sentirsi dire le frasi degli innamorati, per quanto banali e scontate fossero: «Non finirà...» «Sarà per sempre...»

«'Per sempre' non esiste, ma quello che abbiamo non ce lo ruberà nessuno», la rassicurò Elia quel sabato nella pasticceria di Hampstead Heath, e Norma gli credette.

Si affidava a lui con la fede incondizionata di chi ama per la prima volta. Del resto erano felici, ubriachi senza bere vino. Era come vedere il mondo e non riconoscerlo più. Come un giorno d'estate, quando il cielo è azzurro, il vento è caldo, e non puoi credere che tornerà mai l'inverno.

───────◆───────

marzo

Macchie di crochi e di giunchiglie coloravano i prati e l'erba scintillava sotto il sole. Camminavano mano nella mano accanto alla grande serra vittoriana di Kew Gardens, e il *clic-clac* dei loro passi risuonava sul sentiero di ghiaia.

«Perché non ci sposiamo?» gli chiese lei di punto in bianco.

Sentì l'irrigidirsi della mano di Elia sulla sua. Sentì la ghiaia scricchiolare, tutto il peso del silenzio che seguì. Il cielo era trasparente, l'aria mite. Era il sole breve dell'inverno, il primo giorno tiepido dell'anno che ti fa credere sia già primavera.

«Pensavo tu fossi felice», rispose lui.

« Non fare quella faccia, stavo scherzando! » si affrettò a dire Norma, e lo prese a braccetto.

Elia non si mosse. « Lo sai che non credo nel matrimonio. »

« Smettila! Volevo solo vedere come reagivi. Vieni, andiamo nel padiglione delle orchidee », suggerì, e lasciarono cadere la cosa.

L'agenzia di collocamento aveva trovato a Norma un impiego presso la sede londinese di un'assicurazione italiana. Un lavoro meno interessante di quello di Edimburgo, ma per il momento le andava bene. Con Elia accanto, Londra era tornata a piacerle e si sentiva piena di energia e voglia di fare. Dopo essersi trasferita da lui, si era iscritta a un corso serale di disegno e aveva anche ripreso a dipingere. Quanto amava l'odore dei colori a olio e della trielina, il rito di stare davanti alla tela con i pennelli puliti, le spatole e i tubetti pronti per l'uso. Sedeva in silenzio, in attesa di quell'attimo di luce che, quando aveva fortuna, entrava in lei all'improvviso. E in quei rari, magnifici momenti, i muscoli si scioglievano, le sue mani diventavano portatrici di poesia. Dipingere era la vita, quella vera. Era il sudore delle ore di lavoro senza interruzione. Era rimanere concentrata fino a sentire dentro di sé la linfa creatrice, sentirla scorrere fino a raggiungere la punta delle dita, finché le tempere non davano energia e movimento a quello che prima era spento e immobile.

Si metteva davanti al cavalletto non appena tornava dall'ufficio, talmente assorbita dal suo lavoro che nemmeno si accorgeva di Elia quando rientrava.

Lui la sorprendeva alle spalle e l'abbracciava. «Lo hai appena finito?» le chiese una sera osservando la tela.

«Sì. Ti piace?»

«È bello, ma le tue figure sono inquietanti. Il viso di quella donna, per esempio.»

«È un funerale contadino, mica possono ridere.»

«C'è sempre qualcosa di cupo nei tuoi quadri: colori scuri, cieli minacciosi...»

«Ci sono io qui dentro, anche nelle tinte più buie.»

Lui la fissò, sorpreso. «Non c'è niente di buio in te. Prima o poi faremo un viaggio in Polinesia, come Gauguin. Sono sicuro che dopo i tuoi dipinti saranno pieni di colori, come successe a lui.»

«Grazie per il paragone!» rispose Norma ridendo.

◆

Uscivano poco, ma a volte a lui veniva qualche idea bizzarra: un picnic notturno a Holland Park o un giro nelle zone malfamate dell'East End.

«Ho voglia di vedere il mare. Che ne dici se facciamo un giro fino alla costa?» le propose un sabato sera.

«Adesso? È quasi mezzanotte.»

«L'ora migliore per viaggiare. Dai, vestiti. Ti porto al limite del mondo.»

«In che senso?»

«Lo scoprirai. Io prendo la coperta, tu prepara il vino e la radio.»

Salirono sulla 600 Multipla verde bottiglia con la scritta TAXI sul tetto. Lasciata Londra, presero l'autostrada e seguirono le indicazioni per la Cornovaglia.

Arrivarono alle prime luci dell'alba. Lui scese e le aprì la portiera. «Milady, eccoci a Land's End, alla 'fine della terra′, come promesso. Siamo nel punto più estremo della Gran Bretagna.»

«È magnifico...» sussurrò lei. Un possente promontorio di roccia si inoltrava nell'oceano, tagliando a metà l'incontro tempestoso di due mari. Il cielo iniziava a prendere colore: tinte soffici, dal viola all'azzurro, dal grigio perla al rosa pallido. Sotto di loro, uno strapiombo e l'infrangersi maestoso delle onde.

Elia stese la coperta sul prato e sedettero davanti all'oceano. Accesero la radio e aprirono la bottiglia di vino: era del supermercato, piuttosto aspro, ma li aiutò a mantenersi caldi. Più tardi si addormentarono, un po' ubriachi, nelle orecchie la voce di Janis Joplin.

———◆———

Il sabato successivo, suonarono alla porta.

«Norma, vai tu?...» gridò Elia immerso nella vasca con i piedi a zampa di leone.

Lei aprì e si trovò davanti un fattorino con un gran mazzo di rose.

«Un tuo spasimante?» chiese Elia quando lei gli spuntò davanti reggendo i fiori.

«Ne dubito.» Norma aprì il biglietto. «Dev'essere uno scherzo.» E glielo passò.

Vorrei che tu fossi mia per sempre.

«Sicura di non sapere chi sia?»

«Non ne ho idea.» Tolse il foglio trasparente e aggiustò alla meglio i fiori in una pentola, perché di vasi in casa non ce n'erano. *Avranno sbagliato indirizzo,* rifletteva, per metà confusa e per metà lusingata.

Il giorno dopo, Norma si vide consegnare un altro mazzo di fiori. La frase del biglietto:

Non assomigli a nessuna.

«È ridicolo!» sbottò, mostrandolo a Elia.

«Forse qualcuno che lavora con te. Il tuo capo?» le suggerì lui.

«È nonno di tre nipoti... e poi, no, mi sarei accorta di qualcosa.»

Andò avanti per un'intera settimana, con la consegna di un mazzo di fiori ogni singolo giorno. Tutte le pentole disponibili erano piene di rose, quindi Norma iniziò a usare prima le bottiglie di plastica, poi il lavandino. La casa ormai sembrava una serra, fiori dovunque.

Se il primo invio l'aveva lusingata, ora tutte quelle rose la turbavano. «Forse il negozio mi dirà chi le manda», disse un mattino, cercando dove porre l'ennesimo mazzo di rose.

«Scordatelo. I fiorai sono come i preti nel confessionale», la scoraggiò Elia.

«Allora vado dalla polizia.»

«A dire cosa? Che un innamorato segreto ti manda dei fiori?»

«Non scherzare. Questo è un maniaco.»

«Smettila, i maniaci non attaccano le vittime a colpi di rose.»

Lui pareva divertito da quel mistero; Norma invece temeva di essere stata presa di mira da un folle.

Sabato mattina, ed ecco il solito fattorino: stavolta tutte rose rosse.

«Le dia a sua moglie, oppure le butti via», gli disse Norma, a braccia conserte.

«Non posso. Le prenda e le getti lei, se vuole.»

Norma afferrò il mazzo e fece per buttarlo nella spazzatura.

«Leggi almeno cosa ha scritto il nostro *mistery man*», suggerì Elia.

Lei aprì la busta.

The Old Bell
95 Fleet Street, London, EC4Y 1DH
Domani sera, ore 20.00.
Non mancare.

«Figuriamoci!»

«Vacci, altrimenti questa storia non finirà mai.»

«Sei impazzito?»

«Ci vengo anch'io così stai più tranquilla. Basta che mi sieda lontano da te.»

◆

Al pub di Fleet Street entrarono separati: prima Elia, che trovò un tavolino in un angolo, poi, cinque minuti dopo, entrò lei, e prese posto a un tavolo bene in vista.

Nel locale si respirava odore di quercia, di whisky e di birra. Tutto era di legno: le antiche travi sul soffitto, il grande mobile del bar, gli scaffali lucidati con le bottiglie dei liquori a testa in giù, i pavimenti scricchiolanti e i tavolini. Il fuoco scoppiettava in un grande camino di pietra. Un gruppo musicale si stava esibendo; il cantante aveva capelli biondi, lunghi fino alla schiena, e piccoli occhiali rotondi.

L'aria era accogliente e l'atmosfera rilassata, ma Norma sedeva rigida. Si guardava intorno, ma nessuno sembrava prestarle attenzione. Controllò l'orologio: le otto e dieci. Fissò Elia. Lui le fece segno di stare tranquilla.

Le otto e un quarto, e nessuno si era avvicinato. Norma pensò che ormai il suo *mystery man* non si sarebbe fatto vivo.

«E questa canzone, a gentile richiesta, è per Norma!» annunciò il cantante.

Ci siamo, pensò lei.

When the moon hits your eye like a big pizza pie, that's ammore
When the world seems to shine like you've had too much wine, that's ammore...
Bells will ring ting-a-ling-a-ling, ting-a-ling-a-ling, and you'll sing «Vita bella»...

Strana canzone per un innamorato con la fissa delle rose, si disse Norma.

Elia le andò vicino. «Ormai non viene più.»

«Va' via! Se mi ha dedicato la canzone deve essere qui.»

«Mi sa che non viene proprio.»

In quel momento, il cantante disse: «E adesso, ho un messaggio importante: Norma, Elia ha una richiesta da farti...»

Il batterista creò un crescendo sempre più veloce sui piatti, e poi di nuovo il cantante: «Norma, lo-vuoi-spo-sa-re?»

«Norma Martiroli: vuoi essere mia moglie?» ripeté Elia.

«Ma... hai sempre detto di non credere nel matrimonio...» balbettò lei.

«Tu lo desideri, e per me è la cosa più importante. Purtroppo... questo è l'unica cosa che ho potuto permettermi.» E le allungò uno di quegli anelli che si trovano nelle bancarelle dei luna park o nelle uova di Pasqua.

«I soldi sono finiti tutti nelle tasche del fiorista...» spiegò.

Lei scoppiò a ridere, ma aveva un groppo in gola.

«Ti prego, di' qualcosa. Ci stanno guardando tutti», le sussurrò Elia nell'orecchio.

«Sì, dico di sì!» esclamò lei.
Nel pub scoppiò un grande applauso.
«Congratulazioni, Norma! Per un momento, ci hai lasciati tutti con il fiato sospeso!» scherzò il cantante.
Norma si infilò al dito il cerchio di metallo dorato con il vetro rosso a mo' di rubino. «È perfetto!» esclamò.
Tornati a casa, Norma ancora non credeva a quello che era successo. «E per il viaggio di nozze andiamo in Brasile», disse, eccitata.
«Addirittura!»
«Ho una parente laggiù e sarebbe felice di ospitarci. Che ne dici?»
«Che il Brasile mi pare una ragione più che sufficiente per sposarti.»
«Sarai sfacciato!» scherzò lei, e gli tirò il cuscino.
Norma non aveva dimenticato l'invito che Adele le aveva fatto durante la passeggiata notturna alla festa di Stellata. «Vieni a Cachoeira Grande. Sono sicura che il Brasile ti incanterà.»
Quale momento migliore per andarla a trovare?

2015

◆

Stellata, aprile

Puzzi. Se ti vengo vicino sento odore di urina vecchia. Hai sempre insistito per lavarti da sola, ma ora fatichi a piegarti, le gambe non ti reggono, il fiato ti manca. È arrivato il momento di aiutarti a fare il bagno, qualcosa che entrambe abbiamo sempre evitato, e temuto. Non mi ricordo di averti mai vista nuda. Quando ero piccola, chiudevi sempre la porta a chiave prima di cambiarti.

Ti sei addormentata sulla poltrona. Respiri a bocca aperta e il fiato ha formato una bolla di saliva sulle tue labbra.

Ripenso alla tua reazione al telefono quando ti avevo detto che stavo per sposarmi.

« Sei incinta? »

« No, mamma, non sono incinta. »

« Allora perché tutta questa fretta? »

« Potresti sforzarti di mostrare un po' di entusiasmo. »

« Adesso sei innamorata, ma poi le cose cambiano. »

C'era amarezza nella tua voce, un sentimento che non ero preparata a sopportare. « Grazie, incoraggiante come tuo solito! » E avevo buttato giù la cornetta.

Forse volevi solo proteggermi, evitare che facessi degli sbagli. Sono stata ingiusta con te. Anche adesso lo sono, mentre ti guardo e sento orrore per la devastazione che la malattia ha lasciato sul tuo corpo, orrore per quella bolla di saliva che ti trema sulle labbra...

Che ci faccio qui, mamma? Mia figlia aveva ragione quando diceva che avevi bisogno di un'infermiera, non della mia presenza. Ti guardo, e dentro non sento niente. Questo viaggio non ha risolto nulla. Non ricordo nemmeno un abbraccio tra noi. Uno vero, intendo. Quando ci si incontrava dopo una lunga assenza, ci avvicinavamo senza riuscire a nascondere il disagio e tutto si risolveva in un contatto veloce, il più rapido possibile. Passavi subito a un chiacchiericcio da vicine di casa. « *Siediti, ti faccio un caffè... Ti trovo bene...* »

Rispondevo a monosillabi o con un'altra serie di banalità.

Ora dovremo far cadere ogni barriera. Ti dovrai mostrare nuda. Dovrò strofinare la tua pelle, passarti la spugna sul corpo, toccare le tue parti più intime, e non lo voglio fare. Qualcosa dentro di me si rifiuta di abbattere il muro che negli anni si è eretto tra noi. Colpa mia, colpa tua? Che importa? La verità è che non ti ho mai perdonato, mamma. La verità è che mi costa assistersi, starti così vicino. A Viggiù ognuna aveva la propria vita, ci si vedeva poco. Questa nostra vicinanza, invece, è asfissiante. Siamo solo io e te, sempre. Senza diversivi, senza Centro Anziani, senza una mostra, un cinema, il tè con un'amica... Ti lamenti se esco mezz'ora per la spesa, o solo per fare due passi. È successo anche ieri.

« E se poi sto male? »

« Sono venti minuti, mamma. Cosa vuoi che ti succeda? »

« Va bene, ma fa' in fretta. »

« Non ho bisogno del tuo permesso per uscire! » E me ne sono andata sbattendo la porta.

Vado a fare la spesa anche se in casa non manca niente, perché mi manca il fiato. Esco perché ho bisogno di respirare, di allontanarmi da te, di dimenticare per mezz'ora la tua morte. Sono partita piena di buone intenzioni, ma adesso mi arrendo. Il tempo che ti sto dedicando, tutto il tempo che sto togliendo alla mia vita, mi pesa troppo. Sono stanca di essere la tua infermiera, la tua badante, la figlia che ancora elemosina il tuo affetto. E allora, a che serve questa parodia di famiglia? A che servono queste settimane di gentilezza forzata, di buona condotta?

Tossisci, la bolla di saliva sulle labbra si rompe. Apri gli occhi, confusa. « È mattina? »

« Sono le quattro del pomeriggio. Ti sei addormentata per pochi minuti. »

« Ah. Pensa che ho persino fatto dei sogni. »

« Cosa hai sognato? »

« Non lo so, non lo ricordo più... » Fissi il vuoto, disorientata.

L'odio è un sentimento che si riserva a qualcuno che può combattere, difendersi, attaccarti a sua volta. Torno a sentire pena per questa vecchietta che mi sta davanti, che va incontro alla morte piena di paure.

Ti prendo per mano. « Su, è ora di fare il bagno. Niente storie. »

Ti aiuto ad alzarti e mi segui docile, a piccoli passi.

Faccio scorrere l'acqua nella vasca. Ti siedi sullo sgabello e inizio a toglierti i vestiti. « Tira su le braccia. »

Ubbidisci. Ti sfilo la maglia, poi la canottiera di lana e il reggipetto. I seni ti si afflosciano sul ventre. Tu, che sei sempre stata così pudica, non cerchi di nasconderli e li lasci esposti, i capezzoli che puntano al pavimento.

Ti sfilo le mutande. Sono sporche; non riesci mai a pulirti bene. Le metto da parte in fretta perché tu non le veda. Sei sempre stata così attenta all'igiene personale... Profumavi di sapone e di colonia; profumavi di buono, mamma, e fatico a riconoscere la donna che eri in questa anziana dalla pelle macchiata, dalla carne molle e dai capelli stopposi...

Ti alzi e resti nuda davanti a me, abbandonato anche l'ultimo brandello di pudore. Ti aiuto a entrare nella vasca. Sollevi una gamba e metti dentro un piede. Tremi, aggrappata al mio braccio per non perdere l'equilibrio.

« Brava, adesso l'altra. Tranquilla, ti tengo... »

Alzi la seconda gamba, e finalmente sei dentro. Ti siedi. Prendo *la spugna e vi spargo sopra qualche goccia di sapone liquido. La passo sulla tua schiena. La pelle qui è intatta, miracolosamente senza un segno, né una ruga.* « Hai la schiena bella come quella di una ragazza. »

« *Davvero?* »

« *Sì, più liscia e fresca della mia.* »

« Anche tu hai la tua bella età », *mi dici con un risolino.*

Ci vuole così poco, mamma, per farti felice.

1975

◆

27 marzo

Il matrimonio fu celebrato presso il municipio di Kensington alla sola presenza degli sposi e dei testimoni: Monique per Norma, Bijan per Elia. La sposa indossava un vestito color cipria appena sopra il ginocchio, un giacchino abbinato, e un cappello a larga falda. Elia teneva i capelli raccolti in una coda e si era convinto a farsi accorciare la barba. Quel mattino aveva anche accettato di mettersi camicia e cravatta, però indossava i jeans e un paio di mocassini comodi. Lasciarono i festeggiamenti con le famiglie per dopo, quando sarebbero scesi in Italia.

I genitori di Norma non avevano idea di chi fosse Elia. Guido si ricordava soltanto di Bicicli, ma con la Ghelfa non ci aveva mai parlato.

Bicicli e la moglie invece avevano accolto con gioia la notizia, anche perché conoscevano Norma fin da bambina.

«Guarda cosa ho combinato nel darti il numero di mio figlio!» aveva esclamato lei.

«*L'amor che move il sole e l'altre stelle...!* Io l'ho sempre saputo che voi due sareste finiti insieme!» aveva esclamato Bicicli, che si vantava di conoscere a memoria i versi più famosi della *Divina Commedia*.

Ci sono poche foto di quel giorno: il momento delle firme, gli sposi e i testimoni davanti all'entrata del municipio di Kensington, gli sposi che si baciano mentre Monique, in abito tradizionale indonesiano, lancia una pioggia di riso. C'è anche una foto di Norma e Monique che fanno le linguacce, e un'altra in cui gli sposi sorridono tenendosi per mano mentre vanno all'Imperial College per il pranzo. Lo avevano organizzato i colleghi iraniani di Elia nella sala del Sindacato Studenti. Tutto cibo preparato in casa, e c'era anche un gruppo di amici musicisti. Ballarono fino a tardi e bevvero tutti parecchio.

Verso la fine della serata, Norma notò una ragazza che stava appiccicata a Elia. Sembrava ubriaca e faceva scorrere un dito lungo la sua cravatta. Poi lo baciò sulla bocca.

« E quella chi è? » chiese Norma.

« Una collega. Vedi cosa fa fare l'alcol? » le rispose Bijan.

« Non con mio marito. » Norma si alzò e li raggiunse.

La ragazza aveva ancora le braccia intorno al collo di Elia e gli parlava all'orecchio.

Norma lo afferrò per la manica. « È tardi, andiamo a casa. »

« Ehi, aspetta! Prima dobbiamo salutare. »

« Facciamolo subito. Sono stanca. »

Iniziarono a congedarsi dagli amici.

« Andrete in viaggio di nozze? » chiese un collega di Elia.

« Domani abbiamo un volo per il Brasile, Norma ha una parente laggiù. »

« Noi al massimo andremo a Ramsgate », disse Monique in tono ironico. Stava accanto a Bijan e gli sorrideva. Non si erano staccati l'uno dall'altra per l'intera giornata.

Usciti in strada, Norma ed Elia fermarono un taxi. Una volta arrivati, salirono le scale barcollando e poi si gettarono sul letto vestiti.

«Dicono che il matrimonio finisce sempre per rovinare tutto», biascicò Norma, ancora sbronza.

«Sono i divorziati e gli invidiosi a sostenerlo.» Elia l'attirò a sé e aggiunse: «Dovremmo invitare Monique a cena. Bijan mi ha chiesto di organizzare qualcosa con lei».

«Sul serio? Quei due non potrebbero mai andare d'accordo.»

«Fallo decidere a loro.»

«Va bene. Appena torniamo dal Brasile faremo una cena a quattro.» Poi lo fissò. «Perché hai lasciato che quella ragazza ti baciasse?»

«Era ubriaca e anch'io faticavo a reggermi in piedi. Più che un bacio, ci puntellavamo a vicenda», ridacchiò lui.

«Piuttosto piacevole come puntellamento.»

«Era sbronza. Domani nemmeno se ne ricorderà.»

«E se avessero baciato me in quel modo?»

«Non significava nulla. E poi lo sai: quello che vale per me vale anche per te.»

«Ci siamo appena sposati, come fai a parlarmi in questo modo?»

«Sei stata tu a tirare in ballo questa storia.» E cercò di abbracciarla.

Norma lo respinse e lo fissò dritto negli occhi. «Giurami che non mi tradirai.»

«Smettila, lo sai che non giuro.»

«Potevi risparmiarmi questa umiliazione nel giorno del nostro matrimonio!»

«Umiliarti? E per cosa, perché una del tutto ubriaca mi ha baciato sulla bocca?»

«Non sulla bocca: in bocca!»

«Che ne sai? Eri dall'altra parte della sala!» urlò lui, alterato.

Lei si sedette sul letto. «Oh, si vedeva quanto eri soddisfatto! Che grande occasione per rifocillare il tuo ego di maschio irresistibile. Bravo!» E si mise a battere le mani, lentamente, gli occhi appannati dall'alcol.

Lui decise di ignorarla, ma Norma non demordeva. «*Ladies and gentlemen*, ecco a voi il grande conquistatore, il *tombeur de femmes* senza macchia e senza paura!»

Elia scattò in piedi. Andò in cucina, aprì il rubinetto e bevve a grandi sorsi.

Lei lo seguì, determinata a provocarlo. «Non hai niente da dire?»

«Bevi, se no domani avrai un mal di testa atroce.»

«Ci ho pensato, sai? La coppia aperta, Sartre, bla bla bla... Ma vaffanculo!» E lo colpì in piena faccia.

Rimasero zitti, l'uno davanti all'altra, troppo ubriachi e troppo scossi per reagire.

«Scusami, non so che mi ha preso. Elia, scusami...» Corse al gabinetto, si piegò sul water e iniziò a vomitare.

Lui le andò vicino e la aiutò, sorreggendole la testa, finché, esausta, lei non si afflosciò sul pavimento.

«Tirati su. È tardi, meglio andare a letto», le disse.

Norma spostò la ciocca che le copriva gli occhi e lo fissò. Era pallida e il rimmel le colava sul viso. Si passò una mano sulla bocca. «Se mi tradisci, non potrei mai perdonarti. Mai. Mi hai sentito? Chiamami piccolo borghese, dammi della provinciale, ma per me è così.» Aveva la voce impastata, ma il suo tono era talmente doloroso, e sincero, da non lasciare dubbi sulla verità di quelle parole.

«Norma, ti prego, smettila. Stiamo per partire per un viaggio che ricorderemo per il resto della vita. Non rovinare tutto.» La sollevò tra le braccia e, barcollando, la portò fino al letto.

Vi crollarono sopra insieme e si addormentarono vestiti.

◆

Brasile, fine marzo

Maria Luz, la figlia di zia Adele, aspettava all'aeroporto, in una mano il foglio con i loro nomi, e nell'altra una mela che di tanto in tanto addentava. Indossava un vestito lungo fino ai piedi e uno scialle sfrangiato di seta turchese. Una grossa treccia di capelli bianchi le ricadeva di lato. Norma sapeva che la cugina doveva avere sui quarantacinque anni. Alla sua età, quei capelli erano strani, ma pensò che le stavano bene.

« *Welcome to Brazil!* » li salutò e, sempre in inglese, aggiunse: « Scusate, ma il mio italiano è pessimo ». Diede un altro morso alla mela. « Ho la macchina qui fuori. Meglio partire subito se vogliamo arrivare a Cachoeira Grande prima di notte. »

Sul sedile dell'auto c'era una cassetta di mele bianche e rosse. « Le ho appena comprate. Servitevi, tengono a bada il diabete e regolano il colesterolo. »

Norma ed Elia scoprirono in fretta che Maria Luz era una chiacchierona. Quando seppe che Norma dipingeva, esclamò: « Dev'essere una passione di famiglia! »

« Dipingi anche tu? »

« Più che altro scolpisco, e insegno educazione artistica in una scuola privata, a bambini dai sei agli undici anni. È un lavoro che mi appassiona. Peccato non avere avuto figli, ma quand'ero giovane non mi sentivo pronta e, adesso che sono pronta, è troppo tardi. »

«Abbiamo già trovato qualcosa in comune», commentò Norma.

«Ti piacciono i bambini?»

«Intendevo dire che tutte e due amiamo l'arte.»

«Non è l'unica cosa che ci accomuna. Tanto per cominciare, tu hai gli occhi di mia madre.»

«Vero. Gli occhi chiari dei sognatori.»

«Chi, mia madre? No, lei è una donna d'affari! Pensa solo al caffè e ai prezzi del mercato.»

«Da giovane è partita dall'Italia per venire fin qui a sposarsi con un uomo che non aveva mai visto. Ci vuole coraggio per farlo, e la capacità di sognare.»

«Forse. Non so molto di lei. Ci parliamo poco.»

«Ti racconterò io; ne sentirai delle belle sulla nostra famiglia. Per cominciare, siamo per metà sognatori, e per l'altra metà indovini.»

Venti minuti dopo, però, Norma già si era addormentata e durante il viaggio Maria Luz si limitò a parlare soprattutto con Elia. Riconobbe subito in quel cugino acquisito un conversatore spigliato e divertente. Anche Norma le era piaciuta: così graziosa, aveva gli stessi occhi di sua madre, ma un carattere più dolce.

Quando si fermarono per il pranzo, Maria Luz iniziò a fare programmi. «Dovete assolutamente visitare il Nord, ma lassù nessuno parla inglese. Se vi fa piacere, potrei accompagnarvi io per qualche giorno, tanto per rompere il ghiaccio.»

«Sarebbe bello se restassi di più», si affrettò a dire Norma.

«Oh, no. C'è il mio lavoro, e poi è il vostro viaggio di nozze.»

«Il Nord mi pare un'ottima idea. *Macumba, candomblé*... Pensi che riusciremo ad assistere a qualcosa del genere?» chiese Elia.

«Ne dubito. Sono cerimonie delle popolazioni nere e gli

estranei non sono benvenuti. Però forse potrei farvi provare una droga usata nei riti di Santo Daime.»

«Cos'è?» chiese Elia.

«L'*ayahuasca*. Un allucinogeno estratto da una liana amazzonica. Viene consumata in certe celebrazioni religiose che includono elementi del cattolicesimo, dell'animismo africano e dello sciamanesimo. Io l'ho provata ed è stata un'esperienza unica, davvero illuminante.»

«Pericolosa?»

«No, se fatta con le persone giuste, ma non è nemmeno come bere un tè. L'*ayahuasca* crea un contatto con il subconscio e con l'aldilà. Non per niente la chiamano 'la liana dei morti'. Vi sembrerà assurdo, ma quando l'ho presa, ho incontrato mio padre. È morto quando avevo due anni e di lui non avevo nessuna memoria, eppure ricordo ancora la sua voce, le espressioni del viso, i movimenti delle mani...»

«Come fai a sapere che non era un sogno?»

«Lo escludo. I sogni in poche ore si scordano. Invece ho ancora in mente tutto, fin nei minimi particolari. Non era come vedere un fantasma. Toccavo mio padre, lui era lì, e sentivo che non poteva succedermi niente di male. Ma assumere l'*ayahuasca* può anche rivelarsi angoscioso: puoi essere sopraffatta dalla gioia, oppure precipitare dentro un buio terrificante. In entrambi i casi, ne esci con un importante messaggio di vita.»

Norma ed Elia erano rapiti dall'intensità di quel racconto, e Maria Luz decise che era meglio alleggerire l'atmosfera. «Domani avrete bisogno di riposare e ci limiteremo a un giro nella *fazenda*. Nei prossimi giorni, però, conto di mostrarvi parecchie cose. Cominceremo da Cachoeira Grande, la cascata che dà il nome al *cafezal*. Sapete cavalcare?»

«Me la cavo», rispose Elia.

«Io non sono mai salita su un cavallo», confessò Norma.

«È il solo modo per arrivarci, ma con un animale mite imparerai subito. La cascata è in cima a una montagna ed è un angolo di paradiso: piante, fiori, uccelli... Mi hanno detto che, da piccola, mio papà mi ci portava.»

«Deve essere stato un grande dolore perderlo.»

«Quando è morto, la mamma si è buttata nel lavoro e quello l'ha salvata. Però ha smesso di fare da madre a me. Mi ha cresciuta Núbia Vergara, la domestica. Domani la conoscerete. Vive ancora nella *fazenda* ed è praticamente una di famiglia. E tu, Elia, come sono i tuoi genitori?»

«Gente normale. Bisticciano tutti i giorni, ma si vogliono bene.»

«Avere una famiglia *normale* è una grande fortuna. Se è stata un buon esempio, sarai un ottimo marito.»

«Non so se Norma è d'accordo. Abbiamo litigato persino la prima notte di nozze.»

Maria Luz sorrise. «Io con mio marito non ho mai litigato ed è finita ugualmente. Se avessimo bisticciato di più, forse saremmo ancora insieme. Invece, dopo qualche anno, ci siamo resi conto che eravamo diventati due estranei. Del resto, io di lui non ero mai stata innamorata.»

«Perché lo avevi sposato?» chiese Norma.

«Per far dispetto a mia madre. Quindi non poteva finire altrimenti.»

Davanti a quella confessione così intima, Norma ed Elia rimasero in silenzio.

Maria Luz invece continuò: «Io e mamma non siamo mai andate d'accordo. In passato l'ho persino odiata. Ma colpevolizzare una madre per i tuoi fallimenti a vent'anni è normale; a quaranta sarebbe ridicolo».

«L'unico punto vulnerabile di Achille era il tallone per il quale lo aveva tenuto sua madre per immergerlo nello Stige. Qualcosa vorrà pur dire», sottolineò Norma.

«I greci sapevano già tutto molto prima di Freud. Propongo un brindisi alla mitologia, alle nostre vacanze, e a tutte le madri, buone o cattive che siano!» concluse Elia, e alzarono i bicchieri.

◆

Era passata mezzanotte, ma Adele li attendeva sotto il portico della *fazenda*. L'aria era fresca e lei si strinse lo scialle intorno alle spalle. Lo sguardo le cadde sulla jacaranda del giardino: quell'albero lo aveva piantato Rodrigo, quando lei era incinta del primo figlio.

«Crescerà insieme al nostro bambino», le aveva detto il marito scavando la buca.

Il neonato era morto pochi giorni dopo il parto, ma lui aveva continuato a innaffiare l'albero e a concimarlo. «Verranno altri figli, *meu amor*. La jacaranda è magica. Pare ce ne sia una in plaza Flores a Buenos Aires che, quando tira vento, fischia canzoni di tango.»

Ricordando quell'episodio, ad Adele venne ancora da ridere.

Qualche anno dopo, Rodrigo era morto e in poche settimane la jacaranda era seccata.

«Meglio abbatterla, *senhora*», aveva suggerito la domestica.

Adele aveva spezzato un ramoscello a metà e glielo aveva mostrato. «Vedi? Dentro è ancora viva.»

«È secca», aveva ribadito Núbia Vergara.

«Le foglie muoiono, ma poi ricrescono», le aveva risposto Adele, e aveva continuato a innaffiarla. Fiori, però, non erano più cresciuti.

Il lontano rumore di un'auto la distolse dai ricordi. Adele

scorse i fari di una macchina percorrere a zig-zag il fianco della montagna.

Dopo qualche minuto, l'auto si fermò davanti al villino.

«Ciao, mamma, come stai?» la salutò Maria Luz appena scesa.

«I soliti dolori, ma ci sono abituata», rispose Adele, e rivolse subito l'attenzione ai nuovi arrivati. «Norma! Che piacere averti qui, e che bel marito hai portato! Su, venite.» Li prese a braccetto ed entrò in casa, lasciandosi la figlia alle spalle.

Una volta entrati, Adele propose di preparare uno spuntino, ma i nuovi arrivati vollero solo un po' d'acqua.

La zia andò avanti e indietro prendendo i bicchieri, i limoni, e riempiendo la brocca. Si era resa conto della sua freddezza di prima, con Maria Luz, e voleva porvi rimedio. Appoggiò tutto sul tavolo e le si sedette accanto. «Come va il lavoro?»

«Sono stanca, mamma. Ne parliamo domani.»

«Sì, certo. Meglio se andiamo a dormire.»

———◆———

Stesa sul letto, Adele pensava ancora alla figlia. Come aveva potuto ignorarla in quel modo quando era arrivata? Il rapporto con lei era sempre stato difficile, fin dalla nascita. I primi mesi la bambina piangeva giorno e notte, e lei era sul punto di perdere la ragione. Una sera, dopo averla cullata inutilmente per ore, aveva iniziato a scuoterla. «Basta, basta, basta!» E l'aveva gettata sul divano.

Di colpo la bambina aveva smesso di piangere. Giaceva immobile, il viso nascosto dalla copertina. Adele fissava il divano, terrorizzata, incapace di avvicinarsi.

L'ho uccisa, aveva pensato. Era corsa fuori e aveva vagato tutta la notte nei campi.

Rodrigo l'aveva ritrovata solo al mattino, quando il sole era già alto. Aveva graffi sulle braccia e sul viso e lo fissava confusa, come se faticasse a riconoscerlo. Era sceso da cavallo e l'aveva presa per mano. «Vieni, torniamo a casa.»

«La bambina...»

«Sta bene. Sei tu a preoccuparmi.»

L'aveva convinta che si trattava solo di stanchezza e che i suoi sentimenti negativi erano la conseguenza della depressione che può seguire al parto. L'aveva rassicurata dicendo che avrebbero superato insieme quel periodo difficile, lui avrebbe assunto qualcuno per aiutarla, ma i problemi di Adele con la figlia erano continuati. Poi Rodrigo era morto, di Maria Luz si era presa cura la domestica, e la frattura tra la madre e la bambina era diventata sempre più profonda.

◆

«Quanto è simpatica tua cugina!» commentò Elia dopo aver chiuso la porta della stanza.

«È piena di brio. Addenta la vita come le sue mele. Però trovo irritante questo voler organizzare a tutti i costi la nostra vacanza»

«È il suo modo per darci il benvenuto.»

«Hai ragione. Diomio, che viaggio massacrante! Voglio dormire dodici ore filate.»

Norma però sentiva gli effetti del jet lag e non riusciva a prendere sonno. Dopo un'ora, buttò giù le gambe dal letto, prese le sigarette e uscì sul portico.

Trovò Maria Luz sul dondolo e le si sedette accanto. «Nemmeno tu riesci a dormire?»

«Per me è normale. Sono abituata a quattro, cinque ore di sonno. E poi è una notte così bella... Guarda che spettacolo!»

Lontano dalle luci dei centri abitati, il cielo era nero e punteggiato da una miriade di stelle. Soffiava una piacevole brezza e il profumo delle rose riempiva il portico.

«È vero quello che hai detto oggi, che in famiglia siamo un po' indovini?» chiese Maria Luz.

«Solo quelli che hanno ereditato dal ramo dei gitani.»

«Ho sentito parlare di una zingara, ma sono storie vecchie. Nessuno con strani poteri in tempi più recenti?»

«Mia nonna ha predetto con esattezza la data della sua morte, e mia cugina Donata usava i tarocchi e ci azzeccava sempre. Sai chi era?»

«Sì, mia madre mi ha raccontato qualcosa. Una fine tragica.»

«L'ultima volta che l'ho vista fare le carte, ci aveva letto che sarebbe partita per un viaggio, 'il viaggio più lungo' aveva specificato. Solo dopo il suo suicidio ho capito che parlava della propria morte. Poi ha aggiunto cose strane: che sarebbe tornata da me attraverso l'uomo che amavo.»

«Che significa?»

«Non l'ho mai capito.»

Tacquero, entrambe turbate. Il silenzio fu interrotto dal canto di un uccello.

«È il richiamo d'amore di una civetta femmina; i maschi non lo fanno», spiegò Maria Luz. Poi aggiunse: «Elia ti ama molto, salta subito agli occhi. Credo dipenda parecchio da te».

«È il contrario: lui ha un carattere forte, sono io che tendo a dipendere dalle persone. È successo anche con Donata. Lei era la mia eroina.»

«'Sventurata la terra che ha bisogno di eroi', ha detto

qualcuno. I veri eroi sono le persone che vivono senza clamore, Norma, quelli che vanno avanti nonostante i molti problemi e le proprie debolezze. I sopravvissuti sono i veri eroi e tu ne sei un esempio.»

«A cosa sarei sopravvissuta?»

«Hai abbandonato una vita insoddisfacente e sei andata all'estero. Ci vuole coraggio per fare certe scelte. Bisogna aver vissuto, e sofferto. Elia è come un bambino esuberante: un essere pieno di charme e con un'intelligenza notevole, ma senza di te sarebbe perduto.»

«E hai capito tutto questo in poche ore?»

«Non serve essere un'indovina: Elia non crede nel matrimonio e dopo pochi mesi ti ha sposato; e poi ti guarda come se tu fossi la Madonna.»

Un fulmine illuminò il cielo e, da lontano, arrivò il rimbombo maestoso del tuono. Grosse gocce di pioggia iniziarono a risuonare sul tetto di lamiera.

«Meglio andare a dormire», disse Norma, e scoccò alla cugina un bacio sulla guancia.

«*Boa noite, prima*», le augurò Maria Luz.

Norma rientrò nella stanza in punta di piedi. Elia dormiva. Scivolò nel letto, attenta a non svegliarlo. Stesa accanto a lui, ripensò alla conversazione con Maria Luz. All'inizio l'aveva trovata un po' invadente ma poi, nel portico, l'aveva sentita molto vicina.

Il temporale non accennava a finire. Di tanto in tanto, il cielo si illuminava e frammenti delle saette si riflettevano sullo specchio del comò. Subito dopo, tuoni fragorosi parevano scuotere l'intera casa. Le raffiche della bufera facevano tremare i vetri e le fondamenta del villino sembravano gemere nel buio.

Poi, com'era venuto, il vento fuggì lontano, lasciandosi

dietro l'immobilità degli alberi, un mormorio d'acqua nelle cisterne, il lento gocciolio delle grondaie.

———————◆———————

Il mattino dopo, il cielo era azzurro e tutto era calmo. Norma uscì sul portico a piedi nudi. Dopo il temporale, dal giardino saliva una fragranza di terra umida e di rose.

Si guardò intorno. La casa era in cima a una collina ed era circondata da piantagioni di caffè. Una villa coloniale di legno dipinta di bianco, con il portico incorniciato di bouganville rosse e viola. Lungo la balaustra, iris, rosai, piante di strelitzia.

« Dormito bene? » Elia la abbracciò.

« Come non mi succedeva da anni! »

« Vieni, stanno preparando la colazione. »

A parte il grosso frigorifero, tutto in quella cucina apparteneva al secolo precedente: il pavimento era di legno, sui lati del grande camino, due poltrone di cuoio consunto. C'erano una stufa per cucinare, *azulejos* portoghesi sul muro e un lavandino di pietra con i rubinetti di ottone.

Adele stava mettendo sul fuoco una grossa caffettiera. Norma pensò a tutti i ricordi che quella casa doveva conservare nel cuore della zia. Le sembrò di vederla mentre arrivava a Cachoeira Grande cinquant'anni prima, seduta sul carro accanto allo sconosciuto che aveva appena sposato, e spaventata dalle incognite di un futuro a cui non poteva più sottrarsi. Norma la immaginava giovane e bella, con la ciocca bianca sulla fronte. Aveva visto una sua foto da giovane in casa di nonna Neve. Era stata fatta al porto di Genova il giorno in cui Adele era partita per il Brasile. Sorrideva davanti al *Principessa Mafalda*, il piroscafo della Regia

Marina, e il particolare della ciocca bianca aveva catturato la sua attenzione.

Al grande tavolo della cucina, la zia, un po' curva sotto il peso degli anni, tagliava grosse fette di pane. Una donna nera, molto anziana, con gli occhi infossati e i capelli ispidi, entrò e le si avvicinò per aiutarla.

«Lascia stare, Núbia, faccio io. Siediti che ti porto il caffè», le disse Adele in portoghese. Il tono era un po' brusco, ma rivelava familiarità e affetto. «È quasi cieca e le gambe non la reggono, ma vuole ancora lavorare», spiegò la zia.

«Quanti anni ha?» chiese Elia.

«Nemmeno lei lo sa di preciso, ma sono più di novanta di sicuro. Aveva già i capelli grigi quando sono arrivata.»

«Buongiorno, bella gente!» esclamò Maria Luz, apparendo sulla porta. Indossava pantaloni e stivali per cavalcare e la treccia bianca era arrotolata in un grande chignon. Si avvicinò a Núbia Vergara e la baciò sulla guancia. «*Bom dia, Vovò. Você está cada vez mais bonita!*»

«Quando eri piccola, questi baci me li davi se eri in cerca di qualcosa.»

«*Vovò*, mi serve il nome di qualcuno nel *senzala* che pratichi i riti di Santo Daime.»

«No, *meu amor*. Quelle sono cose serie.»

«I signori vengono da lontano e vorrebbero provare l'*ayahuasca*. Che c'è di male?»

«È una pianta sacra, non un passatempo per turisti. José di sicuro non vorrà.»

«José... chi?»

«Non fare la furba con me!»

«Avanti, *Vovò*... Dimmi solo il nome. Se non vuole, pazienza.»

Elia e Norma sedevano senza capire una parola, ma alla fine videro Maria Luz sorridere e abbracciare la domestica.

Durante la colazione, Maria Luz annunciò che doveva andare al *senzala*, l'agglomerato di case dove vivevano i lavoratori della *fazenda*, e invitò gli ospiti a seguirla.

«Vengo volentieri», disse subito Norma.

«Se per voi è lo stesso, preferisco fare un giro a cavallo», rispose invece Elia.

Poco dopo, le due donne si incamminarono lungo il sentiero che, dal retro della casa, portava al *senzala*.

Durante la passeggiata, Maria Luz parlò ancora dell'ex marito. «Avevamo due caratteri troppo diversi: io amo l'arte, la musica e andare a teatro, e lui non era interessato a niente di tutto questo. Negli anni passati con lui, ero una donna molto infelice.»

«Che dici? Sei così allegra e piena di vita.»

«Non sono sempre stata così. Ho passato la giovinezza a collezionare fallimenti e a combattere contro la sfiducia in me stessa. Se non ti senti amata da tua madre, non è facile credere nelle tue qualità, o pensare che qualcuno ti possa amare veramente... E tu, cosa cerchi in un uomo?»

«Ho questa immagine nella testa, fin da quando ero piccola: una stanza in cima alle scale, sul letto un uomo e una donna dormono nudi. Io li guardo e so che si amano molto.»

«Molto romantico, ma nessun amore, nemmeno il più grande, può darti la felicità. Devi trovarla dentro di te.»

«Per me l'amore rimane ancora la via per essere felici.»

«O disperati, tutte e due le cose. Ah, non darmi retta! Hai ragione tu.»

Durante la passeggiata, Norma le parlò di Elsa, di come fin da piccola lei si fosse sentita più vicina al padre. Con Maria Luz era così facile aprirsi. Era come se si conoscessero da sempre. Norma finì per rivelarle episodi che non aveva mai confessato a nessuno, nemmeno a Donata o a Elia, come della sera al campeggio, quando era adolescente, e di quella frase terribile che le aveva detto sua madre.

Maria Luz la ascoltava con attenzione. «I legami familiari sono quelli che possono ferirci di più, ne so qualcosa. Però un giorno ho capito che dovevo smetterla di compiangermi. Ho lavorato su me stessa. Anni di analisi, ma alla fine ho fatto pace con mia madre. Ora la accetto com'è.»

«Oggi cosa desideri dalla vita?»

«Vorrei innamorarmi follemente, capire cosa si prova, perché a quarantacinque anni non mi è mai successo.»

«Hai detto che non credi che l'amore porti alla felicità.»

«Però credo nella vita, e non penso sia giusto morire senza prima aver amato veramente.»

Giunti in prossimità del *senzala*, Maria Luz preferì proseguire da sola. «Aspettami qui. Meglio se con lo sciamano ci parlo solo io.»

Tornò mezz'ora dopo, sorridente. «Domani iniziamo la preparazione alla cerimonia!»

Rientrarono a casa allegre come bambine. A nulla servirono le proteste di Núbia Vergara e di Adele. Erano pronti ad affrontare quell'esperienza magica.

2015

♦

Reparto di geriatria dell'ospedale di Ferrara, aprile

La settimana scorsa abbiamo dovuto ricoverarti. Non ti alzi più e hanno anche iniziato a darti la morfina.

Nel suo giro mattutino, il dottore si è fermato accanto al tuo letto. Osservando i parametri medici, ha corrugato la fronte. L'ho preso in disparte e gli ho chiesto come andava.

« Nessun cambiamento rilevante, ma potrà solo peggiorare. »

« Sente dolore? »

« No, stia tranquilla. È sedata. »

Vivo nel terrore che tu soffra senza riuscire a comunicarlo. Corro all'ospedale un'ora prima delle iniezioni di morfina per essere sicura che non si scordino di te, per controllare che non siano in ritardo, per vedere con i miei occhi come una piccola fiala sia in grado di restituirti la pace.

Alle undici, inizi a lamentarti. Corro a chiamare l'infermiera.

« Potrebbe fare l'iniezione a mia madre? Soffre molto. »

« Manca ancora un'ora. Aspetti, chiedo al medico. »

Torna cinque minuti dopo, per fortuna con la morfina. La inietta direttamente nel tubo della flebo. Qualche secondo, e il tuo viso si rilassa.

Mi siedo di nuovo al tuo fianco. Appoggio la testa contro lo schienale della poltrona e abbasso le palpebre. Dicono che la morfina provochi visioni meravigliose. Chissà cosa starai sognando. E mi torna in mente quell'esperienza di tanti anni fa in Brasile, con l'ayahuasca. *È passato molto tempo, ma le sensazioni sono ancora nitide, le immagini precise...*

◆

... La notte era stata di nuovo ricca di pioggia. All'alba, io, Elia e Maria Luz ci eravamo incamminati verso il senzala, dove ci aspettavano giorni di digiuno, preghiere e canti propiziatori.

Lo sciamano, un uomo minuto, dall'aria mite e dalla voce armoniosa, ci aveva ricevuto con grande gentilezza. Attraverso Maria Luz, che fungeva da traduttrice, ci aveva spiegato che l'ayahuasca avrebbe generato in noi la stessa sostanza che viene prodotta dal corpo soltanto in due occasioni: durante la nascita e nel momento della morte.

Per due giorni ci eravamo limitati a succhiare canna da zucchero e a bere acqua in cui erano state fatte macerare foglie di tabacco. Il terzo giorno eravamo stanchi e affamati. Ogni tanto scoppiavamo a ridere, più che altro per il nervosismo dell'attesa. Il quarto giorno, lo sciamano e il suo anziano padre ci avevano svegliato alle quattro del mattino. Ci eravamo incamminati in fila indiana verso il fiume. Là ci eravamo tolti i vestiti e poi eravamo entrati nella corrente, un rito purificatorio che ci doveva preparare all'assunzione della bevanda. Dopo il bagno, lo sciamano ci aveva dipinto il viso con il succo rosso di un frutto della foresta, e ci avevano versato nei bicchieri l'infuso di ayahuasca.

« Possiamo iniziare a bere », aveva confermato Maria Luz, e ci aveva spiegato: « Quando le gambe non ci reggeranno più, ognuno di noi verrà accompagnato in un angolo appartato. Là rimarremo soli. Avremo nausea e vomito, poi cominceranno le visioni ».

L'infuso era stato lasciato a macerare per giorni ed era disgustoso, denso e amarissimo. Lo avevamo bevuto a piccoli sorsi, fino a terminarlo. Poi ci avevano accompagnati ognuno in un luogo diverso.

Mezz'ora dopo, vomitavo. Mi ero quindi distesa su una stuoia di bambù e avevo iniziato a tremare. Fissavo la volta del cielo, respirando appena. Percepivo ogni vibrazione del bosco, ogni passo di animale, ogni volo d'uccello... Il mio corpo ardeva come un roseto in fiamme, eppure non sentivo né dolore, né paura. Fluttuavo, senza corpo, confondendomi con quello che mi circondava. Forse l'estasi delle mistiche era stata così, forse avevano provato la stessa sensazione di pace assoluta, di armonia con l'universo, che provavo io in quel momento.

La luna era sorta e tingeva di bianco gli oleandri. Le visioni si accavallavano, l'una dopo l'altra: ero tutt'uno con la natura, e cadevo a ritroso nel tempo, epicentro di lava e di fuoco, culla di ossa e di radici, di teste di cinghiale, di rettili e di pesci.

Dalla terra saliva un suono di conchiglie, un odore di muschio e di cenere. Ero la regina egizia dagli occhi sempre aperti, il mio fiato scintillava nel buio. La fine di ogni rumore iniziava da quel silenzio di selva, nel confondersi del mio respiro con i lenti movimenti della foresta. La luna si rivoltava nel suo ultimo atto di creazione: succhiava l'onda, fermentava i tuberi, fecondava i semi delle rose.

Volti sconosciuti si chinavano sopra di me, ma io fissavo due ombre che camminavano di spalle: erano due sagome indefinite, come immerse nella nebbia. Mi sforzavo di distinguerle ma non ci riuscivo. Poi la nebbia d'un tratto si era alzata. C'era un uomo e teneva per mano una bambina piccola, di non più di quattro anni. L'uomo era Elia, lo riconoscevo anche di spalle dal modo di camminare e dai capelli raccolti in una coda. Lo chiamavo, ma lui non mi sentiva. Lo avevo chiamato di nuovo, più forte, ma solo la bambina si era girata.

Era lei, Donata da piccola: i riccioli neri e l'espressione da monella. « Donata... » La voce faticava ad uscire. Volevo raggiungerla, abbracciarla, ma lei si era girata di nuovo e aveva continuato a camminare, la mano in quella di Elia, finché la nebbia non li aveva inghiottiti di nuovo.

Il guanto della notte sfiorava il mio corpo, rimuoveva il velo che mi separava dal mondo dei morti. Il buio si apriva ad altro buio, e dal buio erano sorte alcune persone, e si erano avvicinate. C'era qualcosa di familiare in ognuno di loro: tanti avevano occhi azzurri come i miei, altri occhi neri come quelli di nonna Neve... Ed eccola...

«Nonna...» Lei si era fatta più vicina. Eravamo in un luogo dove non esisteva separazione tra il passato e il presente, tra la mia vita e la sua morte. Ci fissavamo e, straordinariamente, non avevamo bisogno di parole: sapevo tutto quello che le passava nella mente e lei percepiva ogni mio pensiero.

«Sei felice?» le avevo chiesto nel nostro linguaggio segreto.

«*Chi a sto pran ben!* Sto così bene qui!» E aveva aggiunto: «Se è destinato a rimanere nella tua vita, niente e nessuno potrà portartelo via; ma se non lo è, niente e nessuno potrà farlo rimanere». A quel punto era scomparsa, lasciandosi dietro una scia del suo profumo.

Ero di nuovo sola, una rosa di vetro nel centro del petto. La notte era ferma. Non c'era vento nel cielo, solo stelle immobili. Poi, un grumo di luce aveva brillato tra gli astri: il grumo incandescente si era diviso in due frammenti, quindi in quattro, e in sedici... L'embrione guizzava nell'acqua materna.

Era stata l'ultima visione. Poi il mio corpo si era fatto leggero, sempre più leggero... Il nuovo giorno nasceva in una ciotola d'azzurro. Tutto il cielo raccolto in una ciotola d'azzurro e di turchese. C'era un respiro di uccelli sui rami, un fluttuare veloce di ali. L'ora era quieta, pura come l'acqua e la pietra. Risalivo lentamente alla vita.

«Elia...»

«Sono qui.»

L'avevo abbracciato ed ero scoppiata a piangere. Mai sogno era stato tanto intenso, tanto vivo...
« *Maria Luz?* »
« *Sta ancora dormendo. Riposati, adesso. Poi torneremo a casa.* »

1975

◆

Brasile, aprile

Le cene nel portico di Cachoeira Grande furono tra i momenti più piacevoli di quel viaggio. Si parlava in italiano e in inglese, e si traducevano frasi in portoghese per Núbia Vergara. Spesso iniziavano appassionate discussioni di politica o di religione e l'atmosfera intorno al tavolo si faceva accesa. Adele non era particolarmente devota e non si era scandalizzata la sera in cui Elia aveva espresso la sua opinione su Maria Maddalena. «È una figura storica, come del resto lo era Gesù. Probabilmente i due erano sposati. I vangeli non escludono che lui avesse preso moglie, o più di una, considerati i tempi.»

Quando avevano tradotto quella teoria a Núbia, lei aveva allargato gli occhi e puntando il dito verso Elia, gli aveva gridato contro.

«È sicura che finirai all'inferno per le tue idee», aveva tradotto Maria Luz.

«Dille che l'inferno non esiste, ma che lei comunque finirebbe sicuramente in paradiso.»

Núbia Vergara non era il tipo da farsi rabbonire facilmente. «*Palavra fora da boca e pedra fora da mão não voltam atrás.*»

«'La parola uscita dalla bocca e la pietra scagliata non

tornano indietro' », tradusse Maria Luz, poi sgridò la domestica. «*Vovò*, smettila! Mi spaventi gli ospiti.»

———— ◆ ————

Quando giunse il momento di andare alla cascata, Norma non stava bene. «Andateci voi due. Resto volentieri a casa, io e la zia abbiamo così tanto da raccontarci.»

«Possiamo rimandare a domani», propose Maria Luz.

«Poi magari piove. Oggi è una giornata perfetta, meglio approfittarne.»

Cercarono di farle cambiare idea ma, persa ogni speranza di convincerla, i due montarono in sella.

«Torniamo presto!» gridò Elia, e partirono al galoppo allontanandosi sulla collina.

«Tuo marito cavalca come un vero *gaucho*», commentò la zia.

«Infatti. Sarei stata solo d'impiccio. Che ne dici di un tè? Voglio che mi racconti tutto dei primi tempi qui in Brasile e anche di tuo marito.»

«Non aspettarti una storia d'amore come nei film. Appena sposati, le cose fra me e Rodrigo non andavano per niente bene. Poi siamo partiti per un lungo viaggio, e solo allora mi sono accorta di amarlo. Quel viaggio dovreste farlo anche tu ed Elia. Sono luoghi meravigliosi; è come se fossero appena usciti dalle mani di Dio.»

———— ◆ ————

Elia e Maria Luz correvano al galoppo lungo le stradine di terra rossa del *cafezal*, il vento sul viso, il sole che brillava sui capelli. Elia li teneva sciolti. Maria Luz pensò che sembrava un *conquistador* appena sceso da un galeone spagnolo.

Il cielo era blu cobalto e la luce del mattino cadeva su di loro come una benedizione. Cavalcavano sulle colline, i cavalli lanciati lungo sentieri di terra battuta, rallentando solo quando dovevano attraversare ruscelli di acqua cristallina.

«È così che l'America deve essere apparsa a Cristoforo Colombo: con questi colori accesi, in questo fulgore!» esclamò Elia.

Salirono le pendici di una montagna. Giunti vicino alla cima, legarono i cavalli e si arrampicarono lungo un sentiero. La vegetazione si faceva via via sempre più fitta. Il sole penetrava a stento tra le fronde e, dopo il recente temporale, il suolo era cosparso di foglie marce. Maria Luz scivolò più volte.

«Dammi la mano», suggerì Elia. Si arrampicarono, la mano di lei stretta in quella di Elia, finché gli alberi non si chiusero su di loro, coprendo del tutto il cielo.

Venti minuti di marcia, e la vegetazione si aprì di nuovo, rivelando uno spazio a forma di ferro di cavallo. Davanti a loro, un'imponente parete di roccia, dalla cui cima un getto d'acqua largo almeno tre metri scendeva fino a cadere in un lago turchese.

«È stupefacente...» sussurrò Elia, quasi che la sua voce potesse rompere l'incantesimo.

«È la cascata che dà il nome alla *fazenda*. Il colore turchese del lago si deve a un minerale presente nell'acqua», spiegò lei.

Si sedettero su una roccia levigata. Erano circondati da eucalipti, felci, fiori tropicali... piante che Elia aveva visto solo dai fiorai.

«Andiamo a nuotare», suggerì Maria Luz dopo che ebbero ripresero fiato.

«Non ho portato il costume.»

«Non importa; qui non viene nessuno.»

Entrarono nudi, accaldati dalla marcia e rabbrividendo al contatto con l'acqua. Nuotavano attenti a mantenere una distanza tra loro. Quando lei si girò sulla schiena, Elia si spostò più in là. Nuotarono dando grandi bracciate, poi galleggiarono sul dorso: gli occhi chiusi, nelle orecchie il fragore maestoso della cascata. I raggi del sole filtravano attraverso i rami della foresta illuminando i loro corpi. Erano nel paradiso terrestre: Adamo ed Eva tornati sulla Terra dal principio del tempo.

Una volta usciti, si asciugarono alla meglio e si infilarono i vestiti. Sedettero vicini e chiacchierarono a lungo, dimenticando il cibo che si erano portati dietro.

Elia voleva sapere tutto di lei: il suo lavoro, cosa faceva nel tempo libero, se le piaceva vivere a San Paolo, che musica ascoltava...

«Tutti i generi, tranne la *disco music*», disse lei.

«A me invece diverte. Mi sa che sei un po' snob», la prese in giro.

Invece, quando Maria Luz toccò il tema del rapporto con la madre, Elia la ascoltò serio, con empatia. «Ho notato com'era distaccata al tuo arrivo. È sempre stato così fra voi?»

«Ho questa immagine di me piccola, attaccata al suo vestito: io insisto perché mi prenda in braccio, lei mi guarda impassibile, e non lo fa.»

«Tua madre si porterà sulle spalle le sue esperienze e le sue contraddizioni, come tutti. Maria Luz, non mi hai raccontato niente della tua esperienza con l'*ayahuasca*...»

Il suo viso si rabbuiò. «Ho visto il momento della mia morte, e non è tanto lontano. Un incidente.»

«Era un sogno, non farti impressionare.»

«E tu, cosa hai provato?»

«È stato incredibilmente intenso.»

«Cose belle?»

«Per la maggior parte. Solo verso la fine è stato inquietante. Ero sospeso in un cielo nero, circondato da uccelli dalle piume blu. Mi volavano intorno, gracchiando, sempre più vicini. Poi di nuovo la luce, e nella luce ho visto Norma.»

«Come vi siete incontrati?»

«Ci conosciamo fin da piccoli; si può dire che è stato amore a prima vista. Oddio, quasi a prima vista perché, subito, lei mi ha tirato un calcio e io l'ho presa per i capelli. Però si vede che eravamo destinati a stare insieme.»

«Non mi dire che credi nel destino.»

«Credo che la nostra vita sia un po' come stare nel centro di un tornado, risucchiati in qualcosa che ci travolge e che spesso ci risulta incomprensibile. A volte ne usciamo più saggi, a volte distrutti. Ma è da là che veniamo ed è là che dobbiamo tornare.»

«Non mi pare un concetto scientifico.»

«Invece lo è: tutto è determinato da forze sulle quali non abbiamo controllo. 'Danziamo al ritmo di una musica misteriosa suonata in lontananza da un pifferaio invisibile.' Sai chi lo ha detto? Albert Einstein.»

Lei rise. «Quindi anche l'amore fa parte di un disegno più grande?»

«Penso proprio di sì.»

Lei restò pensierosa, gli occhi fissi sull'acqua. «Devi amarla molto», disse alla fine.

«Norma è la cosa più importante.»

———— ◆ ————

Due giorni dopo, le valigie già pronte per partire verso il Nord, Maria Luz annunciò che non poteva più accompagnarli. «Un problema nella scuola dove lavoro; devo tornare subito a San Paolo.»

«Che peccato! Ci mancherai», si lamentò Norma.

«Ve la caverete benissimo anche senza di me.» E lasciò Cachoeira Grande quello stesso giorno.

Elia e Norma partirono per il Nord il mattino dopo, progettando, dietro suggerimento della zia, di ripercorrere l'itinerario che lei e Rodrigo avevano intrapreso quasi cinquant'anni prima.

Attraversarono luoghi selvaggi, spiagge con dune di sabbia bianchissima; deserti dall'aspetto lunare; distese immense senza una sola casa, un borgo, una chiesa. Le distanze in Brasile facevano apparire l'Europa piccola e sovraffollata.

In un villaggio chiamato Piranha, nuotarono in un fiume dalle acque trasparenti, scoprendo solo dopo che il paesino prendeva il nome dai pesci del suo fiume. Fu il proprietario dell'albergo a informarli, ma aggiunse ridendo: «Non fate quella faccia! I nostri piranha sono vegetariani!»

A Salvador de Bahia, soggiornarono nello stesso hotel di Praça São Francisco dove Adele si era fermata con il marito. La zia gli aveva raccomandato che lo cercassero. «Dopo un aborto e il mio secondo bambino morto a pochi giorni dal parto, in quel viaggio sono rimasta incinta di Maria Luz. Ho sempre pensato che lei sia sopravvissuta perché quando l'abbiamo concepita, io e Rodrigo eravamo molto innamorati. Chi lo sa come funziona con i bambini, quando decidono di nascere.»

A Norma quella teoria era piaciuta e trovarsi nello stesso albergo, dopo tanto tempo, la entusiasmava. «Ci pensi? Forse Adele e Rodrigo si sono baciati su questo terrazzino, ed è stato su quel letto che Maria Luz è stata concepita. L'idea che i bambini decidano di venire al mondo quando sono cercati con amore sarà anche assurda, ma io la trovo molto bella.»

«Il concepimento di un bambino di solito avviene quando non si usano i contraccettivi.»

«Sei così noioso! La teoria di Adele è più romantica», concluse Norma.

Lasciata Salvador de Bahia, i due proseguirono fino a Belém. Lì si imbarcarono su una bananiera che, in una settimana di navigazione lungo il Rio delle Amazzoni, li portò fino a Manaus. Dormivano sulle amache insieme al resto dei passeggeri, condividendo con loro gli stessi pasti frugali a base di riso, banane fritte e fagioli.

Passarono accanto a foreste tropicali, navigando davanti a villaggi di capanne dai tetti di paglia, o a case di legno costruite su palafitte tra le mangrovie. A ogni sosta, gruppi di bambini nuotavano verso il piroscafo, salutando i passeggeri con schiamazzi e risate: i visi scuri, i denti bianchissimi.

Giunsero a Manaus all'ora del tramonto, il cielo incendiato di colori. Il fiume pareva d'argento. Il porto era pieno di gente, bambini che correvano, donne che gridavano cercando di vendere la loro mercanzia. Carretti colmi di canne da zucchero, banane, frutta tropicale venivano trascinati da asini e cavalli. Sembrava essere tornati indietro di un secolo.

«Chissà quanto durerà tutto questo», disse Norma.

«Qualche anno, e non rimarrà più niente», profetizzò lui.

Due settimane dopo, quando l'aereo che li riportava a Londra decollò, sentivano già nostalgia del Brasile e di Cachoeira Grande. Presero quota, sorvolando le migliaia di piccole luci accese nella notte di San Paolo. Poi l'aereo virò disegnando un grande arco nel cielo, finché anche l'ultimo puntino luminoso non sparì. Sotto di loro, solo la nera distesa dell'oceano.

———◆———

Stellata, estate

Per le ferie d'agosto, Norma ed Elia scesero in Italia e, per celebrare il loro matrimonio, venne organizzata una cena a casa dei genitori dello sposo. Guido conosceva Bicicli da quando erano ragazzi, ma Elsa e la Ghelfa non si erano mai parlate, e la serata si rivelò una bella occasione per far nascere un'amicizia tra i consuoceri.

Ghelfa, che si era fatta le mèches e indossava un pigiama palazzo acquistato nel miglior negozio di Ferrara, sembrava un'attrice alla consegna degli Oscar.

«È rimasto un po' di quel salame con l'aglio? *A go ancora na budlina voda*. Ho ancora un budellino vuoto», le chiese Bicicli.

«*At sé propria an guget!* Sei proprio un maiale! Pensa al tuo fegato piuttosto», lo rimproverò lei.

«Se dobbiamo morire, meglio farlo con la pancia piena.»

Bicicli sedeva accanto al figlio e di tanto in tanto lo prendeva in giro. «Potevo dirteli io un paio di trucchi per far correre di più le macchine, c'era mica bisogno di finire a Londra!»

«Hai ragione, papà», rispondeva lui, stando al gioco.

La Ghelfa intanto intratteneva Elsa con vecchi aneddoti. «Quei due da piccoli passavano pomeriggi interi in cima al fienile, chissà cosa combinavano lassù», ridacchiava, un po' brilla pure lei.

Bicicli riempì di nuovo i bicchieri. «Guido, cantaci qualcosa.»

«Sono anni che ho smesso.»

«Male! Potevi diventare un tenore famoso. Dai, solo un'aria...»

«Ti ho detto che non canto!» tagliò corto lui in malo modo.

Ci fu un momento di silenzio che la Ghelfa si affrettò a riempire. «Un altro brindisi per gli sposi: che siano sempre felici come oggi!»

«E, tanto che ci siamo, un brindisi per i nostri nipoti!» aggiunse Bicicli alzandosi in piedi, ma barcollando.

«*Tegn sodi, Bicicli, ca' riscém ad fnir par tèra!* Vacci piano, Bicicli, che qui rischiamo di finire sul pavimento!» lo ammonì Guido, di nuovo allegro.

L'atmosfera era tornata festosa e la Ghelfa propose di fare un'altra cena insieme.

«Sarà per un'altra volta. Domani partiamo per i Lidi Ferraresi», le rispose Elsa.

«Di già?» esclamò Norma.

«Quando abbiamo prenotato, mica sapevamo che avresti deciso di sposarti così, da un giorno all'altro», replicò la madre. E il mattino dopo lei e Guido partirono.

Norma ci rimase male.

«Perché non andiamo anche noi ai Lidi Ferraresi?» suggerì Elia.

«Non ce l'hanno nemmeno proposto. Si vede che stanno bene da soli.»

Due giorni dopo, Elia e Norma partirono invece per Venezia, dove fecero tutte le cose tipiche degli sposini: spesero un patrimonio per un giro in gondola, comprarono una maschera di carnevale, una stampa antica, e una sfera di vetro con la basilica di San Marco che, quando la giravi, cadeva la neve. Fu Elia a insistere per acquistarla.

«Sei sicuro?» chiese Norma.

«Senza palla di vetro con la neve, che vacanza è?»

Elia era spesso controcorrente. Preferiva vecchi oggetti a quelli di moda, e rifuggiva dalle ultime tendenze: dal jogging allo yoga, e spesso anche dalle correnti politiche che riscontravano il favore del momento. Lui, lo yoga, lo praticava negli anni '60, quando in Europa era pressoché sconosciuto, e aveva smesso nel momento in cui tutti avevano iniziato a farlo con un fervore quasi religioso. In politica, non era dogmatico e, se lo riteneva opportuno, era pronto a cambiare idea. Decideva sempre e solo con la sua testa, anche a costo di scontrarsi con l'opinione prevalente, che in quegli anni sosteneva gli scioperi dei minatori inglesi contro la chiusura delle miniere. Lui invece pensava che l'economia britannica avesse bisogno di rinnovarsi, di puntare di più sulla finanza e sulle nuove scienze, come l'informatica. «È assurdo persistere con l'estrazione delle materie prime, quando in altri Paesi si possono ottenere a una frazione del costo», sosteneva.

Norma non era d'accordo, ma lo amava anche per la sua indipendenza intellettuale.

Prima di ripartire per Londra, si fermarono di nuovo a Stellata. In una foto scattata in uno di quei giorni, Norma ha i capelli sciolti, la testa abbassata, e cammina tra le ruote di fieno lungo la fiancata dell'argine. Quella foto l'aveva scattata Elia il pomeriggio in cui erano tornati a nuotare nell'ansa dove, a dodici anni, avevano lottato sull'erba.

Fu là che videro la Nena Casini passare in barca insieme ai suoi cani. Norma se la ricordava da quand'era bambina. Suo padre le aveva raccontato che da giovane la Nena era stata una grande pescatrice, e che lui e Dolfo l'avevano vista lottare con uno storione gigantesco, balzargli in groppa e cavalcarlo.

«Ora si limita a portare la gente in barca sull'altra sponda del Po», disse Elia. Poi si alzò in piedi e le gridò: «Ehi, Nena, dove vai di bello, dal moroso?»

«*Eh, a son vecia oramai!*» ridacchiò la donna. Sputò nell'acqua e aggiunse: «*Incó i pes là sota i par n'al mez d'un cumísi!* Oggi i pesci là sotto sembrano nel bel mezzo di un comizio!» Poi tirò un'imprecazione a uno dei cani che abbaiava, e si allontanò remando in piedi: il corpo asciutto, gli stivali di gomma, il viso segnato dagli anni e dal sole.

«Non si è mai sposata?» chiese Norma.

«No, ma pare che da giovane abbia avuto un figlio.»

«Il padre chi era?»

«Nessuno lo sa. Però in paese gira una leggenda...» E narrò una storia strana.

Un contadino raccontava che, in una notte di luna piena, si era addormentato accanto alla Rocca Possente ed era stato svegliato da un lamento. Si era incamminato verso il Po attirato da quei gemiti. Ancor prima di raggiungere il fiume, aveva capito che si trattava dei sospiri di piacere di una donna. Giunto alla riva, aveva visto la Nena: era distesa sull'acqua, nuda, e gemeva come se fosse stata tra le braccia di un amante. C'era una luna grande, quella notte, tanti pesciolini d'argento le saltavano intorno e stormi di uccelli cantavano nel cielo. L'uomo giurava che a un certo punto la Nena aveva divaricato le gambe, spalancato la bocca ed emesso un gemito più lungo: «Amore mio... amore mio...»

«La Nena stava facendo l'amore con il fiume!» giurava quel contadino.

Nessuno gli aveva dato retta, ma dopo nove mesi lei aveva dato alla luce un bambino. Quando aveva due anni, però, il figlio le era morto. Forse era per quel dolore che teneva chiuso dentro il petto magro e spigoloso, che la Nena amava tanto i bambini. Raccontava loro favole e leggende del fiume, come quella del *paradís di putin 'angà*, il «paradiso dei bambini annegati», che stava dietro l'ansa dove la sabbia era come il borotalco.

«Questa qui, dove siamo adesso?» chiese Norma.

«Sì, proprio questa.»

«Che storia!...» sospirò lei, e appoggiò la testa sulla spalla di Elia.

Due ragazzine facevano la ruota sulla sabbia. La Nena, in piedi sulla barca, aveva quasi raggiunto l'altra sponda. I tre cani scrutavano l'orizzonte, le orecchie diritte, le zampe sul bordo della vecchia imbarcazione.

Il sole iniziava a scendere e il canto nuziale dei grilli si posava sui rovi. Le bambine si erano sedute sulla riva e muovevano i piedi nell'acqua. L'aria era calda, l'ora venata di luce. Il fiume brillava, pareva di smalto.

———◆———

Londra, 18 ottobre

La moka borbottava sul fornello. Norma apparve sulla porta della cucina sbadigliando.

«Buongiorno! Il caffè è pronto. Scendo un attimo a comprare il giornale», le disse Elia.

Rientrò qualche minuto dopo, il *Guardian* sotto il braccio e sventolando una lettera. «Dal Brasile!»

«Finalmente!» esclamò Norma.

Da quando erano tornati, non avevano ricevuto posta né da Adele, né da Maria Luz. Pazienza per la zia, che era anziana, ma Norma si aspettava che almeno la cugina le scrivesse. Lei lo aveva fatto tre volte, e quella era la prima lettera che riceveva. Aprì la busta e lesse a voce alta.

Cachoeira Grande, 10 ottobre 1975

Carissimi,
come prima cosa vi prego di scusare il mio silenzio, ma in questi mesi sono successe molte cose, alcune di esse particolarmente dolorose.

Purtroppo devo iniziare con una brutta notizia. Il mese scorso mia madre ci ha lasciato. Il suo cuore ha ceduto, e un mattino Núbia l'ha trovata nel letto, senza vita. Il suo viso era tranquillo e mi consola pensare che perlomeno la sua sia stata una morte dolce.

Sono ancora nella fazenda. Dopo il funerale di mamma non ho avuto il coraggio di lasciare Núbia da sola né di metterla in qualche ospizio, ma non è unicamente per lei che sono rimasta. È come se, con la morte di mia madre, Cachoeira Grande fosse riuscita a farsi spazio nel mio cuore. Quando ero giovane, non poteva importarmene meno del cafezal, ma adesso che mia madre non c'è più sento la responsabilità di mantenerlo in vita. Qui c'è il passato della mia famiglia e qualcuno dovrà pur prendersene cura; allora ho pensato: perché non io? Dio solo sa se ne sarò capace, ma non riesco a immaginare Cachoeira Grande nelle mani di un estraneo.

Spero che stiate bene e attendo presto vostre notizie. Prometto che scriverò più spesso e vi abbraccio entrambi.

MARIA LUZ

◆

«Povera zia, sembrava così forte», commentò Norma, amareggiata. Dopo un po' aggiunse: «Strana la decisione di Maria Luz».

«Perché strana?»

« È un'artista. Diceva di amare San Paolo, adorava il suo lavoro, e di colpo lascia la città... per lavorare la terra? »

« Forse il suo è un gesto di riappacificazione con la madre. »

« Hai ragione. Scappo, se no faccio tardi al lavoro... »

Elia aveva appena finito il dottorato. Norma lavorava ancora per l'agenzia di assicurazioni. Il lavoro non le dispiaceva e a Londra adesso si sentiva a casa.

Il fine settimana, si incontravano con Bijan e Monique che non solo avevano iniziato a frequentarsi, ma già pensavano al matrimonio.

« Non ti fa paura che lui appartenga a una cultura tanto diversa? » aveva chiesto Norma all'amica.

« Vive qui da anni, e poi l'Islam è una religione affascinante, siamo noi a essere pieni di preconcetti. » Monique aveva fatto una pausa, poi aveva aggiunto: « Ho iniziato a studiare il Corano. Se voglio sposarmi con Bijan, devo convertirmi ».

« Non puoi farlo in municipio, come noi? »

« La famiglia di lui non lo accetterebbe, e poi mi fa piacere. »

« Dopo indosserai il burka? » aveva scherzato Norma.

« *Peut-être*. Bijan ne sarebbe contento, in fondo che mi costa? »

◆

« Cosa ne pensi di questa idea di Monique di convertirsi all'Islam? » Norma aveva chiesto al marito quella sera.

« Ho l'impressione che lo faccia solo per far piacere a Bijan »

« Mi ha detto che forse indosserà il burka. »

« Avrà scherzato. »

Invece, un sabato in cui li avevano invitati a cena, Monique si presentò coperta di nero dalla testa ai piedi, a parte la fessura per gli occhi.

Norma rimase sulla porta, impietrita. Poi, non appena erano rimaste sole, l'aveva aggredita. «Ti è dato di volta il cervello? Tu sei una femminista!»

«Con burka o senza, sono sempre io. E poi tutti scendono a dei compromessi quando si sposano.»

«Non fino al punto di seppellirsi in... quella cosa.»

«Se ti dà così fastidio, tolgo subito il disturbo.»

Norma comprese di aver oltrepassato il segno. «Scusami, non ho nessun diritto di parlarti in questo modo. Vieni, portiamo i piatti in tavola.»

———— ◆ ————

A novembre Monique e Bijan si sposarono. Un piccolo gruppo di parenti volò a Londra da Teheran. I genitori di lei, invece, si rifiutarono di partecipare al matrimonio.

La madre di Bijan, una signora con i capelli tinti di biondo e i tacchi alti, spiegò, in un inglese quasi perfetto, che dirigeva una scuola di danza e che il marito era un direttore d'orchestra.

La sera della vigilia, a casa di Monique si tenne l'*Hana Bandān*, la cerimonia dell'henné. La futura suocera impastò l'henné con l'acqua, e lo pose al centro della stanza su un vassoio d'argento circondato da candele. Due cugine di Bijan misero sulla testa di Monique un velo ornato di fiocchi rossi. La fecero sedere al centro della stanza e le disegnarono con l'henné decorazioni floreali su mani e piedi.

Norma era affascinata dalle premure dimostrate alla sposa e finì per commentare: «Molto meglio che sposarsi in municipio!»

Il giorno della festa, la casa di Bijan era decorata da ghirlande di fiori e nel soggiorno era stato preparato il banchetto nuziale, che includeva i simboli che dovevano proteggere l'unione e favorire la fertilità della coppia: semi di papavero, riso, angelica, noci, semi di nigella, foglie di tè nero e incenso.

Durante la cerimonia, le cugine di Bijan tennero sopra le teste degli sposi uno scialle di seta. Il padre dello sposo si esibì in un concerto improvvisato di violino. Il banchetto si protrasse per ore e terminò con il taglio della torta nuziale che, come da tradizione musulmana, venne eseguito con la spada.

In viaggio di nozze, Monique e Bijan andarono a conoscere il resto della famiglia iraniana e lei tornò entusiasta. «È un Paese affascinante, tutti sono stati così affettuosi. Forse un giorno andremo a vivere là.»

Quella sera, Norma commentò con il marito: «Ti rendi conto quanto è cambiata? Quella donna coperta di nero dalla testa ai piedi è la stessa Monique che ha fatto il '68 a Parigi. Che succederà adesso che è sposata?»

«Proprio nulla. Bijan non è un estremista, ed è molto innamorato.»

«Speriamo sia vero che l'amore fa miracoli», concluse Norma.

«Certo che sì. Guarda me: pulisco persino la vasca dopo il bagno!»

In quei mesi, Norma ed Elia avevano imparato a conoscersi e a convivere l'uno con le abitudini dell'altra, ed era vero che adesso quasi non litigavano più.

«Le nostre discussioni ormai si limitano a se cucinare i maccheroni o le farfalle», scherzava lei.

Il sabato mattina, Norma prendeva fogli e matite e andava alla National Gallery, dove si esercitava copiando i capolavori del passato. Nel pomeriggio, Elia la raggiungeva a Leicester Square, e andavano in un piccolo cinema, The Prince of Wales che, per un paio di sterline, proponeva due proiezioni.

Un sabato, videro *Colazione da Tiffany* e *Love Story*. Predilessero il primo, mentre il secondo non piacque a nessuno dei due. «'Amare vuol dire non dover mai dire mi dispiace'. Potevano scegliere una frase più sdolcinata?» commentò lui.

«E la storia è così deprimente! Che ne dici di tirarci su il morale al ristorante cinese?»

Quella sera, davanti a un piatto di noodles con i gamberetti, decisero che, non appena lui avesse trovato un lavoro, avrebbero cercato casa, e magari anche un figlio.

◆

Nel maggio 1976, il primo desiderio si avverava. Elia aveva trovato un buon impiego alla McLaren, e con l'aiuto di un mutuo acquistarono un appartamento. Fu il primo che videro, ma rispondeva a tutti i loro requisiti: si trovava in un quartiere del centro, era luminoso, e manteneva le caratteristiche vittoriane: caminetti in ogni stanza, finestre dai vetri colorati, soffitti alti. E aveva anche un piccolo giardino sul retro. Fu amore a prima vista.

Bijan li aiutò a dipingere casa da cima a fondo e a fare il trasloco. Monique, che fra i regali di matrimonio aveva ricevuto una macchina da cucire, confezionò le tende e una coloratissima coperta patchwork. Elia e Norma si divertirono a setacciare i negozi di mobili di seconda mano. Acquistarono un armadio e una cassettiera vittoriani, un antico letto di metallo e un servizio di piatti degli anni '20, completo di zuppiera e chicchere per il caffè.

Lo stesso giorno in cui traslocarono, Norma incontrò sul pianerottolo la vicina dell'appartamento di fronte al loro. Era una signora anziana su una sedia a rotelle, talmente minuta che sembrava perdersi sotto l'elaborato vestito di velluto verde smeraldo. Aveva capelli tinti di nero e cotonati come negli anni '60; mani piccolissime dentro un paio di guanti antichi, di pizzo, che le lasciavano le dita scoperte. Le unghie erano smaltate di rosso e portava un vistoso anello con una grande pietra viola. Per finire, al collo, vari giri di collane. Il viso era scarno e segnato dagli anni, gli occhi però avevano mantenuto un guizzo birichino, e il rossetto carminio illuminava un sorriso infantile.

«Ciao, gioia. Come va il trasloco?» chiese a Norma, facendo mezzo giro sulla carrozzella.

«È il caos.»

«I traslochi e i divorzi sono i due eventi più stressanti della vita, ma *carpe diem*! Cogli ciò che il presente ti dona: metter su casa quando si è giovani può rivelarsi entusiasmante. Come ti chiami?»

«Norma, e mio marito si chiama Elia. Lui è di là che cerca di montare il letto, ma il cacciavite si è nascosto e non si fa trovare.»

L'altra scoppiò a ridere; una risata forte e squillante che contrastava con la sua fragilità. «Io sono Saša, ma tutti mi conoscono come 'la Duchessa'. Sono contenta che siate arrivati. Ci voleva un po' di sangue giovane in questa casa.»

«Come mai la chiamano Duchessa?»

«Oh, bella, perché lo sono! Prima della Rivoluzione ce n'erano poche di famiglie come la mia a San Pietroburgo; poi, nel '17, sono arrivati i bolscevichi e siamo dovuti scappare lasciandoci dietro tutto: palazzo, denaro, mobili... tutto tranne il titolo. I soldi te li possono rubare, ma la nobiltà uno ce l'ha dentro. Hai un accento... Spagnola?»

«Italiana.»

«*Bože moj!* Diomio! Venezia, Portofino, Firenze... tutti luoghi me-ra-vi-glio-si! Per non parlare degli uomini! Certe occhiate che sembra ti facciano l'amore per strada. Ho avuto un amante, mi pare fosse di Perugia... *Lučšij iz vsech!* Il migliore! Eh, tesoro, sapessi! Ne ho spezzati di cuori, ai miei tempi...» Si portò le mani alle guance, ridacchiando, e concluse: «Be', dicono che ogni peccatore ha un futuro, e ogni santo un passato». E le fece l'occhiolino.

Norma rise. La Duchessa a quel punto le afferrò un braccio. «Un consiglio: stai attenta a quelli di sopra. Due ubriaconi. Al venerdì, lui prende la paga e si infila in un pub finché non ha finito i soldi. Poi viene a casa, urla, sbraita, e prende a ceffoni la moglie... Non fare quella faccia, ché non c'è niente da compatire: è sempre lui a pigliarne di più! Ogni volta finiscono a letto, mezzi massacrati ma contenti. Chissà, ognuno si diverte a modo suo... Ora scappo, ché Rudy tra un po' arriva e devo ancora cucinare.»

«Rudy?»

«È mio marito, un grande musicista. Che ne dici se invito te e tuo marito a cena, magari domani sera, così ci conosciamo tutti?»

«Veramente...»

«Non si discute: domani alle otto. Intanto vieni, che ti do il cacciavite.»

———◆———

Era quasi mezzanotte quando Norma ed Elia, esausti per il trasloco, si buttarono sul letto.

Mezz'ora dopo, l'inquilino del piano di sopra rientrò. Era venerdì e, come la Duchessa aveva preannunciato, era ubriaco. Lo sentirono salire le scale di legno con difficoltà, inciampare e cadere un paio di volte. Quando finalmente raggiunse il suo appartamento, iniziarono gli insulti e le imprecazioni. Lui e la moglie urlavano oscenità con un forte accento irlandese. Al piano di sotto, Norma ed Elia sentivano il rumore di oggetti scaraventati e di piatti rotti. Poi un grande botto: un mobile rovesciato, forse l'armadio.

Preoccupato, Elia si alzò per andare a controllare, ma la Duchessa lo aveva preceduto.

La trovò sul pianerottolo che batteva la scopa contro il soffitto. *Tum! Tum! Tum!* «Disgraziati! Qui c'è gente che vuole dormire. Avete capito?» *Tum! Tum! Tum!* «Se ero più giovane, venivo di sopra e ve la rompevo io, la testa!»

Faceva più baccano lei che i due irlandesi.

Poi, silenzio assoluto. I due si erano calmati.

Il giorno dopo, Norma incrociò i coniugi litigiosi: una coppietta sui cinquant'anni, piccoli e dall'aria mite. Lei si aggrappava al braccio del marito e lo guardava con aria innamorata. Sorrise, rivelando che le mancava un incisivo. Si presentò a Norma con una vocina sottile sottile. «Buongiorno, contenta di conoscervi. Io sono Carmel, e lui è Mick.»

Scambiarono qualche frase, poi i due si congedarono con un: «*Bye, love!*» allontanandosi in strada mano nella mano.

———◆———

Alle otto, Norma ed Elia si presentarono dalla Duchessa con un mazzo di fiori e una bottiglia di Chianti. Lei li accolse con grandi ringraziamenti ed esclamazioni d'affetto, poi li presentò al marito.

«Questo è Rudy. Sarà anche piccolo e magro, ma è il mio Rodolfo Valentino.» E gli scoccò un bacio lasciandogli l'impronta del rossetto sulla guancia.

«Smettila, Saša, nemmeno avessimo diciott'anni...» protestò lui, un po' imbarazzato.

Tanto la moglie era eccentrica, sgargiante e teatrale, tanto Rudy era semplice e riservato. Aveva un'espressione dolce, capelli lisci e candidi, e lentiggini che lo facevano sembrare un bambino invecchiato troppo in fretta. Pareva più giovane della Duchessa, ma l'età di lei era difficile da valutare, dietro tutto quell'arsenale barocco.

L'appartamento era modesto. Il tessuto delle poltrone era consunto e la tappezzeria cominciava a scollarsi. Alle pareti, riproduzioni di van Gogh, Monet, studi anatomici di Leonardo da Vinci... E, dentro una massiccia cornice dorata, una grande foto della famiglia imperiale dei Romanov.

Rudy raccontò che era del Nord della Scozia, e che per vivere suonava l'arpa.

«Il migliore!» sottolineò la Duchessa. Lei invece disse che vendeva oggetti antichi in una bancarella del mercato di Camden Town. «Piatti vittoriani, gioielli d'argento, camicie da notte di pizzo e tovaglie ricamate... Un po' di tutto, purché sia autentico e di classe. Per te, gioia, ho in mente un paio di orecchini di turchese che sono un *bijou*! Vieni a trovarmi al mercato che te li mostro. Chiedi della Duchessa e mi trovi subito.»

Il menu della cena era russo: *soljanka*, una zuppa tipica, seguita da pesce fritto e dai *golubcy*, involtini di cavolo con carne e panna acida. La Duchessa fu l'animatrice indiscussa della serata. Parlò molto, intercalando la narrazione con grandi sospiri. «*Ah, moja prekrasnaja Rossija!* La mia bellissima Russia! Boschi, laghi trasparenti, casette di legno dipinte di bianco... Il mio palazzo a San Pietroburgo, invece, aveva pavimenti di marmo e candelabri di due metri di diametro... Le tende e i divani ci venivano spediti direttamente da Parigi. Mia madre faceva arrivare tutto da Parigi! Avevamo anche una dacia in riva a un fiume. Ah, *moi berezy*, le mie betulle! Quegli alberi sembravano d'argento, con le foglie minute che brillavano nei cieli della primavera... Cieli così grandi io non ne ho visti più. Il mio desiderio prima di morire sarebbe di tornare in Russia, ma è un sogno impossibile. Mio padre era un ufficiale dei cosacchi e i comunisti mi metterebbero subito in galera.»

«Che ruolo avevano i cosacchi?» chiese Elia.

«Erano i gendarmi dello zar. Sfilavano durante le parate militari e partecipavano ai ricevimenti a corte. Sparavano con assoluta precisione anche in sella al cavallo, e sapevano cavalcare in piedi, con l'animale lanciato al galoppo. Dovevate vedere mio padre in alta uniforme, altro che i divi del cinema! Quando penso a mamma, la vedo distesa sulla sua *chaise longue* che singhiozza per qualche scappatella di papà. Quanto ha sofferto per lui, poverina, ma quanto gli era devota! Erano i grandi amori di una volta, ora non se ne vedono più. Un po' come le cose che vendo io: ricordi di un passato ormai sparito, di un mondo cancellato dal progresso... Già, come la Rivoluzione del '17. Bel progresso! Siamo scappati di notte, con i vestiti che avevamo indossato per andare all'opera. Io, correndo, mi ero pure rotta un tacco e il mio povero papà mi aveva dovuto caricare sulle spalle; ma se ci prendevano, facevamo la fine dello zar e della sua famiglia... *Upokoj Gospodi ich duši!* Che Dio benedica le loro anime!» E mandò un bacio verso il ritratto appeso al muro. Poi, di colpo, chiuse gli occhi e chinò la testa in avanti. Come morta.

«Non spaventatevi, ogni tanto le succede. Colpa dell'influenza spagnola presa più di mezzo secolo fa, almeno così dice lei. Tra un po' si sveglia», spiegò Rudy, e sistemò la moglie con delicatezza, facendole appoggiare la guancia sulla tovaglia.

Mentre la Duchessa russava, si spostarono sul divano e iniziarono a discutere degli scioperi dei minatori che nel Paese continuavano da anni.

Rudy raccontava: «Altro che *Swinging London*! Nell'inverno del '73, qui sembrava tornata la guerra. Potevamo sognarci le minigonne, i figli dei fiori e la musica a tutte le ore. La sera, strade vuote, pub chiusi, persino i programmi della televisione si interrompevano alle dieci. La gente lavorava solo tre giorni la settimana, tutto per risparmiare le scorte di carbone. L'unica cosa che hanno ottenuto è di far cadere il governo di Heath per mettere al suo posto un governo di minoranza, che ha le mani legate e può fare ben poco. Avrebbero dovuto concedere di più ai minatori quand'era il momento giusto. Non saremmo arrivati a questo».

«Però, Rudy, l'estrazione del carbone è un settore destinato a morire. È triste, ma non vedo altra soluzione», osservò Elia.

«Vengo da un posto dove tutti gli uomini lavorano in miniera. Essere minatori in quei paesi diventa un modo di vivere, il carbone è il legame con la comunità... Che faranno quelle famiglie se continuano a chiudere i pozzi?»

In quell'istante, la Duchessa riaprì prima un occhio e poi l'altro, tornò in posizione verticale e, come se nulla fosse successo, disse a Norma: «Vieni, gioia. Voglio mostrarti qualcosa».

La condusse in camera da letto, aprì un grande armadio di noce e tirò fuori un antico abito da ballo di seta rosso, decorato di pizzi, nastri e perline. «È il vestito che mia madre indossava quando siamo fuggiti da San Pietroburgo. Me lo sono messa quando ho sposato Rudy, nel '32, e lo indosserò per il mio funerale. La morte avrà pur una sua bellezza e *carpe diem*! Intendo cogliere il momento anche allora, e me ne andrò con stile.»

«*Darling*, che dici? Lascia stare i discorsi tristi!» la rimproverò il marito, entrando nella stanza. Le tolse con delicatezza l'abito dalle mani e lo ripose di nuovo nell'armadio.

Tornarono a sedersi in salotto. Dopo qualche minuto però, la Duchessa abbassò il mento sul petto e si addormentò di nuovo.

«Non è serata. Meglio metterla a letto», commentò Rudy. Cercò di sollevarla ma, esile com'era, faceva fatica.

«Ci penso io», si offrì Elia, e prese tra le braccia la Duchessa senza nessuno sforzo.

«Ogni giorno che passa, diventa più difficile prendermi cura di Saša...» si rammaricò Rudy.

«Quando hai bisogno d'aiuto, chiamami», gli disse Elia nel congedarsi.

Ma non ce ne fu bisogno. Elia prese l'abitudine di fare un salto dai vicini ogni giorno, prima di andare al lavoro, e spesso passava anche la sera, per aiutare Rudy a mettere a letto la moglie.

───◆───

Qualche giorno dopo, accompagnata da Monique, Norma andò a trovare la Duchessa al mercato di Camden Town.

Passeggiarono lungo Camden Lock: il canale su un lato, file di negozi di vestiti usati sull'altro. Si inoltrarono nel chiassoso labirinto di bancarelle, chiedendo dove fosse quella della Duchessa, e perdendosi tre volte, anche perché Monique, ogni tre passi, entrava da qualche parte a curiosare. Andò in visibilio davanti ai maglioni boliviani di alpaca, ammirò i vestiti anni '20 coperti di paillettes, volle provarsi sopra il burka una serie di cappelli, fra i quali uno di quei cappellini minuscoli usati dalle donne andine.

«Come sto?» chiese, girandosi verso Norma.

Lei fece fatica a rimanere seria. «Mi sembri Belfagor in versione peruviana.»

Per fortuna, anche Monique scoppiò a ridere.

Nel mercato si poteva trovare di tutto: dalle babbucce turche a cibo dell'Afghanistan o del Tibet; da antiche stampe giapponesi alle minigonne originali di Mary Quant, di seconda o terza mano.

«Guarda questa, plissettata e in tartan rosso. Quant'è carina!» esclamò Monique.

«E quando te la metti?»

«In casa, ovvio! Sono sicura che a Bijan piacerà.»

Monique finì per comprarla, insieme al cappellino peruviano, a una tovaglia da tè bordata di pizzo, e a dell'incenso. Norma invece acquistò una maschera africana di legno per il soggiorno della nuova casa, che Monique giudicò «semplicemente mostruosa».

Dopo aver girato in cerchio più volte, riuscirono a rintracciare la bancarella della Duchessa: un armamentario di biancheria vittoriana, gioielli d'argento, antiche teiere, lampade ad olio... La trovarono seduta insieme a due colleghe russe, che pranzavano: pannocchie di mais arrostite, e patate cotte alla brace farcite con burro e formaggio.

«Norma! Come sono contenta che sei venuta! Chi ci hai portato di bello?»

Norma presentò Monique, e si sentì sollevata quando né la Duchessa né le sue amiche fecero domande sul burka. La Duchessa presentò a sua volta le amiche russe: Anastasia, una trentenne con i dreadlocks, in stile rasta, e Aalina, che indossava solo capi gialli: dal cappello all'abito, ai braccialetti, alla montatura degli occhiali, fino alle scarpe era tutto in giallo.

«Mi chiamano la *Yellow Lady*, perché vendo unicamente oggetti gialli», spiegò. «Quello che non si fa per il business!»

«Come mai proprio gialli?» indagò Monique.

«È il colore che attrae di più l'attenzione, e poi è allegro, ricorda il sole.»

La Duchessa intervenne: «Aalina è anche la mia autista personale. È lei che mi viene a prendere la mattina per andare al mercato. Senza il suo furgone e la sua gentilezza, sarei perduta...»

Finito il pranzo, la Duchessa mostrò a Norma gli orecchini di turchese di cui le aveva parlato alla cena. A Norma piacquero e voleva comprarli, ma lei rifiutò di prendere soldi. «Sono un regalo, e bada che i regali non si rifiutano. Non è per niente chic! È un tale piacere avervi come amici!»

Cachoeira Grande, dicembre 1976

Carissimi,
questa lettera è per augurarvi uno strabiliante Natale nella vostra nuova casa! Le foto che mi avete mandato sono bellissime e un po' invidio l'atmosfera vittoriana che respirate ogni giorno.

Avrete già notato che anch'io vi ho mandato una foto: signori e signore, vi presento mia figlia Renata!

Sorpresi? Non quanto lo sono stata io, ché diventare mamma alla mia età è quasi un miracolo. Nessun matrimonio da annunciare. Siamo solo io e mia figlia, ma va bene così e ci basteremo.

Dopo lo shock iniziale, persino mia madre aveva accettato l'idea. Le avevo rivelato di essere incinta qualche settimana prima che morisse. Quando vi ho scritto della sua scomparsa, sapevo della gravidanza, ma ho preferito non dirvi nulla per scaramanzia, considerati i rischi legati alla mia età.

Renata è la vera ragione per cui ho deciso di rimanere a Cachoeira Grande. Come ha fatto mia madre alla morte di papà, pensando a me, resterò qui perché mia figlia cresca nei luoghi che appartengono così profondamente alla nostra famiglia.

Per qualche strano sortilegio, Núbia Vergara sembra ignorare il trascorrere del tempo. A parte gli occhi deboli e l'artrite che la tormenta, è in buona salute. Vi manda baci e abbracci e mi incarica di dirvi che dovreste tornare presto in Brasile. Io ne sarei felicissima: siete la mia unica famiglia e sarete sempre i benvenuti in questa casa.

Fatemi sapere come procede la vita nella vostra fredda città del Nord. Spero ci si possa rivedere presto, e nel frattempo, vi abbracciamo con tutto il nostro affetto,

MARIA LUZ, NÚBIA E RENATA

Norma appoggiò la lettera sul tavolo. «Accidenti! Fare una figlia da sola, alla sua età...»

«Era la sua ultima occasione, e poi i soldi per mantenerla non le mancano.»

«Chi sarà il padre? A te aveva detto niente?»

«No, ma non è una suora, avrà pur avuto qualche relazione.»

Norma gli mostrò la foto. «Guarda com'è carina la bimba...»

Lui la abbracciò. «Perché no? Ho un buon lavoro, e i figli è meglio farli da giovani.»

«Dici davvero?»

«Certo che sì.»

«Aspetta!» Norma prese due calici e una bottiglia di vino. «Brindiamo al nostro bambino, o bambina... Tu cosa preferisci?»

«Una bambina, da viziare come faccio con te!» E fecero tintinnare i bicchieri.

◆

Erano passati mesi, e Norma non era ancora incinta. Il medico la rassicurò dicendo che era presto per preoccuparsi. Doveva solo rilassarsi, avere rapporti frequenti, e la situazione si sarebbe risolta.

Monique concordò con il consiglio di rilassarsi, e aggiunse: «Proverei anche a mangiare del miele mischiato alla cannella. Al tempo dei faraoni, il miele veniva offerto agli dei della fertilità».

«Davvero ti aspetti che chieda aiuto agli dei dell'antico Egitto?»

«Può esserci un fondo di verità: il miele grezzo contiene aminoacidi e, mescolato alla cannella, aumenta il flusso sanguigno negli organi della riproduzione.»

Norma pensò che non costava nulla provarci.

Lei ed Elia decisero che, per distrarsi, avrebbero dato nuova vita al giardino. Passarono i fine settimana ripulendolo dalle erbacce, piantando bulbi di iris e giunchiglie, progettando aiuole di lavanda ed erbe aromatiche. Norma organizzava entusiastiche escursioni nelle serre della zona, e ordinava grandi quantità di petunie, clamantis, edera di Boston e rose bianche, le sue preferite.

«Ottimo! Il giardinaggio è un buon sistema per rilassarsi e ci fai pure i pomodori», commentò la Duchessa.

Il loro entusiasmo però durò poco. Quella si rivelò una fra le più aride estati degli ultimi decenni, e Norma ed Elia, dopo una lunga giornata di lavoro, non avevano voglia di innaffiare e preferivano stendersi sulle sdraio con un calice di Beaujolais Nouveau, o un buon Côtes du Rhône. In pochi mesi, in giardino rimase solo un cactus caparbio e un misero cespuglio di rosmarino. E per Natale morì anche quello.

◆

L'impiego alla McLaren costringeva Elia a portarsi del lavoro a casa. Per rendergli le cose più facili, Norma spostò la TV in camera da letto e trasformarono il salotto in uno studio. Lui stava alzato fino a tardi, lavorando su una nuova macchina fornitagli dalla ditta che lui considerava miracolosa: l'Apple II, un «personal computer», lo definiva Elia. Diceva che era stato creato in California da un paio di ragazzi poco più che ventenni, ed era sicuro che in dieci, vent'anni al massimo, ogni casa ne avrebbe avuto uno.

La sera, mentre lui lavorava al computer, Norma guardava la TV nella stanza da letto, ma spesso le immagini le scorrevano davanti senza che riuscisse a concentrarsi. Allora raggiungeva il marito alle spalle e lo abbracciava. «Hai ancora molto da fare?»

«Mezz'ora e arrivo», rispondeva Elia, senza girarsi.

Lavorare fino a tardi divenne una sua abitudine. Norma cominciò persino a sospettare che preferisse starsene per conto suo.

«Cosa c'è che non va?» gli chiese una sera.

«Non c'è niente che non vada. E tu non devi necessariamente entrare in ogni piega del mio cervello!» rispose lui con uno scatto d'impazienza. «Scusa, sono solo sommerso di lavoro», aggiunse subito dopo, più calmo, davanti all'espressione sbigottita di lei. E le sussurrò: «Anch'io posso commettere errori, Norma. Non sono perfetto».

«Non ho mai preteso che tu lo fossi.»

«A volte è come se tu mi mettessi alla prova.»

«Io... cosa? Senti, è tardi e non ho voglia di litigare.»

Lui si infilò nel letto e fece per abbracciarla.

«Quel tono con me non lo usi più», disse Norma, e gli girò le spalle.

———————◆———————

Il mattino dopo era sabato.

«Preparo la colazione e te la porto a letto», propose Elia.

Mangiarono seduti tra le lenzuola: brioche scaldate nel forno e caffellatte, preparato con la Bialetti che la Ghelfa gli aveva spedito per Natale. Dopo fecero l'amore immersi nella luce del mattino, senza fretta, senza preoccuparsi che i vicini li potessero sentire.

Ancora abbracciata a lui, le dita che scorrevano tra i suoi capelli, Norma pensò che era stupido farsi venire certi pensieri. Elia aveva bisogno dei suoi spazi. Era un'anima libera, ma non era stato proprio quello a farla innamorare? Si passò la mano sul ventre. *Stavolta sono rimasta incinta*, pensò, e si sentì invadere dall'allegria.

Un paio di settimane dopo, scoprì che si era di nuovo sbagliata.

«Andrà meglio il prossimo mese», cercò di consolarla Elia.

«Sembra che avere un figlio non ti interessi più di tanto.»

«Certo che mi interessa, ma ho sposato te, con o senza figli. Ci siamo noi due, Norma. A volte sembra che tu te ne sia dimenticata.»

1977

◆

aprile

Era quasi un anno che si erano trasferiti nella casa di Caledonian Road e Rudy e la Duchessa li trattavano ormai come dei figli. Norma sapeva che una figlia loro l'avevano avuta, Olga. Aveva visto le sue foto esposte nell'appartamento, ma quando aveva chiesto di lei, la Duchessa aveva cambiato discorso. Un giorno però, aveva detto: «Vivere è la cosa più preziosa che ci sia, ma a volte anche la più difficile. Non tutti ci riescono».

Rudy suonava in un piccolo caffè nei boschi di Highgate e, un pomeriggio d'aprile, Norma lo accompagnò al lavoro. Erano appena arrivati davanti alla stazione della metropolitana, quando videro un gruppetto di ragazzi in un angolo passarsi una siringa. Rudy girò lo sguardo, turbato, poi disse: «Corteggiano la morte come fosse un'amante, come se morire fosse la loro unica ambizione. E prima o poi ci riusciranno. Prima o poi anche i loro genitori li osserveranno impotenti mentre si lasciano morire; come abbiamo fatto noi con la nostra bambina».

Usciti dalla metropolitana, attraversarono il bosco. La primavera a Londra arriva lentamente. Si trascina con fatica per settimane poi, da un giorno all'altro, l'aria si intiepidisce e i parchi si coprono di fiori. Era uno di quei luminosi pomeriggi d'aprile, uno di quei giorni benedetti in cui ogni forma di vita sembra rinascere nel giro di poche ore. Il bosco era punteggiato di crochi e macchie di giunchiglie. Un odore di terra umida, di muschio e di mughetti riempiva l'aria.

«Rudy, come mai Saša è sulla sedia a rotelle?» chiese Norma.

Lui continuò a guardare avanti. Lei notò che il suo passo adesso era diventato più rapido e nervoso. «Saša ha il cancro alle ossa. Sarebbe dovuta morire molto tempo fa, ma non ha nessuna intenzione di andarsene. Non è alla sua vita che pensa. È per me che lotta, non vuole lasciarmi solo...» E non riuscì a proseguire.

Giunsero al caffè dove Rudy lavorava. Era una piccola costruzione vittoriana in uno spazio aperto fra gli alberi. Davanti all'entrata, c'era un patio circondato da ciliegi in fiore. Norma si sedette a uno dei tavolini. Lui prese posto dietro l'arpa. Lo vide chiudere gli occhi e accarezzare lo strumento. Le sue dita sfiorarono le corde con leggerezza e le note cominciarono a salire. Erano chiare, precise, ma allo stesso tempo delicate e colme di malinconia.

Rudy è come la sua musica, pensò Norma.

◆

Se c'era qualcosa che faceva infuriare la Duchessa era l'antipatia che il marito riservava alla famiglia reale. Saša, che aveva adorato i Romanov, lei, che in ben due occasioni aveva preso il tè con la zarina, nutriva un grande affetto per Elisabetta II e per la sua famiglia. Seguiva le loro vicende e si appassionava ai gossip sugli ultimi amori del principe Carlo. Ci sarebbe stata Camilla Parker-Bowles. Carlo era pazzo di lei, ma a corte la consideravano «troppo navigata». Poi c'era Laura Watkins, ma era cattolica, e Davina Sheffield, ma pure lei venne scartata perché non era vergine. «Figuriamoci! Quelle, ormai, sono più rare degli unicorni», concludeva sconsolata la Duchessa.

Anni prima, il suo mito era stata la principessa Margaret, che lei considerava al pari di una santa. «Amava Peter Townsend, ma come poteva sposare un divorziato, con sua sorella a capo della Chiesa? E la povera Margaret ha ubbidito alla sovrana, rinunciando alla propria felicità per il bene del Paese. Signori, se questo non è eroismo...» declamò una sera, durante una cena da Norma.

«Che noia, Saša, tu e i tuoi reali!» sbottò Rudy. Da buon scozzese, tutto quell'amore per la regina lui non lo capiva. Erano secoli che la Scozia chiedeva inutilmente l'indipendenza da Londra. Quell'anno, con il Silver Jubilee alle porte, il governo di Edimburgo aveva fatto l'ennesimo appello, ma le speranze erano di nuovo scemate. Il 4 maggio Elisabetta II si era rivolta al Parlamento e aveva sottolineato che, sebbene comprendesse le aspirazioni della Scozia, era suo dovere mantenere unito il regno.

«*Bullshit!*» aveva esclamato Rudy durante quella discussione.

«Rudy, *darling*, non c'è bisogno di ricorrere alle volgarità!»

«Duchessa, lei parteciperà alle celebrazioni del Giubileo?» chiese Elia.

«Certamente sì. *Carpe diem!* Quando mi capita di nuovo un'occasione simile? Ma dovrò andarci da sola, visto che ho sposato un mezzo bolscevico...»

«L'accompagno io», suggerì Norma.

«Davvero? Grazie, gioia. E con il fatto che sono in carrozzella, avremo un posto in prima fila!»

In attesa delle celebrazioni di giugno, il Paese era in fermento. I turisti avevano invaso Londra e i negozi avevano fatto scorte di tazze, teiere, piatti e strofinacci con l'immagine della regina. Poster della famiglia reale al completo erano apparsi ovunque: su case, palazzi, appartamenti, vetrine, finestre... Ogni angolo di Londra esibiva la Union Jack, la bandiera britannica. Persino gli sceneggiatori della soap-opera più in voga del momento, *Coronation Street*, avevano inserito la parata reale per il giubileo in un loro episodio. Il gruppo punk-rock dei Sex Pistols uscì con una propria versione di *God Save the Queen* che raggiunse i vertici delle classifiche.

Il 7 giugno, giornata culmine delle celebrazioni, in tutta la Gran Bretagna si organizzarono feste. File di Union Jack furono sospese sopra le strade. La gente portava fuori tavoli e sedie, e in tutto il Regno Unito si improvvisarono migliaia di banchetti.

Di prima mattina, Norma e la Duchessa partirono in taxi per la cattedrale di Saint Paul, dove la regina si sarebbe recata per assistere alla messa del Giubileo. Presero posto in prima fila, nello spazio destinato alle persone con disabilità. Il brusio era assordante, l'atmosfera elettrica.

«Eccoli, eccoli!» gridò qualcuno dopo ore di attesa.

La folla si accalcò lungo le transenne, con le macchine fotografiche pronte a immortalare la regina.

«Duchessa, vedo già le moto della polizia!» gridò Norma, contagiata pure lei dall'eccitazione generale.

«Dove, dove?...»

«Un minuto e saranno qui.»

La carrozza dorata si avvicinava, e finalmente... eccola! La regina passò davanti a loro, a pochi metri di distanza. Sorrideva alla folla, la mano che salutava con eleganza, abito rosa confetto e cappellino abbinato. Accanto a lei, il principe Filippo in alta uniforme.

«È come nelle favole, vero, Duchessa?» sospirò Norma,

ma non ebbe risposta. Girò la testa, e la trovò con il mento sul petto. Addormentata. Si era persa giusto il passaggio della carrozza reale.

◆

Al loro ritorno a casa, iniziò a girar voce che la band dei Sex Pistols si era esibita a sorpresa, suonando il suo *God Save the Queen*, su una barca lungo il Tamigi: una chiara presa in giro della processione fluviale della regina, programmata sullo stesso percorso per due giorni dopo. La polizia era intervenuta e aveva costretto i Sex Pistols ad attraccare. La band e alcuni membri del suo entourage erano stati arrestati.

«Hanno fatto bene!» esclamò la Duchessa non appena seppe di quei fatti. «Questi punk sono un insulto all'eleganza: capelli a cresta, vestiti strappati, catene, spille da balia infilzate nelle guance... Santo Iddio, dov'è finito il buon gusto?»

«È proprio quello il punto. Il loro è un atto rivoluzionario», commentò Elia, scordando che la sola parola «rivoluzionario» era in grado di causare palpitazioni alla Duchessa.

«Cosa vogliono? Portare di nuovo la famiglia reale alla ghigliottina? O fucilarli, come hanno fatto in Russia? Che Dio benedica le loro anime...» E terminò facendosi il segno della croce, gesto che compiva ogni volta che parlava dei Romanov.

«Saša, calmati. Quest'agitazione non ti fa bene», cercò di tranquillizzarla il marito.

Le sue parole parvero profetiche, perché quella notte la Duchessa si sentì male e dovettero chiamare l'ambulanza.

La ricoverarono e avvisarono Rudy che doveva prepararsi al peggio. Ma, contro ogni prognosi, la sua salute migliorò.

Tre settimane e tornò di nuovo a casa, più allegra di prima, ed era la Duchessa di sempre: truccatissima, eccentrica, regale. «Gli ospedali servono solo per tirar fuori le tonsille e far nascere i bambini. Ci vuole ben altro per mandarmi all'altro mondo!» scherzò.

Parlò di miracolo, di un'intercessione divina. «Sono state le mie preghiere a Ksenija, la santa di San Pietroburgo, a salvarmi. In Russia la considerano una *jurodstva*, una 'folle in Cristo'. Aveva doti di veggente e cominciarono a venerarla come santa. È lei che mi ha fatto guarire. Vuoi vederla?»

E mostrò a Norma l'immagine di Ksenija dentro un medaglione d'argento. «Nel momento del bisogno, mi ha sempre aiutato, e lo farà ancora.»

◆

«L'ebreo è come un verme velenoso che si nutre di un corpo in uno stato avanzato di putrefazione.» Era una delle frasi più famose di John Tyndall, leader del National Front.

Fondato nel 1967 e basato sull'ideologia nazista, per un breve periodo il National Front era diventato il quarto partito in Inghilterra. Attivo soprattutto nei quartieri più poveri di Londra, instillava nella popolazione sentimenti razzisti. Nell'estate del 1977, con il pretesto di manifestare contro l'escalation della criminalità urbana, il National Front aveva annunciato una marcia a Lewisham, un quartiere popolare nella zona sud-est di Londra. Si erano alzate molte voci contrarie, ma neppure un esposto all'Alta Corte e l'intervento di parecchie organizzazioni antifasciste erano riusciti a impedirla.

La mattina del 13 agosto, circa cinquecento membri del National Front iniziarono a radunarsi presso la stazione di New Cross. Nel frattempo, migliaia di persone e vari leader della comunità di Lewisham, tra cui il sindaco e il vescovo di Southwark, si riunivano per una contro-marcia pacifica. A mezzogiorno, un'enorme quantità di persone bloccava il percorso previsto per il National Front. Tra loro, anche Norma ed Elia.

Un uomo, microfono in mano, si rivolgeva alla folla: «Amici, vi parlo con la voce del popolo di Lewisham. Sconfiggeremo le provocazioni, impediremo ai fascisti di seminare la violenza nella nostra comunità!»

I manifestanti del National Front iniziarono a marciare, sventolando la Union Jack e inneggiando a una società ripulita dalla presenza «inquinante» degli stranieri, ma il numero dei contro-dimostranti era di gran lunga superiore e l'ostilità tra le due fazioni aumentava di minuto in minuto. Giunti a metà del percorso, i membri del National Front dovettero abbandonare la marcia ed essere scortati dalla polizia verso gli autobus che li avrebbero portati in salvo.

A quel punto, qualcuno lanciò un mattone verso un agente e un altro cominciò a distribuire altri mattoni recuperati da un cantiere vicino. Bottiglie iniziarono a essere lanciate verso la polizia, bidoni della spazzatura vennero scaraventati contro le file di poliziotti e furono incendiate parecchie motociclette. Per tenere sotto controllo la situazione, vennero coinvolti più di cinquemila agenti e intervenne persino la polizia a cavallo.

Norma ed Elia si trovavano in mezzo alla folla che cercava di mettersi in salvo.

«Di là!» gridò lui, puntando a una stradina laterale, ma una confusione di gente, di calci, braccia, corpi che spingevano gli impediva di muoversi.

Elia strinse la mano di Norma. «Tieniti stretta!»

Ma, subito dopo, lei fu spintonata con violenza e mollò la presa.

«Elia!» gridò, mentre veniva trascinata via dalla ressa.

Lui allungò un braccio, spinse, stava per raggiungerla, quando la donna che aveva davanti inciampò e fu schiacciata contro un'inferriata.

«Aiutatemi!» gridò, un piede intrappolato tra due aste di ferro.

Elia si fermò, combattuto sul da farsi.

«Elia!» gridava Norma, trascinata dalla folla.

«Per favore, non riesco a liberarmi...» lo implorava la donna afferrandolo per la giacca.

Elia le si inginocchiò accanto. Cercò di spostare la caviglia, ma era incastrata e non ci fu nulla da fare.

«I poliziotti a cavallo, stanno caricando!» gridò qualcuno.

Elia fece un ultimo tentativo per liberare il piede, ma fu inutile. Sentì le urla della gente che scappava, sentì il galoppo aumentare, farsi sempre più vicino. Ebbe appena il tempo di girare la testa quando un manganello lo colpì in pieno viso.

Il *crac* dell'osso spaccato. Il nitrito del cavallo imbizzarrito. L'ultima cosa che Elia vide fu un muro di carne nera alzarsi davanti a lui, le zampe anteriori dell'animale che scalpitavano nell'aria. La donna con la gamba prigioniera lanciò un grido. Elia le si gettò sopra per proteggerla. Il secondo colpo di manganello lo colpì sulla testa. Lui non sentì più nulla.

◆

«Elia, tesoro...»

La voce della madre sembrava giungere da un luogo lontanissimo. Lui socchiuse gli occhi, ma un dolore lancinante alla testa gli fece abbassare di nuovo le palpebre.

Riaprì gli occhi dopo due giorni, e per primo vide il viso di Norma.

«Ci hai fatto prendere un bello spavento...»

Poi scorse la madre.

«*Al me putin!* Il mio bambino!»

«Mamma, che ci fai qui?»

«Cosa ci faccio qui? Quasi morivi, e facevi morire pure me...»

«Che è successo?»

«Un agente a cavallo ti ha provocato una commozione cerebrale. Per fortuna non ci sono danni permanenti», spiegò Norma.

«La donna...»

«Si è rotta la caviglia ma se tu non le avessi fatto da scudo, sarebbe andata molto peggio. Il poliziotto che ti ha colpito è stato sospeso.»

«E tu?» chiese Elia.

«Tutto bene. Ho trovato una porta aperta e dietro c'erano due bambini neri, terrorizzati. Sono rimasta con loro finché non è tornata la calma. C'era l'inferno là fuori: più di cento feriti. Un miracolo che nessuno sia stato ucciso.»

———— ◆ ————

La Ghelfa e Bicicli si fermarono a Londra finché Elia non tornò a casa. Quando lui stette meglio, Norma volle portarli a visitare i luoghi più famosi della città, ma erano tutti troppo scossi per aver voglia di fare i turisti.

Per passare il tempo la Ghelfa si mise a cucinare. Da brava *razdora* emiliana, la domenica tirava la sfoglia e preparava il brodo di carne. Il problema era che a Londra le galline nostrane non si trovavano. «*L'acqua l'è bona sol s'a gh'è dentar al capón*», insisteva lei.

«Lo so che il brodo è buono solo con il cappone, ma qui ti devi accontentare del pollo del supermercato», replicò Norma.

Fu grazie ai suoi tortelli alla zucca che la Ghelfa conobbe la Duchessa. Gliene portò un po' da assaggiare e le due divennero subito amiche. Si davano lezioni di cucina e di *bon ton* a vicenda: la Duchessa le insegnò ad apparecchiare la tavola con eleganza; la Ghelfa a mangiare gli spaghetti senza impiastrarsi di sugo. L'una parlava in russo, l'altra in dialetto ferrarese, ma in qualche modo sembravano capirsi. Ogni tanto scoppiavano in grandi risate: sottili e acute quelle della Ghelfa, un po' sguaiate quelle della Duchessa.

Bicicli, invece, si annoiava. Gli mancavano gli amici del bar, i motori, e le discussioni con don Romano. Contava i giorni che lo separavano da Stellata e dalla sua officina.

Al momento di tornare in Italia, la Ghelfa pose a figlio e nuora la domanda che fin lì era rimasta in sospeso: «Allora, quando ci farete diventare nonni?»

«Ci stiamo lavorando», le rispose Elia.

Norma tacque, di colpo seria, gli occhi fissi oltre la finestra.

◆

A ottobre, Norma decise di dare nuova vita al giardino. Piantò bulbi e rampicanti, ripulì le aiuole dalle erbacce, passò giornate intere a lavorare di vanga e di badile. Questa volta affrontò il lavoro come una sfida personale, determinata a far fiorire il suo piccolo pezzo di terra.

Elia si era ripreso, ma era restio a impegnarsi di nuovo. Il suo universo ideale era urbano, modellato e costruito dall'uomo; oppure la campagna, nell'opulenza di luglio o nella nebbia di novembre. Considerava il giardinaggio un passatempo futile e, dopo un'ora, già smetteva di lavorare.

«Se mi aiutassi di più, con le piante avremmo maggior fortuna», si lamentava lei.

«È inutile, non ci siamo portati», si limitava a risponderle Elia.

Norma non si dava per vinta. Concimava e annaffiava regolarmente ma, nonostante tutte le sue cure, a primavera i fiori avvizzirono, i boccioli delle rose si piegarono ancor prima che i petali fossero aperti, e anche le nuove piante d'alloro e di rosmarino morirono.

Fu in quel periodo che Norma prese l'abitudine di visitare un gattile. Ci passava davanti tutti i giorni rientrando dal lavoro e una sera decise di entrare.

Vide le file di gabbie, l'una sopra l'altra, i gatti acciambellati su un piccolo pezzo di cemento. Erano animali abbandonati o a cui erano morti i padroni. Di tanto in tanto, qualcuno veniva a sceglierne uno da portare a casa, ma la gente voleva gattini paffuti da regalare ai figli; nessuno era interessato agli animali adulti.

Norma chiese di poterli accarezzare e la accontentarono. Da allora, tornando dall'ufficio, si fermava a coccolare qualche gatto abbandonato. Lo teneva sulle ginocchia, gli solleticava la gola e gli passava la mano lungo la schiena finché non iniziava a farle le fusa. Si affezionò a una femmina, tigrata e dagli occhi verdi. Erano dodici mesi che stava nel gattile, ma nessuno voleva adottarla perché aveva dieci anni. Norma le diede un nome: Ciccia. Quando lei arrivava, Ciccia l'accoglieva miagolando eccitata. Norma la teneva sulle ginocchia, parlandole, accarezzandola a lungo. Ogni volta, lottava contro il desiderio di portarsela a casa, ma Elia era allergico ai gatti e l'idea di adottare Ciccia dovette essere scartata.

Ogni volta, Norma tornava dal gattile con il morale a terra. Il buonumore di Elia, le sue proposte di fare una vacanza lungo i canali della campagna inglese, i suoi progetti di lavoro... tutto finiva per irritarla. Si sentiva sola, e lui non sembrava nemmeno accorgersene. Come poteva vivere tranquillo quando non riuscivano a concepire un figlio? Chi era veramente suo marito? Norma a volte aveva l'impressione che dietro la sua allegria, dietro quella ricerca continua di novità, di eccitazione, ci fosse uno sconosciuto.

———— ◆ ————

Arrivò l'inverno e la salute della Duchessa peggiorò di nuovo. Ormai non usciva più di casa e giunse il momento in cui non si alzò più dal letto. Norma ed Elia la sentivano lamentarsi. Soprattutto di notte, quando la casa era silenziosa, potevano udirla piangere per il dolore.

Ogni tanto bussavano alla loro porta per chiedere come andava. Rudy si limitava a scuotere la testa. «Sempre uguale.»

«Se hai bisogno, chiamaci, a qualsiasi ora», ripeteva Elia.

«Grazie. La mattina viene un'infermiera ad aiutarmi, ma vederla soffrire così diventa sempre più difficile. Ha piaghe sulla schiena, non dorme più. Non ha un momento di pace. A volte, quando mi sveglio, spero di trovarla morta.»

———— ◆ ————

Successe a gennaio, un venerdì notte. Mick, l'inquilino irlandese, tornò a casa ubriaco e al piano di sopra ricominciò il solito delirio.

«Vado a dare un'occhiata», disse Elia.

Uscito sul pianerottolo, si accorse che la porta dell'appartamento della Duchessa era socchiusa. Entrò.

Rudy stava in piedi davanti alla finestra spalancata del soggiorno. Accanto a lui, la moglie in carrozzella. Indossava l'abito di seta rosso della madre, aveva gli occhi chiusi e la testa piegata di lato. In un primo momento Elia pensò che si fosse addormentata di colpo, come le capitava ogni tanto. Solo quando incrociò lo sguardo di Rudy, comprese.

Si avvicinò, attento a non fare rumore, come quando si entra nella camera di un bambino che si è addormentato dopo una notte insonne. Lei pareva sorridere.

« La mia Saša ha finito di soffrire », disse Rudy, sottovoce. Poi aggiunse: « Me lo chiedeva da tanto. Mi pregava, e alla fine non ho più avuto il coraggio di dirle di no. È stato facile procurarsela. Quelli girano sempre dalle stesse parti ».

Elia lo fissò, turbato, ma non fece domande. Si avvicinò alla finestra e la chiuse.

« Voleva che la sua vita finisse guardando a est, verso la sua Russia », spiegò Rudy.

« Mettiamola a letto », disse Elia, e sollevò la Duchessa, tenendola tra le braccia per l'ultima volta.

Stesa sulla coperta, nel suo abito di seta rosso, era magnifica.

Rudy si avvicinò e la baciò sulla bocca. « Aspettami, Saša. »

———◆———

Il giorno dopo, Anastasia e Aalina, le colleghe russe del mercato di Camden, prepararono la stanza funebre secondo gli usi della Chiesa russo-ortodossa. Aalina, *The Yellow Lady*, si presentò vestita di nero in segno di lutto e, in un primo momento, Norma nemmeno la riconobbe.

Appoggiarono un'icona sopra la testa della Duchessa e decorarono le pareti con drappi rossi. Rudy mise tra le dita della moglie la foto della figlia Olga e il medaglione d'argento con l'immagine di santa Ksenija.

Il terzo giorno arrivò il carro funebre e portarono la bara nella chiesa russo-ortodossa di Kensington. Al funerale erano presenti poche persone: Norma ed Elia, Mick e Carmel del piano di sopra, Anastasia e Aalina. Rudy indossava il costume delle cerimonie del suo clan: il kilt, lo *sporran*, il borsello appeso sotto la cintura, calzettoni bianchi e scarpe nere assicurate con lunghi lacci intorno alle caviglie.

Durante la funzione, i presenti baciarono la Duchessa sulla fronte e adagiarono fiori sopra la bara. Norma vi posò tre rose bianche, ma Aalina ne tolse una. «In Russia i fiori si mettono sempre in numero pari.»

Il corpo fu sepolto nel cimitero di Putney Vale, vicino alla tomba di Kerenskij, un amico della Duchessa che aveva lottato contro la Rivoluzione d'Ottobre ed era morto in esilio. Prima di andarsene, Saša aveva espresso il desiderio di essere seppellita accanto a lui.

───── ◆ ─────

La vita riprese, più vuota e silenziosa senza la presenza della Duchessa. Rudy usciva solo per andare a lavorare nel caffè di Highgate. Qualche volta accettò di cenare con Norma ed Elia, ma si capiva che gli costava e lo faceva solo per non offenderli. Nelle settimane che seguirono al funerale, Norma ed Elia lo videro raramente. Poi, tornati da una vacanza a Parigi, dove erano andati per celebrare il loro anniversario di nozze, scoprirono che Rudy non abitava più lì. Se n'era andato senza lasciare né un messaggio né un recapito.

Norma lo cercò al caffè di Highgate. Era al suo posto, che

suonava l'arpa circondato dai ciliegi in fiore di una nuova primavera. Lei sentì un piccolo tonfo nel petto. Si sedette di fronte a lui e gli fece un cenno di saluto.

Durante la pausa, chiacchierarono un po'. Lei gli chiese dove viveva, ma Rudy rimase sul vago: disse solo che stava da un amico, un altro musicista. Norma gli fece promettere che si sarebbe fatto vivo. Lui giurò che le avrebbe telefonato, ma non lo fece mai.

Norma attese qualche settimana, poi lo cercò di nuovo nel caffè. Questa volta il suo posto tra i ciliegi era vuoto.

Chiese informazioni al proprietario.

«È sparito da un giorno all'altro. Gli dovevo anche dei soldi, ma non si è più fatto vivo. Poi qualcuno ha chiamato dicendo che Rudy aveva avuto un incidente, o si era sentito male... adesso non ricordo. E ora che ci faccio con l'arpa? Occupa spazio. Non è mica un flauto, o una chitarra!»

«L'arpa la prendo io», gli propose Norma.

Se la fece portare a casa e lasciò al proprietario del caffè un messaggio, in caso Rudy fosse tornato.

Non seppe più nulla di lui e, negli anni, l'arpa seguì Norma nei suoi traslochi.

1979

◆

Londra, primavera

Donne vaste e immobili come navi sul mare. La loro pancia rotonda le rendeva uguali alle dee. Erano veneri cinquecentesche dai movimenti languidi, i seni pesanti. Matrioske che nascondevano nel ventre un'altra piccola matrioska; creature magiche capaci di crescere da sole, mani, pupille, piccoli piedi, tutte quante le dita.

Lei sedeva tra loro, la pancia piatta. Due anni e mezzo di tentativi per rimanere incinta e poi, quando c'era riuscita, poche settimane e aveva iniziato a sanguinare. Ora sedeva in quella sala d'ospedale aspettando di scoprire se il battito del feto c'era ancora. Elia le stringeva la mano. Anche lui era teso, ma si sforzava di non mostrarlo.

Norma si passò la mano sul ventre, cercando un segno, un piccolo gonfiore, qualsiasi cosa le desse una speranza. Fissava quelle donne appagate, donne dagli occhi sereni, i volti felici, e provò invidia. Era gelosa delle loro pance tese, di quella fertilità visibile, ostentata. Gelosa dei bambini che avrebbero fatto nascere e che sarebbero stati simili ai genitori, ai nonni, o ai parenti che non c'erano più. A ogni parto, quelle donne compivano il miracolo: ridavano vita ai loro morti. Cellule e voci disperse nel buio dell'universo tornavano sulla Terra legate al loro sangue, e con un peso d'angeli. Tra qualche giorno quelle donne avrebbero spinto i loro figli nel mondo: la testa molle, il cuore che batteva impetuoso dentro i loro petti di bambole. Quelle donne sarebbero uscite dal parto con piccole vite da innalzare a braccia tese verso il cielo: doni da offrire agli dei, una rivincita contro la natura mortale degli esseri umani. Quei calci che adesso sentivano nel ventre sarebbero diventati bambini, e presto quei bambini avrebbero giocato nei prati con le scarpe slacciate, una fioritura di sole nei capelli.

«Norma Martiroli.»

L'infermiera li condusse nella stanza dell'ecografia. Norma si stese sul lettino, abbassò i pantaloni e sollevò la maglia. Il gel era freddo, ma lei rimase immobile. Il fiato trattenuto, scrutò lo schermo cercando il pulsare di un piccolo cuore, ma intravedeva solo tessuto muscolare, un deserto di ombre, forme incomprensibili. Strinse più forte la mano di Elia. Nessuno dei due aveva il coraggio per fare domande.

«Non c'è battito, mi dispiace.» Il medico lo sussurrò appena, cercando di farle meno male.

―――――◆―――――

«Alla sua età, gli aborti spontanei superano il venti per cento, signora. Gli anni passano e bisogna far presto, non lasciar nulla al caso.»

«Ho solo trentadue anni.»

«Sì, ma anche parecchi problemi, e dopo i trentacinque anni la fertilità delle donne diminuisce del cinquanta per cento.» Il ginecologo parlò di invecchiamento precoce degli ovociti, come se una tuba di Falloppio ostruita e una sindrome dell'ovaio policistico non bastassero, da soli, a renderla disperata.

La vita divenne una corsa contro il tempo, con una serie infinita di iniezioni, di test, controlli della temperatura e dei picchi ormonali, calendari con segnati in rosso i giorni fecondi. Norma smise di bere alcolici. Non aveva mai esagerato, però il medico le aveva detto che l'alcol diminuiva la produzione di ormoni e lei non poteva rischiare.

Si ritrovò in un vortice che la risucchiava dentro stati d'animo incontrollabili. Passava dalla gioia alla paura, da momenti di fiducia a crisi di totale scoraggiamento. Il sesso si trasformò in un esercizio a comando basato sulla temperatura corporea, su date specifiche e rapporti meccanici prima di andare al lavoro, ché di mattina le possibilità sembravano essere più alte. Sveglia puntata all'alba e nessuna voglia di farlo, ma si doveva tentare di tutto.

Il ginecologo parlava di metodi nuovi e all'avanguardia. Disse che erano fortunati a vivere in Inghilterra: là non avevano il papa, erano più liberi di scegliere e c'erano più opzioni. Spiegò con diligenza termini che loro non avevano mai sentito: fecondazione assistita e, in caso non fosse sufficiente, fecondazione in vitro.

Fu allora che iniziò la via crucis: pillole, ormoni, stimolazioni follicolari, prelievi di sangue, ecografie, farmaci e iniezioni. Il tutto seguito da aspirazione dei follicoli, sonda transvaginale, fase di pick up, congelamento di alcuni ovociti fecondati in laboratorio, e per finire la fase di transfer.

Norma si trasformò in una cavia votata a ogni sorta di esperimento scientifico. Divenne un'enciclopedia ambulante di informazioni e di dati sull'infertilità e sui suoi rimedi. Sapeva a memoria i termini medici, i nomi e le proprietà farmaceutiche di ogni sostanza che le immettevano nel corpo. Terapia di supporto, cure di progesterone, attese interminabili, nuovi test per la gravidanza. E, alla fine, immancabile, un'altra delusione.

Tre tentativi di fecondazione in vitro in un anno. Tre fallimenti.

Ogni volta, la speranza moriva annegata in un nuovo flusso mestruale.

◆

Cachoeira Grande, estate

« Renata, vieni qui! Finisci la merenda prima di giocare. »

« Non posso, la nonna mi aspetta! » E corse in cortile.

Maria Luz la osservò dalla porta della cucina. La vide ridere, interloquire come se avesse davvero davanti qualcuno. La nonna giocava con lei tutti i giorni, le ripeteva Renata. All'inizio, Maria Luz pensava che erano solo le fantasie di una bambina, ma negli ultimi tempi la situazione era fuori controllo.

Un giorno, rientrata in cucina per rassettare dopo pranzo, si era ritrovata il lavandino vuoto e i piatti puliti. Núbia Vergara era morta l'anno prima e quel lavoro non poteva essere stato fatto da una bambina di tre anni.

« Chi ha lavato i piatti? » aveva chiesto alla figlia.

« La nonna », aveva risposto Renata.

Subito dopo, Maria Luz aveva telefonato a una psicologa dell'infanzia di San Paolo e aveva fissato un appuntamento.

La psicologa l'aveva rassicurata. « È normale per una bambina di tre anni inventarsi un amico immaginario, ancor più se vive isolata come sua figlia. Si tranquillizzi, signora Schiavon: quando Renata inizierà ad andare all'asilo, il problema si risolverà da solo. »

Maria Luz non aveva accennato all'episodio dei piatti. Aveva preferito ignorare la cosa, sperare che simili pazzie non si ripetessero. Adesso, però, osservava preoccupata la figlia dalla porta della cucina: Renata era corsa sotto la jacaranda, si era stesa per terra e la sentì dire: « Nonna, dai, basta solletico!» agitandosi come se qualcuno la stesse stuzzicando.

Fin dal momento in cui la figlia era nata, Maria Luz aveva intuito che si trattava di una bambina speciale. Gliela avevano appoggiata sul petto e aveva così tanta vita negli occhi, così tanta conoscenza nello sguardo, che ebbe la netta impressione di non averla solo fatta nascere, ma di averla restituita al mondo. Poi erano cominciate le stranezze: i soliloqui della figlia, le affermazioni che accanto a lei c'era la nonna... Maria Luz davvero sperava che, iniziato l'asilo, la bambina diventasse più tranquilla.

Seduta sotto la jacaranda, Renata continuava a ridere e a parlare da sola, mentre la madre la osservava dalla porta della cucina. Maria Luz posò lo sguardo sull'albero: da che aveva memoria, sulla jacaranda non era mai nato un fiore, però sapeva che era stato suo padre a piantarla. Qualche foglia spuntava ancora, e finché ci scorreva dentro un filo di vita, non l'avrebbe fatta abbattere.

◆

Renata era corsa a zig-zag per il giardino e Adele aveva faticato ad acchiapparla. Si erano sedute ai piedi del grande albero e la nonna aveva coperto la bambina di baci, poi aveva iniziato a farle il solletico. Renata aveva una risata piena, contagiosa, e Adele non si stancava mai di ascoltarla.

«Nonna, dai, basta!» supplicava la bambina.

«Nonna dai, o nonna basta? Deciditi!»

Renata rise più forte e la nonna con lei. Quando si calmarono, Adele le accarezzò la fronte e spostò con delicatezza la libellula ferma sui suoi capelli. Era apparsa la prima volta il giorno in cui la bambina era nata e da allora ce n'era sempre qualcuna che le spuntava intorno.

«Nonna, raccontami una storia», chiese Renata.

Adele iniziò a narrare di quando era giovane e viveva a Stellata. La nipotina ascoltava, catturata dal racconto di zingare con le penne di fagiano tra i capelli, di bambini che parlavano con i morti e di un prozio di nome Giacomo, che aveva passato la vita a costruire arche come quella di Noè, che però erano affondate una dopo l'altra nel fiume.

«E lui continuava lo stesso a farle?»

«Sì, perché era l'unica cosa che lo rendeva felice.»

«Ma Viollca com'era finita a Stellata?»

«Gli zingari erano arrivati in paese prima che lei nascesse. Pioveva da giorni e le ruote dei carrozzoni erano rimaste imprigionate nel fango. I campi erano spariti sotto una spanna d'acqua; poi erano spariti i sentieri, le strade, i cortili, persino la piazza. Per potersi muovere, la gente di Stellata aveva cominciato a usare le barche...»

Accoccolata in grembo ad Adele, Renata ascoltava, avida di conoscere le storie di quel paesino dal nome tanto bello da non sembrare vero. Però la nonna diceva che Stellata esisteva eccome, solo che stava dall'altra parte del mondo.

Adele accarezzò i riccioli neri della nipote. Mai avrebbe immaginato si potesse amare tanto...

◆

Quando Maria Luz le aveva detto di essere incinta, la sua prima reazione era stata di sgomento. Aveva ricordato la depressione in cui lei era caduta dopo il parto, tutte le difficoltà attraversate nel crescerla. «È una grande responsabilità crescere un figlio da sola. Chi è il padre?» aveva mormorato.

«Non ha importanza. Diventare madre senza un marito

accanto non è difficile come ai tuoi tempi. Se avrò la fortuna di far nascere questa bambina, la crescerò da sola.»

«Come sai che sarà femmina?»

«Lo so, semplicemente. E si chiamerà Renata.»

Adele si era dovuta arrendere davanti alla sua determinazione. «È un bel nome», aveva finito per dirle.

Era inutile angustiarla, e poi Maria Luz era troppo vecchia per portare a termine quella gravidanza. *Forse le cose si risolveranno da sole*, aveva concluso. Invece la gestazione era proseguita, ed era andata avanti anche dopo la sua morte.

Un infarto nella notte le era stato fatale. Subito dopo essere spirata, Adele si era sorpresa o, meglio, era inorridita, nell'accorgersi che, nonostante fosse morta, e su quello non c'era ombra di dubbio, era ancora in grado di vedere, di sentire le voci, e poteva muoversi su e giù per la casa senza toccare il pavimento...

Davvero morire era così poca cosa? Davvero la morte era quella specie di mondo parallelo in cui lei adesso vagava, confusa, ma ancora in grado di percepire il mondo? Eppure il mondo si rifiutava di riconoscere la sua presenza. Allora a che scopo continuare a esistere così, a metà, osservando la vita come da dietro un vetro?

Ne aveva capito la ragione il giorno in cui era nata la bambina. Era stata accanto a Maria Luz durante le ore del travaglio, impotente davanti alla sua sofferenza, senza poter nemmeno stringerle la mano.

A un certo punto l'ostetrica aveva esclamato: «Gesù, Giuseppe e Maria! Qui non sta uscendo la testa, ma un braccio!»

Adele le era volata accanto e aveva visto una manina già fuori, che si agitava come in segno di saluto. Poi la manina le aveva afferrato un dito. Adele aveva fatto un passo indietro, sbigottita, ma la bimba non aveva mollato la presa finché non era nata.

L'ostetrica aveva tagliato il cordone ombelicale tirando un gran respiro di sollievo. «Questa creatura è stata spinta nel mondo con l'aiuto del Signore!» aveva poi esclamato, posando la neonata sul petto di Maria Luz.

Era stato in quel momento che la libellula era apparsa per la prima volta. Era entrata dalla finestra ed era volata dalla bambina battendo le ali iridescenti, mentre Adele rimirava la nipotina sommersa da un'ondata di emozioni nuove, travolgenti. A un certo punto, la bimba aveva girato la testa verso di lei e l'aveva fissata. *Non è possibile che mi veda...* si era detta Adele. Sapeva che i neonati erano in grado di scorgere solo ombre, figuriamoci se potevano vedere gli spiriti o i fantasmi o qualunque cosa lei fosse diventata. Si era spostata di lato, e dopo, aveva provato ad andare ai piedi del letto, ma la bambina seguiva con lo sguardo ogni suo movimento. Ormai Adele non aveva più dubbi: sua nipote poteva vederla. E mentre lei e la bambina si fissavano, già innamorate l'una dell'altra, era stata avvolta da una vampata d'amore così intensa, e potente... Ed era stato in quel momento che aveva capito: Dio le stava offrendo un'ultima possibilità per rimediare ai suoi errori di madre. Era per provare quell'amore che le era stato concesso di continuare a esistere al confine tra la vita e la morte, al limite fra la realtà e gli occhi di una bambina...

———◆———

Adele tornò al presente e abbassò lo sguardo su Renata. Si era addormentata ai piedi della jacaranda, la testa sul suo grembo e la libellula sulla spalla. *Sta crescendo troppo in fretta*, pensò. Tra qualche settimana, avrebbe iniziato l'asilo e sapeva che la sua presenza sarebbe diventata ingombrante.

Rimase assorta in quei pensieri accarezzando i capelli della bambina, finché lei non si svegliò. «Hai fatto un bel sogno?»

«I sogni sono tutti belli, nonna.»

«Hai ragione. Vieni, diamo un po' d'acqua alla jacaranda del nonno.»

«La mamma dice che è morta.»

«È solo quello che i suoi occhi vedono. Dentro è viva.»

«E allora perché non ha i fiori?»

«Si vede che non è il suo momento. Vuoi sapere la storia che raccontano su quest'albero? In Amazzonia c'era un uccello di nome Mitù, con il becco giallo e le piume colorate di rosso e verde smeraldo. Un bel giorno, Mitù si posò su una jacaranda, portando sulle ali una principessa. La principessa scese dall'albero per andare a vivere nel villaggio e insegnare alla gente la differenza tra il bene e il male. Poi, quando tutti ebbero imparato da lei molte cose sagge, tornò sulla jacaranda e di colpo l'albero si coprì di fiori lilla. A quel punto l'uccello Mitù spiccò di nuovo il volo con la principessa sul dorso, per riportarla dal suo sposo, il Figlio del Sole. Da allora, si dice che se un fiore di jacaranda cade su qualcuno gli porterà fortuna.»

«E se i fiori non nascono?»

«Nasceranno, se nutriamo l'albero e continuiamo a crederci. È un po' come per me: la tua mamma dice che non sono vera, ma tu mi vedi, e infatti giochiamo sempre insieme.»

«Dai, nonna, certo che sei vera!»

«Renata, ascolta: presto andrò a raggiungere il nonno, proprio come ha fatto la principessa con il suo sposo.»

«Non voglio! Tu devi restare con me.»

«Lo sai che ho attraversato il mare per sposarlo, e il nonno adesso mi aspetta.»

«Eri bella quando eri giovane?»

« Dicevano di sì, però a trent'anni, quando sono arrivata in Brasile per sposarmi, avevo già una ciocca di capelli bianchi sulla fronte. Proprio come succederà anche a te. »

───── ◆ ─────

Il mattino dopo, Adele e Renata uscirono in cortile per dare da mangiare alle galline. « Prendi le uova e mettile nel cesto », disse la nonna.

In quel momento, Adele sentì un dolore al braccio, tanto forte da tagliarle il respiro. Si appoggiò al muro, gli occhi chiusi.

« Nonna, cos'hai? » chiese Renata, raccogliendo un uovo dalla paglia.

« Non è niente; ho solo bisogno di riposare. »

Un'altra fitta sembrò squarciarle il petto, uguale a quella della notte in cui era morta. Doveva stare calma, non spaventare la bambina. « Vieni, andiamoci a riposare un po' sotto la jacaranda. »

« Guarda, nonna, sull'albero! » esclamò Renata.

Adele alzò lo sguardo e scoprì che la jacaranda si era coperta di fiori lilla. « È stato nonno Rodrigo a farli nascere. Adesso andrò da lui, ma tu non devi avere paura. »

« Io non ho mai paura. »

« Lo so, sei una bambina coraggiosa... » Una smorfia di dolore le deformò il viso.

Renata la fissò, facendosi seria. Dopo un po' le chiese: « Nonna, dormi o sei morta? »

« Forse stavolta sono proprio morta, staremo a vedere... »

« I morti fanno paura? »

« Solo se non li conosci ma, se sono persone che ti hanno voluto bene, li cerchi, e prima o poi loro vengono da te. »

Stesa sotto la jacaranda in fiore, Adele vide passarle davanti agli occhi i momenti più importanti della sua vita: l'infanzia accanto al Po, il viaggio in Brasile, i primi, disastrosi anni di matrimonio, infine l'amore per Rodrigo, e adesso quello così speciale per Renata. E concluse che ne era valsa la pena: nonostante i dolori che il destino le aveva riservato, nonostante la solitudine di tutta una vita, ne era valsa la pena. Renata le accarezzava la fronte. Adele pensò che quella carezza, da sola, bastava a dare un senso alla sua esistenza.

«Nonna, posso venire con te?»

«No, tesoro, la mamma sarebbe troppo triste. Tu devi diventare grande, sposarti...»

«Ma io voglio sposarmi con te!»

Adele aprì gli occhi e, malgrado il dolore, riuscì persino a ridere. «Non ti lascerò mai sola. Adesso dammi un bacio. La nonna è tanto stanca...»

Renata le diede un bacio e, nonostante i suoi pochi anni, capì che era un addio. «Quando ti rivedrò?»

Tre fiori lilla caddero sul viso di Adele.

«Presto, tesoro. Il soffio di una vita...»

E chiuse gli occhi per sempre.

2015

Reparto di geriatria dell'ospedale di Ferrara, aprile

Un corpo, un numero, un nome. Qui non ci sono fiori. Non ci sono ombrelli colorati, cappotti rossi, bambini. È un mondo bianco, puro come il sale.

È notte fonda, ma i malati non dormono. Si muovono lenti, come fantasmi, trascinando lungo i corridoi i loro corpi ricuciti. Nella malattia e nel dolore, il corpo perde consistenza. I malati avanzano lungo il cammino della guarigione senza rumore, quasi senza toccare il pavimento, la salute ambita come la più terrena delle felicità.

Ti siedo accanto in questa lunga notte senza limiti o confini. Intorno a noi, le battaglie di chi lotta per raggiungere la fine. La tua compagna di stanza si è svegliata e adesso grida. Gli angeli della morfina accorrono. Hanno mani preziose e le portano in dono poche gocce d'amore. L'ago entra nel braccio e la donna si scioglie, diventa di zucchero. La sua testa ricade sul cuscino morbida come una pesca.

Nelle notti che passo in ospedale, c'è sempre una donna che urla o si lamenta, una vecchia che invoca aiuto, un telefono che squilla e mi fa sussultare. Ogni tanto qualcuno bestemmia. Nemmeno Dio è risparmiato dal dolore che impera qui dentro. A volte mi addormento, poi mi sveglio di soprassalto con la paura che tu sia morta da sola. Ascolto il gemito che sale dalla tua bocca, la fatica di ogni tuo respiro. Fisso nella penombra il tuo viso: le tre piccole cicatrici che la varicella ti ha lasciato sulla fronte quand'eri bambina, la tua bocca vuota, i tuoi occhi chiusi, ma che già vedono così lontano, mamma.

Stamattina il dottore mi ha detto che stai scivolando nel coma. I momenti di lucidità sono sempre più rari, e il dolore, invece, è sempre più forte. È ingiusto. Si dovrebbe morire con la stessa incoscienza con cui si nasce, nella stessa dolcezza.

Sono i giorni vasti e bui del tuo ultimo esistere. Intorno a noi le ore immobili che precedono l'alba. Notti senza tempo, mamma. Notti infinite.

1980

maggio

Cari Norma ed Elia,

ho una grande novità: alla fine di luglio, io e la bambina verremo in Italia! Erano anni che sognavo di farlo, e alla fine mi sono decisa e ho comprato i biglietti.

Mi piacerebbe visitare le principali città d'arte, ma per prima cosa vorrei conoscere Stellata. Da quando mia madre è morta, sento il desiderio di vedere dov'è nata e dove la nostra famiglia ha le sue radici. Vi sarebbe possibile raggiungermi là? Altrimenti verrò io a Londra, ma in qualche modo dobbiamo incontrarci.

Non vedo l'ora di abbracciarvi e di passare un po' di tempo insieme!

Maria Luz
e un bacio da Renata

P.S. Vi mando l'ultima foto della bambina. Non mi sembra vero che abbia già quattro anni!

Il 26 luglio, la attendevano agli arrivi internazionali dell'aeroporto di Milano.

«Eccola!» gridò Norma, non appena la vide: vestito lungo a balze, treccia di capelli bianchi e la bambina per mano.

Norma prese subito in braccio Renata. «Se avessi una figlia, la vorrei esattamente come lei!» disse, emozionata, mentre cercava di allontanare la libellula che le svolazzava intorno.

«Non appena siamo scese dall'aereo, ecco che ne è spuntata una pure qui!» commentò Maria Luz.

Norma era talmente presa dalla bambina, che nemmeno fece caso a quella strana frase. «È tale e quale Donata da piccola», commentò mentre si dirigeva insieme agli altri verso l'auto, la bimba ancora in braccio.

A Stellata, avrebbero alloggiato nella casa sull'argine, la stessa che era appartenuta a Neve e a Radames. Dopo la morte dei genitori, Guido aveva pagato ai fratelli la loro quota e l'aveva acquistata. Al momento, la usavano soltanto per qualche sporadica vacanza, ma lui e la Elsa contavano di trasferirsi là non appena fossero andati in pensione.

«Abbiamo ripulito un po' in giro e preparato i letti, ma sono anni che non ci vive nessuno», spiegò Norma, durante il viaggio.

«Andrà benissimo. Stanche come siamo, potremmo anche dormire in piedi!» commentò Maria Luz.

Una volta arrivati, mangiarono qualcosa, poi salirono al piano superiore per riposarsi. Giunta davanti alla camera da letto di Neve, la bambina corse dentro.

«Renata!» la richiamò la madre.

Lei si mise a frugare nell'armadio.

«Cosa cerca?» chiese Norma.

«Non lo so. Parla di certe carte che dovevano stare in una scatola.»

«È il posto dove Donata aveva trovato i tarocchi...» osservò Norma, incredula.

«Attenzione che tra un po' spunterà il fantasma della zingara con le penne di fagiano tra i capelli!» scherzò Elia.

«Come spieghi che Renata sapesse dov'erano le carte?»

«Sarà stata Donata a suggerirglielo. Forse nell'aldilà tua cugina parla anche portoghese.»

Una volta a letto, Norma non riusciva a togliersi dalla testa quelle strane coincidenze.

«Smettila, Norma. Capita che qualcuno assomigli come una goccia d'acqua a un nonno, o persino a un lontano parente. Mio padre è identico a un suo prozio.»

«E come spieghi che la bambina cercasse le carte dove Donata le aveva trovate da piccola?»

«Guardare negli armadi per lei sarà un gioco, una specie di caccia al tesoro. Non pensarci più.»

◆

Il mattino dopo, quando Norma si svegliò, era sola nel letto. Si infilò un vestito e scese in cucina.

«Buongiorno, dormigliona!» la salutò Maria Luz, porgendole una tazza di caffè.

«Elia?»

«È andato al fiume con Renata.»

«Finisco il caffè e li raggiungo. Vieni anche tu?»

«Fa già troppo caldo. Magari prima di sera.»

Norma salì le scalette addossate all'argine che portavano allo stradone in cima. Da lassù, scorse il marito e Renata in fondo alla via. Erano di spalle e camminavano verso la Rocca, mano nella mano.

«Elia!» gridò, ma lui non la sentì. Chiamò più forte. «Elia!»

A voltarsi fu solo Renata.

Norma trattenne il respiro: lei quel momento lo aveva già

vissuto... D'un tratto ricordò le visioni dell'*ayahuasca*: la bambina che aveva visto nel sogno era lei, Renata!

———————◆———————

Dopo pranzo, andarono a coricarsi per sfuggire alla calura. Le persiane erano socchiuse, i ventilatori giravano alla massima velocità. La casa pareva respirare insieme ai corpi addormentati, pigra e sonnolenta nel torrido pomeriggio estivo.

Non appena il sole iniziò a scendere, si recarono tutti insieme nel bar di piazza Pepoli.

Maria Luz si guardava intorno piena di curiosità. «Stellata me la immaginavo esattamente così: vecchie case di mattoni, l'opulenza del fiume, la piazza con i portici e la torre... È come se qui il tempo si fosse fermato.»

«A parte le auto, nei secoli non è cambiato granché», confermò Elia.

Dopo l'aperitivo, Maria Luz chiese di andare al cimitero a vedere la tomba di famiglia.

Si avviarono, passando davanti alla casa in cui, secoli prima, aveva vissuto il figlio dell'Ariosto. Girarono a sinistra e, in fondo alla strada, ecco il camposanto. Renata lasciò la mano della madre e si mise a correre.

«Non sta ferma un secondo!» sospirò Maria Luz.

Elia accelerò il passo. Quando la raggiunse, sollevò la bambina in equilibrio sulle braccia.

«Sono anni che proviamo ad avere un figlio», mormorò Norma, amareggiata.

Maria Luz le circondò le spalle in un abbraccio. «Mai perdere la speranza! Guarda me: sono diventata madre a quarantacinque anni!»

«Il padre di Renata si prende cura di lei?»

«Non sa nemmeno della sua esistenza.»
«Sei stata coraggiosa... Del resto, avrei fatto lo stesso.»
«Lo so. Siamo uguali, tu e io.»

———◆———

Passarono a Stellata un'intera settimana, cenando a turno dalla Ghelfa e dai vari Casadio che ancora vivevano in paese. Poi si prepararono a proseguire il viaggio verso Firenze e Roma. Prima di partire, Maria Luz scattò varie fotografie davanti alla casa, poi in piazza Pepoli e alla Rocca. Le ultime le fece sull'argine, le valigie già in macchina. Renata non voleva saperne di mettersi in posa.

«Non fare i capricci!» la sgridò la madre.

Lei allora, sbuffando, si mise davanti all'obiettivo e la libellula la seguì, posandosi sui suoi capelli. Fissava la macchina fotografica con un'espressione di sfida: un piede in avanti, mani sui fianchi e la lingua fuori. Negli occhi le brillava un po' di sfrontatezza che però, invece di irritare i presenti, li fece sorridere.

Norma sentì un brivido: quello era il punto esatto in cui, più di trent'anni prima, avevano fotografato lei e Donata. Teneva ancora sul comodino quell'immagine. Adesso di bambine ce n'era solo una, ma per il resto la foto era identica.

———◆———

Tornata a Londra, Norma non riusciva a togliersi dalla mente le strane coincidenze legate alla bambina, inclusa la libellula che spuntava regolarmente dal nulla. Non era la prima volta che la presenza di quell'insetto l'aveva stupita: mentre parlava con il funambolo di Hyde Park ne era apparsa una, e poi un'altra anche in Brasile, quando era sotto l'effetto dell'*ayahuasca*.

Andò in biblioteca alla ricerca di un volume sugli insetti. Trovato il libro giusto, si sedette, girò in fretta le pagine.

Libellula (Linnaeus, 1758) Nome comune degli insetti appartenenti all'ordine degli Odonati*. Lat. scient.* Libellula *dal class.* Libella *« livella », diminutivo di* libra*, « bilancia », così chiamata perché vola tenendo le ali orizzontali.*

Scorse velocemente le informazioni sulle caratteristiche fisiche e comportamentali, soffermandosi solo sull'ultimo paragrafo.

In alcuni Paesi, il valore simbolico della libellula è collegato all'immortalità, alla fortuna e alla rinascita. In altri, è in relazione al culto dei morti; rappresenta infatti l'anima dei defunti in cerca di riposo.

« *Re-Nata* »... *Colei che è nata di nuovo*... Come aveva fatto a non pensarci? Anche il nome le dava ragione!

———— ◆ ————

Londra

Il primo febbraio del 1979, l'*āyatollāh* sciita Ruḥollāh Khomeynī era arrivato trionfalmente all'aeroporto di Teheran dopo quindici anni di esilio. Ad accoglierlo c'erano migliaia di persone, le stesse che, nelle settimane precedenti, avevano costretto lo *shāh* Mohammad Reza Pahlavi a lasciare l'Iran.

Una volta al potere, Khomeynī aveva marginalizzato tutte le forze politiche, determinato a instaurare nel Paese una repubblica islamica di cui sarebbe stato il leader religioso e politico.

Bijan era entusiasta di quel cambiamento radicale. «Daremo un nuovo inizio al Paese e secondo le leggi che noi riteniamo giuste, non sui sistemi imposti dall'Occidente.»

«Sostituite un regime autoritario con un sistema oligarchico che si prospetta persino peggiore? Un dubbio, Bijan. È tutto quello che ti chiedo», insisteva Elia.

«Se credi nella parola di Dio, non possono esserci dubbi. Dio e lo Stato devono essere la stessa cosa.»

Mentre i due discutevano, Monique spiegò a Norma che il nuovo governo aveva promesso a Bijan un ottimo lavoro in uno dei ministeri, e annunciò che prima della fine dell'anno si sarebbero trasferiti a Teheran.

Partirono subito dopo Natale. Nei mesi che seguirono, i timori di Norma ed Elia sulle sorti del Paese furono confermati dalle notizie sempre più allarmanti che arrivavano dall'Iran. Ogni opposizione al regime era stata brutalmente eliminata. Le tensioni sociali e le esecuzioni sommarie aumentavano, unite alle fustigazioni pubbliche, alla lapidazione delle donne adultere, alle esecuzioni di dissidenti e omosessuali. La tensione internazionale raggiunse il culmine quando un gruppo di studenti prese in ostaggio una cinquantina di diplomatici all'interno dell'ambasciata americana di Teheran. Poi, nel settembre 1980, iniziò una guerra sanguinosa tra Iran e Iraq provocata da quest'ultimo.

«Bijan è un uomo estremamente capace, una mente eccezionale, ed è stato trasformato in una pedina del potere», commentava Elia, amareggiato.

Monique però scriveva che stavano bene. Ammetteva che la situazione era difficile, ma era certa che tutto si sarebbe sistemato. Bijan, invece, una volta lasciata Londra, aveva troncato del tutto i contatti.

«Nessuna critica, nessun commento negativo da parte di nessuno dei due», sottolineava Norma.

«Temeranno la censura», suggerì Elia.

Poi, da un giorno all'altro, le notizie da Monique cessarono di arrivare.

Solo alla fine del 1980, giunse di nuovo una sua lettera. Era stata spedita dalla Francia.

———————◆———————

Teheran, dicembre 1980

Cari Norma ed Elia,

Bijan temeva che, scrivendovi, mettessi a rischio il suo lavoro e la nostra sicurezza, di conseguenza ho dovuto interrompere la corrispondenza. Per fortuna, un amico che lavora all'ambasciata francese sta partendo per Parigi e si è offerto di spedirvi questa lettera direttamente da là.

La situazione qui è grave. Non mi dilungo a descrivere i soprusi del nuovo governo perché sicuramente la stampa occidentale ha già provveduto a elencarli. I giornali però dimenticano che, a marzo dello scorso anno, c'è stato un referendum e oltre l'89 per cento della popolazione ha appoggiato la scelta di una repubblica islamica. Non è un'impresa facile, e talvolta la situazione può sfuggire di mano, ma proprio per evitare che le cose precipitino, qui c'è bisogno di persone come Bijan.

In casa la situazione non è meno difficile. Entrambi i miei suoceri hanno perso il lavoro. Hanno smantellato l'orchestra in cui lui suonava e la scuola di danza classica che mia suocera dirigeva, perché suonare e danzare sono considerate at-

tività peccaminose. Come se non bastasse, il governo ha proibito di tenere animali domestici. Mia suocera possiede un barboncino che ama come un figlio. Si chiama Nureyev e, dopo la Rivoluzione, non è più stato possibile portarlo fuori. Ora è costretto a fare i suoi bisogni sul balcone e, abituato com'era alle sue passeggiate giornaliere, guaisce da mattina a sera. So che là fuori succedono cose atroci e non dovrei preoccuparmi per le sorti di un cane, ma sentirlo lamentarsi di continuo è insopportabile.

Londra mi manca. Mi mancate entrambi, e vi abbraccio con tutto il mio affetto,

MONIQUE

◆

Passarono altri quattro mesi prima di ricevere un'altra sua lettera. Anche questa era stata spedita dalla Francia.

Teheran, aprile 1981

Cari Norma ed Elia,
approfitto di un nuovo viaggio del mio amico dell'ambasciata francese per scrivervi. Noi stiamo bene, anche se questa frase stona con l'atmosfera che si respira da queste parti. I genitori di Bijan sono ancora molto provati; come se non bastasse aver perso il lavoro, ieri le guardie sono venute a casa e hanno confiscato a mio suocero gli strumenti musicali. Quando Bijan l'ha saputo, ha perso il controllo. Non l'avevo mai visto così alterato. Per settimane aveva cercato di convincere i ministri ad allentare il divieto riguardante la musica. Tutto inutile.

Vorrei tanto tornare in Europa, ma Bijan è determinato a vivere qui, nel suo Paese, e il mio posto è accanto a lui.
Vi abbraccio con grande nostalgia.

MONIQUE

P.S. Nureyev, il barboncino di mia suocera, non c'è più. Qualche settimana fa, Bijan, stanco di sentirlo guaire, lo ha portato fuori e due ore dopo è rientrato da solo. Nessuno, nemmeno sua madre, gli ha chiesto dove fosse il cane.

———◆———

Norma ed Elia provarono a telefonarle. Rispose una voce sconosciuta, poi la cornetta passò a Bijan. «Elia, per favore, non chiamateci più. Londra è un capitolo chiuso delle nostre vite, non abbiamo più niente da spartire con il passato».

«Ci rivedremo?»

«Non credo. La nostra vita adesso è qui. Vi prego, lasciateci tranquilli.» E interruppe la comunicazione.

Qualche giorno dopo, Norma fece un altro tentativo. Chiamò di nuovo in un orario in cui era sicura di non trovare Bijan in casa. La linea telefonica era stata sospesa.

1982

◆

Riviera Ligure, estate

Un cielo senza colore, indistinguibile dalla grigia distesa del mare. Intorno, un vociare di bambini, mamme che gridavano ai figli di uscire dall'acqua, venditori ambulanti che cantilenavano: «Cocco-bello!» lungo la battigia.

Da una radio salivano le note dell'ultima canzone di successo.

Un'estate al mare...
Voglia di remare...
Fare il bagno al largo...
Per vedere da lontano gli ombrelloni, oni, oni...

«Meglio andare in stazione», disse Elia, senza distogliere lo sguardo dall'orizzonte. C'era più di un'ora per la partenza dell'Intercity che lo avrebbe portato a Milano, ma il suo tono non lasciava spazio a repliche o a obiezioni.

Erano scesi in Italia per le ferie. Di solito trascorrevano qualche giorno ai Lidi Ferraresi con Guido e la Elsa prima di proseguire per il Sud. Quell'anno, invece, si erano fermati a Chiavari dagli zii, nell'appartamento che Dolfo aveva finito per comprare. Da lì era facile combinare le ferie con le riunioni di lavoro di Elia a Milano.

Le tre del pomeriggio e sulla spiaggia non c'era un filo d'aria. L'estate aveva l'odore di un frutto troppo maturo, l'aroma dolciastro di quel fine settimana nella casa di Dolfo, con i fiori appassiti nel vaso e l'immagine di sant'Antonio attaccata alla vetrina della credenza. Ce l'aveva messa la Zena. Pareva proteggere i bicchieri del vermouth, i calici di cristallo e le tazzine buone. Ovunque, immagini di Donata. L'ingrandimento di una sua foto occupava mezza parete della sala: sorrideva sullo sfondo del lago Maggiore, il cappello di paglia sui riccioli neri, una camicetta senza maniche e i jeans.

Due ore prima, Norma ed Elia avevano fatto l'amore in quella stanza. Lei insisteva che erano i giorni giusti e che bisognava provarci il più possibile. Lo avevano fatto in piedi, la mano di lui sulla bocca di Norma, per paura che gli zii li potessero sentire.

«Andiamo, se no perdo il treno», insistette Elia sulla spiaggia, e tolse i piedi dall'acqua.

Salirono in macchina. Il caldo era opprimente. Lei guidava in prima, bloccata in continuazione dal via vai dei bagnanti. Sbuffava se qualcuno camminava in mezzo alla strada, imprecava quando i pedoni si fermavano a chiacchierare sulle strisce.

Arrivarono alla stazione che mancavano tre quarti d'ora per il treno. C'era molta folla, ma riuscirono a trovare posto su una panchina. Lui fumava, tanto per aver qualcosa da fare, o forse soltanto perché non aveva niente da dire. Lei fissava i cartelloni pubblicitari: corsi accelerati di inglese, dentifrici che profumavano l'alito, viaggi in Thailandia a prezzi stracciati.

Un uomo sulla cinquantina le si sedette accanto. Puntò gli occhi sulla scollatura del suo vestito, come se ci si volesse infilare dentro. Norma nemmeno se ne accorse. Elia invece lo notò, ma fece finta di niente e si accese un'altra sigaretta.

La folla di viaggiatori sciamava lungo i binari: camicie sudate, bambini con la bocca sporca di gelato, adolescenti con i capelli a cresta e file di anelli sulle orecchie. Qualcuno indossava calzoni di lino e occhiali da sole Ray-Ban, ma per la maggior parte si trattava di gente in ciabatte con vistosi aloni di sudore sotto le ascelle. Si trascinavano dietro valigie enormi, quasi fossero cani ostinati che non volevano saperne di muoversi.

Norma chiuse gli occhi. Tutto in quella stazione le era insopportabile. Il sole le graffiava le tempie, staccava i pensieri e li schiacciava sul pavimento insieme ai mozziconi delle sigarette e alla carta unta delle pizze al trancio. Di tanto in tanto, un treno le sfrecciava davanti con un boato che la faceva sussultare. Riapriva gli occhi e riusciva a cogliere solo fotogrammi dei passeggeri nei vagoni in corsa.

Arrivò l'annuncio dell'Intercity per Milano.

Lo videro avvicinarsi.

Rallentò sino a fermarsi davanti a loro con un lungo lamento.

«Rimani...» gli sussurrò lei, negli occhi la paura delle cose che non hanno un futuro.

«Sono solo quattro giorni», rispose Elia, evitando il suo sguardo.

Le porte del treno si aprirono. Norma si avvicinò al marito per baciarlo.

«Ti telefono appena arrivo», le disse lui, fingendo di non essersene accorto, e salì.

Poco dopo, si sporse dal finestrino. Norma lo salutò con un gesto della mano, poi si girò e si incamminò verso l'uscita. Avrebbe desiderato correre via, ma si sforzò di rallentare. Non voleva che lui notasse che stava piangendo.

Elia invece se n'era accorto e la osservava, un'espressione seria sul viso, mentre lei si stava allontanando di spalle. Per un momento pensò di scendere, correre da lei e abbracciarla, e baciarla, e dirle: «Non parto più...» Ma non lo fece.

Di colpo un'idea gli si infilò nella mente: *Norma sapeva? Aveva capito qualcosa?* I battiti del suo cuore si fecero più veloci e iniziarono a martellargli nelle tempie. Si accasciò sulla poltrona. Ripercorse nella mente ogni penoso dettaglio di quel saluto: il bacio che aveva evitato, la sorpresa negli occhi di Norma, il dolore che lei aveva tentato di mascherare. Il caldo era opprimente, la sua camicia ormai inzuppata di sudore. Guardò l'orologio, per la terza volta in cinque minuti. Voleva che il treno partisse, che finalmente entrasse un po' d'aria, là dentro.

Due uomini seduti di fronte a lui discutevano dello scandalo del Banco Ambrosiano. Al dramma finanziario della banca, si stavano aggiungendo particolari oscuri, come la morte del suo presidente, Roberto Calvi, trovato appeso a una corda sotto il ponte di Blackfriars a Londra.

Il passeggero accanto a lui, invece, leggeva un articolo sui mondiali di calcio. I titoli dicevano: ITALIA-GERMANIA 3-1 e, sotto, a caratteri cubitali: CAMPIONI DEL MONDO!

Il fischio del capostazione.

Un lungo cigolio.

Il primo strattone, poi un altro.

Il treno si mosse con fatica, arrancando.

A poco a poco guadagnò velocità e finalmente l'aria iniziò a entrare nello scompartimento.

Elia chiuse gli occhi, sforzandosi di ignorare la discussione sul crac del Banco Ambrosiano.

A quest'ora, lei sarà già a Milano, che mi aspetta in albergo, pensò. Ripercorse nella mente i tratti del suo viso: le labbra piene, il neo accanto alla bocca... Ricordò la sua risata contagiosa, poi quel modo strano che aveva di starnutire: così ridicolo, come un cinguettio...

Sorrise. Pensarla lo rendeva felice, gli faceva dimenticare la mediocrità della sua vita. Proprio lui, che aveva giurato di non conformarsi, conduceva un'esistenza borghese, fin troppo tranquilla. Lavorava sempre alla McLaren e negli anni aveva fatto carriera, ma niente lo entusiasmava più. Aveva già i primi capelli bianchi e tra qualche anno sarebbe diventato vecchio. Conduceva un'esistenza ordinaria: casa e ufficio, vacanze in Italia in estate, una cena al ristorante per i vari anniversari... Tutto uguale, tutto scontato, anno dopo anno... Cos'era successo al suo spirito ribelle? Dov'era finita la sua coscienza sociale? Aveva finito per adeguarsi, come tutti. E poi c'era Norma: Norma che non rideva più, che a volte nemmeno chiudeva gli occhi mentre facevano l'amore. L'anno prima, quando era stata assunta da una nuova catena televisiva, Channel 4, lui aveva sperato che il lavoro più stimolante la distraesse e le facesse dimenticare l'ossessione di rimanere incinta. Ma nemmeno il nuovo impiego era servito. Da anni lui si era abituato all'idea di non avere figli; lei invece non si dava per vinta. Facevano l'amore con l'unico scopo di procreare, e soltanto dopo aver consultato il calendario, controllato la temperatura e bucato le cosce di Norma con altre iniezioni.

Arrivato a Genova, Elia scese dal treno e corse verso un telefono pubblico. Infilò un gettone e compose il numero dell'hotel di Milano.

Non appena gliela passarono, lei gli disse: «Mi sei mancato così tanto...» E poi aggiunse, quasi sottovoce: «Ti amo, Elia. Ecco, avevo voglia di dirtelo».

Lui trattenne il fiato. Sapeva che lei, adesso, avrebbe voluto sentirsi rispondere: «Anch'io ti amo», ma non ne fu capace. «Com'è andato il viaggio?» si limitò a chiederle.

« Stanchissima, ma felice. Quando arrivi? »
« Un paio d'ore e sono da te. Scappo se no perdo il treno. A più tardi. »
Risalito sul vagone, si accasciò di nuovo sulla poltrona e chiuse gli occhi.

Solo adesso, dopo quel « ti amo » che lei gli aveva confessato per la prima volta, Elia sentì che stava tradendo Norma. Fino ad allora si era trattato solo di sesso, di pochi incontri rubati durante i viaggi di lavoro. Sesso che non lasciava traccia, che poteva lavarsi via sotto la doccia. Nessun senso di colpa, solo felicità. Felicità allo stato puro. Però in quel momento, su quel treno che sfrecciava verso Milano, Elia sentì che stava perdendo il controllo. Dopo quella breve telefonata, qualcosa era cambiato. Quel « ti amo » toglieva di mezzo ogni ipocrisia. Inutile raccontarsi delle favole: tutti e due sapevano che non si trattava solo di sesso.

All'inizio della loro storia, lui aveva messo in chiaro che non avrebbe mai lasciato Norma. Lei gli aveva assicurato che le andava bene anche solo vederlo di tanto in tanto. Quando si incontravano erano felici, e quello bastava. La loro era una scelta adulta, libera da falsità e ipocrisie. Erano complici, amanti, amici. Le era sufficiente.

Su quel treno verso Milano, Elia ricordò la sera che avevano passato in un albergo di Vienna. Avevano visto *Casablanca* in TV e discutevano del film. Lui aveva iniziato a imitare Humphrey Bogart: « 'Con tanti ritrovi nel mondo doveva venire proprio nel mio?' » Lei si era subito calata nel ruolo della Bergman. « 'Sono colpi di cannone o è il mio cuore che batte?'... Mi sa che sono gli autobus giù in strada... » aveva scherzato.

Da quella sera, prima di lasciarlo, lo salutava con le parole di quello che consideravano ormai il loro film. « 'Avremo sempre Parigi' », gli diceva ogni volta.

I passeggeri dello scompartimento erano scesi. Elia si tolse i sandali e appoggiò i piedi sul sedile di fronte. Si impose di cacciare via ogni pensiero buio e si concentrò su di lei, che lo attendeva in albergo. La verità era che, quando si incontravano, lui era totalmente, assurdamente felice. Momenti rubati a una quotidianità insoddisfacente che gli erano diventati necessari come l'aria. Rinunciarvi avrebbe significato uccidere una parte di sé. E poi lui non aveva mai accettato la monogamia, né i giuramenti cristiani, né la stucchevole morale della società borghese. La realtà era più complessa di quello che il loro perbenismo voleva imporgli.

Se solo Norma avesse condiviso il suo punto di vista, non sarebbe stato costretto a mentirle. Se fosse stata lei, a innamorarsi di un altro, non le avrebbe impedito di frequentarlo. Avrebbe temuto di perderla, certo, ma non l'avrebbe fermata.

1983

Era passato più di un anno dall'ultima lettera di Monique, poi, una sera, il telefono squillò.

Rispose Elia. «Monique, finalmente! Eravamo così preoccupati. Stai bene?»

«No, per niente, purtroppo. Non posso rimanere molto al telefono, ma volevo informarvi che sto facendo di tutto per tornare. Però Bijan mi ha sequestrato il passaporto.»

«Vuoi che faccia qualcosa, che avvisi la tua ambasciata?»

«Ci hanno già pensato i miei. Mia madre ha anche scritto a Bijan che mio padre sta molto male. Presto mi farà recapitare un telegramma avvisandomi che è in punto di morte. Spero che così funzioni e mi lascino partire.»

Elia passò il telefono a Norma, e Monique, a quel punto, scoppiò a piangere.

«Pronto? Che c'è, perché piangi?»

«Sono incinta, *Bonbon*. Devo lasciare Teheran prima che la gravidanza si noti, altrimenti Bijan non mi permetterà più di lasciare l'Iran.»

«Non puoi divorziare?»

«In caso di divorzio, la custodia dei figli viene assegnata ai padri. Non posso rischiare di perdere mio figlio e non posso nemmeno permettere che cresca...»

«Monique... Pronto, Monique?»

Aveva riattaccato, o qualcuno l'aveva fatto per lei.

Temevano che non l'avrebbero più sentita ma, poco prima di Natale, lei chiamò dalla Francia: stava bene, e disse che, una volta nato il bambino, sarebbe tornata a vivere a Londra.

«Puoi contare su di noi», le assicurò Elia.

Cinque mesi dopo, nacque un maschietto. Monique lo chiamò Pierre e volle che Norma ed Elia fossero la madrina e il padrino del battesimo. La cerimonia si tenne nella città di lei, a Lille. Poi, non appena il bambino ebbe compiuto un anno, Monique ritornò in Inghilterra insieme al figlio. Restare in Francia significava dipendere dalla famiglia, e lei voleva riprendere la sua vita da sola, ricominciare esattamente da dove l'aveva lasciata prima di sposarsi.

◆

Londra, ottobre

Elia, caro,

fuori è ancora buio. Ho già chiamato un taxi e ti lascio questa lettera sul cuscino. Preferisco andarmene mentre stai ancora dormendo. Mi è diventato insopportabile doverti lasciare in città sempre diverse, in qualche anonima stanza d'albergo come questa. All'inizio, ti avevo promesso che il tempo che potevi dedicarmi mi sarebbe bastato, ma sono stata una bugiarda, perché adesso non mi basta più. Il mio posto nella tua vita è diventato troppo piccolo. Sono stanca di fingere che tutto vada bene, di non usare le parole «ti amo» solo per farti sentire meglio. Sono stanca di andare a letto con uomini di cui non mi importa niente per far sì che tra noi i conti tornino.

Ieri sera, quando ti ho raccontato del mio ultimo amante, avrei voluto vedere un po' di dolore nei tuoi occhi, un briciolo di gelosia. Tu, invece, hai detto pacatamente che era un mio diritto, e che era importante rispettare i desideri dell'altro.

Sai che ho fatto ieri pomeriggio? Sono andata davanti a casa tua, per vedere dove vivi. Ho percorso la strada che fai ogni sera quando torni da tua moglie. In una sorta di patetico pellegrinaggio, ho respirato la tua aria, sentito sulla pelle la stessa pioggia. Per me erano solo strade senza ricordi, angoli indifferenti alla nostra storia. Ho sentito forte il dolore di doverti lasciare tra cose non mie, come se io non fossi mai esistita, e come se quel palazzo, quell'albero, quel vecchio per strada, facessero più parte di te dei miei occhi. Arrivata davanti a casa tua, ho sbirciato dentro la finestra, come una ladra. Volevo vedere il divano dove tu e tua moglie guardate la TV, il tavolo dove mangiate... Ho provato gelosia, rabbia, solitudine. Ma soprattutto, ho provato vergogna. Mi sto comportando come il personaggio di una telenovela. Sto diventando il tipo di donna che ho sempre disprezzato, e non lo sopporto.

Ieri ho toccato il fondo, Elia, e non permetterò che si ripeta. Non incontriamoci più.

Avremo sempre Parigi.

Un bacio.

◆

Elia si svegliò al suono della sirena di un'ambulanza che correva in strada. Vide la lettera sul cuscino. La lesse, il respiro corto. Si vestì in fretta, corse giù per le scale senza aspettare l'arrivo dell'ascensore. Fermò un taxi al volo e si fece portare a Heathrow.

La vide al banco del check-in. Si avvicinò mentre lei già si avviava verso il controllo di polizia e la abbracciò di spalle, la abbracciò forte. «Resta. Troverò una scusa, passeremo qualche altro giorno insieme... Ti prego, non lasciarmi.»

Lei capì dalla voce che stava soffrendo, che era sincero. La carta d'imbarco le si accartocciò nel pugno.

1985

◆

Londra, 20 novembre

Il postino consegnò a Norma una raccomandata. Sulla busta: CONSOLATO ITALIANO DI SAN PAOLO.
   Lei firmò e chiuse la porta. Aprì, le mani che le tremavano.

San Paolo, 15 novembre 1985

Gentile signora Martiroli,
   Le scriviamo perché Lei è stata indicata dalla signora Maria Luz Schiavon come parente più prossima.
   Siamo spiacenti di doverLe comunicare che la signora è deceduta il giorno 10 novembre scorso, vittima di un incidente automobilistico.
   Seguendo le indicazioni contenute nel testamento depositato dalla signora Schiavon presso il notaio Joao Marcelo da Silva di questa città, il corpo è stato cremato. Nelle sue ultime volontà, la signora aveva chiesto che metà delle sue ceneri fosse sparsa nel cafezal di Cachoeira Grande e l'altra metà fosse portata in Italia, nel Paese d'origine della madre.
   Nel testamento, la signora Schiavon esprime il desiderio che la custodia della figlia Renata sia affidata a Lei e a suo marito. Al momento, la bambina si trova in casa di un'amica

della madre, ma attendiamo con urgenza disposizioni al riguardo.

Con le nostre più sentite condoglianze.

Fabio Primi,
segretario del console italiano di San Paolo

◆

Passò l'intera giornata chiusa in casa. Pianse, ripensò ai bei momenti che lei e Maria Luz avevano condiviso. Soffrì anche per la bambina, orfana a soli dieci anni.

Nel pomeriggio, prese in mano il telefono per chiamare Elia, ma posò la cornetta prima di aver composto il numero.

Quella sera, attese il suo ritorno in strada. L'aria era fredda, i marciapiedi lucidi di pioggia. Lo vide sbucare in fondo alla via. Quando le fu vicino, lui la baciò sulla fronte.

«Ho una brutta notizia. Vieni», gli disse Norma.

Si sedettero in cucina. Lei gli passò la lettera in silenzio.

Vide il suo pallore, l'espressione di incredulità mentre leggeva.

«Perché chiederci di farci carico della bambina? Renata ha un padre; toccherebbe a lui crescerla», gli disse, una volta che lui ebbe terminato la lettera.

«Il padre sono io», rispose Elia.

PARTE TERZA

1975

Cachoeira Grande, aprile
Dieci anni prima

Erano andati alla cascata da soli. Avevano nuotato nudi, complici ancor prima di sfiorarsi. Poi, seduti su una lastra di roccia, avevano chiacchierato e il discorso era finito su Norma.

«Devi amarla molto», aveva detto Maria Luz.

«Norma è la cosa più importante.»

Erano così vicini che Elia poteva sentire il fiato di lei sulla guancia. Le loro dita si erano toccate, un gesto naturale, quasi involontario. Poi i visi si erano avvicinati, le labbra si erano dischiuse...

«È meglio andare», aveva detto Elia, ed era scattato in piedi.

Anche Maria Luz si era alzata di colpo, turbata dal suo gesto, però aveva appoggiato male un piede sulla pietra umida ed era caduta. «Non è niente», gli aveva assicurato, ma un filo di sangue le scendeva dal labbro.

Elia l'aveva aiutata a rialzarsi e le aveva sfiorato la bocca con un dito. «Ti sei tagliata...»

Era stato quel tocco leggero, quasi impercettibile, a far sì che superassero il limite. Si erano fissati, gli sguardi incollati l'uno all'altra. Un attimo di silenzio puro, perfetto.

Poi lui le aveva sollevato il mento e l'aveva baciata, senza curarsi del sangue sulle sue labbra, senza più curarsi di nulla.

Intorno nessun movimento, nessun suono, respiro, passo di animale, volo d'uccello. Il ronzio delle api era cessato. Il fruscio dell'erba, il fragore della cascata, il tremolio delle foglie, il solletico di una formica sul polpaccio... tutto adesso era immobile, in uno stato di sospensione assoluta. E in quell'arresto temporaneo di ogni movimento, legge naturale o regola, solo i loro respiri, i muscoli, i nervi, le cellule e i neuroni avevano continuato a vibrare, a fremere e a modificarsi seguendo il movimento della Terra.

Dopo aver fatto l'amore, la parentesi si era chiusa. L'ingranaggio del tempo si era rimesso in moto, e il ronzio delle api, il fruscio dell'erba, il fragore della cascata, il tremolio delle foglie, il solletico della formica sul polpaccio avevano ripreso a esistere.

«Non deve più succedere», le aveva detto Elia, mentre lei era ancora tra le sue braccia.

Erano tornati verso la *fazenda*, ripercorrendo le colline del *cafezal* senza parlarsi, gli zoccoli dei cavalli che battevano lenti e ritmici sul sentiero.

Due giorni dopo, Maria Luz era tornata a San Paolo con una scusa.

Quando poi aveva scoperto di essere incinta, aveva preferito non dire niente a Elia. Era stata benedetta da quella gravidanza e non intendeva rovinare il matrimonio di nessuno, men che meno fare del male a Norma. Però, a mano a mano che Renata diventava grande, Maria Luz si era convinta che la bambina avesse il diritto di sapere chi era suo padre. Lei era cresciuta senza conoscere il proprio e non le sembrava giusto imporre lo stesso destino alla figlia. Così, quando la bambina aveva già quattro anni, lei e Renata erano andate a Stellata.

◆

Aveva aspettato un pomeriggio in cui Norma era in camera a riposare per parlare a Elia.

Lui l'aveva fissata senza mostrare nessuna reazione.

«Elia, mi hai sentito? Renata è tua figlia», gli aveva ripetuto Maria Luz.

Lui aveva chiuso gli occhi, come se con quel gesto avesse potuto spingere via la realtà, cancellare quelle parole e riportare ogni cosa a com'era pochi secondi prima. Solo dopo qualche secondo le aveva detto: «Lo avevo sospettato, ma mi ero convinto che le possibilità che io fossi il padre erano remote».

«Non hai nessun obbligo. Puoi anche dimenticarti di questa conversazione.»

Lui aveva iniziato a camminare su e giù per la stanza, pallido, il respiro più rapido. «Non lo so quello che voglio, Maria Luz! Lasciami il tempo di riflettere.» Si era fermato di colpo e l'aveva fissata. «Solo una cosa voglio che sia chiara: Norma non deve sapere niente. Dobbiamo lasciarla fuori da questa storia.»

«Questa 'storia', come la chiami, è tua figlia. Puoi stare tranquillo, non voglio sconvolgere la vita di nessuno. Desidero solo che la bambina ti frequenti nei limiti che ti sarà possibile. Se il ruolo di padre ti sta stretto, potresti essere un cugino, un amico di famiglia, Babbo Natale... Fai tu.»

Quella notte, Elia non aveva chiuso occhio. Il mattino seguente si era alzato presto ed era andato a camminare lungo il Po. Una figlia era importante e il suo senso di responsabilità gli impediva di ignorarla. Però aveva una moglie, un'altra vita. Come occuparsi della bambina, vivendo così lontano? E c'era anche lei, Maria Luz. Uno sguardo gli era stato sufficiente per capire che, dopo cinque anni, l'attrazione tra loro non si era spenta.

Elia era risalito lungo la strada che portava all'argine e aveva preso il sentiero che conduceva a casa dei suoi. Aveva bisogno di liberarsi, di parlare con qualcuno che gli voleva bene.

Bicicli era rimasto senza parole e si era accasciato su una sedia. «Ma, diobuono, non potevi stare attento?»

La Ghelfa invece era rimasta in piedi, ferma come una statua. «*Mi a dig che al Signor al t'ha fat la testa sol par tégnar dispartì li ureci!* Io dico che il Signore ti ha fatto la testa solo per tener separate le orecchie!» aveva strepitato.

«Il guaio è combinato; è inutile che ti arrabbi», le aveva detto il marito.

«Cosa pensi di fare? Vorrai mica dirglielo, a tua moglie», aveva chiesto la Ghelfa.

«Norma non deve sapere niente. Almeno su questo siamo d'accordo.»

Era mattina, ma Bicicli aveva versato un grappino a tutti e tre. «Il tuo dovere però lo devi fare. Puoi passare alla madre dei soldi per crescere la bambina, ma che la cosa si fermi lì.»

«*Mo tasi, ca't fè più bèla figura!* Taci, che ci fai una figura migliore! Quella creatura è tua nipote. Mi dici come farai adesso a far finta di niente?» aveva esclamato la moglie.

Bicicli l'aveva fissata con sgomento: a quel particolare, lui, mica ci aveva pensato.

«Sono suo padre, e farò il mio dovere», aveva concluso Elia.

——————◆——————

Dopo quel viaggio in Italia, Maria Luz aveva assunto una tata inglese in modo che la bimba imparasse la lingua e potesse comunicare con Elia. Si era deciso che lei e Renata lo avrebbero raggiunto durante i suoi viaggi all'estero e, se non ne erano previsti, Elia avrebbe fatto in modo di andare a Cachoeira Grande. Nel frattempo, almeno per il momento, era meglio se la bimba lo considerava un semplice parente.

Si erano incontrati di nuovo qualche mese dopo, nel *cafezal*, in occasione del compleanno di Renata.

La bambina ricordava bene Elia e lo aveva accolto con grandi manifestazioni d'affetto. In una fotografia della festicciola per i suoi cinque anni, spegne le candeline seduta sulle ginocchia del padre, una libellula sulla spalla.

Quel pomeriggio, Elia l'aveva portata con sé in una lunga cavalcata sulle colline. Galoppava a velocità sostenuta, e la bambina, con lui sulla sella, sembrava non aver paura di niente. «Più forte, ancora più forte!» lo spronava.

Giunta la sera, la bambina era troppo eccitata e non voleva andare a letto. «Perché devo andare a dormire se non sono stanca? Io a letto non ci vado!»

«Ci vai, eccome! Avanti, fila in bagno che ti metto il pigiama.»

«Non è giusto! Tu stai alzata quanto vuoi, e io no!» aveva protestato Renata.

Se ci fosse stata anche solo l'ombra di un sospetto sulla paternità della bambina, osservarla da vicino aveva dissipato l'ultimo dubbio: in Renata, Elia aveva subito riconosciuto il proprio carattere, lo stesso coraggio e lo stesso spirito ribelle che lui aveva mostrato nella sua infanzia.

Più tardi, Elia e Maria Luz, senza bisogno di dire nulla, erano saliti mano nella mano in camera di lei. Le formalità non servivano, ed entrambi sapevano che prima o poi sarebbero tornati a essere amanti.

Lui era ripartito per Londra due giorni prima di Natale. Maria Luz lo aveva accompagnato all'aeroporto insieme alla bambina. Al momento dell'imbarco, Renata gli aveva mandato tanti baci con la mano. Elia aveva fatto lo stesso, poi si era girato ed era sparito.

Sarà sempre così. Ogni Natale, dopo ogni nostro incontro, andrà da sua moglie, aveva riflettuto Maria Luz.

« Quando torna lo zio? » aveva chiesto Renata.

« Presto, tesoro. Vieni, andiamo a casa. »

———— ◆ ————

In tutti quegli anni, Norma non aveva mai sospettato nulla. C'erano stati particolari che avrebbero dovuto metterla in guardia, ma non c'è nulla di più facile che ingannare chi ha piena fiducia in te. Eppure i segnali d'allarme c'erano stati. Prima di un viaggio del marito, Norma si era accorta che Elia aveva scordato di mettere in valigia il pigiama. Quando si era affrettata ad aggiungerlo, si era ritrovata davanti una bambola.

« E questa? » gli aveva chiesto.

« È di un collega. Parte con me per Boston e l'ha dimenticata in ufficio. »

« Non potevi dargliela al rientro? »

« L'ha comprata per una nipote che vive là », aveva subito replicato Elia, e lei gli aveva creduto.

C'erano anche stati la ricevuta di un hotel in una località sciistica, e il conto di un ristorante a Bruxelles, città che, per quello che ne sapeva Norma, Elia non aveva mai visitato. Lei però non pensava che Elia potesse nasconderle qualcosa. La qualità che più amava nel marito era la franchezza, e per cinque, lunghi anni, non si era mai insospettita.

Finché, nel novembre del 1985, tutto cambiò.

1985

◆

San Paolo, 9 novembre

In occasione di quel viaggio, Maria Luz aveva raggiunto Elia da sola. Renata stava crescendo ed era più difficile adesso farle saltare la scuola. Avevano affittato un piccolo appartamento nel centro di San Paolo. Aveva un'aria più intima di un hotel, e dava loro la sensazione di avere «una vita normale», come diceva la gente. Non che la normalità fosse qualcosa a cui nessuno dei due aspirasse. Restavano, innanzitutto, amanti.

Una sera, a cena in un ristorante di Parigi, Elia aveva ordinato un piatto insolito di selvaggina, e il cameriere aveva osservato: «Suo marito ha gusti raffinati, signora».

«Lui non è mio marito; è il mio amante», lo aveva corretto Maria Luz, facendolo piombare nell'imbarazzo.

Entrambi non pensavano alla loro relazione come a qualcosa di sbagliato. Vivevano ogni incontro come un regalo della vita, un vino d'annata che si poteva assaporare solo di tanto in tanto. Non credevano nella morale borghese e, al massimo, consideravano la loro storia come «un meraviglioso peccato veniale».

Per i primi anni, a Maria Luz questo bastava. Aveva stretto un patto con Elia e intendeva mantenerlo. Con il passare del tempo, però, si era ritrovata, suo malgrado, a desiderare la quotidianità che Norma ed Elia condividevano. Prima la «normalità» la infastidiva, ma la situazione era cambiata.

L'ultima sera a San Paolo, erano già a letto, quando Elia diede un'occhiata all'orologio. «Scusa un momento.»

Portò in bagno il telefono e chiuse la porta, ma lei non poté fare a meno di sentire alcune frasi della sua conversazione. «Anche tu mi manchi... Certo, presto sarò a casa...»

Quando tornò a letto, Maria Luz gli girò le spalle.

«Che c'è?»

«Sono stanca di queste bugie. La nostra relazione è fondata su delle menzogne. Meglio farla finita, Elia, una volta per tutte.»

«Non posso perderti.»

«Non sei nella posizione di decidere. Lo faccio io per tutti e due.»

«Dobbiamo pensare a Renata; e anche tu adesso fai parte della mia vita.»

«Che posto avrei io, nella tua vita? Sono la tua amante, un passatempo, la madre della figlia che tua moglie non è stata capace di darti?»

«Non essere crudele.»

Lei distolse lo sguardo. «Hai ragione, Norma non ha colpa.» E poco dopo aggiunse: «Il mese prossimo mi sposo».

«Con chi?»

«Che t'importa? Anche tu sei sposato.»

«Lo ami?»

Lei non rispose.

«Sei innamorata di lui?» la incalzò Elia.

«La bambina sta crescendo e ha bisogno di un padre.»

«Un padre ce l'ha già.»

«E allora comportati come tale! Vivile accanto, ascoltala

quando ha bisogno di te. Fai in modo di esserci mentre cresce e quando qualcuno le spezzerà il cuore.»

«Non è quello che avevamo concordato.»

«*Concordato?* Cosa sono, un tuo socio d'affari? Non mi importa nulla di quello che ho detto o promesso cinque anni fa! La situazione è cambiata, io e Renata abbiamo bisogno di stabilità.»

Lui rimase in silenzio.

«Mi sposo, Elia. Tra noi finisce qui», ribadì.

Lui si sedette sul bordo del letto e si accese una sigaretta.

«Vedo che la notizia non ti ha scosso più di tanto.»

«Hai diritto di vivere la tua vita.»

«Quando si inizia a parlare di diritti e di doveri, le relazioni non hanno più senso. Non vale più la pena viverle.»

E, a quel punto, spense la luce e gli girò di nuovo le spalle.

Il mattino dopo, si svegliò da sola nel letto. Elia era già uscito. Le aveva lasciato un biglietto sul tavolo: due righe e un numero di telefono.

Vado a una riunione. Ti prego, chiamami. Dobbiamo parlare.

Maria Luz ripensò alla discussione della sera prima. Era stato un momento di gelosia, ma era stupido litigare. Sapeva che una convivenza con Elia sarebbe stata impossibile: erano troppo simili, entrambi indipendenti e poco inclini ad accettare critiche o consigli. E poi c'era Norma: lei le voleva bene, non le avrebbe mai fatto del male. E allora, a che scopo rovinare il poco tempo che lei ed Elia potevano trascorrere insieme?

Guardò l'orologio: già le undici e mezza. Quel pomeriggio lui avrebbe preso un aereo e chissà quando si sarebbero rivisti...

Corse al telefono e lo chiamò. «Ciao, volevo dirti... mi dispiace per ieri sera. Che ne dici se pranziamo insieme?»

«Sì, certo. Però vieni subito, alle due devo andare in aeroporto. Ce la fai a raggiungermi per mezzogiorno, solito posto?»

Lei guardò dalla finestra: stava diluviando. «Spero solo di trovare un taxi con questo tempaccio. Se non mi vedi, non ti preoccupare, vuol dire che non ce l'ho fatta, ma non potevo farti partire così, dopo una litigata. Va tutto bene, amore mio. D'accordo?»

«D'accordo. Comunque cerca di venire, ho voglia di vederti.»

Maria Luz si vestì in fretta e corse in strada. Là fuori c'era il finimondo: il vento le sferzava il viso, la pioggia turbinava e non si vedeva a un metro di distanza. Provò a fermare un taxi, ma si rese subito conto che, con quella pioggia, sarebbe stato impossibile trovarne uno libero.

Le dodici meno dieci, ed era ancora in strada. Forse a piedi avrebbe fatto prima. Si mise a correre, scontrandosi ripetutamente con le persone. Inciampò in un passante.

«Imbecille, attenta a dove metti i piedi!» le gridò l'uomo.

Maria Luz avanzava a fatica sotto quel torrente di pioggia. Non sarebbe mai arrivata in tempo... Guardò dall'altra parte della strada: il marciapiede di fronte sembrava meno congestionato. D'impulso, attraversò.

Lo stridio violento dei freni, e l'auto la colpì in pieno, scaraventandola davanti a un edificio di mattoni rossi.

Nei pochi momenti in cui riprese conoscenza, Maria Luz vide gli sguardi spaventati dei passanti chini sopra di lei. Una fitta là, dentro il torace, le toglieva il respiro. Alcuni dei curiosi piegati su di lei scambiarono la smorfia di dolore che aveva sulle labbra per un sorriso. Maria Luz sentì un'onda calda salirle nella gola. Assalita dalla paura, afferrò il polso della ragazza che le era inginocchiata accanto.

◆

Nonostante il temporale, Elia era riuscito a fermare un taxi.

Diede l'indirizzo del ristorante all'autista. «Sono in ritardo; più veloce che può, per favore.»

Ma il traffico era intenso, la pioggia scrosciava e procedevano a passo d'uomo.

Passarono accanto a un edificio di mattoni rossi. Un gruppo di persone vi si accalcava davanti bloccando il traffico.

«Per favore, faccia presto!» chiese Elia all'autista.

Il taxi accelerò, spostandosi nella corsia libera degli autobus, e lasciandosi alle spalle il corpo di Maria Luz nascosto dalla folla di curiosi.

Lei intanto vedeva sbiadire a uno a uno i colori del mondo. Il suo ultimo pensiero non fu per l'uomo che stava per sposare, ma per Elia. Stesa su quel marciapiedi, il respiro sempre più faticoso, sentì nostalgia per il suo fare dolce, per la tenerezza che sapeva regalare, per la persona buona che sapeva essere... Poi intorno a lei, tutto diventò nero, e il brusio agitato della folla, la voce che gridava di chiamare un'ambulanza, la pioggia che le picchiava sul viso svanirono.

Si sentì trasportare lontano, oh, così lontano, mio Dio... una scheggia di luce tra gli astri. Si sentì dissolvere in un attimo di perfezione assoluta, e si rese conto di aver vissuto ogni giorno della sua vita per raggiungere quel momento di gioia senza limiti, di estrema chiarezza. La sua mano allentò la presa sul polso della ragazza inginocchiata accanto a lei. Un singulto, e smise di respirare.

◆

Londra, 22 novembre

Se ne andò di casa due giorni dopo l'arrivo della lettera del consolato italiano. Fuori dalla finestra, solo vento e cielo, e l'aria gelida di un inverno iniziato prima del tempo.

Norma aspettava in cucina. Sentì i suoi passi battere sul parquet del corridoio. Subito dopo lui apparve sulla porta con la valigia in mano: sembrava un ospite sgradito che si congeda con imbarazzo.

Si era tagliato radendosi. *Non ha mai imparato*, pensò lei. Fece un passo avanti e d'istinto gli tolse una gocciolina di sangue dalla guancia. Pensò anche a come le fosse sembrato diverso, quasi un estraneo, quando un anno prima aveva deciso di sbarazzarsi della barba. «Dov'è finito mio marito?» aveva esclamato.

«Non ti piaccio più?» gli aveva detto lui, abbracciandola.

«Smettila, mi sembra quasi di commettere adulterio!» aveva scherzato.

Mentre gli toglieva quella gocciolina di sangue, le venne in mente che la sua camicia preferita era nel cestino dei panni sporchi e che doveva ritirare la giacca blu dalla tintoria. Le sciocchezze che passano per la testa in certi momenti! È che il cervello non ce la faceva a sopportare tanto dolore di continuo, senza mai un attimo di tregua.

Si fissarono, senza più niente da aggiungere. Basta con i: «Perché?» con i: «Come hai potuto?» con lo sconforto, la rabbia, il rancore. Non aveva nemmeno più la voglia di gridargli un bel: «Vaffanculo!» Magari lo avesse fatto. Avrebbe aiutato entrambi.

«Passo a prendere il resto appena torno dal Brasile», si limitò a dirle Elia, e si avvicinò alla porta.

«Quando ci siamo sposati, pensavo sarebbe stato per sempre», gli disse Norma, lui già sulla soglia.

«Sarà per sempre», rispose Elia. E uscì.

Lei fissava la porta, incapace di piangere, di urlare, di provare qualsiasi sentimento.

La disperazione arrivò la sera, in bagno, quando trovò un po' di schiuma da barba nel lavandino, e più tardi, nel letto. Giaceva, gli occhi fissi sul soffitto, nella testa solo l'immagine di Elia e Maria Luz insieme. Maria Luz riesumata dalla morte, senza nemmeno la pietà che si dovrebbe provare per un defunto. Maria Luz che adesso era solo un mucchietto di cenere pronto per essere consegnato a suo marito. Lei non ne voleva sapere: che se ne occupasse lui, delle ceneri, e della figlia.

Pensare alla bambina con tanta freddezza la fece piangere. Non avrebbe più ricevuto notizie di Renata, più nessuna foto. Dolore che si accumulava ad altro dolore.

Ciò che la tormentava non era pensare a Elia e Maria Luz che facevano sesso; era immaginare l'intimità di un loro bacio, l'insopportabile premura di una loro carezza. Non era nemmeno odio quello che provava: solo un dolore ruvido, continuo. Una sorta di nausea.

Trascorse intere notti sveglia, ad ascoltare la pena scalpitare dentro il petto. Dieci anni insieme e via, se n'era andato. Sparito. Come quando si cambia un cappotto, o si butta nella spazzatura lo yogurt scaduto.

L'una. Le due. Le tre di notte. E lei sempre sveglia.

Solo prima dell'alba sentiva il dolore scivolare via dal cuore come una poltiglia nera. Si rannicchiava tra le lenzuola facendosi più piccola. Dormire. Dimenticarsi di Elia, dimenticarsi di tutto. Dormire, anche solo per qualche ora.

2015

◆

Reparto di geriatria dell'ospedale di Ferrara, aprile

Il tuo corpo trattiene dentro l'inverno, ma là fuori l'aria è tiepida, nel mondo si schiude una nuova primavera.
L'infermiera entra nella stanza e mette briciole di pane sul davanzale. «Per i passeri», dice.
Nei prati l'erba è già alta e gli uccellini cantano. Gli animali non sanno cosa significhi la morte. Hanno l'istinto di sopravvivenza, ma non comprendono il significato della vita, né hanno coscienza della sua fine. Solo noi siamo consapevoli della nostra precarietà sulla Terra, del nostro essere creature fragili, creature mortali.
Il tuo respiro è faticoso, ma la tua anima non fa rumore. Si prepara a uscire dal corpo senza odore o suono.
Forse è vero che qualcosa di noi non muore. Cos'è che sopravvive, mamma? Cosa resta di noi dopo la morte? Forse niente. Solo memorie di acqua e di sale. Solo i vivi che ridono, camminano, mangiano... I vivi, che raramente ricordano. Per chi si piange, mamma? Per della carne senza vita, per qualcuno che non esiste più?
Quando papà è morto, non l'ho riconosciuto. Di lui restava solo materia destinata a dissolversi, a sparire nella terra. Dov'era, lui? Quando Elia se n'è andato di casa, per me è come se fosse morto. Ho pianto fino a sfinirmi e ho voluto farlo con te.
Tu e papà vi eravate trasferiti da poco a Stellata. Era il vostro primo inverno nella casa sull'argine e, dopo anni di abbandono, quelle enormi stanze erano ghiacciate. Tutto era rimasto uguale:

i vecchi mobili in cucina, le medicine scadute nel cassetto, i vasi dell'orina sotto i letti; persino alcune tele inamidate nel comò di nonna Neve. Il riscaldamento funzionava a singhiozzo e, di tanto in tanto, papà tirava calci al termosifone. Stavamo tutto il tempo in cucina dove per fortuna c'era ancora la stufa a legna della nonna. La sera, eravate tornati a riscaldare i letti con le braci, infilandole sotto le coperte dentro quei trabiccoli di legno chiamati « preti ». Tu, mamma, sbuffavi, rimpiangevi il tuo appartamento con il riscaldamento centrale e le sue comodità. A me invece piaceva quel rito antico per scaldare il letto. Era un tale conforto coprirsi fin sopra il naso con le lenzuola calde, un po' come rifugiarsi dentro una tana.

Quanto ho pianto in quei giorni! Anche la sera, mentre giocavamo a scala quaranta davanti alla TV, scoppiavo in singhiozzi, le carte in mano. Voi non sapevate cosa dire, o fare. Aspettavate che quel pianto mi svuotasse di tutte le cose cattive che mi portavo dentro.

« Perdonalo. Fallo per te, non per lui. L'altra non c'è più, è morta », mi ripetevi.

« Mi ha tradito durante il viaggio di nozze; ha avuto una figlia da lei. Si sono visti per anni, mamma... Come faccio a perdonarlo? »

« Non dico adesso. Ci vuole tempo. »

Papà stava zitto, lasciava che tu fungessi da tramite. Nelle famiglie di una volta si faceva così. Poi una sera mi disse: « Per quelli della mia età, un matrimonio è per sempre. Ricordati che tuo marito poteva scegliere lei e non lo ha fatto. E poi c'è la bambina ».

« Già. Quella che io non sono stata capace di dargli. »

« Puoi decidere di volerle bene. Se ci pensi, quella bimba è la cosa più vicina a un figlio che potresti desiderare. »

1986

Londra, maggio

Rientrato dal Brasile, Elia era tornato a prendere le sue cose. Norma quel giorno non si era fatta trovare e, nei mesi seguenti, lui non si fece più sentire.

A Norma l'appartamento di Caledonian Road adesso risultava estraneo. Dormire nel letto che per dieci anni aveva diviso con Elia era troppo doloroso, così, una sera, finì per trasferirsi sul divano.

La gatta del vicino era in calore e la tenevano chiusa in casa. I suoi richiami d'amore erano insopportabili e, dal divano, Norma li sentiva ancor più chiaramente: lunghi, soffocati miagolii, simili al pianto di un neonato. Nascose la testa sotto il cuscino, imprecando contro le pareti sottili e contro il vicino, che non aveva fatto sterilizzare la gatta.

Si era appena addormentata quando squillò il telefono. Afferrò la cornetta senza accendere la luce. «Pronto...»

«Sono io, Elia. Scusa se ti chiamo a quest'ora...»

«Cosa vuoi?»

«Ho ancora metà delle ceneri di Maria Luz. Forse sarebbe il caso di metterle nella tomba di famiglia, a Stellata, ma io non posso farlo. Magari tu, la prossima volta che scendi...»

«Non voglio occuparmene.»

«D'accordo.»

«Dovevi dirmelo nel mezzo della notte?»

«Avevo bisogno di sentire la tua voce. Volevo assicurarmi che stessi bene...»

«Come no, sto benissimo!»

«Sto male anch'io.»

«Ci credo, la tua amante è finita sotto un'auto.»

Norma si aspettava che lui le impedisse di dire altre cattiverie. Invece rimase muto.

«Come sta Renata?» gli chiese dopo un po'.

«Non è facile per lei, ma è forte, ce la farà.»

Restarono di nuovo in silenzio. Il loro respiro attraversava i mille fili della rete telefonica della città; si perdeva nei vicoli, lungo le scanalature dei muri, scivolava nei tubi sotto i marciapiedi. E in quel silenzio loro si ferivano, poi si consolavano. Il silenzio per odiarsi e per amarsi di nuovo e poi volersi e respingersi e poi volersi, solo volersi...

Dimenticare l'orgoglio e potergli dire: «Dove sei? Mi infilo il cappotto e ti raggiungo. Dimmi soltanto dove sei...» E invece zitta.

Tacquero entrambi, il telefono attaccato alle labbra come in un bacio.

Le lacrime iniziarono a rigare il viso di lei, il naso le colava.

«Non riagganciare. Ti prego, Norma, parlami ancora...»

«Cosa vuoi? Liberarti la coscienza, o magari propormi la tua amicizia? Ma va' all'inferno!» E riattaccò.

Solo allora accese la luce. Afferrò un fazzoletto di carta e fissò il telefono. In fondo sperava che squillasse di nuovo, ma i minuti passavano e lui non richiamò.

Nel silenzio della notte, solo il rumore della sveglia. *Tic-tac. Tic-tac.*

Era troppo agitata per tornare a dormire. Un'ora dopo, riaccese la luce. Ci voleva un libro per liberare la mente e rilassarsi. Buttò giù le gambe dal letto e si avvicinò agli scaffali. Scelse un volume e lo aprì.

Un biglietto scivolò sul pavimento. Si chinò.

Vorrei che tu fossi mia per sempre.

Era uno dei messaggi nei fiori che Elia le aveva inviato per chiederle di sposarlo. Norma lo fece a pezzetti, poi se lo mise in bocca, e lo masticò con rabbia.

1987

◆

Londra, 18 maggio

Caro Elia,
	ieri sono passata nel negozio di film a noleggio. Ne ho preso uno a caso ed era *Paris, Texas*, il tuo preferito. Me ne avevi parlato tempo fa, a Springfield Park. Ricordi? Era un mattino di sole e il cielo era pieno di vento. Ho subito rimesso la videocassetta al suo posto con lo stesso ribrezzo di quando si tocca una pesca marcia o un topo morto.

Ho fatto di tutto per odiarti, ma ho scoperto che l'odio non aiuta. Tu ci sei, ci sei sempre stato, anche senza vederti, anche senza toccarti. Mi vivi dentro come un figlio mai nato. Respiri nei colori che mescolo all'olio e che spargo sulla tela. Mi scorri nel sangue e nelle urine. Tu sei la mia memoria, sei la tenerezza dell'infanzia. E il tuo ricordo torna ogni volta che m'imbatto nel titolo di un film, nell'odore della salvia che ti piaceva tanto, o quando sfioro i libri che ti sei lasciato dietro. Il tuo ricordo torna ogni giorno, amore mio, quando mi capita di passare davanti a un poster della Polinesia e penso che mi ci volevi portare, o quando per strada incrocio un uomo con i capelli lunghi, oppure se mi ritrovo tra le mani il tuo maglione bianco, quello che non ho mai lavato perché tratteneva un po' del tuo odore.

Torna da me,

NORMA

Rilesse un'ultima volta. Poi accartocciò il foglio e lo gettò nel cestino.

◆

novembre

L'abitudine si impone su tutto, sovrasta ogni dolore. Sveglia puntata alle 7.30. Andava in bagno, si lavava i denti, e stentava a riconoscere la donna che vedeva riflessa nello specchio. Quarant'anni non erano molti, ma la pelle era opaca, gli occhi più infossati, e aveva già parecchi capelli bianchi. Quelli erano un tratto di famiglia, però le rughe erano apparse tutte insieme, nel giro di pochi mesi.

7.40. Si spostava in cucina. Due fette nel tostapane e accendeva il bollitore dell'acqua. Poi tornava in camera e si vestiva. Ogni azione, ogni abitudine, grande o piccola che fosse, continuava nonostante il vuoto che si sentiva dentro.

7.45. Tornava in cucina e si sedeva al tavolo per la colazione.

Alle 8.00, il postino passava in strada fischiettando, sempre alla stessa ora, sempre indossando pantaloni al ginocchio, estate e inverno.

8.10. La ragazzina nell'appartamento di fronte, quello che era stato di Rudy e della Duchessa, usciva di casa sbattendo la porta; e sua madre, ogni mattina, le urlava: «*For Christ's sake, don't bang the door!*»

Norma imburrava il pane, e le faceva il verso: «*For Christ's sake, don't bang the door!* Per l'amor di Dio, non sbattere la porta!»

8.20. Metteva la tazza e il piatto dei toast nel lavello, sopra i piatti sporchi della sera precedente. Prima era un po' maniaca dell'ordine, adesso passava settimane senza pulire.

Cambiava raramente le lenzuola e, se non fosse stato per il lavoro, non si sarebbe nemmeno fatta la doccia. Monique le diceva che non lavarsi era un sintomo di depressione, ma lei non la ascoltava. L'ordine, il profumo del sapone, la freschezza del cotone nel letto non facevano che ricordarle una vita che ormai non le apparteneva, la donna che non era più.

Passava i fine settimana in pigiama, ignorando la biancheria da mettere in lavatrice o la polvere sui mobili. A volte apriva un cassetto e osservava le poche cose che aveva conservato del suo matrimonio: la sfera di vetro con la neve che cadeva su Venezia, un album di fotografie, l'abito color cipria avvolto nella carta velina. Era tutto ciò che le restava di dieci anni con Elia.

Un sabato mattina si alzò, e scoprì che fuori dalla finestra il mondo si era coperto di gelo. Il giardino, trascurato da anni, non era che un pezzo di terra desolata, con sterpaglie e pozzanghere coperte di ghiaccio. Nell'orto del vicino, gli alberi da frutto erano avvolti da un velo di brina. Le file di pomodori, zucchine, lattughe avevano lasciato posto a zolle incolte e a mucchi di rami secchi. Gli ultimi cavoli, di un viola livido, erano le uniche macchie di colore in mezzo a quel deserto.

Per fortuna quel pomeriggio sarebbe venuta Monique con il suo bambino.

Norma li andò a prendere in auto alla fermata della metro, perché sapeva che la sua amica sarebbe arrivata come al solito stracarica, trascinandosi dietro Pierre, lo zainetto di Pierre, la bicicletta di Pierre, e uno di quegli enormi borsoni per la spesa con le rotelle, stracolmo di sorprese. « La borsa di Mary Poppins », lo chiamava Norma.

Anche quel sabato, Monique spuntò imbacuccata dalla testa ai piedi, la borsa a tracolla, trascinando Pierre e lo zainetto del bambino con una mano, e nell'altra, l'immancabile borsone con le rotelle.

Appena salita in macchina, iniziò a parlare senza sosta, dicendole che le aveva portato un romanzo che doveva assolutamente leggere, che aveva comprato lo *strawberry trifle*, di cui lei andava pazza, e che quel mattino aveva setacciato un *charity shop* di High Gate scovando capi bellissimi, incluso un cappello *très chic* che, le assicurò, «Ti starà da Dio!»

Monique era diventata un'esperta nello shopping in negozi d'abiti usati. Andava in quelli dei quartieri ricchi e, per poche sterline, trovava splendidi abiti firmati. Ora che lavorava in uno studio legale, aveva dovuto abbandonare la moda hippy. «Ho un figlio a cui pensare, non posso più fare la fricchettona», aveva spiegato.

Quando Pierre aveva compiuto due anni, Monique si era cercata un lavoro come segretaria bilingue e, in poco tempo, era diventata Personal Assistant di un famoso avvocato della City. «*Et voilà!* Totalmente integrata nel sistema capitalistico. Non ho più speranza!» scherzava.

Una volta a casa, Monique estrasse dalla borsa gli acquisti del mattino. Oltre al cappello *très chic*, una camicetta di Dior, un soprabito stile anni '20, un tailleur pantalone e due abitini a fiori di Laura Ashley. Decise che si sarebbero provate tutto. «E ogni capo andrà a chi sta meglio!»

Per mezz'ora, Norma e Monique si sentirono come due bambine nel paese dei balocchi. Si vestirono e si spogliarono e si rivestirono, confrontandosi nello specchio.

«Lo shopping è l'antidepressivo migliore delle donne, *Bonbon*. Resta una grande verità!» esclamò Monique, mentre si aggiustava i pantaloni sul sedere.

Dopo la sessione degli abiti usati, si sedettero davanti a due tazze di tè, mentre Pierre costruiva una torre con il Lego.

Monique si guardò intorno. «Questo appartamento una volta era adorabile.»

«Avrei dovuto mettere in ordine, ma non ce l'ho fatta.»

«Sai che me ne importa dell'ordine! È che non puoi lasciarti andare in questo modo. Devi chiedere aiuto, Norma. Là fuori c'è gente che può darti una mano: gruppi di supporto, psicologi...»

«Prima o poi lo farò. Tu, piuttosto, dimmi che stai combinando.»

Monique si era iscritta al Birkbeck College, i corsi serali dell'Università di Londra, e le raccontò della sua nuova routine. «Le lezioni sono tutte dopo le cinque di pomeriggio, così posso continuare a lavorare. La mattina mi alzo alle quattro per studiare; alle otto sveglio Pierre... Ci tengo a preparargli io la colazione prima che la *au pair* lo porti all'asilo; poi corro in ufficio. È dura, *Bonbon,* ma ce la farò. Fossi rimasta con Bijan, l'università me la potevo sognare. Nella vita tutto capita per un motivo.»

Si riferiva comunque a Bijan come «l'amore della mia vita», questo anche se dopo anni rifiutava di concederle il divorzio. Del resto, lui non ne aveva bisogno, visto che si era risposato con rito islamico. «Una cugina, di quindici anni più giovane. Finirà che dovrò pagarlo per convincerlo a firmare i documenti», si lamentava Monique.

Oltre che fare la mamma, lavorare nello studio legale e studiare per una laurea in Letteratura Inglese, da un po' di tempo Monique teneva d'occhio gli annunci per «cuori solitari» sul *Guardian* e su *Time Out,* ma la ricerca non stava dando buoni risultati. «Per la maggior parte sono dei perditempo che vogliono solo un'avventura, ma quelli ormai li riconosco al volo.»

Aveva sviluppato un'elaborata tecnica di selezione dei candidati. Come primo passo, li intervistava al telefono e metteva subito le cose in chiaro. «Sto cercando qualcuno che voglia farsi una famiglia con me e mio figlio. I miei interessi sono la letteratura e il teatro. Amo la musica rock, ma non l'heavy metal. Se cerchi una scopata, meglio che lo dici subito, così nessuno dei due perde tempo.»

Molti sparivano all'istante. Qualcuno resisteva e finiva nella lista degli appuntamenti del fine settimana. Monique aveva portato la sua ricerca di un uomo a un livello di efficienza industriale. Riusciva a organizzare fino a sei appuntamenti in un solo giorno: sessanta minuti ciascuno, tre nel pomeriggio e tre la sera. Ancora non aveva trovato il suo *Mister Right*, ma Norma era certa che ce l'avrebbe fatta.

«Perché non metti anche tu un annuncio sul *Guardian*, *Bonbon*? È ora che cominci a guardarti intorno», propose a Norma quel pomeriggio, mentre finivano lo *strawberry trifle*.

«Non insistere», la interruppe Norma.

Se Monique la spingeva a uscire con qualcuno, Norma le chiudeva subito la bocca; se nominava Elia, cambiava immediatamente discorso. Monique si riferiva a lui definendolo «quello stronzo», e Norma allora si infastidiva. «Forse Elia ha ragione. Il mondo sarebbe un posto più felice se la gente la smettesse di soffrire di gelosia.»

«Guarda che il '68 l'ho fatto anch'io, pure la sottoscritta credeva nella coppia aperta e nell'amore libero. La verità è che due libri di filosofia non cambiano i sentimenti della gente. Soffriamo per i tradimenti come cento anni fa, come abbiamo sempre fatto. Il problema vero è che l'amore diventa una forma di dipendenza. È quello che ti frega.»

«Di dipendenza e di egoismo. Accettiamo solo quello che fa stare bene noi, non quello che fa stare bene l'altra persona.»

«Se fossi stata tu a tradirlo, a farti mettere incinta da un tuo amante, come pensi avrebbe reagito il tuo Elia, con tutte le sue idee illuminate?»

«Forse malissimo, o forse no. Ha un modo tutto suo di affrontare le cose.»

«Ti sei almeno decisa a iniziare le pratiche del divorzio?»

«Non ancora.»

«Cosa aspetti? Devi chiudere, *Bonbon*. Finché sarai sua moglie ti sarà più difficile voltare pagina.»

Quella sera, Norma rifletteva sulle parole di Monique. Per lei era sempre stato difficile voltare pagina. Lo aveva fatto solo una volta, decidendo di trasferirsi a Londra, ma la sua amica aveva ragione: era arrivato il momento di farlo di nuovo. Ripensò alla Duchessa, a quando esclamava: «*Carpe diem!*» Pensò anche a Maria Luz, che addentava la vita con la stessa voracità con cui mordeva le sue mele. Avrebbe voluto essere come loro: iniziare un nuovo capitolo, ricominciare da capo. Ma come?

1988

◆

marzo

Aprì gli occhi e le ci volle un po' per abbandonare il sogno appena fatto. Rimase a letto, a rifletterci sopra. Camminava lungo un corridoio con file di porte su entrambi i lati. Non sapeva quale aprire, né cosa stesse cercando, o chi ci fosse dall'altra parte. Poi, dal fondo del corridoio, era arrivata Donata e le aveva dato un mazzo di chiavi. «Con queste ce la farai», le aveva detto. Norma le aveva prese ed era riuscita ad aprire una porta. Si era ritrovata in un bosco, in riva a un fiume. Aveva iniziato a camminare, poi era inciampata. Davanti a lei, un sacco, o meglio, un grande fagotto, qualcosa avvolto in una coperta. Si era inginocchiata, aveva scostato un lembo e, sotto, c'era una bambina morta. *L'hanno uccisa*, aveva subito concluso. Chiunque fosse stato, l'aveva avvolta con attenzione nella coperta, quasi volesse proteggerla dal freddo, e le aveva messo dei fiori nei capelli. Norma si era chinata e aveva baciato la bambina. Si era svegliata in quel momento. Che sogno strano...

Buttò giù le gambe dal letto e andò in cucina. Diede un'occhiata fuori dalla finestra: una pioggia sottile cadeva sul mondo. In strada, una bambina camminava sotto un ombrello a spicchi colorati. Il parco davanti a casa era punteggiato di giunchiglie e il ciliegio accanto all'inferriata era coperto di fiori. Tutto era così bello, là fuori, così tranquillo e ordinato... E in quel momento Norma si accorse che il dolore là, dentro il petto, pareva essersi quietato. Il suo respiro era calmo e il cuore batteva: tranquillo, tenace, incolume. Vide passarle davanti tutte le rovine del passato, ma quel mattino sentì che si trattava di cose morte, di cose finite. E tutto ciò che era finito non poteva più ferirla.

Accese il bollitore dell'acqua e sintonizzò la radio su Classic FM: trasmettevano *La primavera* di Vivaldi. Norma lo prese come un segno, e quel mattino ricominciò a vivere.

Poco per volta, passo dopo passo, riprese a muoversi nel mondo. Per prima cosa, andò dal parrucchiere. «Mi affido a te, fa' quello che vuoi.» Uscì con i capelli rosso mogano e un taglio corto, sbarazzino.

Il fine settimana, basta aggirarsi per casa in pigiama come un fantasma! Iniziò ad andare a mostre d'arte, e poi in qualche *fringe theatres*: piccolissimi teatri con una ventina di posti a sedere, dove gli attori recitavano a venti centimetri dai suoi piedi. A volte andava al cinema con Monique. Alla sua amica piacevano i thriller ma a lei quelli mettevano ansia. Così facevano a turno: una domenica videro *Sea of Love* con Al Pacino, la volta seguente *Harry, ti presento Sally*.

Fu in quel periodo che Norma decise di liberarsi dell'appartamento di Caledonian Road. C'erano troppi ricordi in quella casa: i giorni felici con Elia, l'amicizia con la Duchessa e con Rudy... Tutto parte del passato, tutto finito. Attraverso Bicicli e la Ghelfa, chiese al marito di firmare i documenti per poterlo mettere in vendita da sola. Elia firmò e le fece sapere che di soldi non ne voleva. Lei non insistette per darglieli.

Comprò casa a Camden Town. Stavolta niente giardino, solo un paio di vasi sul davanzale della cucina per le erbe aromatiche. Era un appartamento al secondo piano di un palazzo che si affacciava sul canale. Non appena ci mise piede, Norma sentì che quella casa aspettava lei. Era un appartamento moderno e spoglio di particolari decorativi, ma le stanze erano invase dalla luce, c'era una meravigliosa vista sul canale, e anche un ampio *bow window*, perfetto, tra l'altro, per sistemarci l'arpa di Rudy. Fece subito un'offerta. *Carpe diem!* come soleva dire la Duchessa.

Dalla finestra del soggiorno, le piaceva osservare le lunghe imbarcazioni ormeggiate nel canale. Ci vivevano delle persone, sulle *barges*, e a poco a poco Norma iniziò a riconoscerle. C'era una coppia che cenava al lume di candela, ma poi di giorno litigava furiosamente. Nell'imbarcazione di fronte, viveva un ragazzo che suonava pezzi blues alla chitarra. In quella dietro, una soprano che, alle otto di mattina, svegliava mezzo quartiere con scale e vocalizzi. Nella *barge* più malandata viveva un anziano con il suo cane. Padrone e cane si somigliavano, come spesso succede ai vecchi coniugi: stesso passo strascicato, stessi occhi malinconici, e i capelli lunghi e grigi del vecchio erano uguali al pelo lungo e grigio del setter.

Norma imparò le abitudini di ognuno. Sapeva quando la soprano riceveva il suo amante perché tirava le tendine. Ogni sabato sera, alle sei in punto, il ragazzo con la chitarra saliva in bicicletta, lo strumento legato sulla schiena. Forse suonava in qualche pub, o in uno dei *wine bar* che a Londra stavano spuntando ovunque. L'anziano usciva solo per portare a spasso il cane o per fare la spesa. Il cane gli scodinzolava davanti ai piedi e lui ogni tanto perdeva la pazienza e gli tirava un calcio, ma piano, per non fargli male. Qualche volta discutevano. L'uomo gli parlava come se il cane fosse in grado di capirlo e di rispondergli a tono. E a volte lui lo faceva. Norma li osservava mentre o borbottavano, o guaivano, ma sempre aspettando il momento giusto per intervenire.

Ultimamente aveva anche ripreso a dipingere. Era persino riuscita a esporre in un paio di mostre, e in quella di White Chapel aveva venduto un quadro per mille sterline.

«Quale?» aveva chiesto stupita agli organizzatori, quando glielo avevano comunicato.

«Il funerale contadino.»

Si era meravigliata: era una delle tele più vecchie ed Elia aveva ragione quando lo aveva criticato per i colori troppo cupi. «Chi lo ha comprato?» chiese.

«Non lo so. Pare lo abbiano pagato in contanti.»

«Mille sterline in contanti? Cos'era, denaro riciclato?»

Negli ultimi tempi, si era anche iscritta a un corso di disegno anatomico alla Saint Martin School of Art.

Alla prima lezione, si era ritrovata insieme a una quindicina di studenti che sedevano in cerchio. Il modello, un uomo sui settant'anni, posava nudo nel centro: un piede sulla sedia, il gomito appoggiato alla gamba sollevata.

Nel silenzio generale, si sentivano soltanto il raschiare dei carboncini sulla carta, qualche colpo di tosse, e i passi dell'insegnante che si soffermava accanto agli studenti per commentare il loro lavoro.

Norma attendeva, un po' timorosa. Non era abituata a usare il carboncino e, più che disegnare, le sembrava di imbrattare il foglio. Le proporzioni degli arti, poi, erano sbagliate, davvero ridicole.

L'insegnante non si era mostrato d'accordo. «C'è molta forza nel tuo disegno. Sprigiona una grande energia.»

«Le gambe sono troppo corte.»

«Non importa. È pieno di vita.» Ed era passato oltre.

Norma era rimasta con il carboncino a mezz'aria. *Pieno di vita...* Non avrebbe potuto ricevere un commento più bello.

Adesso con il carboncino andava meglio, e aveva anche ripreso a usare i colori a olio. I suoi quadri ora mostravano paesaggi assolati, bancarelle della frutta, bambini... Soggetti che spesso riconosceva solo lei.

Monique non vedeva che pennellate vigorose e schizzi di colore. «Però mi piacciono, *Bonbon*», la rassicurava.

«Smettila! Non ti devono piacere per forza», le aveva risposto Norma, ridendo.

«Io di arte non ci capisco granché, ma questo quadro mi piace davvero. E poi dipingere ti fa bene, era tanto che non ti vedevo ridere.»

Era vero: era riuscita a riprendere in mano la sua vita. Ricordò le parole di Maria Luz, tanti anni prima: *I sopravvissuti sono i veri eroi, Norma, e tu ne sei un esempio.*

Si rese conto che la stava ricordando senza risentimento, persino con affetto, e per questo si sentì felice.

Pensava spesso anche a Renata. La madre aveva saputo dalla Ghelfa che Elia e la bambina si erano trasferiti a Bologna. Renata doveva avere tredici anni. *Sarà alta e bella come lo era Donata alla sua età*, rifletteva Norma. Se la immaginava con uno sciame di ragazzini intorno. Pensava a lei come si può pensare a un figlio mai nato: con molto amore, con un senso di perdita, con grande nostalgia.

1989

◆

Londra

Lo notò nella caffetteria sotto il suo ufficio durante una pausa pranzo. Le ricordava un vichingo: aspetto nordico, viso squadrato, occhi grigi e ciglia bionde.

Si sedette al tavolino di fronte al suo e iniziò a guardarla di sottecchi, cercando di non farsi scoprire. Lei però se ne accorse e si sentì lusingata. Non solo era un bell'uomo, ma anche più giovane di lei: trentadue, trentacinque anni al massimo.

Il giorno dopo, se lo ritrovò seduto davanti, e quello dopo, di nuovo.

Quel giorno si avvicinò. «Scusa, ma... non ci siamo già incontrati?»

«Non mi pare.»

«A Formentera, due anni fa. Stavi per annegare.»

«Mai stata da quelle parti.»

«Allora... sulle Alpi francesi?»

«Credo tu mi stia scambiando per un'altra persona.»

«Okay... Ti dà fastidio se mi siedo?» E, ancor prima che lei potesse replicare, le si sedette di fronte.

«Potevi inventarti una scusa meno stupida per attaccar bottone», gli disse Norma.

«È che sono timido e fare la parte dello stupido mi aiuta. Ripartiamo da capo? 'C'è qualcosa in te che mi intriga, forse il tuo sguardo, sei sempre così distante... Mi incuriosisci, e mi è venuta una gran voglia di conoscerti.' Così va meglio?»

«Direi di sì», gli rispose, cercando di rimanere seria.

Chiacchierarono un po', poi lei disse: «Vado. Il lavoro mi aspetta».

«Se ti fa piacere, mi trovi a questo numero.» E le diede un biglietto da visita.

MARK SHEFFIELD
FREE LANCE JOURNALIST

«Di cosa ti occupi?»

«Articoli di economia e finanza.»

«Non ci capisco granché.»

«Niente di grave, succede anche a me.»

Lei mise il biglietto nella borsa e gli sorrise.

Il mattino dopo, gli telefonò.

«Avrei scommesso che non mi avresti chiamato», le disse lui, sorpreso.

«È esattamente per quello che l'ho fatto», scherzò Norma.

«Dovremmo approfittare del bel tempo. Hai da fare oggi?» gli chiese lui, quasi subito.

«Liberissima.»

La portò a pranzo in un ristorante thailandese di Epping Forest. Davanti a una zuppa di gamberi con peperoncino e latte di cocco, Mark raccontò di aver divorziato da poco. «Susan è una donna straordinaria, eppure per certi versi è un disastro. Fa trapianti di cuore, ma non sa usare le auto con il cambio manuale. Pensa che non riesce nemmeno a sostituire le pile del telecomando. È fatta così.» Lo disse sorridendo, mentre giocherellava con le bacchette del riso e con lo sguardo abbassato. «Scusa, non dovrei parlarti della mia ex moglie», aggiunse subito dopo.

«Non mi dà fastidio.»

«E tu?»

«Separata da quattro anni.»

Dopo il dolce, lui le accarezzò il viso. «Ti va di stare un po' da soli?»

Lei annuì.

«Aspetta un momento.» E andò verso il bar.

Tornò dopo un minuto. «Vieni, andiamo di sopra.»

Una camera piccola, dove si respirava odore di coriandolo e spezie. Tende rosa a balze, pareti con motivi floreali, letto a baldacchino e copriletto celeste di raso. Sembrava uscita da una soap-opera degli anni '60.

Lui versò due whisky nei bicchieri di plastica che aveva trovato, avvolti nel cellophane, sul lavandino del bagno.

In piedi davanti al *bow window*, Norma fissava la foresta che si stendeva davanti a lei: alberi secolari, fitti e cupi. Una luce azzurrina filtrava tra i rami illuminando a strisce il sottobosco.

Mark le andò vicino. L'abbracciò e le baciò il collo, teneramente, tradendo il nervosismo di chi non è abituato alle avventure facili. Poi si sedette sulla poltrona e la prese in braccio.

Da vicino il viso di lui era ancor più bello: la pelle perfetta, leggermente abbronzata, gli occhi grigi, le ciglia e le sopracciglia chiare. I capelli erano lunghi e setosi... Norma ci infilò le dita e pensò a quando faceva quel gesto, tanto tempo prima, con Elia.

«A letto staremo più comodi», sussurrò lui.

Lei si spogliò e scivolò sotto le lenzuola in fretta, cercando di nascondere l'imbarazzo. Chiuse gli occhi, e ricordò una sera d'inverno, una notte di pioggia, un altro amore.

———————◆———————

Si vedevano da tre mesi, sempre a casa di Mark.

Monique era felice per l'amica. «Meno male! Pensavo ti volessi fare monaca. Che mi racconti del vichingo?»

«Mi piace. È allegro, affettuoso, e non dice mai nulla di scontato.»

«Ti piace? Tutto qui?»

«Stiamo bene insieme, è abbastanza.»

Raccontò che quello che più l'attraeva di Mark era la sua capacità di sorprenderla. Per esempio, trovava strano che lui, nonostante avesse votato per Margaret Thatcher, ritenesse ingiusta la guerra delle Falkland. «Pretendere la sovranità in territori situati nel lato opposto del mondo è un'arrogante eredità coloniale», aveva affermato.

«Sei sicuro di non votare per i laburisti?» aveva ironizzato lei.

«Potrei anche farlo, se solo capissero qualcosa di economia. Ma, con loro al governo, il Paese ogni volta rischia la bancarotta.»

Mark amava giocare a scacchi, sperimentare nuove ricette inventate da lui, spesso immangiabili, e gli piaceva anche lavorare a maglia. La prima volta che Norma notò il gomitolo di lana e i ferri sul divano, pensò a qualche fidanzata segreta. Mark però le disse che a lavorare a maglia era lui. «Lo so che è strano come hobby, ma non mi imbarazza affatto: mi rilassa e aiuta a concentrarmi. Me lo ha insegnato mia madre. Se ti va, ti faccio un maglione come regalo di compleanno.»

Norma si irrigidì. *Regalo di compleanno?* Non voleva che la trattasse come una fidanzata. Il loro era solo un intermezzo, una parentesi... E poi le faceva troppe domande.

«Come mai il tuo matrimonio è finito?»

«Si cambia, si prendono strade diverse. Le solite cose.»

«Dopo quattro anni da separati siete ancora marito e moglie. Non ti sembra strano?»

Soprattutto, temeva che Mark si stesse affezionando troppo. Quando facevano l'amore lei stava bene; dopo, però, sentiva il bisogno di tornare a casa sua.

«Ho una proposta da farti», disse lui una sera, mentre Norma si stava infilando il maglione per rientrare.

«Che proposta?»

«Tra due settimane vado in Messico per lavoro, e pensavo... perché non vieni con me? Potremmo restare più a lungo, prenderci una vacanza.»

Lei si sedette di nuovo sul letto. «Non ti sembra troppo presto?»

«Non ti ho chiesto di sposarmi; solo di passare un paio di settimane insieme.»

In fondo aveva ragione: si trattava di una vacanza, ed erano anni che lei non andava da nessuna parte. «E Messico sia», disse infine.

Lui l'attirò di nuovo sulle lenzuola. «Ti porto in un posto segreto, dove vivono ancora come cent'anni fa. È quello il vero Messico.»

———— ◆ ————

Tre giorni nella capitale per gli appuntamenti di lavoro di Mark, poi un autobus per Oaxaca, e alla fine un paesaggio arido, punteggiato di cactus e piccole case di calce bianca. A

Norma sembrava di essere nel carosello del caffè Paulista: *Carmencita, sei già mia, chiudi il gas e vieni via!*

Prima di sera giunsero a Puerto Angel, un villaggio sulla costa del Pacifico, trecento chilometri a sud di Acapulco e una cinquantina da Puerto Escondido. Era un sonnolento villaggio messicano dimenticato dalla Storia e dalla marcia del progresso: merde di capre nelle strade, donne che passavano la vita facendo bambini e tortillas, e uomini che, per svagarsi, potevano contare solo su un bar e una prostituta tinta di biondo che li attirava con frasi oscene dietro delle tendine rosa.

Doña Guendalina gestiva l'hotel accanto al bar: una casa coloniale affacciata sul mare, un po' decrepita, di cui affittava qualche stanza senza curarsi troppo dei dettagli e della pulizia. In compenso, doña Guendalina era generosa e piena di brio. Riservò agli ospiti la stanza con il patio che dava direttamente sulla spiaggia, cucinava per loro la salsa *mole* al cioccolato e le tortillas di mais bianco, e la sera li intratteneva cantando vecchie canzoni mariachi e tracannando insieme a loro parecchi bicchieri di *mezcal*.

Norma e Mark si alzavano all'alba per andare in spiaggia ad aspettare le barche che rientravano dalla pesca notturna. Ogni giorno tornavano all'albergo con un pesce diverso, e doña Guendalina era felice di cucinarglielo.

Dopo pranzo, si stendevano sulle amache del patio, il ventilatore sul soffitto che ronzava alla massima velocità; oppure giocavano a scacchi, e Norma si arrabbiava perché Mark vinceva sempre in una dozzina di mosse.

Appena rinfrescava, tornavano in spiaggia, a camminare lungo chilometri di sabbia bianca circondata da una foresta vergine. Mark fece amicizia con un vecchio pescatore che gli insegnò a riparare le reti. Seduti l'uno accanto all'altro, si parlavano come se si conoscessero da sempre, in uno spagnolo «niente male per un gringo», aveva osservato il pescatore.

Mark giocava anche a pallone con *los niños*, appassionandosi alla partita come se pure lui avesse avuto dodici anni.

«E tu, come mai non hai avuto bambini?» chiese un giorno a Norma.

«Non sono arrivati.»

Seguì un momento di silenzio. Poi lei si alzò in piedi. «Dio, che caldo! Ci vuole una nuotata.» E corse verso il mare.

◆

L'ultima notte a Puerto Angel, Norma si svegliò assetata. La caraffa era vuota e andò alla fontanella del patio.

La notte era chiara e c'era una piacevole brezza. Si stese sull'amaca. Da lì, sentiva il rumore pigro delle onde sul bagnasciuga, e nel venticello che soffiava dal mare coglieva aromi di legno, di noce di cocco e salsedine. Le luci della pesca notturna brillavano contro l'orizzonte nero: sembravano sospese nell'aria, come vagando a metà tra l'acqua e il cielo.

Dall'amaca, poteva vedere Mark che dormiva: un braccio disteso nella sua parte del letto, il lenzuolo sui fianchi. Norma si sentì invadere dalla tenerezza, da un senso di pienezza e pace che assomigliava molto all'amore.

Fermò di colpo l'amaca e si accese una sigaretta. Che stava facendo? Mark era poco più di un ragazzo. Quella storia non aveva senso, non poteva durare. Trascinare oltre quella relazione l'avrebbe fatta soffrire, e lei non era più disposta a stare male per un uomo. Sentì le lacrime riempirle gli occhi e iniziò a piangere. Non avrebbe mai dovuto accettare di andare in Messico con lui.

Si addormentò sull'amaca e fu là che lui la trovò, al mattino.

———— ◆ ————

«Che ne dici di un'altra vacanza insieme, magari in montagna, per Natale?» chiese lui sull'aereo che li riportava a Londra.
Norma non rispose.
«Qualcosa non va?»
«Ho un mucchio di lavoro che mi aspetta. Meglio se per un po' non ci vediamo.»
«Per quanto?»
«Una settimana, forse due... Non lo so, Mark!»
Rientrata al lavoro, evitò di pranzare nella caffetteria dove si erano incontrati. Quando lui la chiamava al telefono, trovava sempre una scusa nuova per non vederlo.
«Va bene. Chiamami tu allora, quando ti va», le disse, spazientito, e smise di telefonarle.
Pensava già di non sentirla più ma, dopo una ventina di giorni, Norma gli telefonò di nuovo.
Andarono fuori a cena. Più tardi, a casa di lui, fecero l'amore. Mark pensò che quella notte lei era diversa: più tenera, più affettuosa del solito.
«Mark... devo dirti qualcosa», gli sussurrò mentre stava tra le sue braccia. Poi, di colpo, cambiò umore.
«Cosa volevi dirmi?»
«Niente. È tardi, meglio che torni a casa.»
«Rimani. Siamo stati così bene stasera.»
«Lo sai che non riesco a dormire se non sono nel mio letto.»
«A Puerto Angel dormivi benissimo. Russavi pure», cercò di scherzare.
Lei finì di vestirsi e si infilò le scarpe.

«Norma, che ti succede? Fino a poco fa eri un'altra persona...»

«Ti chiamo», tagliò corto lei.

Quando richiuse la porta dietro di sé, Mark ebbe la netta sensazione che la stesse chiudendo per sempre.

◆

Troncò ogni legame con lui. Cambiò il numero di telefono e si fece trasferire in un'altra sede di lavoro. Per fortuna Mark non era mai stato nell'appartamento di Camden. Nemmeno sapeva dove lei vivesse.

Non era soltanto paura di innamorarsi, la sua. Qualche giorno prima del loro ultimo incontro, Norma aveva fatto un test di gravidanza ed era risultato positivo. Era rimasta a fissare il bastoncino di plastica, incredula: incinta, a quarantadue anni!

La prima reazione era stata quella di chiamare Mark, ma una notizia del genere non si poteva dare al telefono. Meglio aspettare e parlargli di persona. Però, quando poi si erano rivisti, all'ultimo momento le era mancato il coraggio. Si conoscevano da poco tempo, e lui era ancora così giovane. Si sarebbe spaventato, di sicuro le avrebbe chiesto di abortire. Era meglio tacere.

Quando informò Monique della gravidanza, e della decisione di non dire niente a Mark, la sua amica pensò fosse una pessima idea. «È il padre, avrà pur il diritto di sapere.»

«Nemmeno tu hai detto nulla a Bijan di Pierre.»

«Io rischiavo di perdere mio figlio o di dover restare in Iran tutta la vita. Per te è diverso. Che ne sai come reagirebbe Mark? Potrebbe sorprenderti.»

«Mi chiederebbe sicuramente di sbarazzarmi del bambino. E, anche se insistessi per fare questo figlio da sola, come padre lui avrebbe dei diritti. Un domani potrebbe crearmi dei problemi, ostacolarmi. E poi io non voglio una relazione. Voglio solo un figlio.»

———————◆———————

Nell'aprile 1990, Norma diede alla luce una bambina. Fu un travaglio lungo e dovettero usare il forcipe.

Un minuto dopo, il pianto della neonata irruppe nella stanza. Norma accompagnò con il pensiero il primo respiro della figlia. Immaginò i polmoni che si gonfiavano, l'aria che bruciava come un rogo dentro il piccolo torace. Le misero fra le braccia un esserino coperto da una patina bianca, sporco di muco e di sangue, ma lei pensò che non aveva mai visto niente di più tenero e perfetto.

Sentì in lontananza un tintinnio, un rumore lieve e gioioso... Si ricordò allora che Donata lo aveva letto nei tarocchi: *Sarà una bambina, e l'avrai già avanti negli anni...*

La bimba iniziò a piangere, e Norma sentì che quel pianto conteneva il germe di tutti coloro che l'avevano preceduta: la magia di Viollca e di Donata, la perseveranza di Giacomo con le sue arche; la cocciutaggine di Neve e la sua forza d'animo. In quel grido pieno di vita, Norma sentì la solitudine di Edvige e il coraggio di Adele. Riconobbe il talento di Guido, il dolore di Elsa, la baldanza di Dolfo e il fare burbero di Radames. Nel pianto della figlia, Norma percepì ogni loro gioia e ogni loro sconfitta, le tempeste che ognuno di loro aveva attraversato, e l'eco di tutti i loro sogni.

———————◆———————

Solo il giorno dopo, con la figlia addormentata tra le braccia, Norma pensò a Mark. Sentì nostalgia del suo viso, della sua allegria, delle sue mani. Fissava la bambina e poteva vedere in lei i lineamenti del padre: aveva il suo naso, e la bocca era identica. Anche i capelli e le ciglia chiare, proprio come lui. Norma si sentì piena di rimorso: Mark non si meritava che lei sparisse in quel modo, senza nessuna spiegazione.

Posò la bambina nella culla, uscì nel corridoio e raggiunse il telefono. Inserì una moneta e compose il numero, la mano che tremava.

«Sì?»

«Ciao, sono io, Norma...»

Silenzio.

«Mark?...»

«Ti fai sentire adesso, dopo tanti mesi?»

«Lo so, ma posso spiegarti. Ho bisogno di vederti, ho qualcosa di importante da dirti...»

«Norma, no. Per favore, fermati. Quando non ti sei più fatta sentire ci sono rimasto male. Ci ho sofferto, maledizione! Ma è acqua passata. Puoi tenerti le tue ragioni. Non mi interessano più, non le voglio sapere.»

«Mark, aspetta! È davvero importante. Ti chiedo un'ora. Ti prego, solo un'ora...»

Lui attese un attimo prima di rispondere: «Sono tornato con mia moglie, Norma. Susan aspetta un bambino, tra noi adesso va bene. Dovrei ringraziarti. In fondo è per te che siamo ancora insieme. Stavo male, e lei era lì per ascoltarmi. Lei c'era, hai capito?»

Norma taceva. Non voleva che Mark sentisse che stava piangendo.

«Norma?...»

«Sì, sono qui.»

«Mi dispiace. Ti auguro di essere felice.» E riattaccò.

2015

◆

Reparto di geriatria dell'ospedale di Ferrara, aprile

Se mi trovo in un ospedale sento sempre il desiderio di andare al reparto maternità per vedere i neonati. L'ho fatto anche oggi, mentre dormivi. Sono salita di nascosto, sperando che le infermiere mi scambiassero per qualche parente. I neonati mi riempiono di gioia. Nemmeno so il motivo, dato che non fanno altro che dormire, o strillare.

Ricordi, mamma, quando vi avevo detto che ero incinta? Per te e papà era stato un duro colpo, anche se io continuavo a ripetervi che era una bella notizia, qualcosa che aspettavo da tanto, troppo tempo.

« Meno male che vivi a Londra, qui sarebbe uno scandalo », avevi detto tu.

Papà borbottava che ai suoi tempi, restare incinta senza un marito era la peggior disgrazia per una donna, ma alla fine aveva capitolato. « Non ti capisco. Del resto, ormai, non capisco tante cose del mondo. »

Aveva iniziato a camminare con il bastone e sembrava invecchiato da un giorno all'altro.

« Guarda come mi sono ridotto, e pensare che, quando ero giovane, pedalavo da Sermide a Verona, quattro ore di fila solo per vedere l'Aida all'Arena! » si lamentava.

Per la nascita della bambina, eravate venuti in Inghilterra in treno. A causa del maltempo, avevate dovuto rimanere a Calais per dodici ore perché i ferry erano bloccati. Durante quelle dodici ore, mi si erano rotte le acque. Avevo attaccato un biglietto alla porta del mio appartamento con l'indirizzo dell'ospedale. Poi avevo preso un taxi ed ero andata a partorire da sola.

Quando tu e papà avevate finalmente raggiunto l'ospedale, Federica era già nata. Tu l'avevi presa in braccio, mamma, e cercavi di trattenere le lacrime. Anche papà aveva un groppo in gola. Vi era bastato vedere la bambina per far sparire ogni dubbio.

Pensare ai nostri momenti felici mi fa dimenticare per un po' che ti sei aggravata. Ti prendo la mano e la stringo. Fai una smorfia. È identica alla mia quando sento male da qualche parte; anche il mio naso è uguale al tuo, così come il taglio della bocca. Ma forse le somiglianze più profonde sono le più segrete, quelle che non vogliamo riconoscere.

Ti stringo la mano, ma la tua pelle esala un odore acidulo, un tanfo che sa già di morte. Continuo a tenere la tua mano nella mia, però l'odore della tua pelle dopo un po' diventa insopportabile. Devo correre in bagno. Strofino a lungo le mani con l'acqua e il sapone, e ne ho vergogna.

1993

I muri dipinti di bianco. Quadri accatastati in un angolo, dimenticati insieme ai telai, ai pennelli, ai tubetti mezzi spremuti dei colori a olio. Nessun fronzolo, nessun ornamento. Madre e figlia vivevano come in un monastero, uno di quegli eremi dove gli uomini conducono un'esistenza separata dal mondo, ma non per questo meno felice.

Alla nascita della bambina, Norma aveva abbandonato l'ufficio e da allora aveva solo fatto traduzioni da casa. Fin da subito, tra lei e la figlia si era instaurato un rapporto simbiotico. Quando la bambina era sveglia, Norma la allattava, la cambiava, poi la infilava nel marsupio e passava le ore traducendo, cucinando o pulendo la casa, con la neonata allacciata sul petto. Di notte dormivano insieme, la bambina attaccata al seno anche quando non succhiava. Uscivano poco, solo se c'era bisogno di fare la spesa oppure, quand'era bel tempo, per una passeggiata lungo il canale.

Il vecchio con il cane era morto, e la coppia che cenava al lume di candela, per poi litigare di giorno, si era separata. Lui viveva ancora nella *barge*, e adesso aveva un compagno. Anche la soprano se n'era andata, per la gioia dei vicini che la mattina potevano dormire con più tranquillità.

Agli occhi di Norma, gli oggetti, le case, il cielo, ogni cosa adesso aveva acquisito tinte più calde, colori più brillanti. Di tanto in tanto accarezzava Federica, le stringeva la manina, mossa dal bisogno improvviso di ricongiungersi a lei.

Quando la figlia compì tre anni, ancora l'allattava, e non prendeva nemmeno in considerazione l'idea di tornare a lavorare fuori di casa. La vita d'ufficio, le possibilità di carriera non le mancavano affatto.

Monique la sgridava. «Devi uscire. È ora di tornare nel mondo, *Bonbon*.»

«Lei è tutto quello di cui ho bisogno.»

«Devi pensare a Federica: ha bisogno di stare insieme ad altri bambini, non puoi tenerla prigioniera.»

Norma le diede retta e iscrisse la figlia a un asilo in cui poteva stare mezza giornata.

Il primo giorno, la separazione la rendeva più nervosa della figlia, ma si fece coraggio. «Oggi ti porto in un posto dove ci sono tanti bambini con cui giocare», disse a Federica, abbottonandole il cappotto.

«Tu resti con me?»

«I grandi non possono rimanere, ma vedrai, ti piacerà.»

Federica scoppiò a piangere. «Da sola no!»

Giunte all'asilo, Norma chiese alle maestre di poter rimanere. «Soltanto per oggi. Io e lei non ci siamo mai separate, e la bambina parla solo italiano.»

«Non possiamo fare eccezioni, signora. Deve andare via subito.»

Federica si era seduta a un tavolino, ma non distoglieva lo sguardo dalla madre.

«Almeno un'ora...» insisteva Norma, ma l'altra fu irremovibile.

Quando vide la madre avvicinarsi all'uscita, la bambina corse da lei e si aggrappò al suo vestito. «Non andare via, non andare via!» la implorava.

Norma non ebbe neppure il tempo di abbracciarla, e venne quasi spinta in strada.

Da là fuori, sentiva le grida della figlia. Fu tentata di farsi aprire, di riportare a casa la bambina, ma alla fine corse via, piangendo pure lei, spingendo il passeggino vuoto che sbandava a destra e a sinistra.

Una volta rientrata, osservò sconsolata i pupazzi e le bambole di pezza di Federica sulla moquette. Nella stanza da letto, vide i libri delle fiabe. Sopra il comodino, c'erano le videocassette della *Sirenetta* e di *Aladdin*.

Si sedette in poltrona e vi rimase a lungo, senza fare niente.

Poi si alzò, si infilò il giaccone e tornò all'asilo.

Bussò.

«Manca più di un'ora», le disse la maestra, con aria sorpresa.

«Riporto a casa mia figlia, adesso.»

«La bambina gioca. Vede? È contenta.»

Seduta in un angolo, da sola, Federica stava pettinando una bambola. Non appena vide la madre, scoppiò a piangere. Le corse incontro e si rifugiò tra le sue braccia singhiozzando.

«Riproviamo domani?» chiese la maestra.

«Non lo so», rispose Norma in tono secco, mentre infilava il cappotto a Federica. Le sistemò alla meglio il berrettino e uscì tenendola per mano, senza salutare.

Giunte a casa, Norma chiese alla bambina: «Allora, a cosa giochiamo?»

«Auimbaué!»

«Corri a prendere il leone!»

Norma allargò un lenzuolo nell'aria. Madre e figlia si nascosero sotto la volta vaporosa. Norma, le braccia allargate, sosteneva la tela e la faceva ondeggiare mentre loro due se ne stavano là sotto, come avvolte in un bozzolo che profumava di sapone e di lavanda. Uno spazio morbido, accogliente, la tenda delle meraviglie dove il leone e gli altri animali di peluche erano gli spettatori: le zampe all'aria, gli occhi di vetro.

«Dai, mamma, canta auimbaué!»

Norma iniziò:

In the jungle, the mighty jungle, the lion sleeps tonight...
In the jungle, the quiet jungle, the lion sleeps tonight...

E poi tutte e due insieme: *Auimbaué, auimbaué, auimbaué, auimbaué ueee!...*

Terminata la canzone, Norma abbracciò la bambina. «Quanto bene mi vuoi?»

«Tanto cooosì!» rispose lei, spalancando le braccia.

«Tanto come?»

«Tanto come... come il frigorifero!» cinguettò Federica accoccolandosi tra le sue braccia.

Dopo il gioco di Auimbaué, Federica si avvicinò all'arpa e iniziò a pizzicare le corde.

«Attenta, tesoro, è molto delicata. Vieni che ti aiuto.» Si sedette davanti all'arpa e prese in braccio la bambina, permettendole di toccare lo strumento.

«Però! Sei brava.»

Federica toccava le corde con dita leggere, proprio come le aveva detto sua mamma. A Norma parve quasi di avvertire lo spirito di Rudy in quella stanza.

◆

«E adesso che farai? Non porti più Federica all'asilo?» le chiese Monique il sabato dopo, quando si incontrarono nel parco insieme ai loro bambini.

«Per il momento la tengo a casa, poi si vedrà. Tu, piuttosto, tutto bene con Steve? » chiese Norma per cambiare discorso.

« Con lui ho chiuso. Troppo appiccicoso. Abbracci e sbaciucchiamenti a non finire, anche mentre guardavamo un film, o durante la cena. Diosanto, a tutto c'è un limite! E baciare un uomo con la bocca sporca di Camembert non è il massimo! Ieri comunque sono uscita con un tipo nuovo, un argentino. »

« Ah, sì? Com'è andata? »

« All'inizio alla grande: un tipo spigliato, molto simpatico. A un certo punto, però, è saltato fuori che aveva una moglie negli Stati Uniti. 'Ex moglie', si è affrettato a precisare. Poi, chiacchiera di questo e di quello, ho scoperto che in Oregon era pieno di debiti ed era venuto in Inghilterra per iniziare un nuovo lavoro. Fin qui, tutto accettabile, ma subito dopo gli è sfuggita un'altra frase: 'Se va male anche stavolta, sono fottuto. Mia moglie mi manda a quel paese'. »

Norma non sapeva se ridere o rimanere seria. « Certo che trovare un uomo è un lavoraccio... Monique, dov'è finita la bambina? »

« Era qui un momento fa... Pierre, dov'è Federica? »

« Non lo so. »

Norma scattò in piedi. Un attimo prima giocava nel recinto della sabbia, davanti a lei... « Federica! Federica! » iniziò a chiamarla, girando in tondo, sempre più agitata, mentre Monique le ripeteva di star calma, che la bambina non poteva essere lontana.

« Federica! » Chiamava la figlia senza nemmeno sentire le parole di Monique, senza sapere da che parte andare, cosa fare, a chi chiedere aiuto...

Guardò verso il recinto dei daini. La bambina amava così tanto quegli animali. « Forse è là... » E iniziò a correre, incespicando, con Monique che la seguiva tirandosi dietro Pierre.

«Eccola!» gridò Norma.

La vide in fondo al viale che costeggiava il recinto dei daini, mano nella mano con uno sconosciuto. Norma si precipitò verso di loro e strappò la bambina dalla mano dell'uomo. «Stai bene, amore?»

«Si era persa, stavo cercando di capire come riportargliela», disse l'uomo.

«Non mi tocchi! Stia lontano!» gli urlò Norma.

«Signora, ma... cosa le viene in mente? Cercavo solo di aiutare...»

Intorno si era formato un capannello di gente. Norma stava inginocchiata per terra, la bambina stretta al petto. Federica, in mezzo a tutto quel trambusto, scoppiò a piangere.

L'uomo le fissava, turbato.

Monique si affrettò a intervenire. «Scusi, signore. La mia amica si è molto spaventata. È stato gentile, grazie.»

«Di niente, buongiorno», borbottò lui, e si allontanò.

«Norma, alzati, smettila con queste sceneggiate!» esclamò Monique.

Lei la fissò, i tratti del viso ancora sconvolti dalla paura.

«Quel pover'uomo cercava solo di essere utile e tu l'hai umiliato davanti a tutti», la rimproverò Monique.

Norma guardò lo sconosciuto che si stava allontanando: era anziano e avanzava un po' curvo, trascinando i piedi. Gli occhi di tutti erano puntati su di lui.

◆

Non riportò la bambina all'asilo. Decise che Federica era troppo piccola, ed era meglio farla rimanere a casa fino alla scuola dell'obbligo.

Quando arrivò quel momento, Norma pensava che, adesso che la bambina era più grande, il distacco sarebbe stato meno difficile, ma si sbagliava. Ogni mattina, immancabilmente, Federica piangeva, si buttava per terra e gridava che lei a scuola non ci voleva andare. C'era sempre una scusa nuova: un giorno il mal di pancia, un altro il mal di gola... Spesso Norma finiva per darle retta e la teneva a casa. In fondo, era stata maestra, poteva insegnare lei a Federica. Lo spiegò anche all'insegnante, ma non servì. Al contrario, la scuola avvisò Norma che, se la bambina continuava a fare così tante assenze, avrebbero preso provvedimenti.

Quelle minacce non cambiarono la situazione. Continuarono le scuse, i mal di pancia, le crisi di pianto, e quindi le assenze. Norma considerò persino la possibilità di ritirarla da scuola, dato che la legge permetteva ai genitori di insegnare ai bambini in casa. Fu solo grazie alle insistenze di Monique che l'idea non prese forma.

Le assenze continuarono, fino a che un giorno Norma ricevette una telefonata dai servizi sociali. Si sentì gelare.

«Mia figlia ha avuto problemi di salute», si affrettò a giustificarsi.

«Ha dei certificati medici che attestino qualche patologia?»

«Niente di grave. Solo mal di gola, raffreddori, cose da bambini.»

«Nell'ultimo trimestre, un terzo dei giorni sono state assenze. Se sua figlia ha un problema medico, allora presenti un certificato. Altrimenti ha l'obbligo di frequenza.»

«Va bene», tagliò corto Norma.

L'uomo al telefono ebbe un colpetto di tosse, poi aggiunse, in tono fermo: «Signora, devo avvertirla: se le assenze continuano, saremo costretti a intervenire».

«Sì, ho capito. Arrivederci.» E buttò giù il telefono.

Si accasciò sulla poltrona. Tremava, il respiro si fece più rapido. La sola possibilità che i servizi sociali le portassero via la bambina la terrorizzò.

Dopo quella telefonata, Norma assunse un'*au pair*, e si decise a cercare un lavoro fuori di casa. Scelse Alenka, una ragazzona bionda, sempre di buonumore, che veniva dalla campagna slovena e aveva cresciuto quattro fratelli. La sua presenza si rivelò provvidenziale: Federica con lei si divertiva, ma soprattutto, le ubbidiva senza fiatare. Da un giorno all'altro, sparirono i mal di pancia e le varie lamentele.

Norma fu assunta alla BBC, nel dipartimento che si occupava di vendere documentari all'Italia. La vita prese un ritmo più normale anche se madre e figlia continuarono a dormire nello stesso letto.

———— ◆ ————

Un paio di volte all'anno, i suoi genitori andavano a trovarla a Londra. A Norma piaceva passare del tempo con loro; in casa c'era più allegria e tutti parlavano in dialetto, inclusa Federica che, quando arrivavano i nonni, infarciva le frasi con espressioni in ferrarese.

La mattina Guido e la Elsa si avventuravano in centro per conto loro. Istruzioni della figlia in mano, prendevano gli autobus per raggiungere Buckingham Palace, Hyde Park, o la Torre di Londra. Dopo la novità dei primi giorni, però, Elsa si stancava e preferiva starsene tranquilla a casa, a cucinare, o a tenere compagnia alla nipotina dopo la scuola. Guido invece non rinunciava a esplorare un museo diverso ogni giorno. Tornava distrutto, ma entusiasta dei reperti romani e delle mummie del British Museum, o dello scheletro di dinosauro visto al Natural History Museum. Non sapeva una parola d'inglese, eppure girava Londra da solo. A volte gli capitava di prendere il *double-decker* giusto, ma nella direzione sbagliata, e finiva per ritrovarsi al capo opposto della città. Eppure, in qualche modo misterioso, riusciva sempre a trovare la via del ritorno.

Elsa era affettuosa con la nipotina. Insieme facevano le torte, andavano al parco, o guardavano i libri di fiabe che lei le portava dall'Italia. Allo stesso tempo, non mancava di rimproverare Norma: non puliva abbastanza la casa, i vetri erano sporchi e non stirava le lenzuola...

«Sono anni che non lo faccio, mamma. Le lenzuola le piego e le metto via, è sufficiente.»

Lei si sforzava di non reagire alle critiche, ma una sera la tensione tra madre e figlia sfociò in una scenata. Stavano rassettando dopo cena. Norma lavava le stoviglie ed Elsa le asciugava.

«Federica ha bisogno di dormire nel suo letto. E perché non viene mai nessuno qui a casa, a giocare con lei?» chiese la Elsa.

«Siamo a Londra, mamma, non a Stellata.»

«I bambini sono uguali dappertutto. Al parco, Federica è sempre per conto suo. Tu quella bambina la stai rovinando.»

Norma andò avanti a insaponare i piatti.

«Era meglio se di figli non ne facevi», terminò per dire la madre.

Norma si girò di scatto e fracassò il piatto che aveva in mano sul pavimento. «Era meglio se anche tu non mi mettevi al mondo!»

Elsa restò impietrita.

Attirato dal fracasso, Guido corse in cucina. «Che diavolo succede?»

Norma era davanti al lavandino, i cocci per terra. «Non ti

permettere mai più di criticarmi come madre!» gridava alla Elsa.

«Ti sei tagliata. Dove tieni i cerotti?»

«Non cambiare discorso, mamma!»

«Io non ho detto niente, solo che...»

«Come no, tu non dici mai niente. Magari fosse vero!»

La madre la fissava, pallida, l'aria afflitta.

«Adesso non fare la vittima! Che razza di mamma sei stata tu? Una parola d'affetto da te io non l'ho mai ricevuta.»

«Basta, Norma!» intervenne Guido.

«*An gò mai picià quand l'era pícula...* Non l'ho mai picchiata quand'era piccola...» replicò la Elsa, la voce che tremava. Appoggiò la testa sul petto del marito e ruppe in singhiozzi. Guido le accarezzò i capelli e le sussurrò qualcosa all'orecchio.

Norma li fissava, incredula. Corse in bagno e chiuse la porta dietro di sé con un tonfo.

2015

◆

Reparto di geriatria dell'ospedale di Ferrara, fine aprile

E siste quello che è successo, e quello che crediamo sia successo. La nostra percezione e la realtà degli eventi non sempre coincidono. Quello che ricordo è che volevo sentirmi amata e tu, mamma, hai sempre evitato il mio contatto, hai sempre rifiutato i miei baci.

Quando è nata Federica, avevo giurato che sarei stata diversa da te. Non volevo essere una madre fredda, e nemmeno una madre che piangeva, che faceva pesare alla figlia la propria infelicità. Non sarei mai stata una mamma che obbligava una bambina a mentire, a esserle complice come invece facevi tu quando ti incontravi di nascosto con zio Dolfo. Io sarei stata una madre migliore. Ne ero certa.

Adesso mi rendo conto dei molti errori che ho commesso anch'io con Federica. Errori gravi, mamma. Amare troppo un figlio può essere più dannoso che amarlo troppo poco. Non so se ho rimediato in tempo ma, se l'ho fatto, lo devo a te. Non erano servite le parole di Monique, della scuola, o dei servizi sociali. Avevo bisogno di sentire che sbagliavo dalla voce di mia madre. Dopo quel nostro litigio in cucina, cercai di farmi da parte. Non fu facile, ma ci provai.

«Solo capendo i miei errori ho iniziato a perdonare i tuoi, mamma.» Ti parlo sottovoce, non importa se non mi puoi sentire: ho bisogno di una confessione, di arrivare a te attraverso qualche modo segreto. Ti parlo mentre ti pettino, ciocca dopo ciocca. È un con-

tatto fisico che rubo mentre tu non percepisci la mia carezza sui capelli. È la stessa carezza che ti aveva fatto papà dopo il nostro litigio in cucina.

Prima di quel giorno avevo sempre pensato che lui fosse rimasto con te solo per senso del dovere. Poi, ecco il piatto spaccato per terra, le mie parole crudeli, e papà che ti abbracciava, prendeva le tue difese...

Nessuno può comprendere i legami che uniscono un uomo e una donna. Meno di tutti, una figlia. Quell'abbraccio, la carezza di papà sui tuoi capelli, fu un'immagine così tenera e potente, da mettere in discussione tutto ciò che avevo sempre creduto.

2006

febbraio

«Julie e Cathy vanno in vacanza da sole, perché io non posso?»

«Lo farai quando sarai più grande.»

«Quando, mamma? Fino all'anno scorso mi portava a scuola la *au pair*! Se quest'estate non mi lasci andare con le mie amiche, io me ne vado di casa.»

«Non dire scemenze.»

«Fra due mesi compio sedici anni e posso farlo. Giuro che non mi vedi più!»

Federica uscì sbattendo la porta e quella notte non rientrò.

Norma l'attese seduta accanto alla finestra, gli occhi puntati in strada, il cellulare nella mano. Rifece il numero della figlia dozzine di volte, ma il telefono era sempre spento.

Anni prima, quando sua madre l'aveva criticata, aveva iscritto Federica a un corso di nuoto e a uno di recitazione, per incoraggiarla a legare con gli altri bambini. Ma temeva sempre che si approfittassero di lei, che qualcuno le facesse del male, che sfruttassero la sua ingenuità. Ora si rendeva conto che l'aveva soffocata con la sua apprensione. Peggio ancora, aveva finito per riversare su di lei il peso della propria solitudine.

Da quando Federica era nata, lei non aveva più frequentato nessun uomo. Solo qualche sporadica avventura durante i viaggi di lavoro che comunque si risolveva sempre in una delusione: il sesso impacciato, l'imbarazzo del dopo, le frasi banali al momento di separarsi e infine, immancabile, la fretta di richiudersi la porta alle spalle. Alla fine aveva lasciato perdere e si era dedicata completamente al lavoro e alla figlia. La figlia che adesso minacciava di andarsene di casa.

Quella notte, seduta davanti alla finestra, gli occhi fissi sulla strada, Norma sentì tutto il peso della maternità e il peso dei propri errori.

Nevicava ancora. Aveva iniziato quella mattina e non aveva più smesso. I fiocchi cadevano asciutti e pesanti. I giardini, le strade, le auto parcheggiate, ogni cosa era sepolta sotto uno strato di bianco.

Una volpe sbucò da un cespuglio, si guardò intorno, un po' timorosa, poi si incamminò lungo il marciapiedi lasciandosi dietro una fila di piccole orme. D'inverno, le volpi affamate si spingevano fino alla città alla ricerca di cibo, Norma si stupiva ancora nel vederle girare in pieno centro.

Riprovò a chiamare Federica. Inutile. Era in momenti come quelli che avrebbe voluto avere vicino un padre per sua figlia.

Il giorno in cui aveva compiuto sei anni, Federica aveva spento le candeline poi si era girata verso di lei. «Perché io non ho un papà?»

«Un papà tu ce l'hai, ma è andato in cielo», si era affrettata a dirle, colta alla sprovvista. Che risposta stupida! Proprio da lei, che di certo non credeva all'inferno e al paradiso.

«Non posso avere un papà nuovo anche qui?» insisteva Federica.

«Vedremo. Ma adesso ci mangiamo una bella fetta di torta e poi giochiamo con i regali.»

Il giorno di Natale, o quando Federica compiva gli anni, Norma pensava a Mark. Come non farlo? Si chiedeva cosa sarebbe successo se lei fosse stata più sincera con lui. Ma a che serviva pensarci adesso?

Quando Federica era diventata più grande, Norma le aveva spiegato che era stata concepita durante una vacanza. «Una storia breve, ma intensa.» E aveva aggiunto che al momento di separarsi, lei e suo padre avevano deciso che vivendo troppo lontani non era il caso di mantenere i contatti. Si erano detti addio felici per i bei momenti passati insieme, senza scambiarsi gli indirizzi e i numeri di telefono. Poi, nove mesi dopo, lei era venuta al mondo. Fine della storia.

Il borbottio del furgone del latte che si avvicinava distolse Norma dai suoi pensieri. Giunto davanti alla casa, il camioncino frenò sbandando un poco sulla neve. L'uomo scese. Norma sentì il tintinnio delle bottiglie che venivano spostate. L'uomo attraversò la strada, appoggiò alcune pinte di latte davanti alla porta di fronte, poi si incamminò di nuovo verso il furgone sfregandosi le mani per il freddo. Ripartì e la strada tornò silenziosa.

Le cinque di mattina, e ancora nessuna notizia da Federica. Doveva essere successa una disgrazia, Norma ne era certa.

Il telefono squillò facendola sobbalzare. «Pronto...»

«Parlo con la madre di Federica Martiroli?»

«Sì, sono io...»

«La chiamo dall'University College Hospital. Sua figlia è stata ricoverata. Non si spaventi, non è niente di grave. Ha solo bevuto troppo. Si è sentita male e le sue amiche hanno chiamato un'ambulanza. La dimettiamo in mattinata.»

Ordinò un taxi, e attraversarono la città nel magico momento tra la notte e il giorno. Norma fissava la strada. Si sentiva come svuotata, stordita da tutte quelle ore di attesa e di paura. Era ancora buio, ma qualche luce iniziava ad accendersi qua e là nei palazzi. Gruppetti di persone si radunavano alle fermate degli autobus, e i *double-decker* notturni lasciavano posto agli autobus del turno giornaliero. A quell'ora, nelle case la gente sbadigliava, accendeva la radio, preparava il caffè. Nei mercati, si scaricavano le casse di frutta e di verdura. Dentro i supermercati, sistemavano la merce sugli scaffali. Negli uffici della City, le donne delle pulizie passavano l'aspirapolvere, e negli ospedali, qualche bambino stava sicuramente nascendo. Il gigantesco meccanismo della città si rimetteva in moto, ma piano piano, come sottovoce.

La neve continuava a cadere. Norma respirò a fondo, e pensò che il mondo era talmente bello, là fuori, così calmo e perfetto. Tutto sembrava nuovo di zecca.

2010

Sessantatré anni! Com'era potuto succedere tanto in fretta? Norma ricordò come le sembravano vecchie le sessantenni quando lei era ragazza. Ma il tempo aveva così poca forza, ed era vero che ogni età aveva la sua bellezza. Poteva ritenersi soddisfatta della propria vita: era in salute, aveva qualche buona amicizia, e alla BBC era diventata la responsabile delle vendite in Italia.

Il rapporto con la figlia era stato difficile, ma per fortuna gli anni dell'adolescenza erano alle spalle. Norma aveva imparato a farsi da parte, a chiudere un occhio se sentiva odore di spinello in camera di Federica. E quando sua figlia aveva iniziato a uscire con un ragazzo, aveva accettato che lui si fermasse a dormire. In fondo, pure lei era una figlia del '68 e non era mai stata moralista.

L'anno prima Federica era stata accettata alla Royal Scottish Academy of Music per studiare canto. Una passione, quella per la musica, che aveva sviluppato fin da piccola, giocando con l'arpa di Rudy. La madre l'aveva mandata a lezioni di musica ed era stato proprio l'insegnante d'arpa, quando Federica aveva tredici anni, a scoprire la sua voce. L'aveva registrata in un CD mentre cantava *Amazing Grace*. Tornata a casa, Federica, senza dire nulla alla madre, aveva inserito il CD nello stereo. La sua voce si era alzata, pura e cristallina, riempiendo l'appartamento.

«Chi è?» aveva chiesto Norma, interrompendo il libro che stava leggendo.

«Sono io, mamma!»

Era rimasta ad ascoltarla, sopraffatta dall'emozione, e aveva pianto. Norma aveva pensato che il dono della musica Federica non lo aveva ricevuto solo da suo nonno Guido, ma anche attraverso l'arpa di Rudy.

Dopo aver ascoltato la registrazione di *Amazing Grace*, Norma aveva fatto prendere alla figlia lezioni di canto, che in breve tempo era diventato la vera passione di Federica, fino a farle scegliere di studiare Vocal Jazz al Conservatorio.

Norma aveva accompagnato la figlia a Glasgow nell'auto stracarica di bagagli: tre valigie, un piumone e un paio di cuscini, due cambi per il letto, e un set di pentole, piatti e bicchieri comprati all'Ikea.

Era tornata a casa senza figlia e nell'auto vuota. Pioveva forte. Lei aveva sempre amato i giorni di bufera, ma quel pomeriggio, dietro i tergicristalli impazziti, Londra le era sembrata triste. *I londinesi sono ombrelli in pena contro il loro vento...* Mentre attraversava la città, quella canzone di Fossati le risuonava nella mente.

I primi tempi, Norma telefonava a Federica ogni giorno. Le bastava sentirla anche solo qualche minuto, assicurarsi che stesse bene, che il corso le piacesse...

«Sto benissimo, mamma. Tu però smettila di chiamarmi tanto spesso. Qui in casa mi prendono in giro.»

«Facciamo così: chiamami tu ogni tanto», le aveva detto.

Aveva spento il telefono ed era rimasta sul divano, un groppo in gola.

◆

Norma pensava ancora a Mark con nostalgia, ma il suo ricordo affiorava raramente. Invece, per quanto si sforzasse di non farlo, Elia era spesso nei suoi pensieri.

Quando andava a trovare i suoi, a Stellata, non poteva fare a meno di chiedere notizie alla madre, ma lo faceva girandoci un po' intorno. Era successo anche l'ultimo Natale.
«Vedi mai la Ghelfa?»

«Ogni tanto, al mercato.»

«Come sta?»

«Bene. Le chiedo di Bicicli poi, per cortesia, le domando di Elia e della figlia. Quanti anni avrà Renata?»

«Dovrebbe compierne trentaquattro proprio in questi giorni. Che ti ha detto la Ghelfa?»

«È sposata e ha due gemelli. Vive ancora a Bologna, non lontano dal padre.»

Stavano passeggiando sull'argine. Era un pomeriggio gelido ed erano imbacuccate con piumini, sciarpe e cappello. Elsa camminava lenta, il fiato corto.

«Scusa, mamma. Vado troppo veloce.»

«Sono io che sono vecchia.» Elsa aveva ripreso fiato, poi aveva aggiunto: «La Ghelfa mi ha detto che Elia tiene ancora la tua foto sul comodino. Lei spera sempre che voi due, prima o poi... Federica se n'è andata, e sei rimasta sola. Non rovinarti la vita».

«La vita me l'ha rovinata lui», aveva risposto Norma, e aveva cambiato discorso. Però, quel pomeriggio, era andata a casa della Ghelfa.

———◆———

Le aveva aperto Bicicli, e non appena l'aveva vista, gli si era illuminato il viso. «Guarda chi c'è!» aveva esclamato, e l'aveva abbracciata come se fosse ancora una di famiglia.

Era un po' curvo, senza più un capello in testa. Il fatto di essere pelato accentuava le orecchie a sventola, ma a stupire Norma quel pomeriggio era stato il suo sguardo: con un occhio guardava lei, con l'altro fissava un punto indefinito alle sue spalle.

«Entra. La Ghelfa è andata a fare un po' di spesa ma dovrebbe tornare a momenti. Ti preparo il caffè, o preferisci un bicchierino?»

«Il caffè va bene, grazie. Che ti è successo all'occhio?»

«La fiamma ossidrica. Un lavoro di un minuto, nemmeno mi ero messo gli occhiali. Una scheggia, e mi è partito l'occhio. Però quello di vetro va benissimo. La sera, una risciacquata e via, come nuovo!»

La Ghelfa era rientrata in quel momento. Aveva i capelli bianchi, il viso segnato dalle rughe e le mani macchiate, ma non aveva perso il desiderio di essere elegante: indossava le scarpe con un po' di tacco e una borsetta che faceva pendant. Aveva anche le labbra dipinte con un rossetto fucsia e, quando aveva baciato Norma, le aveva lasciato un'impronta sulla guancia.

«Te lo sei ricordato il vino?» le aveva chiesto il marito.

«No, non ho incontrato Nino.»

«Il vino, Ghelfa, il *vi-no*!»

«È nella borsa, ma cosa gridi?»

Se Bicicli era diventato mezzo cieco, la Ghelfa negli anni era diventata mezza sorda. Raccontava che era stato Dio a volerlo: dopo aver tolto al marito metà della vista, era giusto che togliesse metà di qualcosa pure a lei. «E poi che m'importa se non sento più i clacson per la strada, i trapani sull'asfalto o le urla dei matti? Ne faccio volentieri a meno», scherzava.

Diceva di aver compensato la mancanza di udito sviluppando gli altri sensi: ora percepiva le cose attraverso la vista, i sapori, gli odori, certe vibrazioni sulla pelle... «Nel '96 ho sentito con anticipo l'arrivo del terremoto, per la puzza di zolfo che c'era nell'aria e la paura che vedevo negli occhi degli animali.»

Sosteneva che adesso, se non sentiva le campane, o la televisione, poteva cogliere i rumori più lievi, come il tintinnio di una moneta che cadeva in fondo alla strada, o il fruscio dei vermi che strisciavano sotto terra; persino il canto dei bimbi nella pancia delle madri. Erano quelli i suoni che la emozionavano di più: intonazioni leggere, rumori soffici a cui lei, prima, non aveva mai fatto caso.

«Ancora un po', e sentirai gli angeli del paradiso che suonano le trombe!» la prendeva in giro Bicicli.

Lui e la moglie di tanto in tanto si beccavano. La Ghelfa si lamentava dell'occhio di vetro. Si era abituata alla dentiera del marito, ma a quello proprio no. «La sera, lo mette sul comodino, e di notte mi pare che mi guardi e mi ruba il sonno.»

Bicicli invece borbottava che la moglie era sempre più strana, e che a volte usciva di casa con delle scuse che non stavano né in cielo né in terra. «Dice che va 'alla ricerca dei suoni', o a sentire 'il rumore dell'autunno'. *Da vecia la Ghelfa l'è dventada un po' poeta...* Da vecchia la Ghelfa è diventata un po' poeta...»

«Va' là, poeta! *A ti a t'interèsa sol al mé risot con li salamèli!* A te interessa solo il mio risotto con le salamelle!»

Poi, tornata seria, la Ghelfa era sparita in camera da letto, ed era tornata un minuto dopo con una lettera. «Elia me l'ha lasciata più di dieci anni fa. È per te.»

Norma l'aveva presa senza dire niente.

Nel ritorno verso casa, quella lettera la teneva ancora in mano e le bruciava tra le dita. A metà strada si era fermata e aveva aperto la busta.

◆

Bologna, dicembre 1998

Cara Norma,
non è passato nemmeno un giorno in cui non ti ho pensato. La cosa strana è che più a lungo siamo lontani, più tu diventi reale, parte dei miei giorni e delle mie notti. Ti penso soprattutto la sera, convinto che, se lo faccio con sufficiente concentrazione, in quel momento anche tu mi starai pensando. Chiudo gli occhi, e ti immagino poco per volta, fin nei più piccoli dettagli; finché tu, lentamente, non prendi vita.
Rivedo la piega delle tue labbra quando sei preoccupata. Poi le sopracciglia folte, che lasci naturali come piacciono a me, e il taglio allungato degli occhi, e i tuoi capelli... Penso a quando uscivi dalla doccia e ti avvolgevo nel telo, asciugandoti come si fa con i bambini. Sento ancora il peso dei tuoi capelli nella mano, e poi ricordo come diventavano leggeri quando te li asciugavo con il phon.
Dopo penso alle tue mani: rivedo le vene azzurre dei polsi, le nocche, la forma affusolata delle dita. Ricordo quando ti infilavo la mano sotto il maglione e accarezzavo il punto tra la vita e il fianco. Scottavi, come se avessi sempre un po' di febbre. Penso alla peluria dorata che ti si rizzava sul braccio quando invece avevi freddo, alla tua pelle bianca di sale dopo un tuffo in mare e al tuo naso, che si bruciava subito sotto il sole. Penso alla pelle del tuo ventre, così tenera e sottile, e alla pelle della tua nuca, delicata come quella di una bimba. Penso a quando ti baciavo, e poi a quando facevamo l'amore, i corpi sudati, la tua pelle e la mia diventate una sola cosa.
Mi ripeto che, finché rivivo quei momenti con tanta precisione, non ti ho perduto. Mi convinco che si può amare anche così, che l'amore non ha bisogno della materia per sopravvivere. Poi mi rendo conto che le mie sono solo le men-

zogne di un uomo che ha bisogno di credere in quello che non può toccare, e che quindi non esiste.

Pensarti non serve a niente, questa è la verità. Cosa sono le mie gambe, le mie dita, i nei sulla mia schiena, senza le tue gambe, le tue dita, la macchia color caffellatte che nascondi all'interno della coscia? L'amore è fatto di tatto, è fatto di carne, e solo quando potrò toccarti di nuovo tornerai a essere reale; perché tu esistevi solo quando ti toccavo, e io esistevo solo quando mi toccavi. Ho bisogno di averti qui, nel mio letto, di entrare in te e di sentire quel tuo piccolo sussulto di gioia. Ho bisogno di prenderti in modo primario, elementare, sino a perdere il controllo, senza gli stupidi romanticismi che non servono a niente se non a quietare la solitudine di questo stupido uomo. In realtà, la memoria che ho di te è imperfetta, incompleta e frammentaria, come imperfetta, incompleta e frammentaria è la mia vita.

La notte in cui abbiamo fatto l'amore per la prima volta, sono quasi morto di felicità.

ELIA

2012

◆

Londra

Dopo aver terminato il Conservatorio, Federica era tornata a vivere a casa della madre. Tre anni di distanza avevano permesso a entrambe di abituarsi a un rapporto nuovo, più rilassato. Norma avrebbe mantenuto il ricordo di quel periodo come uno dei più felici della sua vita.

Madre e figlia passavano parecchio tempo insieme e, insieme, andarono anche in vacanza a New York. Passeggiavano per Manhattan, meravigliandosi come tutti i turisti dell'altezza dei grattacieli, delle dimensioni delle fragole, grosse come albicocche, e delle albicocche grosse come pesche. Facevano picnic a Central Park, e la sera assistevano a qualche musical di Broadway, o visitavano ogni jazz club che Federica riusciva a scovare. Attraversavano la città sui taxi gialli presi al volo, il naso appiccicato al finestrino. Tutto era nuovo, e magico, eppure così familiare, visto centinaia di volte al cinema.

«Sembra di stare dentro un film!» esclamava Norma, più eccitata della figlia.

A Londra invece, facevano spesso passeggiate lungo il canale, e a volte andavano a nuotare nel laghetto per sole donne di Hampstead Heath. Passavano davanti alla pasticceria dove un tempo Norma andava a fare colazione con Elia. Era ancora aperta, ma lei non volle più tornarci.

Nelle lunghe sere d'autunno, dopo cena, Norma e Federica si rifugiavano sul divano, la coperta sulle gambe e una tisana fumante. Guardavano qualche vecchio film in bianco e nero, o i classici di Hollywood.

Una sera trasmettevano in TV *Love Story*, e Norma voleva cambiare canale.

«Mamma, lascia. Io non l'ho mai visto», aveva chiesto Federica.

Arrivati alla fatidica frase: «Amare significa non dovere mai dire mi dispiace», Norma non resistette. «Che smancerie!»

«Io lo trovo commovente.»

«Dire mi dispiace è facile, perdonare è molto più difficile.»

«Forse. O forse amare significa tutte e due le cose.»

Tornata a Londra, Federica aveva radunato un gruppo di musicisti, e aveva iniziato a esibirsi in alcuni club di jazz della capitale. Dava anche lezioni di canto e, in pochi mesi, era riuscita a guadagnare a sufficienza per cercarsi un appartamento da dividere con amici.

Il giorno del trasloco, Norma si impose di non commuoversi, e fu sorpresa quando, nel momento di congedarsi, vide che era la figlia ad avere gli occhi lucidi. Federica esitava, il taxi che attendeva davanti a casa.

«Pranziamo insieme domenica?» chiese alla madre.

«Va bene, ma adesso vai. Ai taxi non piace aspettare.»

Norma rimase in strada, a fissare il *black cab* che si allontanava mentre Federica le mandava baci dal finestrino posteriore.

Rientrata in casa, telefonò a Monique. «È partita», sospirò.

«Bene, è giusto così.»

« Mi ero abituata ad averla di nuovo per casa. »

« I figli non si perdono mai. Guarda Pierre: ha quasi trent'anni e non riesco a scrollarmelo di dosso. *Bonbon*, hai da fare stasera? »

« No, niente. »

« Allora andiamo a celebrare la tua ritrovata libertà in un ristorante greco che so io: ci scoliamo una bottiglia di vino e fracassiamo una pila di piatti per cacciar via i pensieri tristi! »

« Vada per la cena greca, soprattutto per la bottiglia di vino. Viene anche Bill? » chiese Norma, non volendo escludere il nuovo marito dell'amica.

« Assolutamente no! Stasera è solo per noi ragazze. »

◆

Dopo la laurea ottenuta frequentando i corsi serali, Monique aveva intrapreso un dottorato di ricerca in Letterature Comparate e poi aveva iniziato a insegnare all'università. Ora collaborava con un politecnico londinese. Alla cena nel ristorante greco, si lamentò che il lavoro era diventato troppo ripetitivo, ma disse che presto intendeva cambiare.

Disse anche che aveva intenzione di intraprendere qualcosa di nuovo: una sfida personale che le desse una carica di adrenalina. « Sono indecisa fra il paracadutismo e il deltaplano. »

« Non pensi che siano attività per gente più giovane? »

« *Pas du tout!* Con tutto lo yoga che ho fatto nella vita, sono più elastica di una trentenne! » rispose, un po' risentita.

Qualche anno prima, Monique si era sposata con Bill, che aveva incontrato attraverso una delle sue inserzioni nella rubrica dei cuori solitari. Era alto, atletico, e lavorava nell'editoria. Unico problema: dopo un'incidente in bicicletta, avevano dovuto amputargli una gamba. Quando lui, al telefono, le aveva rivelato quel particolare, Monique non aveva avuto il coraggio di rifiutargli un appuntamento. Aveva deciso di vederlo solo per un caffè, un'oretta e se ne sarebbe andata. Invece, dopo avergli parlato, si era dimenticata del problema della gamba e aveva finito per trascorrere con lui l'intero pomeriggio, ignorando gli altri appuntamenti. La sera erano andati a cena, e avevano chiacchierato per ore, lasciando la pasta nel piatto e scordandosi del dolce, finché il cameriere li aveva invitati ad andarsene perché dovevano chiudere. Quel primo incontro era bastato a entrambi per innamorarsi. Si erano sposati dopo due mesi, e le cose fra loro non avrebbero potuto andare meglio, commentava Monique soddisfatta, al ristorante greco.

«E di Bijan, sai niente?» le chiese Norma.

«Dopo che ha firmato le carte per il divorzio, non l'ho più sentito. Ha la sua vita, quattro figli... Non si interessa di Pierre, ma è meglio così.»

Il gruppo di musicisti del ristorante intonò le prime note di un *sirtaki*. Monique trascinò Norma sulla piccola pista da ballo, e poi ruppero anche una pila di piatti, come da tradizione. Per poche ore, tornarono ad essere le ragazze che, tanti anni prima, si erano incontrate nella scuola di inglese accanto a Tottenham Court Road.

◆

Dopo essersi trasferita nel nuovo appartamento, Federica prese l'abitudine di andare a cena dalla madre una sera a settimana. Si era messa insieme a Philip, il sassofonista del suo gruppo, e alle cene da Norma ora partecipava pure lui.

Era un tipo tranquillo. «Troppo tranquillo», sottolineava la ragazza. A parte suonare il sax, non faceva granché, tranne seguire le partite di calcio in TV o guardare le videocassette di film d'azione, esattamente quelli che Federica detestava. Invece lei non stava ferma un minuto, sempre immersa in qualche nuovo progetto musicale, impegnata nella preparazione di un video, a fare jogging nel parco, o a programmare viaggi avventurosi in località esotiche a cui Philip preferiva, inevitabilmente, un pacchetto vacanze in Spagna.

«È troppo pantofolaio», si lamentava la ragazza.

«Gli opposti si attraggono... o perlomeno così si dice», commentava Norma.

Una sera in cui erano a cena da lei, il televisore acceso in attesa di una partita di calcio, che Philip non voleva perdersi, Federica esclamò: «Guarda, *darling*, è proprio lui!»

Norma, che stava riempiendo i piatti, lanciò un'occhiata allo schermo: un cinquantenne in camicia e cravatta, i capelli grigi ma ancora folti, discuteva le ripercussioni dei nuovi tassi d'interesse della Banca d'Inghilterra. Sotto l'immagine, il suo nome: MARK SHEFFIELD.

Norma rimase a fissare la TV, gli spaghetti a mezz'aria.

«Lo conosci?» chiese alla figlia, cercando di mantenere un tono neutro.

«È il mio fan più fedele. Me lo ritrovo davanti ogni volta che canto a Londra.»

«Ci hai parlato?»

«Sì, certo. All'inizio lo avevo preso per una specie di maniaco: complimenti su complimenti, 'Posso pagarti da bere dopo lo spettacolo?' e poi un sacco di domande! Invece è innocuo, gli piace solo sentirmi cantare. Si vede che faccio questo effetto», terminò con un sorriso divertito.

«Che domande?»

«'Come mai un cognome italiano...' 'Quanti anni hai...' cose del genere. Che tipo! Ed eccolo in TV, come una star!... Mamma, me li dai o no quegli spaghetti?»

Durante la cena, Norma rigirava la forchetta nel piatto

senza toccare cibo. «Dove canti questa settimana?» chiese alla figlia.

«Giovedì sono al Vortex di Stoke Newington. Vieni a vedermi?»

«Forse.» Norma buttò nella spazzatura gli spaghetti rimasti nel piatto.

«Non li hai quasi toccati, mamma! Erano buonissimi.»

«Non ho appetito. Vi va un po' di gelato?»

◆

Il Vortex Jazz Club occupava un edificio che, cent'anni prima, era stato una fabbrica. Pareti senza intonaco e grandi vetrate industriali. I pavimenti però erano coperti da vecchi tappeti orientali. Luci soffuse, e intorno, divani, poltrone, tavolini illuminati da candele.

Quando Norma entrò, il pianista stava già suonando. Lei diede un'occhiata in giro e scelse un angolo appartato.

Le luci si abbassarono. Federica raggiunse i musicisti e iniziò a cantare, un faro puntato su di lei. I capelli biondi erano raccolti e l'abito di velluto rosso le lasciava le spalle nude.

Sta benissimo, rifletté Norma. E pensare che, da ragazzina, si lamentava delle spalle larghe. «Sono spalle da indossatrice! Guarda Noemi Campbell o Kate Moss», la rassicurava lei.

La luce del faro e il velluto rosso facevano risaltare la sua pelle luminosa. *Ha la stessa carnagione di Mark*, pensò Norma.

Lui entrò in quel momento. Si sedette a un tavolino in prima fila con sopra il cartellino RISERVATO. Norma lo vedeva di profilo. Non era cambiato granché: un cinquantenne giovanile in jeans e maglione. *Forse l'ha fatto lui*, pensò Norma.

Mark seguiva con attenzione la performance di Federica

e il modo in cui la fissava, intenso e partecipe, non lasciava spazio a dubbi: lui sapeva.

Prima o poi avrebbe dovuto andare al bagno, o al bar, e sarebbe per forza passato davanti a lei.

Dopo mezz'ora, infatti, lui si alzò. Quando le fu davanti si bloccò, paralizzato.

« Ciao, Mark. »

Federica stava per iniziare un nuovo brano. « Questa canzone è per te, mamma », disse, guardando verso Norma.

Il piano intonò le prime note, poi, la sua voce.

It's quarter to three, there's no one in the place 'cept you and me.
So set'em up, Joe, I got a little story I think you should know...

« Accomodati », suggerì Norma.

Mark le si sedette accanto. Fissava ancora Federica. « Ha molto talento. »

« Non giriamoci intorno, Mark. So che hai capito. »

Si girò verso di lei. « Non mi ci è voluto molto: ha il tuo cognome e due minuti di ricerca su Google sono bastati per fare i conti. È nata nove mesi dopo la nostra vacanza in Messico. Nemmeno serviva Google. Le ho parlato, e ho capito subito che era mia figlia. »

« Cosa pensi di fare? »

« Potrei odiarti, lo sai? »

« Ne avresti il diritto, ma non è per me che sono qui. È per lei. »

« Ci hai messo un po' a preoccupartene. »

« Ho provato a dirtelo. Ti ho chiamato non appena è nata. Poi ho saputo che eri tornato con tua moglie, mi hai detto del bambino... e mi hai chiuso la bocca. »

«Una figlia vale più di un tentativo.»

«Avevi una famiglia, un figlio in arrivo... A che scopo sconvolgerti la vita?»

«Lo scopo è lei», disse Mark fissando di nuovo Federica.

We're drinkin' my friend, to the end of a brief episode.
Make it one for my baby, and one more for the road...

«Scusa, ho usato un tono un po' brutale. Posso offrirti da bere?» le chiese.

«Non voglio nulla, solo sapere cosa hai deciso.»

«Tu cosa desideri che faccia?»

«Ero venuta per chiederti di tacere, ma ora non lo so più.»

«A lei cosa hai detto?»

«La verità: che è stata concepita durante una vacanza piena d'amore. Una storia breve, ma intensa.»

«Ti sei solo scordata di svelarle il finale.»

«Cosa avresti fatto, se ti avessi detto subito che ero incinta?»

«A che scopo saperlo adesso?»

«Giusto.»

Tacquero, limitandosi ad ascoltare l'esibizione di Federica.

Dopo un po', lei gli chiese: «Tu come stai?»

«Sempre con Susan, tre figli maschi. Se decidessi di dirgli che ho una figlia, credo che capirebbero.»

«Quindi parlerai a Federica?»

«Non lo so, Norma. Non è facile per me dirle: 'Ehi, sono tuo padre!' Vorrei prima conoscerla meglio. Per il momento mi limiterò a venire ad ascoltarla, in fondo sono già una specie di stalker. Poi si vedrà.»

«Mi devi detestare.»

«Forse, quando sei sparita. Ora che senso avrebbe?»

2015

Reparto di geriatria dell'ospedale di Ferrara, maggio

«Mi senti, mamma? Senti che ti stringo la mano?» Tu non ti muovi, non parli, non fremi. Respiri e basta. Ti fisso, attenta a ogni minima espressione del tuo viso, ma i momenti di lucidità sono rari.

L'altro giorno hai aperto gli occhi e ho capito che c'eri, che in quell'istante eri con me.

«Quando muoio, mettimi nel loculo con la testa verso l'uscita, se no mi dà l'impressione di soffocare», hai sussurrato.

«Va bene, ma non pensare a queste cose.»

«Norma...»

«Dimmi.»

«Cerca di essere felice...»

Ho pensato subito a Elia, e sono sicura che anche tu stavi pensando a lui. L'ho amato per tutta la vita, mamma, anche in questo ci siamo assomigliate. Non è stato per scelta: semplicemente non sono riuscita a sostituirlo; non sono stata capace di accontentarmi, o forse di fidarmi di nuovo.

È difficile credere di meritare l'amore di un uomo quando non sei riuscita a guadagnarti l'amore di tua madre. Solo chi lo ha provato può comprendere quanto sia faticoso, poi, accettare l'amore di qualcuno come un fatto naturale al pari del mangiare, del bere, del vivere. Nessuno ha capito il rilievo di questa mancanza nella mia vita, nemmeno Elia, Donata, o Monique. Nessuno, tranne Maria

Luz. Strano come la donna che mi ha fatto più male sia anche l'unica persona ad avermi capita sino in fondo. Forse l'amore è questa mescolanza di odio e d'affetto che ho provato per lei, e anche per te, mamma.

Fatico a credere nel Dio del Vangelo. Mi risulta più facile credere nel Dio dell'Antico Testamento: un padre capace di amare i propri figli, ma anche un padre crudele, che fa pagare un alto prezzo per la felicità che ci viene concessa. Ma se davvero esiste qualcosa, o qualcuno, oltre la vita, spero che ad aspettarti non sia un Dio padre, ma una divinità materna: che nel tuo ultimo viaggio ti accolga il suo capezzolo bruno e un recinto di rose. Che tu sia tra i salvati, mamma, e ti accompagni una musica lieve, un girotondo di bambini.

2012

Bologna

Elia sapeva poco di lei. La madre gli aveva soltanto detto che Norma aveva una figlia e un lavoro importante per la televisione inglese.

« Ha qualcuno? » le aveva chiesto lui un giorno, cercando di apparire disinvolto.

« Non ho il coraggio di domandarlo alla Elsa. »

Erano passati ventisette anni da quando si erano separati. Lui aveva avuto un paio di relazioni serie, ma non aveva mai considerato l'idea di sposarsi di nuovo o di avere altri figli. Ogni sera, quando andava a letto, fissava il ritratto di Norma che aveva sempre tenuto sul comodino, e si diceva che non l'avrebbe più rivista.

Poi, una sera, gli venne in mente di cercarla su Facebook. Inserì nome e cognome. Un clic, e il viso di Norma apparve sullo schermo. Elia fece un piccolo balzo all'indietro. A parte i capelli, corti e rosso mogano, non era cambiata molto. Aveva sessantacinque anni, la sua stessa età, e gli stessi tratti delicati. La trovava ancora bella.

Le chiese l'amicizia. *Mal che vada mi ignorerà*, si disse, e cliccò sul mouse.

Norma era al computer e la richiesta le giunse in tempo reale. *Elia Bombarda...* Possibile? Ingrandì l'immagine: l'uomo era stempiato, capelli corti e brizzolati. Cliccando sul profilo lesse che la città di residenza era Bologna e lavorava alla Ferrari. A poco a poco, iniziò a riconoscerlo. Il taglio degli occhi era il suo, e anche le sopracciglia erano uguali; poi riconobbe la bocca, il naso diritto, l'espressione severa anche quando sorrideva. Restò a fissare l'immagine, indecisa sul da farsi. Poteva eliminarlo un'altra volta dalla sua vita, con un clic. Un semplice clic, e sarebbe sparito di nuovo. Poteva farlo senza rabbia, senza rancore, con dentro una strana quiete. Però alla fine non lo fece. Per un momento ebbe persino la tentazione di rispondergli, anche solo per curiosità. Poi si disse: *A che scopo?* E spense il computer.

——— ◆ ———

Passarono due settimane prima che lei accettasse la sua richiesta d'amicizia. Quando Elia accese il computer, stentava a crederci. Iniziò subito a digitare un messaggio.

Norma cara,
 ti chiederai che senso abbia cercarti dopo tanto tempo. Non lo so nemmeno io. Ho bisogno di sentirmi dire che stai bene, che sei felice. Ti scrivo perché tu possa ricordare quello che c'è stato tra noi. Ti scrivo per dirti che ci sei, e ci sarai sempre, e perché tu possa dimostrarmi che non si è soli al mondo.
 Ti abbraccio.

——— ◆ ———

Caro Elia,
 leggendo il tuo messaggio ho avuto subito la tentazione di bloccarti.
 Ti prego, non saturiamo di favole i ricordi. Sono passati quasi trent'anni e siamo persone molto diverse da allora.

Se vuoi scrivermi, fallo come un semplice conoscente, come se io fossi qualcuno che hai incrociato per strada dopo molto tempo. Altrimenti, lascia perdere.

◆

Norma cara,
 farò come vuoi. Considerami un vecchio amico, qualcuno che per te desidera solo il bene. Raccontami della tua vita, di quello che fai ogni giorno. A volte ti immagino seduta in poltrona, la sera, in compagnia di un bicchiere di vino, magari un Beaujolais Nouveau, o un Côtes du Rhône, come facevi nella nostra casa di Caledonian Road... Hai ancora quell'abitudine?
 Sono stato così contento di sapere che sei diventata madre! Ormai tua figlia sarà una donna. Scrivimi di lei, e di te. Raccontami anche delle cose piccole, quelle che ritieni futili o banali, ma scrivimi ancora.

Trovarono un loro equilibrio, la giusta misura, e iniziarono a scambiarsi messaggi. Lei raccontò del suo lavoro alla BBC, di Federica e della sua carriera di cantante. Lui le scrisse di Renata, disse che scriveva libri per l'infanzia, e le raccontò come fare il padre fosse stato più facile di quanto avesse immaginato.

All'inizio lei era spaventata, e io di più. Sono andato avanti a tentativi, continuando a sbagliare e poi cercando di rimediare ai miei errori, ma tutto sommato credo che sia andata bene. Non so se sono stato un buon papà o se ho solo avuto fortuna, ma oggi Renata mi sembra una persona felice. Quattro anni fa, è diventata mamma di due gemelli, un maschio e una femmina: il maschio si chiama Luca e la bambina Adele, come la nonna materna. Ho un bel ricordo di Adele e mi ha fatto piacere che Renata abbia scelto il suo nome.

> *Forse già sai che qualche mese fa i miei sono morti. Prima se n'è andato mio padre, e mia madre lo ha seguito dopo due settimane. Era in buona salute e si è spenta senza una ragione vera e propria. Credo abbia semplicemente deciso che senza lui non valesse più la pena vivere.*
> *Ti abbraccio.*

———— ◆ ————

> Caro Elia,
> *ho saputo della morte dei tuoi quando sono scesa a Stellata per il funerale di papà. Lui se n'è andato a marzo, poche settimane dopo i tuoi genitori. Se vado al cimitero, lascio sempre un mazzo di fiori anche sulla loro tomba. Gli ho sempre voluto bene.*

———— ◆ ————

A poco a poco, lei smise di difendersi, di mettere le mani avanti, di erigere barricate. Lasciò che Elia le scrivesse, e ogni volta gli rispose senza ritardi. Cominciò ad attendere con trepidazione le sue risposte e, quando non arrivavano subito, si sentiva delusa. La considerava una debolezza imperdonabile e ogni volta si arrabbiava con se stessa, ma ugualmente controllava la posta, più volte, persino alle tre di notte, il viso illuminato dalla luce azzurra dello schermo. *Peggio di una ragazzina*, si rimproverava.

Un giorno, lui le chiese il numero di telefono. Norma all'inizio pensò che fosse una pessima idea, ma finirono per scambiarsi i contatti dei cellulari italiani.

Tre settimane dopo, mentre lei si trovava a Roma per lavoro, lo chiamò. «Le nostre voci sono le stesse, almeno quelle sono rimaste uguali», gli disse. Era vero: al telefono erano tornati a essere gli stessi ragazzi che si erano ritrovati a Londra.

«Quanti anni sono passati?» chiese lui.

«Trentotto. Una vita intera.»

Fu una conversazione breve, fatta di parole lievi, di frasi un po' scontate, ma servì a rompere il ghiaccio.

Dopo un po' iniziarono a incontrarsi su Skype. All'inizio saltuariamente, ma presto le chiamate divennero un appuntamento settimanale.

Il sabato pomeriggio Norma, fresca di messa in piega, indossava qualcosa di verde o turchese, i colori che più le stavano bene, e si metteva un po' di trucco. Notò che lui, d'altra parte, aveva sempre la camicia stirata e la barba appena fatta.

Un sabato, mentre stavano chiacchierando al computer, Norma sentì un gran trambusto provenire dietro le spalle di Elia.

«È il cane. Scusami un secondo», le disse. Si alzò e corse via. In mutande. Le stesse, orribili mutande bianche che usava da giovane. Lei rise come non le capitava da anni.

Quando, qualche settimana dopo, Norma gli disse che stava per andare a Milano, Elia la sorprese. «La settimana prossima sarò da quelle parti. Che ne dici se ti invito a cena?»

Lei rimase in silenzio.

Elia si era già pentito, temeva di aver rovinato tutto.

«Va bene», finì per rispondergli Norma.

———— ◆ ————

29 settembre

Eccola! Fu lui a vederla per primo, mentre lei scendeva i tre predellini del vagone.

Le andò incontro sorridendo. Quando si ritrovarono uno di fronte all'altra, dopo tanto tempo, Elia sentì che non si erano mai perduti. Lo poteva scorgere nello sguardo di lei, lo percepì nel rapido bacio che si diedero sulla guancia, salutandosi. Erano due pianeti che per anni avevano orbitato distanti, ma sempre sullo stesso asse, intorno alla stessa stella.

«Sei persino più carina», le disse, con la voce bassa, armoniosa, che Norma ricordava così bene.

«Bugiardo! Gli anni passano. Cosa è successo ai tuoi capelli?» Si pentì subito di quel commento, e aggiunse: «Anche tu, comunque. Ti trovo bene».

In macchina erano entrambi tesi. Lui guidava rigido, lo sguardo fisso sulla strada. Lei non sapeva dove mettere le mani. Si stirò la gonna, poi tamburellò con le dita sulla borsetta. Smise subito, temendo che lui potesse interpretarlo come un segnale che si stava annoiando. Pensò che era stato uno sbaglio accettare quell'invito. Anche Monique le aveva detto che era una pessima idea rivedersi, che le storie finite non vanno riesumate, perché, aveva precisato: «Una volta morte, puzzano». Ma era tardi per i ripensamenti.

«Dove mi porti?» gli chiese, tanto per rompere il silenzio.

«Sul lago. Ti piacerà.»

Un ristorante accanto all'acqua e un grande prato con delle betulle. Era il tramonto, la luce era tenue, i colori soffici. Un velo di nebbia sfumava i contorni delle barche ormeggiate lungo la riva.

Faceva un po' freddo e il gestore propose un tavolo all'interno, ma Norma preferì sedersi fuori. «È così bello qui.»

«Almeno potremo fumare», aggiunse lui.

«Sono anni che ho smesso.»

«Brava, sempre molto determinata, tu.» Elia si pentì subito del tono pungente che aveva usato. Aveva aspettato troppo tempo per incontrarla e non poteva permettersi di commettere errori. «Cosa prendi?» le chiese.

Norma fece scegliere a lui, che ordinò crema d'asparagi e pesce di lago.

Durante la cena, si premurò di versarle il vino.

«Sempre un gentiluomo, tu», disse lei, uno strano sorriso sulle labbra.

Erano partiti male, ma Elia era determinato a passare una bella serata.

Parlarono di cose leggere, evitando con cura di toccare temi legati al passato. Chiacchierarono del loro lavoro, dei progetti per le vacanze, delle figlie.

Norma gli mostrò le foto sul suo cellulare. «Lei è Federica.»

«Ti somiglia.»

«Non tanto. Somiglia al padre. Ha un carattere più solare del mio, e anche più talento.»

«Il talento non ti è mai mancato. Dipingi ancora?»

«Sì, solo come hobby. Anche se qualche mostra in realtà l'ho fatta.»

«Lo so.»

«In che senso?»

«Sono stato a quella di White Chapel. Ero a Londra per lavoro e non potevo mancare. Ho comprato un tuo quadro.»

«... Il funerale contadino!»

«Esatto.»

Lei sorrise. «L'unica tela che ho venduto. Pensavo si trattasse di qualcuno che voleva riciclare del denaro sporco.»

Lui rise. «L'ho pagata in contanti per rimanere anonimo. Non sapevo come l'avresti presa.»

«Hai qualche fotografia di Renata?» gli chiese lei.

Elia le mostrò una giovane donna sorridente: occhi azzurri, ricci neri, e una ciocca bianca sulla fronte.

A Norma parve di vedere Donata, come sarebbe diventata se solo avesse raggiunto la sua età. E quella ciocca... Proprio come sua nonna Adele. Elia non poteva saperlo, e forse nemmeno Renata conosceva quel particolare.

«È cocciuta e ribelle, ma anche allegra e molto affettuosa», disse Elia.

«Sono sicura che sei stato un ottimo padre.»

La conversazione si era fatta più rilassata, a tratti allegra. Lei gli consigliò alcuni film, lui le descrisse l'ultimo che aveva visto con entusiasmo, come faceva da giovane. Chiacchierarono anche di calcio, o perlomeno, fu Elia a parlarne, e lei, sebbene non si infervorasse per palleggi e rigori, lo ascoltò con attenzione, come quando, da bambini, Elia le aveva mostrato le figurine dei calciatori in cima al fienile, e le aveva pure fatto la radiocronaca.

Si meravigliarono di quanto fossero passati in fretta gli anni e di come fosse cambiata la vita per quelli della loro generazione.

«Volevamo cambiare il mondo, e ora l'unica cosa che cambiamo è il divano», disse Elia.

«Cercavamo qualcosa che forse non esiste.»

«Le idee sopravvivono, non importa se non si trasformano subito in realtà.»

«Le idee! Il mondo è pieno di idee che non portano a niente. La coppia aperta, per esempio. Oggi non ci si sposa più, ma la monogamia è rimasta la normalità.»

«Forse», si limitò a rispondere lui, e si affrettò a cambiare discorso. «Due anni fa sono passato davanti a casa nostra, a Caledonian Road. Il giardino è tenuto meglio di quanto facessimo noi. Pieno di fiori che non avevo mai visto, non so cosa fossero.»

«Non mi sorprende, eravamo giardinieri alquanto maldestri.» Poi gli domandò: «Cosa è successo con le ceneri di Maria Luz?»

«Alla fine le ho sparse sul Po, di notte.»

«Hai fatto la cosa giusta.»

E, di punto in bianco, glielo chiese: «Hai avuto altre storie? Intendo relazioni importanti».

«Qualcuna. L'ultima è durata più di tre anni.»

«E poi?»

«Una mattina, lei si è accorta di non sopportarmi più. A volte non mi sopporto neppure io. E tu?»

«Nessuno di importante.»

«Nemmeno il padre di tua figlia?»

«Nemmeno lui», rispose Norma, ma solo dopo un attimo di esitazione.

«Mi dispiace.»

«È stata una mia scelta.»

«È il fatto che non hai più avuto nessuna relazione importante a spiacermi.»

Non riuscivano più a parlare di cose leggere, a far finta di niente. Le labbra di lui si avvicinarono al viso di Norma. Le sussurrarono le parole che da anni aspettava di dirle.

Lei ascoltava, gli occhi bassi, senza mai interromperlo. Giocherellava con il bicchiere, lo faceva girare sul bordo come una ballerina di vetro. Ricordò che aveva fatto la stessa cosa anche la prima sera, quando Elia l'aveva invitata a cena nella sua casa di Kensington.

Lui allungò una mano sul tavolo e strinse la sua. «Possiamo ancora essere felici», le sussurrò.

Lei avrebbe voluto spostarla, quella mano, intimargli di stare zitto, ma non ne fu capace. Nonostante la sua volontà, stava tremando.

Elia se ne accorse e aumentò la pressione sulla sua mano. La voleva indietro. La voleva adesso, molto di più adesso di quando lei era giovane e aveva occhi più grandi e luminosi. Ma era così rigida, così controllata... solo quel tremore gli dava speranza. «Ti ho amato. Non sempre nel modo migliore, ma ti ho amato più che potevo, al meglio di cui sono stato capace.»

«E con Maria Luz, cos'era?»

«Ho amato anche lei, ma in modo diverso. O forse vi somigliavate, per questo mi sono innamorato di entrambe.»

«Non si possono amare due persone.»

«Si può. La vita è più complessa di come vorremmo.»

«Avevi una scelta e hai fatto la cosa più comoda: ti sei preso tutto.»

«Non ho mai voluto farti del male.»

«Volevi forse farmi del bene?»

Lui non rispose.

«Facile parlare di idee, delle cose che si dovrebbero fare. La vita, quella vera, non segue le tue belle teorie», continuò lei cercando di controllare l'amarezza che sentiva crescere dentro.

«Io e Maria Luz abbiamo avuto una figlia. Se non fosse stato per Renata, non ci saremmo più rivisti.»

«Invece io una figlia non l'avevo, e non avevo più nemmeno te.»

Le stringeva ancora la mano. A Norma quel contatto risultò di colpo insopportabile e si liberò con uno strattone.

Qualche ora prima aveva piovuto. Dall'albero sotto il quale sedevano cadevano delle gocce: l'una dopo l'altra, *tac-tac-tac*, giusto sulla scarpa di Elia. Lui le ignorò. «Sono passati tanti anni... Deve pur esserci un modo per dimenticare.»

Lei sembrava assorbire lentamente le sue parole. «So che hai sofferto anche tu, e che mi hai amato», gli disse, una dolcezza nuova nella voce.

Elia si avvicinò. Le sfiorò il collo con le dita... Sarebbe bastato un gesto, un piccolissimo gesto di lei, e si sarebbero salvati. Per un lungo, lunghissimo momento, tornarono a essere un uomo e una donna innamorati. Un uomo e una donna senza rancori, senza dolore, senza storia.

Poi lei si tirò indietro e scattò in piedi. «Riportami in stazione, per favore.»

«Rimani. Anche tu lo vuoi.»

Norma evitò il suo sguardo e diede un'occhiata all'orologio. «Meglio andare. Rischio di perdere l'ultimo treno.»

«Stiamo ancora un po'. Ti riporto io, in macchina...»

Lei lo fissò, un'espressione gelida negli occhi. «Non hai idea di cosa ho dovuto attraversare per arrivare fin qui, per poterti stare davanti, guardarti, e non sentire più niente.»

Aveva perso. Elia se ne rese conto in quel momento.

Pagò il conto e si avviarono verso la macchina in silenzio.

Mentre la riportava in stazione, sperava che l'ultimo treno lei lo perdesse davvero, com'era successo con l'ultima corsa dell'autobus la loro prima sera a Londra.

Parcheggiò davanti all'entrata. Lei allungò una mano per salutarlo, quasi si fosse trattato di un incontro d'affari. «Grazie per la cena», e scese all'auto.

«Ti accompagno al binario», si affrettò a dirle Elia, già fuori.

◆

Attese con lei l'arrivo del treno e la vide salire. Tre gradini l'avrebbero riportata indietro, ma lei non li scese. Però non si mosse. Restò davanti alla porta, e lo fissava, immobile.

Elia sperava ancora, ma ecco il fischio del capostazione. Le porte dell'Intercity si chiusero.

Lei rimase in piedi dietro il vetro sporco anche quando il treno partì.

Elia iniziò a camminare accanto al vagone. Norma continuava a fissarlo. A lui parve che stesse piangendo, ma non ne era sicuro. L'espressione del suo viso rimaneva impassibile.

Il treno accelerò. Lui camminò al suo lato, il passo via via più veloce. Il treno prese lentamente velocità, e lui lo seguì, sempre più rapido, fin quasi a correre, senza mai smettere di guardare Norma... finché il treno se lo lasciò alle spalle.

Una voce impersonale annunciò un'altra partenza e un ritardo di venti minuti. Elia si accese una sigaretta. Faceva freddo per essere la fine di settembre. Un'aria già invernale penetrava sotto il suo soprabito. Poche boccate e gettò la sigaretta per terra. La schiacciò con il piede, e lasciò la stazione.

Guidò lentamente, ripercorrendo nella memoria ogni minuto di quella cena, ogni parola di lei, ogni espressione del suo viso. Il cielo adesso era limpido. Il profilo nero dei monti si tendeva contro un orizzonte appena più chiaro.

Accese la radio e la musica di Mozart si diffuse dentro l'abitacolo.

Soave sia il vento, tranquilla sia l'onda,
ed ogni elemento benigno risponda
ai nostri desir... Ai nostri desir...

Ogni volta che ascoltava quel brano, si commuoveva. Fermo a un semaforo, si accorse che la bambina dell'auto accanto lo fissava con aria meravigliata. Lui girò il viso dall'altra parte, imbarazzato. Non si era nemmeno accorto che stava piangendo.

2015

◆

Reparto di geriatria dell'ospedale di Ferrara, maggio

Di notte mi chiami e io rispondo al tuo dolore. Mi chiami anche nel silenzio del coma, anche senza parole, e io sono qui, ti stringo la mano e non ti lascio andare. Eppure è come se tu fossi già via, già così lontana...

Mi manchi, mamma. Mi sei sempre mancata. Da piccola passavo le giornate in cortile aspettando il tuo ritorno dalla fabbrica. Quando arrivavi, ti correvo incontro e il mondo si illuminava. Tu non mi abbracciavi, né mi baciavi mai, ma a volte tiravi fuori dalla borsa un cioccolatino o un sacchetto di caramelle. Era il tuo modo di dirmi che mi volevi bene.

Il primo dovere di una madre verso i propri figli è quello di essere felice. Da bambina invece ti vedevo soffrire, e avevo deciso che da grande non sarei stata come te. Sono corsa nel mondo per inventarmi la gioia, sono corsa lontano, ma la tua infelicità mi ha inseguito e alla fine ho dovuto ammettere che ti somiglio più di quanto avrei voluto.

Hai le labbra secche. Prendo il vasetto di pomata e te ne spalmo sopra un po'. Profuma di fragola. Ti parlo, anche se tu non mi senti. «Ricordi quanto ti piacevano le fragole? Le preparavi con il vino e lo zucchero e le lasciavi nel frigo a riposare. Quand'ero piccola, a me le facevi con lo zucchero e il limone. Un giorno avevo preso di nascosto quelle col vino e mi ero ubriacata. Quanto avevi riso, quella volta! 'Guardala qua, la mia monella!' E mi avevi dato un bacio. » Me ne avrai dati altri, ma è l'unico che ricordo. C'è una meditazione buddista sulla madre che raccomanda di pensare a un momento felice che si è condiviso con lei. Io adesso penso a quel bacio.

◆

10 maggio

« È questione di poco. Si prepari », mi ha detto il medico stamattina, appena sono entrata in corsia.

Mi sono seduta al tuo fianco e ho pregato affinché tu non te ne andassi subito. Non ancora. I raggi del sole entravano attraverso i listelli delle veneziane. La mattina era stranamente calma e silenziosa, persino in ospedale.

Un sibilo ti usciva dalla bocca, il petto si alzava e scendeva con grande sforzo. Ti stringevo la mano, e d'un tratto hai esalato un respiro appena più lungo.

Un fremito... e non c'eri più.

Avevi abbandonato il dolore, la fatica, tutte le tue tempeste. Il tuo spirito lasciava il mondo con un fruscio d'ala.

Non ho chiamato subito il medico o l'infermiera. Volevo che restassimo ancora un poco da sole, e ricordare di te le cose belle: il tuo viso da giovane, i piccoli regali che mi portavi al rientro dal lavoro, le fragole con il vino e lo zucchero. Però la somiglianza tra quel corpo che giaceva sul letto e te da viva, si faceva via via più debole. Eri sempre più estranea, eppure tanti anni fa dormivo nella tua pancia, tanti anni fa ero parte di te. Ti ho annusata come fanno gli animali, come se avessi potuto riconoscerti solo attraverso l'odore.

Qualcuno una volta mi ha detto che i morti ci sentono anche dopo che il cuore ha cessato di battere; che dei cinque sensi, l'udito è l'ultimo a cessare di esistere. « Mamma, sei qui? » ho bisbigliato.

Per un attimo, ho avuto la sensazione che un alito, qualcosa di tiepido e impalpabile, mi sfiorasse la guancia.

———◆———

Mezz'ora dopo un medico firmava il documento del decesso.

« Ci penso io a vestirla, signora », ha detto l'infermiera.

« No, lo faccio io. Può lasciarci sole? »

Se n'è andata. Io ti ho tolto la camicia da notte, ti ho infilato la biancheria, una camicetta bianca, la tua gonna preferita e le calze. Le scarpe non te le ho messe. Ti è sempre piaciuto camminare scalza.

« Ti ricordi, mamma, quanto ti piaceva toglierti i sandali e camminare sulla sabbia quando andavamo al mare? » Ti ho parlato a lungo, pettinandoti i capelli, e ho passato sulle tue labbra un velo di rossetto. Ho trattenuto nelle mie la tua mano martoriata dagli aghi, bisbigliandoti parole che non avevano più confini chiari, né significati precisi. Nessun senso, nessun senso adesso che te ne eri andata.

Infine ti ho fatto una carezza, ho passato le dita sulle tue palpebre, ho baciato la tua fronte grigia.

E così sia.

———◆———

Chiesa parrocchiale di Stellata, 12 maggio

Fa molto caldo oggi. Un caldo che pare già estate. Gli uomini delle pompe funebri avanzano lungo la navata portando sulle spalle il tuo peso di dea nascente.

Siedo in prima fila. Federica mi è accanto, il suo bambino addormentato tra le braccia. Esserci dovute occupare di Mark in questi giorni è stata una benedizione. Philip invece non ha potuto raggiungerci: un impegno per la registrazione di un programma.

Ho gli occhi asciutti. Ho imparato che non si piange per i morti, ma per i vivi che soffrono. E tu, adesso, non soffri più.

Ieri notte c'è stato un temporale e non riuscivo a prendere sonno. Ti pensavo, sola in quella stanzetta d'ospedale dove ti avevano portato non appena eri spirata, di corsa, come un tentativo di nasconderti agli occhi dei vivi. Quasi tu fossi un peso, una vergogna. Nessun angelo era seduto accanto al tuo sepolcro. Nessuna speranza di resurrezione.

Stamattina mi sono svegliata con il sole sul viso. Nel cielo erano tornati i colori, il canto dei passeri, la leggera confusione della luce. Ma il sole non riesce a dissipare la tristezza; niente può farlo.

La gente sta arrivando, mamma. Ogni tanto viene qualcuno a salutarmi. Certi me li ricordo, altri non ho idea di chi siano: parenti che non vedo da cinquant'anni, o amici di Sermide, di quando eri giovane. Stringo la mano a tutti e ringrazio.

Si avvicina un anziano in carrozzina. Lo spinge un uomo più giovane, forse il figlio.

« *Signora, volevo farle le mie condoglianze* », *mi dice il vecchio, ma si ferma di colpo, la dentiera che gli traballa nella bocca.*

« *Grazie di essere venuto.* »

Lui risistema i denti, e continua: « *Sono di Sermide, come sua madre. Conoscevo la Elsa fin da bambino. Sa, siamo coscritti, tutti e due del '26. Da piccoli, io e la sua mamma andavamo a scuola insieme* ».

Gli tremano le mani, ha borse viola sotto gli occhi e la pelle del viso gli si affloscia sul collo.

« *È gentile da parte sua essere venuto.* »

« *Mio dovere. Conoscevo sua madre da quando eravamo piccoli, andavamo a scuola insieme. Sono anch'io del '26...* »

« *Papà, lo hai già detto* », *lo interrompe il figlio.*

Per un attimo lui lo guarda, confuso. « *Davvero?* » *Poi si rivolge di nuovo a me.* « *Anch'io sono del '26, come la povera Elsa. Da piccoli andavamo a scuola insie...* »

« Va bene, papà. Meglio andare adesso », dice il figlio, e gira la carrozzina.

« Grazie ancora... » mi affretto a dire, mentre loro due si allontanano e sento il vecchio che ripete: « Io e la Elsa eravamo coscritti, tutti e due del '26... »

La tua bara è coperta di rose bianche. Tra poco il prete ti benedirà e ti porteremo a riposare accanto all'unico uomo che hai amato.

Un ticchettio dietro di me. Sono i passi di una donna. Quando mi giunge vicino, mi posa una mano sulla spalla.

« Ciao, Norma. Volevo farti le mie condoglianze. »

Alzo lo sguardo e il mio cuore si ferma: la donna che mi sta di fronte ha il viso di Donata, e una vistosa ciocca bianca sulla fronte.

« Sono Renata », si affretta a spiegare.

« Lo so. Grazie per essere venuta. Federica, questa signora è una cugina. »

« Piacere. La figlia di...? » sussurra mia figlia, che non si è mai raccapezzata con i nostri legami di parentela.

« La figlia di Maria Luz e la nipote di Adele », si affretta a chiarire Renata.

Dall'espressione di Federica capisco che le è già tutto chiaro: quella donna è anche la figlia del mio ex marito.

« Ci vediamo dopo », aggiunge Renata, e va a sedersi qualche fila più indietro.

« È venuto anche lui? » chiede Federica, non appena lei si allontana.

« Lui chi? »

« Mamma! Il tuo ex marito! »

« No, sono sicura di no. »

Guardo avanti, il cuore che mi rimbomba nel petto.

Il prete picchietta sul microfono per assicurarsi che funzioni. Il tap-tap metallico risuona lungo la navata. Un colpetto di tosse, e inizia la cerimonia. « Oggi siamo riuniti con amici e parenti per ricordare la nostra cara sorella Elsa e darle l'ultimo saluto... »

I chierichetti fanno oscillare i turiboli e il profumo dell'incenso riempie la chiesa.

I tuoi parenti sono qui a dirti addio, mamma, e ci sono anche gli amici da Sermide. Mancano in tanti, ormai: Zena è morta nel 2001, papà se n'è andato tre anni fa. Al suo funerale, Dolfo si era seduto accanto a te e ti aveva toccato la mano. In quel momento, mi era passata per la mente l'idea che voi due, adesso che eravate rimasti soli, vi sareste potuti aiutare a vicenda, magari trascorrere insieme gli anni che vi restavano.

Tornate a casa, avevo accennato a quella possibilità, ma tu ti eri arrabbiata.

« Non dire stupidaggini, Norma! Non ho intenzione di tradire tuo padre solo perché è morto. »

« Non sarebbe un tradimento. »

« Lo sarebbe per me. » E avevi cambiato discorso.

Dolfo è morto un anno dopo. Durante quel periodo di vedovanza, tu e lui vi sarete visti forse un paio di volte e solo di sfuggita.

Il prete termina l'omelia. Finita la funzione, gli uomini dell'agenzia si caricano sulle spalle la bara e ti portiamo al cimitero.

Lì il prete impartisce l'ultima benedizione. « Possa ora la cara Elsa contemplare il volto del Cristo risorto, e sentire la Sua voce che le dice: 'Vieni, sorella, prendi parte alla gioia del tuo Signore'. »

Mi assicuro che sistemino la bara con i piedi in avanti, come ti eri raccomandata. I muratori si affrettano a fare la malta poi chiudono il loculo.

Fa molto caldo e la gente comincia a uscire.

Intorno a me, lapidi, crisantemi, fiori di plastica. Appena più in là, due corone di rose sopra una collinetta di terreno fresco: le reminiscenze di un funerale recente. La terra accoglie i corpi, poi, la gente trova sollievo davanti a una croce. Ripulire tumuli e volti di marmo è tutto quello che ci rimane, ma sento orrore per i fiori appassiti, per i lumini elettrici a forma di rosa, per i Cristi inchiodati alle croci di ottone e le Madonne con gli occhi rivolti all'insù.

Una donna si ferma due tombe più in là. Deve essere una vedova. Fa il segno della croce e si inginocchia. Poi estrae dalla borsa un panno e il Vetril. Spruzza, sfrega forte. Spolvera l'ala dell'angelo, strofina con cura ogni suo ricciolo. È determinata a pulire fin dentro la più piccola piega del marmo.

« Mamma, è meglio andare », suggerisce Federica.

Saluto i miei zii e i parenti rimasti. Renata si avvicina di nuovo.

« Norma, io vado. Le mie condoglianze. » Qualcosa di iridescente le vola intorno e finisce per posarsi sui suoi capelli. Una libellula.

« Non abbiamo avuto nemmeno il tempo di scambiare due parole... Torni subito a Bologna? » le chiedo.

« Rimango fino a domenica; sto nella casa dei miei nonni. »

« Perché domani non vieni a pranzo da me? Sei con tuo marito e i tuoi figli? »

« Solo con i gemelli, lui lavora. Grazie, accetto con piacere. »

« Bene, a domani. » La libellula vola e si posa sulla mia spalla.

◆

Il giorno dopo, ci ritroviamo riuniti intorno al tavolo. L'atmosfera è sommessa, ma serena. I figli di Renata giocano con il mio nipotino. La bambina vuole prenderlo in braccio.

« Attenta, Adele, puoi farlo cadere! » si raccomanda la madre.

« Sai che tua nonna, fin da ragazza, aveva una ciocca bianca sulla fronte, proprio come te? » le dico.

« Non ho mai visto foto di lei da giovane, però mi sembra di averlo sempre saputo. »

« In che senso? »

« È come se lei me lo avesse detto. Mi pare di avere ricordi della mia prima infanzia insieme alla nonna: lei che mi rincorre nel cortile di Cachoeira Grande o che mi racconta delle storie... Devo essermi inventata tutto, perché è morta prima che io nascessi. »

« Forse è stata tua madre a raccontarti certe cose. »

« Non credo, non parlava mai di lei. Però mi sembra di ricordare di più nonna Adele, anche se non l'ho mai conosciuta, che mia mamma. »

« Forse hai rimosso i ricordi di tua madre per sopportarne la perdita. »

« Può essere, o forse l'ho visto nei tarocchi. »

« Nei tarocchi? »

« Da qualche anno mi ci sono appassionata. »

« La prossima volta che ci vediamo ti porto un regalo: un mazzo di tarocchi molto antico, è nella nostra famiglia da oltre due secoli. »

« In quel caso, non potrei mai accettarlo... »

« Quelle carte aspettavano te, fidati. Vieni, voglio mostrarti qualcosa. »

Prendo l'album di fotografie, liberiamo il tavolo e mentre i figli di Renata giocano, ci sediamo a sfogliare i ritratti dei Casadio.

Ed ecco la fotografia che cercavo: Adele, trentenne, in partenza al porto di Genova. Sorride davanti al Principessa Mafalda, il piroscafo che la condurrà in Brasile. La ciocca bianca qui è bene in vista.

Renata accarezza la foto, come se avesse ritrovato qualcuno che aveva amato molto.

Ricostruiamo parentele attraverso fotografie di matrimoni, di battesimi e di cresime. Racconto aneddoti, le frasi più comiche di mio nonno Radames e le sue eccentricità, come quella di cercare l'oro nelle rive del Po con un metal detector fatto arrivare dall'Inghilterra. Racconto di mia nonna Neve, che da piccola era stata miracolata e quand'era felice attirava le api con il suo profumo.

Renata chiede, vuole sapere di più. Passiamo a fotografie più recenti.

« Sembro io da piccola... chi è? » domanda, osservando uno scatto di Donata.

« Una mia cugina. Guarda questa, di quando era ragazza. »

Resta a fissare la foto, sbalordita dalla loro straordinaria somiglianza.

E penso che la vita è un cerchio, e quel cerchio di tanto in tanto si ripete, legandoci a coloro che hanno vissuto prima di noi. Forse è la sola forma di eternità che ci è concessa.

Giriamo le pagine dell'album e arriviamo alla foto del mio matrimonio: io ed Elia siamo seduti nella sala delle cerimonie del municipio di Kensington. Lui sta firmando, io lo osservo con lo sguardo innamorato. «Da pesce lesso», sottolineo con un sorriso. Indosso un vestito con il giacchino abbinato e un grande cappello. Elia è in camicia e cravatta. Ha i capelli raccolti in una coda e sfoggia una vistosa barba.

«Qui papà sembra Carlo Marx!» commenta Renata, divertita.

«Sapessi che lotte per fargliela accorciare un po', quella barba!»

«Però è elegante.»

«Solo perché lo hanno fotografato a mezzo busto. Sotto, indossava blue jeans e dei vecchi mocassini. Non c'era stato verso di farglieli cambiare.»

«Eravate belli», dice con un sorriso, poi si fa seria. «Norma, devo confessarti una cosa. La settimana scorsa papà è voluto andare all'ospedale per dire addio a tua madre. Abbiamo aspettato di vederti uscire, e siamo saliti. Mi sembrava brutto nascondertelo. Spero non ti dispiaccia.»

«No, perché? È stato un gesto gentile. Come sta tuo padre?»

«Bene, ma da quando è in pensione si è impigrito. Io lo sgrido, gli ricordo che deve muoversi, ma lui ripete che l'unico sport che è disposto a fare è la pesca.»

«Lo sport oggi è di moda, e tuo padre le mode non le ha mai seguite.»

«Sai che vive qui?»

«Qui, dove?»

«A Stellata.»

La fisso. « Pensavo abitasse a Bologna... »

« Prima, quando lavorava. Ora vive nella casa dei nonni. Mi ha detto che un paio di volte ha visto te e tua madre sull'argine. E un giorno anche te da sola, in piazza. Era convinto che l'avessi notato. »

« No, mai... » *Non so cosa dire per uscire dal silenzio che segue. Federica cerca di porvi rimedio.* « Preparo il caffè? »

« Lo prendo volentieri », *rispondo, grata del fatto che lei e Renata vanno entrambe in cucina.*

Elia è qui, a poche centinaia di metri, è stato sempre qui! Mi ha visto, mi ha incrociato in piazza... e io non mi sono mai accorta di niente.

Dopo il caffè, Renata e Federica lavano i piatti. Chiacchierano senza mai interrompersi, come se si conoscessero da anni. Io, invece, è da un po' che non dico una parola. Ho bisogno di restare sola, di fare ordine nella mia testa.

Il bimbo inizia a piagnucolare. « Mark è stanco, vado di là e provo ad addormentarlo. » *E mi rifugio nella stanza da letto.*

Passeggio avanti e indietro cullando il bambino tra le braccia. Sono calma solo in apparenza. Dentro, ho una valanga di sentimenti che si accavallano disordinati e mi tolgono il respiro.

Mark si è addormentato. Lo poso nella culla e mi siedo sul bordo del letto. Di là mia figlia e Renata parlano, fanno progetti. Sento Renata promettere che andrà a Londra e Federica si offre di farle da guida. « Ti porto al pub dove Jack lo Squartatore adescava le sue vittime, e anche a Brick Lane, dove ci sono i migliori ristoranti indiani. E verrai a sentirmi cantare al Ronnie Scott... »

« Beata te che hai il dono della voce! A scuola mi mettevano sempre nell'ultima fila del coro. »

Ridono. « E tuo padre? » *chiede poi Renata.*

« L'ho conosciuto solo qualche anno fa. Me lo ritrovavo sempre davanti durante le mie serate, poi un giorno mi ha portato a pranzo e mi ha spiegato che ero sua figlia. Così, di punto in bianco. Lui e mamma avevano avuto una breve relazione. Quando è finita, Mark nemmeno sapeva che lei fosse incinta. Poi, più di vent'anni dopo, gli è capitato di sentirmi cantare, ha notato il cognome... e il resto è storia.»

«Tu come l'hai presa?»

«Per me resta 'Mark'. Più che un padre, è un po' come un amico di famiglia. La cosa più bella è che di colpo mi sono ritrovata tre fratelli. Tutti e tre tipi in gamba. Da piccola mi sentivo sola, mio figlio invece in un batter d'occhio si ritrova un nonno, tre zii e quattro cuginetti.»

«È per tuo padre che hai chiamato Mark il bambino?»

«Forse, ma è anche un nome che mi è sempre piaciuto.»

Continuano a parlare, e io siedo sul letto, incapace di muovermi, di pensare, di reagire. Un pensiero mi martella nella testa: Elia è qui, a trecento metri. È sempre stato qui, mi ha visto, e non ha avuto il coraggio di dirmi niente...

Mark dorme. Gli bacio una manina e torno in sala.

I gemelli stanno guardando la TV. Renata e Federica sono sedute sul divano.

Mi infilo il cappotto. «Vi spiace se esco? Faccio sempre due passi dopo mangiato.»

Federica sa che è una bugia e mi osserva stupita. «Certo, va' pure.»

◆

Attraverso piazza Pepoli. Passo davanti alla Casa del Sale, poi prendo una stradina a destra. Cammino lungo il sentiero di campagna che costeggia il canale. I passi si fanno via via più rapidi, come quando, a quattro anni, su questo stesso sentiero, correvo per andare da Elia. Sento la stessa fretta nei piedi, ma di anni adesso ne ho quasi settanta. Mi manca il fiato, eppure non riesco a rallentare. Finisco per correre e la fatica aumenta. Il mio cuore rimbomba, da un momento all'altro mi uscirà dal petto, eppure non riesco a fermarmi. Corro come non mi succedeva da anni... Finirà che muoio su questo sentiero. Le gambe però non rallentano.

L'aria è dolce. È il primo sole dell'estate, quello che scalda senza bruciare, che infonde nel mondo la vita della nuova stagione. Non smetto di correre, finché non scorgo la casa in fondo al sentiero.

La raggiungo. Mi appoggio alla parete e chiudo gli occhi, cercando di calmarmi.

Dentro, la televisione è accesa. Un ruggito: forse un documentario sulla fauna africana.

Aspetto, fino a che il respiro torna tranquillo. Poi busso alla porta antica di legno intarsiato.

Due piccoli colpi.

Qualche secondo e si apre. Elia mi è davanti e mi fissa muto. Mi guarda e basta.

Ho il terrore che dica: «Scusa, non è un buon momento».

Restiamo impalati, uno di fronte all'altra: due persone di quasi settant'anni che, a parte una cena di tre anni fa, non si vedono da una vita.

«Come stai?» *riesco solo a balbettare.*

Lui continua a fissarmi senza dire nulla. Sono pochi secondi, ma a me sembrano secoli. E penso: Che idiota! *Dovevo chiedere a Renata se era il caso di venire, domandarle se aveva qualcuno...* «Tua figlia mi ha detto che vivi qui e, niente, sono passata a salutarti. Be', io vado...» *finisco per dire.*

Mi giro. Voglio solo correre via, dileguarmi, sparire.

Lui mi afferra un braccio. «Aspetta! Mi hai colto di sorpresa.»

Lo guardo negli occhi e so, ora lo vedo con estrema chiarezza. Elia ha atteso questo momento per quasi trent'anni. Sono ventinove anni, cinque mesi e ventun giorni che lui mi sta aspettando. Set-

timana dopo settimana, compleanno dopo compleanno, Natale dopo Natale, Elia ha atteso questo momento.
 « Avrei dovuto avvertirti prima di venire. Mi dispiace. »
 « 'Amare significa non dover mai dire mi dispiace' », recita lui.
 E scoppiamo a ridere.

RINGRAZIAMENTI

Un grazie va alla mia agente Carmen Prestia, che ha fatto vivere le storie dei Casadio e le ha portate nel mondo. Grazie allo staff della Casa Editrice Nord e a Cristina Prasso, che mi ha accompagnato durante questo viaggio. Ringrazio mia figlia Francesca, la mia lettrice più severa, ma sempre prodiga di consigli e di idee da regalarmi. Grazie a mio marito Nicholas, che per lunghi mesi ha sopportato i miei monologhi sulla stesura del romanzo, ascoltando i miei dubbi e le mie ansie, e gioendo con me nei momenti di luce. Grazie alla mia amica Thérèse Leignel, continua fonte di ispirazione.

Ma il ringraziamento più grande va alla scrittrice Rosalba Perrotta: sono grata alla sua amicizia, a tutto il tempo che ha dedicato a questo romanzo. Grazie per i numerosi e utilissimi consigli, per le sue pazienti letture del testo, per avermi insegnato la bellezza della precisione, la perseveranza nel lavoro, e la cura delle parole.

D.R.

Dido Michielsen

L'ISOLA DELLA MEMORIA

**Un Paese diviso tra colonialismo,
pregiudizi e tradizioni
Una donna decisa a riscrivere il suo destino
Una storia di coraggio, amore e speranza**

Isah guarda le sue bambine, la sua gioia più grande, e si chiede cosa ne sarà di loro. Per anni ha sperato che il padre le riconoscesse. Invece lui sta per tornare in Olanda, dove lo attende la sua futura sposa e una vita in cui non c'è posto né per Isah né per le loro figlie mezzosangue...
Isola di Giava, 1866. Isah ha solo sedici anni quando si ribella alla tradizione secolare che obbliga le donne al matrimonio combinato e s'innamora di Gey, un ufficiale dell'esercito coloniale olandese, anche se ciò significa essere bandita per sempre dalla famiglia. Ben presto, però, Isah si rende conto che Gey non intende affatto farne sua moglie, bensì la sua *nyai*. In un'epoca in cui la distanza impedisce alle donne olandesi di raggiungere le colonie, è normale per un uomo prendere a servizio una giovane del posto, che di giorno lavori come governante, mentre di notte sia la sua concubina. Una *nyai* deve essere bella, educata e invisibile. Per anni, Isah obbedisce, racimolando briciole di felicità dalle poche attenzioni che riceve e dalla speranza di riuscire a dare un futuro migliore alle sue bambine. Ma ora che si ritrova sola e disonorata, Isah è costretta a compiere una scelta straziante per evitare che le sue figlie vengano discriminate sia dai bianchi sia dai giavanesi. Tuttavia lei non si rassegnerà a svanire nel silenzio, e troverà il modo di essere ricordata...

Coraggiosa e determinata, Isah è una donna unica, eppure nella sua storia rieccheggia la sofferenza delle migliaia di *nyai* che nei centocinquant'anni di dominazione olandese hanno subito la sua stessa sorte. Madri dimenticate che, grazie alle sue parole, hanno finalmente trovato una voce.

Eleanor Shearer

LIBERO SCORRE IL FIUME

In fuga dalla schiavitù, il viaggio di una madre alla ricerca dei figli perduti e della liberà

È questa la libertà? si chiede Rachel, sola e spaventata, inoltrandosi nella foresta immersa nel buio. Sta scappando dalla piantagione in cui ha trascorso la sua intera esistenza, dalla fatica sfibrante, dalle umiliazioni inflitte dal padrone che, quella mattina del 1834, ha annunciato la fine della schiavitù, per poi aggiungere che tutti avrebbero dovuto prestare servizio come apprendisti per altri sei anni. In quel momento, nella mente di Rachel hanno preso forma i volti dei suoi cinque figli, strappati dalle sue braccia nel corso del tempo e di cui lei ignora il destino. E i loro nomi, che lei era solita sussurrare come una preghiera durante le interminabili giornate di lavoro, adesso le suggeriscono la risposta: *No, non è questa la libertà*. Rachel sarà davvero libera solo quando avrà ritrovato i suoi figli, quando le loro storie, come le acque di un fiume, si saranno fuse con la sua a creare un'unica, grande storia, quella di una famiglia. Allora Rachel cesserà di essere soltanto uno strumento di lavoro e, per la prima volta nella sua vita, sarà finalmente una persona.
Dai campi di Barbados all'affollato mercato di Bridgetown; dal delta del Demerara nella Guyana Britannica alle foreste di Trinidad, in queste pagine intime e dolorose si snoda un viaggio pieno di speranza, un inno alla forza dei legami familiari e all'amore infinito di una madre.

Kate Atkinson
IL REGNO DELLA NOTTE

«**Magistrale.**»
Time

Londra, 1926. Sebbene siano passati otto anni, l'ombra della Grande Guerra incombe ancora sulla capitale come uno spettro di povertà, di rinunce e di lutto per una generazione perduta. Eppure, al calar delle tenebre, nei locali di Soho si accendono le luci abbaglianti di un mondo di lusso ostentato e di sfrenata allegria. Al riparo da occhi indiscreti, pari del regno brindano accanto a gangster e prostitute, mentre lo champagne scorre a fiumi e le ballerine si scatenano a ritmo di jazz. È uno sfolgorante impero della notte su cui regna indiscussa una sola persona: Nellie Coker. Audace, scaltra e intraprendente, dal niente Nellie si è conquistata pezzo per pezzo quella corona, e adesso è pronta a combattere ancora più strenuamente per mantenerla. Perché nessuno arriva così in alto senza farsi dei nemici, soprattutto se si è una donna, e Nellie sa di non poter mai abbassare la guardia, altrimenti i rivali, i detrattori e, forse, persino i suoi stessi figli ne approfitterebbero per prendere il suo posto. Perciò quando, nel giro di pochi giorni, quattro ragazze vengono trovate morte nei suoi locali, dentro di lei scatta un campanello d'allarme. Qualcuno sta tramando alle sue spalle, qualcuno con agganci e conoscenze tali da costituire una minaccia letale. E Nellie dovrà dare fondo a tutte le sue risorse per evitare che il suo regno, tutto ciò che è riuscita a costruire, crolli, distruggendo tutta la sua famiglia...

Lily Brooks-Dalton

FIGLIA DELL'URAGANO

Una bambina nata durante un uragano
Un paese devastato da una catastrofe
Uno straordinario viaggio di speranza e rinascita

È un uragano ad accogliere nel mondo la piccola Wanda, chiamata così proprio in onore di quella catastrofe che si abbatte sulla Florida il giorno della sua nascita, spazzando via centinaia di abitazioni e di vite, comprese quelle di sua madre e di suo fratello. E questo legame, Wanda non potrà dimenticarlo mai. Ci penseranno i compagni di scuola, i vicini di casa e persino la sua famiglia, a ricordarle che lei è figlia di quella tragedia e perciò diversa, sbagliata. E, in fondo, Wanda è diversa, come se tra lei e la Natura ci fosse un rapporto speciale, invisibile a tutti. Mentre gli altri sono terrorizzati dagli sconvolgimenti climatici che stanno pian piano erodendo le città, Wanda li osserva meravigliata e, quando la maggior parte della gente sceglie di allontanarsi da quella regione ormai in balia degli elementi, lei decide d'inoltrarsi nella natura selvaggia. È l'inizio di un viaggio alla scoperta di un mondo nuovo che è insieme magnifico e terribile, violento e accogliente, abitato da persone che come lei hanno il coraggio e la forza di accettare il cambiamento e che finalmente la fanno sentire a casa, nonostante le intemperie e le privazioni, la fame e l'incertezza. Un viaggio che ci conduce verso un futuro che preferiremmo non dover affrontare, ma che al tempo stesso ci mostra come la vita trovi sempre un modo per andare avanti, persino di fronte all'irreparabile, facendoci riscoprire lo straordinario potere della speranza e dell'amore.

Anya Bergman

IL SUSSURRO DEL FUOCO

Quando essere una donna era pericoloso...

Norvegia, 1662. Nell'estremo nord del Paese, l'isola di Vardø è poco più di un gelido scoglio spazzato dal vento e dominato da un'austera fortezza. Dalla nave che la sta portando in esilio, Anna non immagina il futuro che l'aspetta e ciò che rappresenta quel luogo. Lei che ha vissuto per anni a corte, e che è abituata a essere trattata con riverenza e rispetto, non sa che quella fortezza è un luogo odiato e temuto da coloro che vivono nei villaggi lungo la costa. Perché è lì che vengono rinchiuse le donne accusate di stregoneria. Lo sa bene invece Zigri, una giovane vedova la cui unica colpa è stata innamorarsi di un uomo sposato. Ma a Vardø basta una voce messa in giro da una moglie gelosa per finire in una cella buia, alla mercé di uomini che ricorrono a ogni mezzo pur di estorcere una confessione. E adesso solo un miracolo potrebbe salvarla dal rogo. Eppure sua figlia Ingeborg non esita a seguirla nella fortezza, pronta a tutto per provare la sua innocenza. Ed è qui che la loro strada incrocia quella di Anna, alla disperata ricerca di un modo per riabilitare il proprio nome. Ma Anna ben presto si rende conto che è impossibile far sentire la propria voce in un mondo governato dagli uomini e che l'unico modo per ottenere giustizia è unire le forze. Insieme, la loro rabbia brucerà come fuoco inarrestabile...

Questo libro è stampato col sole

Azienda carbon-free

Fotocomposizione Editype S.r.l.
Agrate Brianza (MB)

Finito di stampare
nel mese di maggio 2023
per conto della Casa Editrice Nord s.u.r.l.
da Grafica Veneta S.p.A. di Trebaseleghe (PD)
Printed in Italy